ANNE ØSTBY

Zartbitter ist das Glück

GOLDMANN
Lesen erleben

Anne Østby

Zartbitter ist das Glück

Aus dem Norwegischen
von Gabriele Haefs

Roman

GOLDMANN

Die Originalausgabe erschien 2016 unter dem Titel
»Biter av lykke« im Font Forlag, Oslo.

MIX
Papier aus verantwortungsvollen Quellen
FSC® C014496
FSC www.fsc.org

Verlagsgruppe Random House FSC® N001967

1. Auflage
Taschenbuchausgabe Juni 2019

Umschlaggestaltung und Gestaltung der Umschlaginnenseiten:
Uno Werbeagentur, München
Covermotive: Laura Kate Bradley/Arcangel und FinePic®, München
Redaktion: Viola Eigenberz
mb · Herstellung: kw
Satz: Buch-Werkstatt GmbH, Bad Aibling
Druck und Bindung: GGP Media GmbH, Pößneck
Printed in Germany
ISBN: 978-3-442-48917-6

www.goldmann-verlag.de
Besuchen Sie den Goldmann Verlag im Netz

Nicht wie klein die Inseln sind,
ist für uns entscheidend,
sondern wie groß das Meer ist.

Epeli Hau'ofa

There are so many islands!
As many islands as the stars at night
on that branched tree from which meteors are skaken
like falling fruit around the schooner Flight.
But things must fall, and so it always was,
on one hand Venus, on the other Mars;
fall, and are one, just as this earth is one
island in archipelagoes of stars.

Derek Walcott

Eine Einladung und eine Herausforderung

Korototoka, Fidschi, 25. Juli 2012

Meine liebe Freundin,

darf ich Dich weiterhin so nennen?

Die Briefmarken haben Dich sicher neugierig gemacht, und längst hast Du erraten, von wem dieser Brief kommt, nicht wahr? Briefmarken mit Leguanen und Papageifischen können nur von Kat stammen. Eine Stimme aus einer fernen Vergangenheit, Erinnerung an etwas, das uns einst verbunden hat. Glaubst Du, wir können es wiederfinden?

Danke für die Grüße und Umarmungen in einer Zeit, als ich sie ganz besonders brauchte. Ich weiß, es war unmöglich für Dich, alles stehen und liegen zu lassen und zur Beerdigung einmal um die Welt zu reisen. Vielleicht kannst Du Dir nur schwer vorstellen, wie jemand mit fidschianischen Harmonien in die Ewigkeit gesungen wird, während die Trauernden geflochtene Matten ausbreiten. Wie viele Strohmatten braucht wohl ein Toter?, hättest Du gefragt. Und ich hätte antworten müssen, wie Ateca mir erklärt hat: »So viele, wie sein müssen, um das Leben von Mister Niklas zu ehren.« Also habe ich die Matten auf der Veranda ausgelegt. Getrocknete Palmblätter in Karomustern, ein Anker für den Körper und eine feste Un-

terlage für die Gedanken, die hier in Korototoka oft mit den Fledermäusen in den flammenden Sonnenuntergang flattern.

Abends kommt die Sehnsucht hervorgekrochen, eine starke und schmerzliche Sehnsucht nach Niklas und dem, was war. Ein Marathon aus globalem Elend, wirst Du vielleicht sagen. Ein Langstreckenlauf mit einer Dürrekatastrophe oder Umwelttragödie an jeder Wasserstelle. Ja, das auch. Aber ich hätte es nicht anders gewollt. Malariaanfälle, Wassermangel, Nächte mit juckenden Flohstichen, das alles hat mich gelehrt zurechtzukommen. Sei es nun ohne Geld, ohne Klopapier und Shampoo oder ohne fette Rentenansprüche. Denn hier sitze ich, auf einem kleinen Flecken Erde im Stillen Ozean, ohne Mann, aber nicht ohne Hilfe.

Und nicht ohne Freunde, hoffe ich. Ich habe sechs Hektar Kakaobäume und ein geräumiges Haus. Trotz so mancher Alterszipperlein habe ich meine Zehen fest in den Sand von Fidschi gegraben und will hier bleiben bis zum letzten Sonnenuntergang. Warum kommst Du nicht auch? Komm her! Lass alles los, was nicht so geworden ist, wie es werden sollte! Bring alles mit, was werden kann, und beziehe ein Zimmer in Vale nei Kat! Kats Haus kann ein Ort sein, wo wir einander wiederfinden, und wenn nichts zu finden ist, erschaffen wir zusammen etwas Neues!

Ich war nicht die fleißigste Briefschreiberin und habe mich viel zu selten gemeldet aus Nepal, Afghanistan oder Mauritius. Aber Du hast mir gefehlt und die anderen auch. Ich habe Eure Briefe und E-Mails gelesen, habe Bilder von Kindern und Enkelkindern bewundert. Und jetzt möchte ich wissen, ob es möglich ist, die Fäden wieder zusammenzuführen nach einer Unterbrechung von über vierzig Jahren. Hast Du Lust, die letzte Etappe gemeinsam zu gehen? Uns gegenseitig zu helfen, wenn die eine stolpert oder die andere humpelt, steife Knie in salzwarme Wellen zu tauchen und die Zehen in den weißen Sand zu graben?

Es geht mir nicht um unbezahlte Hilfe, die Plantage ist in guten Händen. Korototoka ist ein Kakaodorf, und um Ernte, Vergärung und Trocknen der Bohnen kümmert sich mein Aufseher Mosese. Aber vielleicht können wir zusammen etwas Neues wagen? Schokolade herstellen oder eine köstlich nach Kakao duftende Bodylotion, was hältst Du davon?

Dir ist sicher klar, warum dieser Brief nicht als E-Mail kommt. Ein Brief braucht manchmal lange Tage und Wochen für die Reise von einer Welt zur anderen, und unterwegs finden die Wörter das richtige Gewicht und die richtige Bedeutung. So, wie sie Dir heute in die Hände fallen, sind sie auf dem Papier gereift und weicher geworden, bereit Dich herzulocken. Hast Du schon den Geschmack von Papaya und Kokosnüssen auf der Zunge? Hörst Du das Lied der Palmen am Strand? Siehst Du die geschwungene Linie dort draußen, wo der Stille Ozean dem Himmel begegnet? Aber natürlich, wenn der Eisschaber verlockender wirkt, oder das Frostschutzmittel oder die Stromrechnung, dann leg diesen Brief in eine Schublade, die nie wieder geöffnet wird. Ein Brief kann auf dem Weg über die Meere leicht verschwinden, der Postweg vom Stillen Ozean zu Dir ist unberechenbarer als ein tropischer Zyklon oder ein fidschianischer Ministerposten … Dann hast Du diesen Brief nie erhalten, und es werden keine Fragen gestellt.

Ich schicke ihn nun also ab, lasse meine Finger eine zusätzliche Wünscherunde über die Briefmarken streichen und hoffe, dass der Wind Dich zu mir zurückschickt. Vielleicht kann Vale nei Kat ein Haus für uns alle werden, ein Frauenhaus, wo wir gemeinsam träumen, wünschen, trinken, lachen, zanken und weinen können. Bis der Wind uns über die Wellen hebt und es unsere Matten sind, die am Ende die Treppe hinaufgetragen und oben ausgebreitet werden.

Lolomas
Kat

1
Sina

»Ich hab kein Geld!«

Sie haben einander seit Jahrzehnten nicht gesehen, und das Erste, was Sina mit Kat teilt, ist ihre traurige Finanzlage – ach herrjemine! Sie beißt sich fest auf die Lippe, kämpft gegen das Zittern in den Mundwinkeln. Öffnet die Arme für die große, lächelnde Frau mit der Sonnenbrille in den kurzgeschorenen Haaren.

»Ich … ach, Kat! Es ist so schön, dich zu sehen! Und was siehst du gut aus!«

Das Ukulele-Trio, das die in Shorts gekleideten Reisenden in der Ankunftshalle des Flughafens von Nadi empfängt, legt eine schmachtende Willkommensmelodie hin. Einer der Sänger, mit bunt gemustertem Hemd und einer Blume hinter dem Ohr, zwinkert Sina zu, und die rückt sofort dichter an Kat heran.

»Bula!«

Sinas Befremden erstickt in Kats Willkommensumarmung. *»Bula vinaka!* Jetzt bist du hier, das ist das Wichtigste. Eins nach dem anderen, das findet sich schon alles. Lass dich ansehen!«

Kat schiebt Sina ein Stück von sich, schenkt ihr ein breites, strahlendes Lächeln, es ist genau wie früher. Zieht sie an sich und drückt sie noch einmal. »Dass du wirklich hier bist, ich kann es noch gar nicht glauben.«

»Ich auch nicht!«

Ihre Stimme ist halb erstickt. Nach der fast drei Tage langen Reise zittert Sina vor Müdigkeit. Sie zuckt zusammen, als das Ukulele-Trio abermals loslegt und ihr auf breiten Hüften ein oranges Blumenmuster entgegenwogt. *»Bula, Madam, welcome to Fiji!«* Ein Blumenkranz fällt auf ihre Schultern, hundert weiße Zähne leuchten in einem Lächeln auf. Sina hält sich krampfhaft an ihrem Rollkoffer fest und stolpert hinter Kat her, die bereits auf dem Weg hinaus in den dunklen, feuchten Oktoberabend ist. Zwei Stunden dauert die Fahrt nach Korototoka.

Die Dunkelheit ist dichter als zu Hause. Bald bleiben die Lichter des Flughafens hinter ihnen zurück, Sina kommt es vor wie in einem Tunnel ohne Wände, eng und zugleich schwindelerregend weit. »Sieh dir die Sterne an«, fordert Kat sie auf, und Sina schaut aus dem offenen Fenster. Der Nachthimmel ist eine Explosion aus leuchtenden Punkten, ein erstarrtes Feuerwerk. Ihr Kopf kippt in den Nacken, sie muss ihren Blick zurück ins Auto holen. Kat sieht sie an und lächelt: »Phantastisch, was?« Plötzlich tritt sie auf die Bremse. Sina wird nach vorn geschleudert und vom Sicherheitsgurt zurückgerissen, sie kann gerade noch ein mageres Pferd sehen, das an den Straßenrand springt. Kat schüttelt den Kopf und fährt weiter, jetzt etwas langsamer. »Es ist lebensgefährlich abends hier in den Dörfern. Die Tiere laufen frei herum, du weißt nie, ob nicht plötzlich eine Kuh mitten auf der Straße steht.«

Das Meer auf der einen Seite, Bäume auf der anderen, Sanddünen, ab und zu Felder mit Pflanzen, die sie nicht kennt. »Zuckerrohr«, sagt Kat und nickt. »Zucker und Mais sind hier die wichtigsten Nutzpflanzen.«

Ab und zu wird die Dunkelheit von Häusergruppen unterbrochen, hier und dort flackert eine Glühbirne. Sina erahnt die Umrisse der Häuser, sieht, dass einige von denen am Straßenrand nur Schuppen aus Wellblech sind. Werden sie wohl so wohnen? Sie ist die Erste, die ankommt, Ingrid und Lisbeth werden in den nächsten zwei Wochen auf Fidschi eintreffen. Und irgendwann auch noch Maya, es war die Rede von gesundheitlichen Problemen, über die sie zuerst mit ihrem Arzt sprechen musste. Sina verspürt eine plötzliche Unruhe: Es wird doch wohl genug Platz für sie alle sein? Sie hofft, dass sie nicht eng zusammengepfercht wohnen werden.

Aber Vale nei Kat ist kein Wellblechschuppen. Als sie in Korototoka ankommen, fahren sie durch eine schmale Straße mit Häusern auf beiden Seiten: »Das ist die Hauptstraße. Die führt bis hinunter zum Strand.« Am Ende der Straße biegt Kat nach rechts ab und fährt auf einen Hof: »Hier wären wir!« Sie hält vor einem niedrigen Haus mit einem Dach, das in der Mitte aufragt wie ein spitzer Hut. Eine breite, überdachte Veranda zieht sich die gesamte Vorderseite entlang. Das Dach der Veranda wird von drei mit dickem Tauwerk umwickelten Säulen getragen. Zwei kleine Nebengebäude stehen am

Rand des Hofes, ein mit runden Steinen eingefasster Weg verschwindet hinter der Hausecke. Auf der Veranda sieht Sina Korbsessel und eine Hängematte, und am Fuße der Treppe brennen Fackeln.

Als sie aus dem Auto steigt, wird eine knarrende, mit Mückendraht beschlagene Tür geöffnet, und eine kleine, kräftige Gestalt mit einem Glorienschein aus Kraushaaren tritt ins Gegenlicht: »*Bula vinaka,* Madam. Willkommen!«

Kat hat sie darauf vorbereitet, dass die Haushälterin sicher auf sie warten wird, obwohl es schon spät ist. »Das ist Ateca«, sagt sie jetzt und schleppt Sinas Koffer die Treppe hoch. »Sie ist schon sehr gespannt auf dich.«

»Schön, dich kennenzulernen.« Sina streckt die Hand aus. Statt sie zu ergreifen, schlägt Ateca sich ihre eigene Hand vor den Mund, kann aber das Lachen nicht aufhalten, das durch ihre Finger quillt. Ihr ganzer Körper schüttelt sich dabei, während sie Kat eilig den Koffer abnimmt. »Ich bring den nur schnell für Madam ins Haus.« Sina weiß nicht, was sie mehr überrascht, das unerwartete Gelächter oder die Tatsache, dass sie zum ersten Mal in ihrem Leben »Madam« genannt worden ist. Doch da winkt Kat sie schon zum Verandageländer und zeigt in die Dunkelheit hinaus: »Du kannst es jetzt nicht sehen, aber du kannst es hören, nicht wahr?«

Sie kann es hören. Sina kehrt dem Meer das Gesicht zu und hört, wie Fidschi sie willkommen heißt. Ein Brausen von Sand auf Sand, ein Rhythmus aus Wasser und Mond und Verheißungen, die sie nicht deuten kann. Der

Wind ist warm auf ihrer schweißnassen Haut, ein Hauch von etwas Süßem und Sattem, ein Tropfen Honig auf der Zunge.

Zwischen Haus und Strand zeichnet sich vor dem bleichen Mond ein Gürtel aus hohen, dünnen Bäumen ab. »Sind das die Kakaobäume, die du erwähnt hast?«, fragt Sina, aber Kat schüttelt den Kopf: »Nein, nein. Die Plantage liegt ein Stück weiter weg, auf der anderen Seite des Dorfes. Das da sind Kokospalmen, die wachsen überall hier.«

Sie legt Sina den Arm um die Schultern und zieht sie an sich. »Du wirst dich hier wohlfühlen, Sina«, sagt sie. »Alles wird gut.«

Sina nickt. Wiederholt es in Gedanken, wie ein Echo, das sie in die Wirklichkeit holen möchte. Alles wird gut.

Das ändert allerdings nichts daran, dass sie pleite ist. Abgebrannt. Total. Dass sie es wirklich fertiggebracht hat! Sie hat die Tür hinter sich zugezogen und hat das Haus und die feuchten Stellen am Schornstein und das Auto, das neue Winterreifen braucht, einfach zurückgelassen. Liegt hier in einem fremden Bett in einem unbekannten Land und hat kein Geld.

Das gilt auch für Armand. Sina wälzt sich von einer Seite auf die andere und seufzt. Aber wann ist Armand denn mal nicht pleite? Pleite könnte sein zweiter Vorname sein, denkt sie und sieht für einen Moment das Gesicht ihres Sohnes vor sich. Armand P. Guttormsen, so könnte es in seinem Pass stehen. Armands Pass ist voller Stempel. Argentinien, wo er die Weiterfahrt seines Öltankers verpasst hatte. »Dafür konnte ich wirklich nichts, Mama, die haben die falsche Auslaufzeit durchgegeben.« In Russland waren es Kasinos: »Das ist ein todsicheres Geschäft, die schwimmen da drüben in Geld, die wissen gar nicht, wohin damit!« Grundstücke in der Karibik: »Die haben mir die Grundstücke gezeigt, perfekte Aussicht, gleich am Strand. Woher hätte ich denn wissen sollen, dass die Grundbriefe gefälscht waren?« Märchenhafte unentdeckte Ölvorkommen in Kanada, ein Luxusbadehotel an der Ostküste von Malaysia. »Und diese Chance ist mir einfach so in den Schoß gefallen, stell dir das vor! Wir brauchen nur noch ein paar Touristen mit fetten Brieftaschen, dann haben wir eine Goldgrube!«

Aber es kam nicht viel Gold dabei herum, und die Grube, das war doch ich, denkt Sina und zieht das dünne Laken fester um sich. Eine Grube, aus der alles herausgeholt, nein, gesaugt worden ist, was glänzte. Sie dreht sich auf die Seite, der Wind füllt die Dunkelheit dort draußen vor dem Gitterfenster mit fremden Geräuschen: dem Rascheln der trockenen Palmblätter, dem leisen Dröhnen des Ozeans. Dass sie wirklich hier ist! Sina Guttormsen, 66, Rentnerin, soeben eingezogen in ein Haus, nein, ein *Bure,* auf Fidschi. Fidschi! Sie hatte nicht einmal gewusst, wo das liegt, hatte sich eine Karte des Stillen Ozeans gesucht und die Pünktchen im Norden von Neuseeland gesehen – wie Krümel, die von der Ostküste Australiens abgeschabt und achtlos zwischen Vanuatu und Tonga im Meer verstreut worden sind. Der Stille Ozean! Trocken und hart schlägt ihr das Herz in der Brust. Ihr Herz, und darüber das dumpfe, geduldige Rauschen dort draußen.

Die Küche im Rugdevei 19 C, drei Monate früher. Wieder ging ein schlechter Sommertag dem Ende entgegen, wieder ein Nachmittag, an dem der Kaffee über dem Warten schon langsam kalt geworden war. Sie hatte es mit Fernsehen versucht, hatte es mit einer Zeitschrift versucht, hatte es mit dem Glück versucht – die üblichen vier Richtigen im Internet-Lotto und kein neues Gesicht bei »Finde den Traumpartner über 60«. Sechs Zigarettenstummel im Aschenbecher und die Stille in der Küche wie Staub im Mund. Die Wanduhr mit dem roten Plastikrand biss die Zeit mit kurzem Bellen ab: Was-jetzt? Wagst-du's? Warum-nicht? Kats Brief lag vor ihr auf dem Tisch.

Sina, sicher hast Du besorgt und mit einem Stein im Magen den Brief aufgerissen: Was ist jetzt schon wieder los? Wer auf der anderen Seite des Erdballs will etwas von mir?

Es ist nichts Gefährliches. Niemand will dich belügen oder ausrauben. Es ist ein Angebot. Ich biete warmen Wind und sanfte Abende, einen Korbsessel auf einer Veranda mit Blick auf den Stillen Ozean. Willst Du? Wagst Du's?

Sie war vom Stuhl aufgesprungen, als das Telefon klingelte. Der Festanschluss auf dem Gang, lange, heulende Töne, ein Vorzeitwesen aus grauem Kunststoff. Es musste jemand sein, der noch immer ihre Festnetznummer in seinen Kontakten stehen hatte.

»Hallo?«

Ein kurzes Zögern, sie wollte gerade noch einmal fragen, ein wenig ungeduldiger diesmal. Nur ungeduldig, nicht ängstlich – Armand ruft nie auf der Festnetznummer an, will er doch immer sichergehen, sie im unpassendsten Moment zu überrumpeln.

»Sina?«

»Ja?«

»Hallo … Hier ist Lisbeth.«

Lisbeth. Ihre Stimme war dieselbe wie früher, heiser und schleppend. Der letzte Abschnitt von Kats Brief leuchtete Sina entgegen:

Dann hast Du diesen Brief nie erhalten, und es werden keine Fragen gestellt.

Sie könnte so tun, als wäre nichts geschehen, könnte verdutzt tun und verneinen, wenn die alte Schulfreundin fragt, ob sie, Sina, auch einen Brief bekommen habe. Einen albernen Brief mit einer unsinnigen Frage, in der herablassenden Annahme, dass sie, die Armen daheim, nichts Besseres zu tun hätten, als augenblicklich alles stehen und liegen zu lassen und in ein Flugzeug zu springen, um endlich wieder mit ihrer alten Freundin Katrine Vale vereint zu sein.

»Hallo.«

Sina wusste, dass sie sich damit verraten hatte. Indem sie weder die Überraschte spielte noch ihre Stimme abweisend klingen ließ, hatte sie es preisgegeben. Hatte verraten, dass ein Umschlag mit Briefmarken, die Leguane und tropische Vögel zeigten, auf ihrem Küchentisch lag und dafür sorgte, dass dieser Julidonnerstag ihr plötzlich beunruhigend erschien. Sie hatte die Möglichkeit auszuweichen vergeben.

»Hast du … hast du auch einen Brief bekommen?«

»Von Kat?«

»Ja. Heute.«

»Du also auch. Von Kat.«

Diese atemlose Feststellung hatte Sina dazu gebracht, Lisbeths Mund vor sich zu sehen, die mattrosa Lippen.

»Sie …«

Was sollte sie sagen? Was hatte sie gedacht, als sie den einen handgeschriebenen Briefbogen gelesen, zusammengeknüllt, wieder glatt gestrichen und noch einmal gelesen hatte?

» … hat sich überhaupt nicht verändert.«

»Kein bisschen …«

Ein überraschtes Lachen von Lisbeth, ein kleines Tier, das aus einer Falle schlüpft.

Wieder Zögern. Lisbeth hatte die Sekunden langsam zwischen ihnen hin und her treiben lassen, bis Sina es nicht mehr aushielt.

»Ein Ausflug zum Stillen Ozean, das wäre wirklich was. Wenn man sich das leisten könnte.«

Es war so leicht wie früher. So leicht, Lisbeth zu treffen, wie es immer schon gewesen war. Sina wusste es, sowie sie es sagte: Schon eine winzige Bemerkung über das erheiratete Geld würde Lisbeths Stolz verletzen und Unsicherheit und Zweifel durch die Maske aus Schminke sickern lassen. Nervös würde sie sich mit den langen Fingern durchs Haar fahren. Sina hatte diese rasche Handbewegung seit Jahren nicht mehr gesehen, aber sie war sicher, dass die von Spray gezähmte dunkelbraune Mähne üppig war wie eh und je. Sie hatte die Augen zusammengekniffen, als die bissige Bemerkung aus ihrem Mund schlüpfte – sei still, Sina, Schluss! Lass es. Sogar Lisbeth ist jetzt alt. Hatte sie das laut gesagt? Sogar Lisbeth musste gealtert sein. Auch sie kennt jetzt jene neue Art von Verletzlichkeit, die mit knapp über dreißig an den Augenwinkeln kratzt und mit um die vierzig die Mundwinkel packt und nach unten zieht, die alle Farbe aus den Haaren saugt und die Zahnarztrechnung himmelhoch ansteigen lässt.

»Ja.«

Noch immer war Lisbeths Stimme verhalten. Unverbindlich, schlaff wie ein Händedruck zwischen zwei Menschen, die nie mehr wieder etwas miteinander zu tun haben werden. Aber die Pause nach dem kleinen Wort war zu lang. Als suche sie nach jemandem, der die Richtung vorgibt; oder einfach nur nach jemandem, mit dem sie Zeit verbringen könnte.

Und jetzt liegt Sina hier, mit Jetlag und mit einer in den Nebenhöhlen kribbelnden Reiseerkältung, und denkt, dass schon eine Insel im Stillen Ozean nötig war, um sie wieder zusammenzubringen. Nicht zu einer Extremausgabe eines »Klassentreffens«, sondern um zusammen zu leben. In einem Bure mit Strohmatten auf der Veranda und Kat als einzigem Zusammenhalt. Eine Wohngemeinschaft aus alten Tanten! Dieser Gedanke wächst hinter ihren Augenlidern zu einem Monster heran. Was hat sie getan? Vier Wände, so dünn, dass man die Klospülung wie einen Frühlingsbach durch das Haus plätschern hört – und in den vier Wänden ein armseliges Einzelbett und Versprechungen von Mondschein über einem Sandstrand. Hat sie sich so billig verkauft? Die genügsame, pflichtbewusste Sina? Sie versucht sich zu beruhigen: Reiß dich zusammen, du hast die Wohnung nur vermietet, die ist nicht verkauft, du kannst jederzeit wieder nach Hause.

Aber natürlich kann sie das nicht. Sie könnte das Geld nicht annehmen, das Kat, wie sie gesagt hat, ihr gern leiht, wenn sie ihre Entscheidung bereut. Wie sollte sie es je zurückzahlen? Bei den vielen Ausgaben, die Armand hat, und Miete und Essen? Sie isst nicht teuer, und ihr kleines Auto braucht so gut wie kein Benzin. Sie fährt auch fast nie, in der Regel nimmt sie das Rad, wenn sie irgendwo hinmuss. Aber dennoch, es geht immer um Geld, ist immer um Geld gegangen. Der Tag vor Armands zwölftem Geburtstag, als sie nur dreißig Kronen im Portemonnaie hatte. Sie versuchte ihm zu erklären, dass das Geburtstagsfest ausfallen musste, vielleicht könnten sie es nachholen, wenn sie ihr Gehalt bekam … Er hatte sie nur wortlos angesehen, hatte sich umgedreht und war gegangen, sein Rücken ein trotziges Ausrufezeichen. Sie hatte Spaghetti mit Hackfleisch gemacht, hatte eine Kerze auf seinen Teller gestellt, hatte »Hoch soll er leben« gesungen, als sie den Teller zum Tisch brachte. Er hatte nicht einmal gelächelt.

Sie begreift nicht, was in sie gefahren ist, als sie die Reise gebucht hat. Eine Wohngemeinschaft auf Fidschi, sie? Sina Guttormsen, Verkäuferin, Bibliotheksbenutzerin, wachsame Straßenrandradfahrerin. Mit beginnendem Gelenkrheumatismus in den Händen und einem Bauch, der weiter über den Hosenbund quillt, als sie verhindern kann oder mag. Sina Guttormsen, die alleinerziehende Mutter, ein vorsichtiges Wesen in einer Wohnung in einem der ältesten Wohnblocks von Reitvik, stets ein Auge auf den Jungen, eins aufs Portemonnaie. Aber das kennt sie, damit kann sie umgehen, das kann sie ertragen. Doch das hier? Sie dreht sich auf den Rücken und atmet mit offenem Mund, zieht die warme, feuchte Luft tief in die Lunge; es ist, wie Saunaluft zu schlucken. Der schmale Ameisenpfad über den Tisch. Der betörende Duft des Frangipani. Kats Hände, so froh um ihre.

»Dass du wirklich gekommen bist!«

In der Handtasche auf dem Stuhl vor dem Fenster befinden sich ihr Pass, ein Rest der Boarding Card mit einem Kaffeefleck und die Schlüssel zum Rugdevei 19 C. Der Lippenstift, eine kleine Flasche Desinfektionsmittel und eine Minitube Handcreme in einer durchsichtigen Plastiktüte. Ein Mobiltelefon ohne gültige SIM-Card.

Sina setzt sich auf, wischt sich mit dem Laken den Schweiß aus der Halsgrube. Nimmt die Plastikflasche vom Boden, trinkt einen Schluck lauwarmes Wasser. *Vale nei Kat.* Kats Haus. Aber auch in Kats Haus kostet das Essen Geld. Gemeinsames Wohnen bedeutet, dass jede ihren Beitrag leisten muss, Strom und Seife und Klopapier sind nun mal nicht umsonst. Hier wird doch wohl Klopapier benutzt?, denkt sie plötzlich, dann fällt ihr ein, doch, ja, die Rolle hing da, an einer geflochtenen Schnur an der Wand.

Wie kann es sein, dass Kat so reich ist? Diese Frage taucht gleich hinter der nach dem Klopapier auf. Wie ist es möglich, dass ihr eine *Kakaoplantage* gehört? Ein Haus und sechs Hektar Land mit einem Aufseher, der sich um die alltäglichen Angelegenheiten kümmert, und Erntehelfern im Herbst, wenn die Bohnen reif sind, hat sie das nicht im Auto erzählt? Kat, die einfach losgezogen ist in jenem Sommer nach dem Abitur. Die mit einem Schweden mit langen Locken einfach in ein Flugzeug stieg und ein Leben bekam, über das Bücher geschrieben werden könnten. Drei Jahre hier, vier Jahr dort, sechs Jahre anderswo; Bau einer Mädchenschule in Afghanistan, Entwicklung von Solarzellenanlagen in einem indischen Dorf, Aufbau einer Fairtrade-Kaffeefarm in Guatemala. Typhus nach einem Meditationskurs in Nepal, Blutvergiftung durch Tiefseekorallen nach Waltauchen vor Tonga. Ihr Pass sieht sicher aus wie der von Armand, ein Chaos aus Stempeln und Visa und Sondergenehmigungen. Nur dass Kat Erfolg hatte, denkt Sina, als sie sich wieder hinlegt und versucht, dem Schweißfleck auf dem Kissen auszuweichen. Kat hat etwas geschafft. Sie konnte immer weitermachen. Typhus oder Malaria waren für sie wie eine Auszeichnung, ein goldener Stern, eine Quittung für das, was sie und Niklas erreicht hatten. Für die Hilfe, die sie vor Ort geleistet hatten, den Brunnen, den sie gegraben hatten, oder für den Hebammenkurs auf dem Dorf, der die Kindersterblichkeit um zwanzig Prozent senkte.

Armands Magenparasiten stehen für nichts. Die Stempel in seinem Pass wirken verblasst, Symbole für Fehlschläge, die ihn jedes Mal kleiner und jämmerlicher machen, wenn er mit einer neuen Erklärung vor ihrer Tür steht. Die Finanzierung hat doch nicht geklappt, Versprechen wurden nicht gehalten, die Partner waren unzuverlässig, die Dorftrottel zu dumm, um die Möglichkeit zu nutzen, als sie sich ihnen bot. Woraufhin sie die Tür öffnet und ihr Sparkonto um die elenden Tausender erleichtert, die sie hoffnungsvoll seit seinem letzten Besuch zusammengespart hat. Er ist ihr Kind, was soll sie denn machen?

Sie konnte den Mund nicht halten und hat Lisbeth doch gefragt, wie sie die Reise bezahlen würde. Wie viel teurer ist es, erster Klasse zu fliegen? Business? Sina hat das noch nie gemacht. Sie wüsste gern, wie es ist, niemals nach dem Preis fragen zu müssen. Sina weiß nicht viel darüber, was Maya und Ingrid sich leisten können oder nicht, aber sie haben jedenfalls ihr Leben lang gearbeitet. In guten Jobs, soweit sie weiß. Ingrid als Buchhalterin bei der Busgesellschaft, Finanzbeauftragte heißt das jetzt wohl. Gute Noten in Norwegisch und Mathe haben einem tüchtigen Mädchen wie Ingrid natürlich gute Möglichkeiten verschafft; einer, die nicht mehr verbrauchte, als sie hatte, und die auf ihre Tugend und ihren guten Ruf achtete. Bestimmt hat Ingrid gespart, mehr als genug für eine Reise nach Fidschi jedenfalls.

Maya war Lehrerin geworden, Studienrätin sogar. Sie hatte Steinar geheiratet. Kein Wunder, dass er dann später stellvertretender Schulleiter wurde, er war schon auf dem Gymnasium etwas Besonderes – es war etwas an seiner Nase, den schnüffelnden Nasenflügeln, oder an der Brille auf dieser Nase, etwas Habichtartiges. Ein Lehrerpaar wird vielleicht nicht reich, denkt Sina, aber Maya und Steinar sind sicher gut zurechtgekommen. Ein Kind nur, eine Tochter, sie hat einen Ausländer geheiratet, einen Künstler, der Bilder malt. Sina hat mehrmals über ihn in der Zeitung gelesen. Armand hätte sich gern eine Ausländerin suchen können, sie hätte nichts dagegen gehabt. Er hätte sich auch im Ausland niederlassen können, kein Problem. Wenn er nur bei einer zur Ruhe gekommen wäre und solide Arbeit gefunden hätte. Die Bilder wirbeln durch ihren müden Kopf. Armand und eine dunkelhaarige Frau, Enkelkinder, aus irgendeinem Grund mit asiatischen Zügen, die an das vietnamesische Paar im Erdgeschoss erinnern. Der ewige Wunsch, die flehentliche Bitte, die immer auf ihren Lippen zu liegen scheint, und ein Gott, zu dem sie keine Beziehung hat: Wenn Armand nur irgendetwas gelingen könnte, egal, was. Ich bin sechsundsechzig, denkt Sina und presst sich die Fäuste auf die Augen. Sechsundsechzig Jahre alt und auf der Flucht vor meinem Sohn.

Auf der Schwelle zu dem ersten unruhigen Traum unter dem Kreuz des Südens begegnet Sina Kat wieder.

»Ich bin pleite«, sagt sie. »Ich kann es mir nicht leisten, hier zu sein.«

»Im Meer sind Fische«, sagt Kat. »Wir brauchen keinen Hunger zu leiden.«

»Ich kann backen«, erwidert Sina.

»Fünf Brote«, sagt Kat. »Das reicht für alle.«

2
Ateca

Lieber Gott!

Ich weiß, was ich Madam Kat und Mister Niklas schulde. Ich habe dir oft dafür gedankt, dass sie mir Arbeit gegeben haben. Du weißt, wie hart mein Leben war, nachdem das Busunglück mich zur Witwe gemacht hatte, welche Angst ich hatte, dass Vilivo und ich nicht zurechtkommen würden. Ich habe hart gearbeitet, und du hast mir geholfen, Gott. Du hast im Garten Mais und Bohnen wachsen lassen, damit ich sie am Straßenrand verkaufen konnte, und du hast meine Hühner jeden Tag Eier legen lassen. Und eines Nachmittags, als der Doi-Baum blühte, hast du vor meinem Haus die Reifen von Mister Niklas' Auto angehalten. Du hast ihm die Wörter auf die Zunge gelegt, als er gefragt hat, ob ich eine Frau wüsste, die ihm und seiner Frau im Haus helfen könnte, und als er den Lohn nannte, wusste ich, dass du ihn in mein Leben geschickt hattest. Als ich begriff, dass Vilivos Schulgeld bezahlt und dass er mit einem Zeugnis in der Hand die zwölfte Klasse verlassen würde, wusste ich, dass du deinen Segen über mich ausgossest.

Du hast Mister Niklas geschickt, um mir zu helfen, als ich allein war. Jetzt ist Madam Kat allein, und sie füllt das Haus mit ihren Schwestern. Ich verstehe, dass sie die braucht, Gott, und die Schwestern brauchen sie auch: Ich glaube nicht, dass sie

Männer haben, und sie wohnen nicht mit ihren Kindern zusammen. Da ist es besser, dass sie hergekommen sind. Schwestern brauchen nicht unbedingt von derselben Mutter geboren worden zu sein.

Madam Kat hat mir Geschichten aus ihrem Land erzählt, das viele Meere weit entfernt liegt. Darüber, dass die Leute aus einem Dorf nicht mit ihrer eigenen Familie zusammenwohnen. Das klingt traurig, und gefährlich. Madam Kat ist schon lange hier, sie kennt Korototoka, aber die anderen Madams, die gekommen sind, Gott? Sie sollen hier wohnen, sie sollen hier alt werden, und ich muss auf sie aufpassen. Bitte, zeig mir, wie ich das machen soll.

Madam Lisbeth zum Beispiel. Meistens sieht sie gar nicht froh aus. Das habe ich schon an dem ersten Tag gesehen, als sie hier war, sie wird unsicher, wenn jemand sie anspricht. Als ob sie niemals weiß, was die richtige Antwort ist. Und wie sie vor dem Spiegel steht und sich über die Schulter anschaut? Und sich dauernd umzieht, obwohl ihre Kleider noch gar nicht schmutzig sind?

Madam Sina hat so scharfe Augen wie eine Rohrweihe. Sie raucht zusammen mit Madam Lisbeth auf der Veranda Zigaretten. Aber auch sie sieht nicht froh aus. Die Sorgen zeichnen sich um ihren Mund herum ab, und ihre Stimme ist kurz und hart. Fürchtet sie sich vielleicht vor irgendetwas, Gott?

Madam Ingrid ist die Größte von allen. Sie hat lange, starke Arme und will gern überall zupacken. Schon an ihrem ersten Tag hier wollte sie mit Mosese auf die Plantage gehen und alles über Kakao erfahren. Wie kann ich ihr klarmachen, dass es manchmal besser ist, still zu sein und nur zu beobachten?

Bald kommt noch eine Madam, über die ich nichts weiß. Ich hoffe, sie ist gesund und stark und hat ein glückliches Herz.

Madam Kat verlässt sich auf mich, Gott. Sie sagt es oft: »Ateca, was sollte ich ohne dich machen?« Ich muss sie beschützen, so, wie sie mich beschützt. Hilf mir, für ihre Sicherheit zu sorgen, damit nichts Böses seinen Schatten über sie wirft.

Und Vilivo, Gott. Halte die Schatten auch von meinem Sohn fern. Hilf ihm und lass ihn Arbeit finden, damit er allein zurechtkommen, erwachsen werden und eine Familie gründen kann.

In Jesu Namen. Emeni.

3
Ingrid

Sie sieht ihr Bild in dem kleinen Spiegel über dem Waschbecken, und die Frau, die sie anstarrt, hat Erstaunen im Blick. Der Blick einer Neugeborenen. Die Krähenfüße in den Augenwinkeln sehen aus wie weiße Sprünge in brauner Glasur. Ingrid hat nur einige Wochen gebraucht, um diese braune Farbe zu entwickeln, als ob ihre Pigmente ihr Leben lang auf der Lauer gelegen hätten und sich nur nicht zeigen wollten. Kat hat sie vor der Sonne gewarnt, sie selbst hat auch nach all den Jahren unter anderen Himmeln eine seltsam helle Haut. »Bedeckt euch und spart nicht an Sonnencreme. Ich verspreche euch, ihr werdet bald nicht mehr ans Braunwerden denken.«

Ingrid ist noch nicht ganz da. Jeden Tag seit ihrer Ankunft hier in Korototoka denkt sie, dass sie zu viel von ihrem Leben in geschlossenen Räumen verbracht hat. Arbeit, zu Hause, zu Hause, Arbeit. In der Wohnung, im Büro, im Auto. Vor vielen Jahren wollte ihr Bruder sie überreden, sich einen Hund zu kaufen: »Dann kriegst du jeden Tag Bewegung, und Gesellschaft hast du noch dazu.« Seine Frau hatte ihm zugestimmt wie ein Echo: »Und Gesellschaft ist doch *so* angenehm!«, aber Ingrid hatte den Verdacht, dass Gros Begeisterung für den Vorstehhund der Familie vor allem in dessen Fähigkeit begründet lag, Kjell jeden Herbst zu langen Jagdausflügen von zu Hause wegzulocken. Sie hat sich nie einen Hund gewünscht, und auch kein anderes Haustier.

Ingrid hat auch nie der Frauenclique bei der Arbeit angehört, die jeden Sommer durch Jotunheimen wandert, mit Leichtschlafmatte im Rucksack und einer Wandertasse, die sich mit einem einfachen Handgriff in einen Ohrenwärmer verwandelt. Auch sie hat zwar ab und zu mal einen Sonntagsausflug gemacht, aber nie zu lang und zu anstrengend.

Es hat ihr mehr Vergnügen bereitet, Simon und Petter bei sich zu haben. Die Enkelkinder von Kjell und Gro stehen ihr näher als den eigenen Großeltern, davon ist sie überzeugt. Nur »Tante Ingrid« hatte Geduld genug für das Üben mit Buchstaben und Wörterkarten, als Simon die Sache mit dem Lesen nicht sofort in den Griff bekam. In Furusvingen 11 durfte Petter auf dem Sofa essen oder eine zerzauste Katze mit ins Haus bringen. Ihr war klar, dass die Eltern kleiner Kinder ein hektisches Leben führen, wenn sie anspruchsvolle Jobs haben, und natürlich war es kein Problem für sie, die Jungen bei sich übernachten zu lassen, wenn Evy beruflich verreisen musste und Geir Nachtdienst hatte. Sie sind gern zusammen, sie und die Jungen, so ist es einfach. Sie bereitet nichts Großartiges vor, wenn sie kommen, sondern macht schnell etwas zu essen, während die Kinder mit ihren Handys spielen oder einfach reden. Kommt sie so leicht mit ihnen zurecht, weil sie noch so jung sind? Keine Erwartungen an irgendeine Gemeinsamkeit, keine stressigen Anpassungsversuche. Tacos, Pizza, Hähnchenflügel, schlicht und einfach; sie macht ihnen das, was beide mögen, und das ist mehr als genug. Unkomplizierte Nachmittage ohne Drama. Die beiden dunklen Köpfe auf dem Sofa, gesenkt über Handy oder Kartenspiel. Simon und Petter. Das Beste, was sie hat.

Als Kats Brief kam, kochte sie sich zuerst eine Tasse Kaffee, ehe sie sich damit hinsetzte. Seltsamerweise war sie nicht überrascht von der Einladung – wenn man denn von einer sprechen kann. Oder Aufforderung? Vorladung? Vielleicht hat sie in ihrer adretten Bluse und mit der Brille an der Schnur immer gewusst, dass eines Tages Wildrid an die Reihe kommen würde, Ingrids heimliche Zwillingsschwester. Die zu Hause blieb, als der Zug abfuhr und Kat verschwand, die aber in Gedanken nickte und verstand. Die jetzt mit zitternden Fingern Kats handgeschriebene Zeilen las:

Ingrid, bestimmt hast Du den Brief lange in der Hand gehalten, ehe Du ihn aufgemacht hast, vielleicht hast Du ihn erst einmal weggelegt und Dir eine Tasse Kaffee gekocht. Hast Du nicht, ganz ehrlich, darauf gewartet? Du hast uns an mehreren Orten besucht, Du weißt, dass es hier nicht um Drinks am Pool, Sonne und Strandleben geht. Du weißt, dass es Stromausfälle und Wassermangel, Mücken und Malaria geben kann. Aber ich glaube, Du traust Dich trotzdem. Traust Dich, auf eine gemeinsame Front gegen Einsamkeit und Tiefkühlmahl-

zeiten zu setzen, dich mit einem geblümten Bula-Kleid und einem Bilo Kava gegen Gicht und leere Abende zu schützen.

Ingrid hatte einen Schluck aus ihrer Kaffeetasse getrunken und dabei gemerkt, wie sich das Zittern in ihrem Körper ausbreitete und am Ende einen Namen bekam: Heimweh. Von den Händen, die den Brief hielten, bis hoch zu den Lippen, die sich zu einem fröhlichen Lächeln öffneten, hatte sie Heimweh. Nach Fidschi, einem Ort, an dem sie noch nie gewesen war. Nach Kat, dem Vogel mit den ausgebreiteten Flügeln hoch über ihr in der Luft, den sie immer nur von unten gesehen hatte.

Sie weiß noch genau, wann der Vogel losgeflogen ist. Von einem Tisch im Schatten vor Nilsens Café in Reitvik an einem Tag im August 1965. Das Schweigen lag dick und verdutzt über der Runde, aber Kat schien wie üblich die Stimmung nicht zu bemerken. Die glänzenden dunklen Haare tanzten um ihren Kopf und winkten die anderen näher an sie heran, einen stummen bewundernden Kreis von Monden um die Sonne. Was hatte sie da gerade gesagt? Morgen früh aufbrechen? Indien? Goa? Vielleicht Nepal oder Śri Lanka?

Ingrid hatte sich hilfesuchend umgesehen – begriff überhaupt irgendwer, was hier vor sich ging?

Doch Sina saß stumm da, mit hängenden Schultern, der Blick leer und gleichgültig. Ganz in ihrer eigenen Welt, wie es aussah – von ihr aus hätte Kat auch Mars oder Jupiter sagen können. Lisbeth hatte die Oberlippe hochgezogen und rümpfte die Nase, als ob sie den Geruch fremder Gewürze und seltsamer Kost wahrgenommen hätte. In Mayas Gesicht mischte sich Ungläubigkeit mit etwas anderem – war das die Andeutung eines Grinsens? Von etwas Selbstzufriedenem und Schwerfälligem, das sie aus den Taschen ihres strapazierfähigen braunen Rocks gezogen hatte? Die Schmetterlinge in Ingrids eigenem Bauch, die hin und her geflattert waren, seit Kat am frühen Nachmittag angerufen und sie alle ins Café bestellt hatte, wurden plötzlich zu wütend flatternden Fledermäusen: Dass sie die Aufnahmeprüfung am Lehrerseminar bestanden hatte, gab Maya ja wohl nicht das Recht, jetzt dermaßen selbstzufrieden auszusehen. Ingrid hätte die Prüfung auch geschafft, ja, und auch Kat. Wenn sie es gewollt hätte!

»Niklas war schon mal in Indien!«

Kats Stimme kam von weither.

»Man braucht da unten nicht viel Geld, und man kann immer für ein paar Tage oder Wochen einen Job finden. Er kennt jemanden in einem Ashram in Madhya Pradesh, der …«

Kat hatte immer weitergeredet, während die Wörter in bedeutungslosen Mustern durch Ingrids Kopf wirbelten: Ashram, Meditieren, Yogi. Sie hatte die Tischplatte angestarrt, war mit den Fingern am Rand der Kaffeetasse entlanggefahren. Der Rechnungs- und Buchhaltungskurs, mit dem sie bald anfangen wollte, würde ihr Arbeit verschaffen, zweifellos. Geld genug, um irgendwann in eine eigene Wohnung ziehen, Sicherheit, um in einigen Jahren ein Darlehen aufnehmen und eine eigene Wohnung kaufen zu können. In Parknähe, hatte sie gedacht. Mitten im Ort, dann brauchte man kein Auto.

»Einfache Fahrt«, sagte Kats Mund. »Interrail durch Europa, und wenn es sein muss, trampen wir danach.«

Noch immer Schweigen um den Tisch. Lisbeth ließ die Zigarette zwischen rosa Nägeln baumeln. Sina hatte sich die Arme um den Leib geschlungen und wiegte sich hin und her in ihrer Jacke, die für den warmen Sommernachmittag viel zu groß und dick war.

»Ach, jetzt sagt doch was! Freut euch ein bisschen für mich!« Kats Lächeln war das breite, schöne, alles umfangende. Das sie immer besiegte, ohne dass sie überhaupt begriffen, dass sie Zweifel gehabt hatten. »Die Welt ist so viel größer als Reitvik! Ich will mehr davon sehen.«

Etwas drückte Ingrids Brust zusammen. Zog sich wie eine Schlinge um die Begeisterung, die in ihr aufsteigen wollte, die aufperlen und aus dem Mund fliegen wollte wie ein glänzender roter Ballon: »Sicher doch! Herrlich!« Stattdessen sah sie das Bild von Niklas vor sich. Die Haare, die länger waren als Kats, die feinen Fältchen um die Augen, die verrieten, dass er, während sie fürs Abi büffelten und eifrig in das hineintrippelten, was sie für das Erwachsenenleben hielten, ohne Geld durch Südamerika gereist war und mehr gesehen hatte, als in all ihren Büchern zusammen stand. Während sie ihre kleinen Pläne gemacht hatten, hatte der schwedische Junge – nein, *Mann!*, er war fast zehn Jahre älter als sie, allein das! – in Neuseeland Obst gepflückt und in Kanada Skiunterricht gegeben. Das also wollte Kat. Sie, die gesagt hatte, »erst ein Jahr jobben und dann entscheiden, ob ich studieren will«, die aber keine konkreten Pläne hatte, soweit Ingrid wusste. Erst, als im Frühsommer Niklas mit zwei anderen aufgetaucht war und das Anstreichen von Häusern und andere kleine Arbeiten angeboten hatte. »Die wollen zum Nordkap«, hatte Kat erzählt, und richtig, Niklas verschwand für einige Wochen, kam dann aber zurück. Und jetzt saß Kat hier und sprach über das nächste Verschwinden, an dem sie teilhaben wollte. »Meine Eltern werden euch fragen«, sagte sie und sah eine nach der anderen an. »Und da könnt ihr auch gleich die Wahrheit sagen: dass ich keine Ahnung habe, wo wir hinwollen.«

Das Lachen rieselte wie Perlen über leere Kaffeetassen und zusammengeknüllte Servietten, ließ das Softeis in den gelben Waffelhörnchen tropfen und zerfließen. »Mach nicht so ein trauriges Gesicht, Ingrid«, sagte Kat und legte die Hand auf ihre. »Denk an das, was ich erzählen kann, wenn ich zurückkomme.«

Sie hatten alle genickt. Maya hatte sogar ein »wie spannend« herausgebracht. Aber Ingrid hatte nur Raum für den einen Gedanken: Jetzt, in diesem Moment, passiert es. Jetzt trennen sich unsere Wege. Maya geht aufs Lehrerseminar nach Hamar. Lisbeth wird hier in Reitvik heiraten. Sina – die Götter mögen wissen, was hinter ihrem mürrischen Gesicht vor sich geht; wenn sie Arbeit findet, bleibt sie sicher auch hier. Aber Kat geht weg. Der Wind legt sich. Unsere Segel hängen schlaff und richtungslos nach unten. Das Zentrum zerfällt zu Millionen von Staubkörnchen und hinterlässt nur endlose, farblose Sicherheit. Jetzt, in diesem Moment, trennen sich unsere Wege.

»Der pure Irrwitz«, war Kjells Reaktion, als sie von Fidschi erzählte. »Was redest du da, hast du denn vollkommen den Verstand verloren? Du bist doch viel zu …«

Er unterbrach sich noch rechtzeitig, aber Ingrid hörte das Wort, das aus seinem geschlossenen Mund ausbrechen wollte. »Alt.« Du bist viel zu alt. Ihr Bruder ist nur vier Jahre jünger als sie, hält sich aber für qualifiziert zu entscheiden, in welchen Punkten sie das Verfallsdatum überschritten hat. Auf eine Insel im Stillen Ozean zu ziehen gehört offenbar dazu.

Sie hatte den Satz für ihn beendet. »Zu alt, Kjell? Um etwas anderes zu tun, als zu Hause zu sitzen und die Rente zu kassieren? Den Lottoschein auszufüllen und ab und zu eine Butterfahrt mit der Kielfähre anzutreten?«

»Was soll das heißen, es gibt doch sonst noch viel …«

»Was denn? Eine Bustour nach Tallinn? Ein- oder zweimal im Jahr mit euch nach Schweden zum Einkaufen? Vielleicht verrückt genug sein, um mir zum Siebzigsten einen Fallschirmsprung schenken zu lassen?«

»Nein, aber … Der Stille Ozean, Ingrid! Was weißt du denn darüber? Und du hast Kat doch nicht mehr gesehen, seit … Wann war das noch?«

Was weißt *du* denn über den Stillen Ozean?, hätte sie ihn gern gefragt, verkniff sich diese Reaktion aber. Kjell wusste überhaupt nur über sehr wenige Dinge Bescheid, so war das nämlich. Abgesehen von Vorstehhunden. Und Autoreifen. Als Einkaufschef bei einem Reifenhändler wusste er jedes Detail über Vulkanisierung, Profiltiefe und Balance, das man überhaupt wissen kann.

Und über den Stillen Ozean wusste sie viel mehr als er. Noch an demselben Abend, nachdem der Brief gekommen war, hatte sie gegoogelt. Hatte die Einwohnerzahl von Fidschi gefunden (weniger als eine Million), die Menge der Inseln (an die hundert bewohnte, insgesamt mehr als 300), die Herkunft der Bevölkerung (rund 40 Prozent waren indischer Abstammung), Religion (Christen, vor allem Methodisten, Hindus, außerdem Muslime), Hauptwirtschaftszweige (Tourismus, Zuckerproduktion, Kopra). »Ziemlich viel«, hätte sie auf die Frage ihres Bruders antworten können. Aber er hatte nicht auf eine Antwort gewartet.

»Das sieht dir doch überhaupt nicht ähnlich, Ingrid! Alles über Bord werfen, das ist doch total … verantwortungslos!«

Hörte er überhaupt, was er da sagte? Für wen um alles in der Welt trug sie denn Verantwortung, außer für sich selbst? Kats Worte tanzten vor ihren Augen. *Lass alles los, was nicht so geworden ist, wie es werden sollte! Bring alles mit, was werden kann!*

»Ich war immer für mich selbst verantwortlich, Kjell, und so will ich es auch weiter halten. Die Wohnung ist abbezahlt, und ich habe genug auf der Bank, um jederzeit einen Rückflug buchen zu können. Weshalb regst du dich eigentlich so auf – gönnst du mir das nicht? Ein bisschen dunkle Schokolade und Kokosnüsse? Meinst du nicht, dass ich für mein Leben genug Salami und Jarlsbergkäse gegessen habe?«

Das leere Gesicht ihres Bruders zeigte ihr, dass er rein gar nichts verstand, Salami und Jarlsbergkäse, wovon redete sie da? Er fuhr sich resigniert durch sein schütteres Haar, versuchte es aus einem anderen Winkel: »Aber denk doch wenigstens an uns! Gro und mich. Die Jungs – Simon und Petter werden dich vermissen! Und Arve auch«, hatte er hinzugefügt, eilig, wie einen noch schnell hinten angekoppelten Güterwagen. »Der wird glauben, du hast den Verstand verloren.«

Ingrid fiel es schwer, sich die Meinung ihres jüngeren Bruders über ihren Verstand oder Unverstand vorzustellen, Arve hatte selbst zu oft strenge Kritik über sich ergehen lassen müssen. Für einen liebevollen Moment sah sie ihn vor sich: die ausgebeulte Schirmmütze, die blaue Hose und die braune Windjacke. Die Wohnung in der Nähe der Hochschule, wo der Kühlschrank leer war und die Bücherregale voll, wo man die Brille im Gefrierfach finden konnte und eine zwei Wochen alte Käsescheibe neben dem Computerbildschirm.

»Arve hat sicher mit seinem eigenen Verstand genug zu tun«, war ihre Antwort, und sie sah, wie die Ader quer über Kjells Stirn anschwoll und drohte, die dünne, sommersprossige Haut zum Platzen zu bringen.

»Aber welche *Sicherheit* hast du denn für die kommenden Jahre, hast du daran schon gedacht? Was, wenn du krank wirst, was, wenn du …«

»… da unten stirbst?«

Sie musterte ihn mit ruhigem Blick, ließ sich nicht provozieren, ihre Stimme klang sanft. »Dann singen sie für mich und bringen Matten zu dem Haus, in dem ich gewohnt habe.«

Es ist nicht schwer, eine Routine herzustellen, wenn niemand bisher eine gehabt hat. Ingrid hat noch nie auf einer Kakaoplantage gewohnt, aber das haben die anderen auch nicht, und eigentlich sind noch alle Rollen unbesetzt. Kat und Niklas haben die Farm erst sechs Jahre zuvor gekauft, und vor dem Unglück hatten sie den Betrieb gerade erst richtig in Gang gebracht. Kat spricht erstaunlich selten darüber, Ingrid kennt keine Einzelheiten. Vielleicht ist die Wunde ganz einfach noch zu frisch? Ingrid hat nur gehört, dass Kat nicht dabei war, als es passierte.

Mosese ist der Aufseher, und er kümmert sich um alles auf der Plantage, das war schon bei dem vorigen Besitzer so. »Niklas ist ihm immer auf dem Fuße gefolgt. Alles, was er über Kakao wusste, hatte er von Mosese gelernt«, hat Kat erzählt.

Sie selbst scheint dieses Interesse an der Farm nicht geteilt zu haben, denkt Ingrid. Und hat sie nicht in dem Brief so enthusiastisch darüber geschrieben, etwas Neues anzufangen? Schokolade herzustellen?

Wenn Mosese ein- oder zweimal pro Woche Bericht erstattet, geht Kat ihm nur selten auf eigene Initiative entgegen. Und der alte Aufseher steigt niemals unaufgefordert die vier Stufen zur Eingangstür hoch, er bleibt unten vor der Veranda stehen, bis jemand kommt. Ab und zu geht Ateca, die Haushälterin, hinaus, manchmal sieht sie Mosese durch das Fenster und ruft: »Madam Kat! Mosese ist hier!«, gefolgt von dem plötzlichen Lachen, an das Ingrid sich noch immer nicht gewöhnt hat; es hat keine sichtliche Ursache und kann mehrere Minuten anhalten. Sie hat es auch schon anderswo gehört, bei den Frauen, die am Straßenrand die braunen, spitzen *Tavioka*-Wurzeln verkaufen, bei Moseses Töchtern, wenn die abends vor dem Haus sitzen. Eine Gruppe von Kindern, die vorübergeht – ganz plötzlich kann bei ihnen dieses Lachen umschlagen und zu lautem Gebrüll explodieren, das ihnen den Atem raubt. Hände klatschen auf Oberschenkel, und die kleinen Körper werden vor Lustigkeit in die Knie gezwungen.

Atecas Lachen ist nicht für Zuhörerinnen gedacht, wenn Ingrid das richtig verstanden hat, und es bricht aus, ohne dass sie gekitzelt worden wäre oder einen Witz erzählt bekommen hätte. Vielleicht ist es so, dass Ateca eine bestimmte Menge Lachen im Leib hat, die jeden Tag hinausmuss, so wie andere einen unerwünschten Überschuss an Darmgasen haben? Oder ist es eine Art Tic, den sie nicht beherrschen kann? Ingrid setzt »herausfinden, warum Ateca lacht« auf ihre Liste der Dinge, die sie nicht über Fidschi weiß.

Da Kat nur begrenztes Interesse an Moseses Äußerungen über Pilzkrankheiten und kleine Nager und Düngerpreise an den Tag legt, ist es inzwischen oft Ingrid, die das Gespräch auf der Treppe führt, wenn er kommt. Ab und zu geht sie mit dem sehnigen, o-beinigen Mann zur Plantage hinüber, um sich besonders vielversprechende Dolden von gelbroten Kakaofrüchten anzusehen oder um besorgt zu seufzen, wenn er ihr einen Larvenangriff zeigt. Nicht, dass sie mehr beitragen könnte, als eben Interesse zu zeigen, aber jeder Nachmittagsspaziergang hinüber in den grünen, feuchten Kakaowald liegt in ihr wie ein kleiner Freudentropfen. Der süß duftende Trunk strömt durch ihre Adern, ersetzt den alten Bürokaffee, der so viele Jahre hindurch dort herumgeschwappt ist. Ingrid ist draußen in Luft und Wind, ihr Gang wird kräftiger und ihr Atem tiefer.

Etwas anderes, das Ingrid sich in der ersten Zeit auf Fidschi zulegt, ist ein neuer Blick auf ihre Füße. Groß und solide, wie sie sind, haben sie immer ihre wichtigste Funktion erfüllt: haben sie in Schuhgröße 42 unverdrossen aufrecht stehen lassen, in Herbststürmen, Unwettern und Bussen. Sie hat sich immer auf ihre Füße verlassen können, aber geliebt hat sie ihre behaarten, geäderten Untersätze nie. Die Größe von Ingrids Füßen hat ihre Fußpflegerin immer mit dem Gedanken an einen Preisaufschlag spielen lassen, und sie hat den Schuhladen von R. Lunde & Sohn niemals dazu bringen können, etwas mit einem Hauch von Gold oder auch nur einem eleganten Knöchelriemchen in ihrer Größe zu bestellen.

Bei der Tür von Vale nei Kat liegen haufenweise Flipflops aus Gummi. Für drinnen und draußen, mit und ohne

Riemchen zwischen den Zehen. Ingrid hat sich drei Paar gekauft, das erste bescheiden und schlicht, das zweite orange und mit Bula-Blumen auf der Sohle, und als sie zuletzt in Rakiraki waren, hat sie das wahre Glamourpaar angeschafft, mit breiten Silberbändern an beiden Fußseiten und einem mit Strass besetzten Steg, der zwischen dem großen Zeh und seinem Nachbarn verschwindet.

Ingrids Füße haben sich zu einem glücklicheren Leben entschlossen, das ist deutlich zu sehen. Die Zehen krümmen sich munter, während sie auf allen Seiten Luft haben, die Fußsohle ruht sicher und zufrieden auf der Gummiunterlage, kein Gedanke an spöttische Blicke, was Größe oder Breite angeht. Der Fuß dehnt sich aus und nimmt ohne Scham seinen rechtmäßigen Platz ein. Und er bekommt Komplimente! »Du hast gute Füße, Madam Ingrid«, sagt Ateca eines Nachmittags auf der Veranda. Ihr Lächeln lädt ihre Umgebung immer zum Zurücklächeln ein. Ateca fehlt ein Eckzahn, die schwarze Lücke wirkt wie ein neckendes Zwinkern in dem vielen Weiß. Jetzt sitzt sie im Schneidersitz auf dem Kokosschabeschemel, einem praktischen kleinen Hocker mit vier Beinen. In der Hand hat sie eine Art Sichel, mit der sie die geöffnete Kokosnuss ausschabt. Das weiße, feuchte Fleisch fällt in Streifen in die Schüssel, die Ateca zwischen den Füßen festhält.

Ingrid ist verblüfft. »Gute Füße?«

Ateca nickt. »Breite. Die können diese Schüssel halten, probier doch mal.«

Der Anblick der Füße, die die Schüssel mit den gelbweißen Kokosschnitzen halten, löst in ihr eine Welle von Vergebung aus. Ingrid verzeiht ihren Füßen, dass sie keine Treppe hinunterschleichen können, dass sie ihr auf der Grundschule den Spitznamen Goofy eingetragen haben, dass sie niemals Tanzen gelernt hat. Plötzlich sieht sie ihre robusten Stützen mit milderem Blick, jetzt, wo sie mit Kokosmilch geduscht sind und zeigen, dass sie neue Dinge lernen können. Sie lächelt Ateca an und ist vorbereitet und überrascht zugleich, als die Lachsalve losbricht. Mehr als eine Minute – Ingrid denkt später, dass es sicher eher zwei waren – lacht Ateca über Ingrids gute Füße. Und die pensionierte Finanzchefin der Busgesellschaft ist zur festen Kokosschaberin im Vale nei Kat aufgestiegen.

Und zur Buchhalterin, natürlich. Alles andere wäre ja noch schöner, sie muss sich doch ein bisschen nützlich machen, und *Kat's Cocoa* ist kein besonders kompliziertes Unternehmen. Das Geld geht zumeist in eine Richtung: aus dem Haus. Aber noch sind es bis zur Ernte mehrere Monate, und Kat und Mosese beteuern beide, dass die bitteren Kakaobohnen ihr Gewicht in Gold wert sein werden, wenn sie fertig getrocknet sind. Wie viel müsste man wohl investieren, um den Betrieb auszuweiten und hier Schokolade herzustellen, statt die Bohnen zu verkaufen?

Wenn sie vor ihren Ordnern in der Büroecke im Wohnzimmer sitzt, sieht Ingrid sich manchmal für einen Moment als eine Mischung aus Tania Blixen und Ellen O'Hara. Unsinn, rasch schüttelt sie den Kopf, sie trägt keine Verantwortung für eine riesige Kaffee- oder Baumwollplantage, und von einem Denys Finch Hatton hat sie auch noch keinen Schimmer gesehen. Dennoch hat das Ganze etwas Romantisches – der Strom, der für mehrere Stunden ausfallen kann, ab und zu auch für Tage, und die immer einsatzbereiten Petroleumlampen; das Gefühl, dass Wind und Regen die Ernte und damit auch ihr eigenes Schicksal bestimmen. Und Ingrid spürt, dass sich die Wirklichkeit nicht in den Aktenordnern befindet, sondern draußen in den grünen Schatten, wo die Baumstämme von Ameisen und Spinnen nur so überlaufen.

Nicht so dramatisch, ermahnt sie sich in solchen Augenblicken, es ist nicht deine Plantage. Das hier ist Kats Geschäft, und wenn sich jemand Sorgen wegen Pilzen oder Kakaokäfern machen sollte, dann ja wohl sie. Oder vielleicht Sina. Ingrid weiß, dass die viele Jahre lang im Gartenverein von Reitvik aktiv war. Sie weiß sicher einiges mehr über Parasiten und Fäule als Ingrid, aber Sina scheint sich zurückzuhalten. Sie grüßt Mosese höflich, aber sie engagiert sich nicht weiter und ist noch kein einziges Mal draußen auf der Plantage gewesen, soweit Ingrid weiß. Sina hat noch immer etwas Unausgepacktes, mehrere Wochen nach ihrer Ankunft. Ein Zögern an der Schwelle, eine Entscheidung, die sie nicht schafft. Ich kenne sie nicht, denkt Ingrid, und der ganze Wahnsinn bricht über sie herein: Wie kann ich geglaubt haben, das hier würde gut gehen? Weder Sina, noch Lisbeth oder Maya, wenn sie kommt, sind dieselben wie damals vor fünfundvierzig Jahren im Leistungskurs Englisch der 3 B. Und Kat und sie selbst sind das auch nicht.

»Und deshalb sind wir hier«, sagt Ingrid laut zu sich. Um das zu finden, was wir brauchen. Was möglicherweise etwas ganz anderes ist, als wir zu wünschen glauben.

»Ich war nicht sicher, ob du es tun würdest, Ingrid.«

Kats Stimme kommt aus der Hängematte in der dunkelsten Verandaecke. Das Dröhnen, mit dem die Wellen zwischen den Rippen aus Sand hin und her spülen, findet sein Echo im Schaukeln der verschlissenen Baumwollmatte. Die Tiki-Fackeln, schlichte Bambushalter mit einer Büchse voll Öl ganz oben, brennen mit flackernden Flammen, der schwarze Rauch weht herüber und hinterlässt auf der Zunge den Geschmack von Lagerfeuer und Pfadfinderleben.

»Was tun?«

Sie sagt das lässig, der Abend auf der Veranda lädt zu Geplauder ein, nicht zu Analysen.

»Loslassen.«

Kat richtet sich in der Hängematte halbwegs auf, versucht, sich auf den Ellbogen zu stützen.

»Wie meinst du das?«

Ingrid weiß nicht, ob sie eher verletzt oder verlegen ist. Warum sollte es überraschend sein, dass sie aus einem Impuls heraus handeln kann? Warum sollte sie als unbeweglich und konventionell gelten? Fällt es Kat – ausgerechnet Kat! – so schwer, Wildrid zu sehen?

»Ach, du weißt schon, was ich meine. Es ist sicher nicht so leicht, sich loszureißen. Routinen, Gewohnheiten, das, woran man immer schon gewöhnt war. Familie.«

Plötzlich brennt es hinter Ingrids Augenlidern. Was weißt du denn darüber?, möchte sie fragen. Du bist vor fast fünfzig Jahren aufgebrochen, ehe unter der Haut etwas ausgewachsen und erstarrt war. Seither bist du immer weitergelaufen. Ein Aufbruch ist für dich vermutlich dasselbe wie einen Koffer zu packen oder zu lernen, ein neues Gericht zu kochen. Und nicht, ein ganzes Leben einzulagern, ehe man sich, den Schlüssel in der Faust, in etwas Neues fallen lässt.

Das sagt sie nicht. Ingrid Hagen tut das, was sie am besten kann, sie behält alles für sich. Aber Kat wartet auf eine Antwort, ihre Augen funkeln aufmunternd aus der Tiefe der Hängematte, und Ingrid will ablenken, sie zum Lachen bringen.

»Vielleicht bin ich gar nicht das Gewohnheitstier, für das du mich hältst«, sagt sie. »Vielleicht habe ich zwei Liebhaber zurückgelassen und den Offenbarungseid geleistet? Vielleicht bin ich mit knapper Not der russischen Mafia entkommen, die das Geld zurückhaben wollte, das ich für meine wahnwitzigen Diamantenspekulationen geliehen hatte?«

Aber Kat lacht nicht. Sie betrachtet sie mit einem Lächeln, das Ingrid kennt, auch wenn es nicht mehr ganz so ist wie früher, geduldiger.

»Sei doch nicht böse, Ingrid. So war das nicht gemeint. Du weißt, wie sehr ich mich freue, dass du gekommen bist. Ich meinte nur, dass man immer einen Preis bezahlen muss.«

Kat versucht, sich an den Rand der Hängematte zu

schieben, möchte neben sich Platz machen für Ingrid. Diese Balanceübung ist nicht leicht, und die Hängematte schlingert; am Ende gibt Kat auf und streckt die Hand aus. »Du …«

Ingrid nimmt die Hand, umschließt die warmen, festen Finger der Freundin.

»Ich bin nicht böse«, sagt sie.

4
Ateca

Lieber Gott!

Was soll ich mit Madam Ingrid und Mosese machen? Madam Ingrid ist die Schwester von Madam Kat, es ist meine Aufgabe, ihr zu helfen. Aber Litia ist meine Freundin, und es geht ihr nicht gut. Es kann doch keiner gut gehen, wenn eine Kaivalagi-Frau für Stunden mit ihrem Mann auf der Plantage verschwindet! Du siehst, was sie tun, Gott. Sie reden. Aber sie bleiben so lange weg, und sie haben keinen Korb unter dem Arm, wenn sie herauskommen. Du hast uns das Essen gegeben, um damit unseren Magen zu füllen, und nicht, um darüber zu reden.

Für Mosese ist das genauso schwer. Er weiß, was den Kakao zur richtigen Zeit golden werden lässt, er liest die Farben auf den Hülsen und riecht an der Schale, die er zwischen den Fingern reibt. Aber er hat nie von den Büchern gehört, die Madam Ingrid vorschlägt, und er weiß nichts über Computer. Du hast gesehen, wie schlimm es an dem Nachmittag für ihn war, Gott, als Madam Ingrid ihn ins Haus gezerrt hat, um ihm etwas auf dem Computer zu zeigen. Mein Herz weinte, als er dort stand, während sie auf Bilder und Wörter zeigte, die über den Bildschirm flogen. Seine Zehen krümmten sich auf dem Boden zusammen, ich sah, dass er nur weglaufen wollte.

Und Gott, was sollte ich sagen, als sie mich nachher fragte, ob sie etwas falsch gemacht hätte? »Warum hat er gelacht, Ateca? Habe ich etwas Unhöfliches gesagt?« Ihre Hände hatten Angst und hielten sich an der Brillenschnur fest. »Ach nein, Madam Ingrid«, sagte ich. »Es ist nur, dass Mosese nicht so gut liest. Vor allem nicht auf Bildschirmen. Die Buchstaben sind so klein.«

Sie begreifen es nicht, Gott. Dass wir lachen, damit sie sich nicht zu schämen brauchen.

Zeig mir, was ich tun soll, Gott. Wie ich Mosese und Madam Ingrid helfen kann. Und auch Litia.

In Jesu Namen. Emeni.

5
Maya

Von: kat@connect.com.fj
An: evyforgad@gmail.com
Betreff: Mayas Gesundheit

Liebe Evy,

danke für Deine Mail, und danke dafür, dass Du mich so ehrlich über den Gesundheitszustand Deiner Mutter informierst. Ich hatte in den letzten Jahren ja nicht so viel Kontakt zu Maya, und ich wusste nichts davon. Deshalb bin ich sehr froh über das Vertrauen, das Du mir erweist. Ich verstehe ja, dass die Lage auch für Dich nicht leicht ist; Reitvik und Trondheim sind schließlich ein ganzes Stück voneinander entfernt, und Beruf und Familie sind auch so schon genug für Dich, das ist mir klar. Ich weiß noch, wann ich Dich zuletzt gesehen habe, da warst Du eine blonde kleine Elfe von acht, neun Jahren – nicht zu fassen, dass Du jetzt selbst eine Tochter hast. Ich bin sicher, dass Maya ihr Enkelkind anbetet, und Ihr seid natürlich jetzt, wo Steinar nicht mehr lebt, noch wichtiger für sie.

Nach allem, was Du geschrieben hast, verstehe ich, dass Dich die Frage einer Fidschi-Reise Deiner Mutter unsicher macht, und ich finde nicht, dass Du sie hintergehst, wenn Du mir schreibst. Ich musste doch wissen, wie die Lage ist. Aber ich möchte sofort betonen, dass meine Einladung weiterhin gilt, und für mich macht das, was Du erzählst, keinen Unterschied. Mayas alter Freundinnenkreis ist eine ziemlich tatkräftige Runde, und es geht doch gerade darum, dass unsere Wohngemeinschaft von Fürsorge und Rücksichtnahme geprägt sein soll.

Ich verstehe, was du über ihr eigenes »Leugnen« der Entwicklung sagst, ich vermute, das ist eine recht übliche Reaktion bei einer Person, die eine so schwerwiegende Diagnose erhält. Wenn Maya es hier nicht als dringliches Problem sieht oder nicht darüber sprechen möchte, halte ich es nicht für meine Aufgabe, sie zu bedrängen. Ich werde mein Bestes tun, um dafür zu sorgen, dass Arzttermine usw. eingehalten werden, aber das Wichtigste, so, wie ich es sehe, ist, eine Freundin zu sein, die unterstützt und hilft, innerhalb des Rahmens, den Maya selbst zu setzen wünscht.

Ich kann Deine Annahme bestätigen, dass das medizinische Fachwissen auf Fidschi nicht gerade überragend ist. Wir wohnen noch dazu in einem kleinen Dorf, und das nächste Ärztezentrum befindet sich in einer über eine halbe Stunde entfernt liegenden Stadt. Die Ärzte dort sind keine Spezialisten, sie bekämpfen das meiste mit Antibiotika, blutdrucksenkenden Medikamenten und einem aufmunternden Lächeln. Aber wie Du schon sagst, wäre es auch in Norwegen unmöglich, Maya zu heilen oder die Entwicklung aufzuhalten.

Wir werden ja mehr miteinander reden können, wenn Du Deine Mutter herbringst. Dann wirst Du auch ihre anderen Mitbewohnerinnen treffen, Du kennst sie sicher noch aus Deiner Kindheit in Reitvik. Ich halte es jedoch für besser, wenn wir uns nicht vor allem auf die gesundheitliche Situation konzentrieren, wenn Ihr herkommt, es ist wichtig, dass Maya den anderen auf Augenhöhe begegnet, um es mal so zu sagen, wenn wir nun diesen Lebensabschnitt kollektiv betreten wollen. Und wenn ich Dich richtig verstanden habe, ist ihr Problem ja nicht gleich auf den ersten Blick erkennbar.

Mir ist klar, dass wir beide Maya dieses Erlebnis des Stillen Ozeans gönnen, und ich finde, wir sollten alles dransetzen, um es ihr zu geben, wenn sie das möchte.

Ihr beide seid in Korototoka willkommen!

Lolomas
Kat

6
Lisbeth

Sie dreht den Kopf, schaut sich über die Schulter an und versucht einzuschätzen, wie schlimm es steht. Die weiße Hose ist nicht so schlecht, sie hält die Hinterbacken einigermaßen oben und dämpft den Eindruck von schlaffem Brotteig. Dennoch – es ist ein trauriger Anblick. Ganz einfach ein Elend.

Nicht den Hängebusen findet Lisbeth am schlimmsten, sondern den Hängehintern. Der feste, federnde Hintern, von dem Harald früher die Finger nicht lassen konnte, der, den sie immer durch Schnitt und Stoffe hervorgehoben hatte, ist nicht mehr das, was er einmal war. Im Gegenteil. Als wäre sechsundsechzig an sich nicht schon schlimm genug, der Truthahnhals, die schlaffen Oberarme und Titten wie umgestülpte Hosentaschen. Aber dass ihr Hintern jetzt die Kniekehlen ansteuert und erbarmungslos absackt, einen grausamen Zentimeter nach dem anderen, das ist nicht auszuhalten.

Harald hatte vor ihrem fünfzigsten Geburtstag darüber Witze gerissen. »Da muss ich dir wohl einen neuen Hintern spendieren. Assjob, ha, ha.«

Sein – sie ist nicht sicher, ob es ein Witz sein sollte. Und ab und zu hat sie ja auch selbst daran gedacht.

Lisbeth dreht den Kopf, die Nackenwirbel knacken, sie strafft das, was sie an halb vergessenen Gluteusmuskeln finden kann, und sieht eine kleine Bewegung im Teig. Training und Ernährung helfen in einem begrenzten Rahmen. Am Ende muss das Messer her. Aber sie hat zu lange gewartet, der Endspurt läuft jetzt, und sie hat niemanden mehr, der ihre Startgebühr bezahlen könnte.

Lisbeth befindet sich noch immer im Schockzustand. Dass sie es wirklich getan hat! Den Wagen verkauft – einem Gebrauchtwagenhändler, sie hatte sich nicht getraut, eine Anzeige aufzugeben –, den Flug gebucht und den BMW abgeliefert, wirklich im letzten Moment, auf dem Weg zum Flughafen. Sie hatte Harald gesagt, sie wolle für einige Tage Amanda besuchen, sie ist nicht sicher, ob er es überhaupt registriert hat. Sie wusste, wie minimal die Gefahr war, dass ein Gespräch zwischen Vater und Tochter sie verraten könnte – Harald und Amanda tauschen ab und zu eine SMS aus, das ist alles.

Natürlich gab es Ärger. Telefonate hin und her, sie weiß nicht einmal so genau, wie Harald überhaupt herausgefunden hat, wo sie war. Ist. War, ist und sein wird. Bleiben wird. Wird sie das? Amanda hatte am Telefon geweint. »Mama. Das kann doch nicht dein Ernst sein! Hast du den Verstand verloren? Mit wem wohnst du da zusammen? Was soll ich Fredrik sagen?«

Sie hatte ihrer Tochter kein Drehbuch für das Gespräch mit ihrem Freund geben können. Zu ihrer Überraschung merkt sie, dass ihr das im Grunde auch egal ist. Norwegen, Harald, die solariumbraune Tochter, die in einem Fitness-Studio arbeitet, sie befinden sich alle außerhalb der weichen Pelzmütze aus Nebel, die ihren Kopf umhüllt, seit sie hergekommen ist. Auch Joachim und seine Familie, die Frau und die Zwillingstöchter. Lisbeth kennt ihre Enkelinnen nicht, und das liegt nicht nur an der Entfernung zwischen Reitvik und Göteborg. Sie weiß, dass die Zwillinge reiten, sie schickt Geld für Geschenke und Zubehör, das die Eltern kaufen sollen, sie kennt sich da nicht aus. Als Joachim sich weigerte, in die Baubranche einzusteigen, und lieber Krankenpfleger werden wollte – Krankenpfleger! –, hatte Harald für seinen Sohn nur noch Verachtung übrig: »Wenn er keinen größeren Ehrgeiz hat, ja, dann.« Und als Birgitta, die junge Schwedin, die er in der Ausbildung kennengelernt und dann geheiratet hatte, sich zu einem Medizinstudium entschloss, war die Sache gelaufen: Joachim, der mit den Töchtern zu Hause bleibt, ist ein Trottel und ein Versager, findet Harald, und es ist peinlich, nicht prachtvoll, eine Internistin als Schwiegertochter zu haben. Sie sehen sich selten, die anderen Großeltern wohnen gleich bei ihnen in der Nähe. Lisbeth kennt sie nicht, hat keinerlei Kontakt zu ihrem Leben.

Was Amanda angeht, deren Gedankengänge versteht sie immerhin. Was wichtig für sie ist. Amanda ist noch immer auf der richtigen Seite der fünfunddreißig, Körper und Gesicht sind zehn Jahre jünger. Sie hatte einige Modelaufträge, Jobs hier und da, hat vor einigen Jahren ein Examen in Marketing abgelegt. Einige Beziehungen, einige Lebensgefährten.

»Ich weiß nicht«, hatte sie auf die entsetzte Frage ihrer Tochter geantwortet. »Dir wird schon etwas einfallen.«

Lisbeth dreht sich zum Bett um, sieht die auf der Baumwolldecke verstreuten Kleider an. Die Kleider mit den dünnen Trägern, die Gürtel, die die noch immer schmale Taille betonen sollen. Die Schuhe in zwei Reihen unten im Kleiderschrank, Pumps in Basisfarben, Sandalen mit Fersenriemen und offener Spitze. Obwohl sie zum Stillen Ozean geflohen ist, hat sie nicht vor, nachlässig zu werden. Nichts wird dadurch besser, dass man sein Äußeres vernachlässigt. Sie weiß nicht, wie hier alles werden wird, aber sie wird jedenfalls nicht mit ausgebeulten Knien in der Hose gesehen werden, oder – Gott behüte! – in einem der geblümten Zelte, die alle Frauen oberhalb des Shorts-Alters hier zu tragen scheinen. Oberhalb des Shorts-Alters, na ja, Kat trägt auch abgeschnittene Jeansshorts. Sie ist aber auch unglaublich. Lisbeth weiß nicht, ob sie lachen oder weinen soll. Hatte Kat denn nicht überall Kontakt zu Diplomaten und Botschaftern, und dennoch hat sie keine Ahnung davon, wie man sich kleidet? In der 3 B hat sie sich nicht geschminkt, und sie schminkt sich auch jetzt nicht, ob sie das in den Jahren dazwischen wohl je getan hat?

Lisbeth entscheidet sich für ein rosa Trägerhemd zu der weißen Hose. Dreht sich hin und her, steigt sogar auf einen Hocker – um Himmels willen, ist es denn nicht möglich, hier einen anständigen Ganzkörperspiegel aufzutreiben?

»Du bist aber elegant!«

Kats Kompliment klingt echt, und Lisbeth verspürt eine rasche kleine Freude über diese eine Anerkennung. »Ach, das ist nur so alter Kram, der mir gerade unter die Finger kam.«

»Du siehst toll aus. Wie immer. Warte mal!«

Kat steigt die vier Stufen von der Veranda hinunter und verschwindet in der Dunkelheit. Kommt mit einer roten Blüte zurück und klemmt sie Lisbeth hinters Ohr. »Da.«

Sie beugt sich vor und fügt bedeutungsvoll hinzu: »Du musst sie immer links tragen. Das zeigt, dass du ledig und bereit für ein Abenteuer bist. *Left is for looking, right is for cooking.*«

Lisbeth lacht, errötet fast, greift sich automatisch an den Kopf. Sie hat die Blüten hinter den Ohren von Frauen auf der Straße gesehen, im Laden, auf dem Heimweg vom Feld mit ihren Körben voller Kassava, der weißgelben Hackfrucht, die zu allem benutzt wird. Hat den roten Hibiskus gesehen, die schwellende Ingwerblüte, den betäubend duftenden Frangipani auch hinter Ohren von Männern, aber von diesem Flirtcode hat sie nichts gewusst.

»Stimmt das?«

Das ist ihr herausgerutscht, ehe sie nachdenken konnte.

»Sicher.«

Kat lacht. Lisbeth kennt dieses Lachen noch, laut, und es rollt gewissermaßen zuerst durch den Mund, um Kraft zu sammeln, ehe sich die Lippen öffnen und es in kurzen, kräftigen Stößen herauslassen. »Du wirst deine auf die rechte Seite stecken müssen, wenn du aus dem Haus gehst, sonst hast du keine Ruhe.«

»Ja, bestimmt.«

Sie lacht mit den anderen und weiß, dass sie dumm ist, aber sie kennt dieses Gefühl, ihre Wangen werden warm. Die Blicke, in denen sich Pfiffe verbergen. Die Blicke, die über den Hintern gleiten, sie abschätzen. Die neidischen, nervösen Seitenblicke anderer Frauen, aus den Augenwinkeln heraus, nicht der Rede wert. Wissen, dass die Schuhe passen. Davon beschützt sein, dass Frisur und Schminke tadellos sind.

»Ach nein, du«, sagt sie und setzt sich auf einen Puff mit winzigen Spiegeln, eine von Kats vielen seltsamen Einrichtungsideen. »Die Zeiten sind vorbei, das steht fest.«

»Wirklich?«

Diese Frage stammt von Sina, nicht von Kat. Lisbeth ist weniger überrascht von der direkten Frage als von der Fragerin. Sie steckt sich eine Zigarette an, um dem herausfordernden Blick zu entgehen, verspürt ein vages Wohlbefinden beim Anblick ihrer gepflegten Nägel.

»Wie meinst du das?«

Sie hört selbst, dass ihre Frage tonlos und gleichgültig klingt, sie verlangt keine Antwort. Sie begegnet Sinas Blick nicht, beobachtet stattdessen den Rauch, der in der Dunkelheit verschwindet.

Für Sina war es ohnehin genug, sie verfolgt das Thema nicht weiter. Zuckt nur mit den Schultern und wendet sich ab. Richtet den Blick auf das Meer, das niemand sehen, das aber alle hören können.

Ateca schiebt die Drahttür zur Seite und steckt den Kopf heraus. »Ich gehe jetzt, Madam Kat. Bis morgen früh.«

»Gute Nacht, Ateca.«

Sie will zu ihrem Sohn nach Hause, Lisbeth hat ihn zweimal gesehen. Ein Riese von vielleicht siebzehn, achtzehn, mit grobem Bartwuchs an den Wangen und kräftigen, von Tätowierungen bedeckten Waden. Unter dem Arm trägt Ateca eine Plastikdose; hier im Haus ist es offenbar die Regel, dass sie nach dem Abendessen die Reste mit nach Hause nehmen darf. Der Bengel hat das sicher sofort verschlungen, denkt Lisbeth, der riesige Körper braucht ja wohl nicht wenig Nahrung. Kat erzählt, dass er davon träumt, Rugbyprofi zu werden, davon träumen die meisten Jungen hier. Ihre Gedanken streifen Joachim, das feine, schmale Gesicht ihres Sohnes, das Haar, das bereits dünn wird. Wann hat sie eigentlich zuletzt mit ihm gesprochen?

Lisbeth bleibt sitzen und betrachtet ihre Füße. Weiß, ein bisschen knochig, aber die Nägel zeigen das frische Rot, das sie seit vielen Jahren benutzt. Kein Grund, daran etwas zu ändern. Den Fersen haben mehrere Jahrzehnte regelmäßiger Fußpflege gutgetan, sie sind rund und weisen keine Hornhaut oder Schwielen auf. Aus alter Gewohnheit schlägt sie die Beine übereinander, um den dicken Klumpen unterhalb des rechten dicken Zehs zu verbergen. *Hallux valgus,* die unschöne Knochenverdickung, die im Laufe der Jahre zu Pflaumengröße herangewachsen ist. Sie tut weh, und Lisbeth reibt vorsichtig daran. Es ist ein geringer Preis für die vielen Jahre mit spitzen Schuhen, das weiß sie, aber verflixt, es tut ja so weh. Sie schließt die Augen und atmet tief durch.

»Sag schon!«, verlangt Kat.

Was? Lisbeth sieht zu dem strubbeligen dunklen Kopf auf dem Bambussofa.

»Sag, was du gerade gedacht hast.«

Kat lacht ihr Trompetenlachen.

»Lass hören, was du in Gedanken verfluchst. Ich hab es gesehen. Wehe Füße sind die Hölle. Ich kann gleich damit anfangen: Wehe Füße sind die Hölle!«

Sina wacht hinten bei der Treppe auf, richtet interessiert den Blick auf Lisbeth, die eine Sekunde zögert, ehe sie sich entscheidet und den Mund aufmacht: »Ich habe gedacht … verflixt.«

Sina lacht höhnisch, aber nicht erbarmungslos, ehe sie mitmacht: »Scheißkrampfadern.«

»Verdammte Blutschwämmchen!«

Das ist Ingrid.

»Verfluchte eingewachsene Zehennägel!«

Wieder Kat.

Das Lachen wogt zwischen roten Fackelflammen, zwischen den flackernden und zuckenden Schatten.

»Blöde knackende Knie!«

»Verteufelte Wabbelschenkel!«

Lisbeth streckt den rechten Fuß aus, die Kugel unterhalb des großen Zehs leuchtet weiß. Sie fährt mit den Händen über ihre zerknitterte Hose und schluckt den Kloß im Hals hinunter, damit das Lachen vorbeikann.

Sie kann sich nicht erinnern, ob Harald etwas zu dem Auswuchs an ihrem Fuß gesagt hat, auch wenn er sonst eifrig alles kommentiert, was verwelkt, hängt und zittert. Er bringt aufmunternde Rufe wie: »Spachteln hilft nicht mehr, jetzt muss das Bügeleisen her!«, wenn sie mit der Schminke vor dem Spiegel steht. Sie weiß es ja, die Falten werden tiefer und zahlreicher, die Cremes immer teurer. Die Friseurbesuche häufiger und häufiger. Wie bei einem Langstreckenlauf, bei dem die Ziellinie entfernt worden ist; es geht nur darum durchzuhalten, Runde um Runde, mit Beinen, die immer schwerer werden. Dennoch rasiert sie sie noch immer. Versteckt die Krampfadern unter Abdeckcreme und zwingt wehe Zehen in enge Schuhe. Ihre Röcke sind nicht mehr so kurz wie früher, aber ihre Knie kann sie noch immer vorzeigen. Mit dem richtigen BH kann sie auch noch ihr Dekolleté zeigen, den Bauch zu verbergen ist dagegen eine größere Herausforderung. Dass ihr Hintern verschwunden ist, ist nur noch ein Punkt mehr auf ihrer Liste.

Wann hat Harald aufgehört, den Reißverschluss nach unten zu ziehen statt nach oben? Das war ihr Spiel gewesen, sie rief ihn ins Schlafzimmer, damit er ihr beim Reißverschluss im Rücken half. Er zog ihn nach unten, nicht nach oben, schob ihr das Kleid von den Schultern, legte ihr die Hände um die Brüste, murmelte: »Einen Schnellschuss schaffen wir«, in ihren Nacken. Der glühende Atem an ihrem Ohr. So lange her. Sie ruft nicht mehr. Er kommt nicht mehr.

Natürlich geht er zu anderen, das hat er immer getan. Einkaufstouren, Warenmessen, Sommeraushilfen im Laden. Lisbeth weiß nicht mehr, wann sie aufgehört hat, sich deshalb zu grämen, obwohl, ja, es war eine neue Qualität der Demütigung, als er an dem Tag im Sommer telefoniert hat, während er neben ihr im Auto saß, ohne es im Geringsten zu tarnen. Er saß da und verabredete sich mit ihr, wer immer es diesmal sein mochte, in Dänemark, eine Woche später. »Einkaufsmesse«, sagte er, als er auflegte. »Ich muss für zwei Tage nach Kopenhagen.« Er drehte sich zu ihr um und lächelte, und sie wartete auf den schwarzen Stich aus Übelkeit und Verzweiflung, aber nein. Nur ein vages Gefühl von Scham und Gleichgültigkeit. Ein vereister See in ihr, Reif an der Oberfläche. Eine weiße Tafel, die darauf wartete, dass sie die Schlittschuhe anschnallte, mit blankem Stahl tiefe Wunden riss: Ich war hier. Ich war jemand. Aber sie ist niemals Schlittschuh gelaufen. Hat nur den endlosen Langstreckenlauf gemacht, Jahr um Jahr, Runde um Runde vor dem Spiegel.

Ohne sich dem Ziel zu nähern.

Und als sie nach Hause kam, lag Kats Brief im Briefkasten. Genau an jenem Tag.

Lisbeth, ich frage mich, ob alles so gekommen ist, wie Du es Dir gewünscht hast. Der Prinz und das halbe Königreich. Glücklich bis ans Ende ihrer Tage. Oder höre ich das Papier rascheln, weil Deine Hände zittern? Ingrid hält mich über unsere alte Clique ja ein bisschen auf dem Laufenden. Du und ich, wir wissen beide, dass sie keine Klatschtante ist, aber ich habe doch verstanden, dass die Rosen auch oben auf Toppåsen Dornen haben. Prinzen sind nicht immer so königlich, wie sie tun.

Aber hier kommt nun eine Möglichkeit zur Veränderung. Könntest Du Dir ein Zimmerchen unter einem Strohdach vorstellen anstelle von drei Wohnsalons mit Panoramafenstern? Oder hast Du zu viel zu verlieren?

Lisbeth schaut sich um, sieht Ingrid, die sich Lachtränen von der Wange wischt. Ihr dickes graues Haar ist kurz, ein schlichter Schnitt, der zur Brillenschnur um ihren Hals passt. Die solide, unaufregende Ingrid, aber etwas ist neu: eine lebhafte Kopfbewegung, ein Funkeln tief in den braunen Augen. Ingrid hat also ihr Leben im Auge behalten. Hat von Haralds Frauengeschichten gehört und den Klatsch registriert, vor dem sie selbst seit Jahren Augen und Ohren verschlossen hatte. Ingrid hat es Kat erzählt, und das ist der Grund, warum Lisbeth hier sitzt, in diesem Moment, mit einer Blume hinterm Ohr, unter einer Sonne, die sich ruhig und rot in den Stillen Ozean brennt. Der Kloß drückt heiß in ihrem Hals, und sie greift nach ihrem Zigarettenetui. Glücklich bis ans Ende ihrer Tage? Gibt es einen Ort, wo man das sein kann?

Der Korbsessel bei der Hängematte knarrt, als Kat die Beine hochzieht. Die sorglose, lebhafte Kat, die nicht begreift, dass sie beim Spiel dabei ist. Wenn Lisbeth auf dem Gymnasium von Reitvik überhaupt eine Rivalin hatte, dann Kat. Kat mit dem seltsamen Lachen, dem großen Mund, auf irgendeine Weise faszinierte sie alle, bezauberte. Ohne das auszunutzen. Kat lachte nur, wünschte und sehnte sich ohne Scham. Fabulierte und träumte von Dingen, von denen Lisbeth wusste, dass sie nicht für sie bestimmt waren. Sie war immer außer Atem, wenn sie mit Kat zusammen gewesen war, fröhlich und entmutigt zugleich. Aber sie selbst hatte andere Ziele angesteuert und nicht aus den Augen verloren. Sie wusste, welche Waffen ihr zur Verfügung standen und welchen Preis sie holen wollte. Dennoch war es eine Erleichterung gewesen, als Kat mit Niklas durchbrannte, eine Unvorhersagbarkeit, die verschwand und den Boden denen hinterließ, die zur selben Melodie tanzten. Bei diesem Tanz war Lisbeth unbesiegbar und schlüpfte elegant auf das Siegertreppchen, wo der Pokal Harald Høie hieß. Mit jr. dahinter und Direktor davor. Baumarkt in der dritten Generation, solide, sicher. Der erste Preis.

Sie lässt ihren Blick zu Sina weiterwandern, und jetzt zuckt sie zusammen, als ihre Augen sich begegnen. Sina weicht nicht aus, am Ende wendet Lisbeth den Kopf mit einem Gefühl ab, das ihr vertraut ist, dem Gefühl, aus einem Winkel herausgefordert zu werden, den sie nicht benennen kann. Ein Verhältnis, in dem die Balancierstange immer wieder zittert. Jetzt wie damals. Waren sie beste Freundinnen? Doch, das wohl. Verschieden wie Zucker und Salz, aber wir brauchten einander, denkt Lisbeth. Sie kann jetzt so wenig wie damals erklären, wieso. Sina hatte immer Herpes an den Lippen. Ihr Mantel hing offen, war es ein Wunder, dass sie immer zu frieren schien? Mit krummer Haltung und ohne Busen, nicht einmal den einfachsten Trick mit Watte im BH schaffte sie. Noch immer ist Lisbeth außer sich, wenn sie daran denkt; Sina hätte es doch wenigstens versuchen können? Sich gerade halten, etwas mehr lächeln, sich die Haare legen. Sina war nicht dumm, nur so … unbeholfen eben!

Das andere, das noch immer keinen Namen hat und an das Lisbeth seit vielen Jahren nicht mehr gedacht hat, war nichts, was Sina gesagt hat. Oder getan. Aber es war immer da, im Zug um den Mund, wenn Lisbeth laut über die dummen Witze der Jungen lachte. In dem langsamen Blick, der ihr im Spiegel auf dem Mädchenklo folgte, wenn Sina wortlos dastand und Jacke und Schal hielt, während sie selbst mit dem Kamm rang und über ihre unmöglichen Haare klagte. Etwas Missbilligendes, nein, Abweisendes. Nein, Abwertendes. Lisbeth lässt den Rauch aus ihrer Nase entweichen und nimmt die alte Jagd nach dem Wort wieder auf. Verurteilendes? Spöttisches? Sie findet es auch jetzt nicht. Weiß nur, dass es noch immer da ist. Eine Art Macht hinter hängenden Schultern und mürrischen Antworten.

Stumm und unbeholfen, das war das Einzige, was die anderen sahen. Sicher war deshalb der Schock umso größer, in dem Herbst nach dem Abitur, als Sina ihren Mantel nicht mehr zuknöpfen konnte, so große Mühe sie sich auch gab. Wer der Vater war, kam nie heraus. Lisbeth ist nicht sicher, ob das überhaupt irgendwer weiß. Aber Kat war weg, Ingrid arbeitete und lebte ihr stilles Leben, Maya und Steinar waren auf dem Lehrerseminar, und sie selbst trug einen glatten Ring und plante die Hochzeit. Es war irgendwie unmöglich, sich nicht zu kümmern, nicht irgendetwas zu tun für Sina, die drei Jahre lang in der Klasse rechts neben ihr gesessen hatte. Die etwas über Krankenpflege gesagt hatte, vielleicht, aber die nichts angefangen hatte – bis das hier passiert war. Ach, Lisbeth war außer sich gewesen, sogar irritiert. Aber Sina hatte ihr auch leidgetan; sie hatte sich auf irgendeine Weise verantwortlich gefühlt, und am Ende hatte sie mit Harald gesprochen: einen Job als Aushilfe, nur einige Stunden in der Woche? Im Lager, damit sie das Gerede nicht zu hören brauchte (und die Leute sie nicht zu sehen brauchten, ja, auch das hatte sie gesagt). Sinas Mutter, Witwe und nicht gesund, hatte auch nicht viel, könnten sie nicht versuchen zu helfen? Als Harald am Ende bereit war, mit dem Senior zu sprechen, und als sie es dann Sina erzählen konnte, hatte Lisbeth den Vorgeschmack ihres neuen Lebens im Mund. Plötzlich hatte sie etwas anzubieten. Einen neuen Blick, mit dem sie Sina gegenübertrat.

Sie wird es nie vergessen. Nilsens Café, ein Tisch an der Wand, gleich neben dem Glastresen mit dem Kuchen.

»Harald senior hat es selbst gesagt. Du kannst im Lager aushelfen, Waren auszeichnen und so. Ich weiß nichts über den Lohn, aber das Wichtigste ist doch, dass du überhaupt etwas hast, nicht wahr?«

Lisbeths Hals war unter dem Schal heiß geworden, sie war atemlos angesichts des Reichtums, den sie übrig hatte. Ein süßes und beängstigendes Gefühl von Macht.

Das Schwarze, das in Sinas Blick heranwuchs. Der

Hals, der sich vor Trotz anspannte, die Wangenknochen, die sich plötzlich unter den runden Wangen abzeichneten.

»Dass ich etwas habe? Du glaubst, ich habe nichts?«

Das Gesicht, das sich über den Tisch vorbeugte, heißer, wütender Atem.

»Ich habe viel mehr als du, Lisbeth. Bild dir also ja nicht ein, du und Harald Høie, ihr könntet mir einen Gefallen tun!«

Sie war wie gelähmt gewesen. Merkte, wie die Finger um ihre Zigarette anfingen zu zittern, wie ihr Lächeln ausfranste. »Wie meinst du das? Ich wollte doch bloß …«

»Du weißt genau, was ich meine. Glaubst du, ich weiß nicht, was du denkst? *Die arme Sina.*«

Ihre Grimasse, hart und hässlich.

»*Die arme Sina, die so geendet ist.* Eins kann ich dir sagen: Wer uns hier leidtun müsste, das bist du, Lisbeth. Du kannst dich ja nicht mal umdrehen, ohne daran zu denken, wie dein Hintern aussieht. Du übst dein Lachen vor dem Spiegel. Glaubst du, ich hätte Lust, so zu sein wie du? Eine, die nur das vorweisen kann, was alle sehen können? Ich habe etwas, Lisbeth, nicht du.«

Sina ließ sich im Sessel zurücksinken, leerte ihre Kaffeetasse und fügte dann mit veränderter, gleichgültiger Stimme hinzu: »Aber natürlich nehme ich den Job, das ist klar. Irgendwo muss ich ja Geld verdienen. Grüß Harald und sag ihm tausend Dank.«

Lisbeth begreift jetzt nicht, dass sie das verdrängen konnte. Dass sie zu Harald zurückgegangen ist und gesagt hat, Sina sei froh und dankbar gewesen, »sie sagt tausend Dank«. Wenn sie später daran dachte, konnte sie sich fast einbilden, alles missverstanden zu haben. Natürlich war Sina außer sich, sie befand sich in einer furchtbar schwierigen Lage. Begreiflich, dass sie verzweifelt war, sie wusste nicht, was sie sagte. Und ihre Dankbarkeit für den Job war jedenfalls echt, sie war seither die ganze Zeit in dem Laden geblieben.

Ganz klar, dass sie den Kontakt verloren. Sina hatte den Jungen und ihre Arbeit. Ihr kleines Leben in der Blockwohnung. Lisbeth hatte so viel mehr. Hatte alles. Das Haus in der besten Lage, die Kinder, Joachim zuerst, den Kronprinzen vom Baumarkt Høie. Dann Amanda, die Prinzessin. Es war doch alles gut? Hektisch, aber gut? Und sie hielt sich in Form, hielt sich schlank, hielt Harald, so gut sie konnte. »Zueinander passen« hieß es jetzt. Hatten sie und Harald je zueinander gepasst? Sie ist nicht sicher, was das bedeutet. Es bedeutet wohl nur, dass die Tage vergehen, ohne zu viel Streit und Probleme? In eine andere Richtung zu schauen, wenn der Anblick zu unangenehm wird? Die leeren Zimmer im Haus, die vielen einsamen Stunden, waren die wirklich so schlimm?

Es hätte viel schlimmer sein können, stellt Lisbeth fest und lässt ihren Blick noch einmal im Kreis wandern. Sina: ihr Leben lang in Geldnöten, ein Schlappschwanz von Sohn. Ingrid: solide, abgesichert, aber wie viel Spaß hat sie wohl gehabt? Wie oft haben die Hände eines Mannes sie zittern und glühen lassen? Und Kat … wer wird aus Kat schon schlau? Kat, die jeden hätte haben können, die sich aber für abgeschnittene Jeans und keine feste Adresse entschied. Kat, die jetzt Witwe ist, die aber nicht darüber spricht – das ist doch seltsam? Und Maya. Maya, die noch nicht gekommen ist, die aber in einigen Tagen in das letzte und kleinste Zimmer in Vale nei Kat ziehen wird – was ist das übrigens für ein Name? Kats Haus. Lisbeth wünschte, sie könnten einen anderen Namen finden. Sie kann doch nicht für den Rest ihres Lebens als Kats Gast hier wohnen. Die Zimmer zu Hause flackern vor ihren Augen vorbei, stille Wohnzimmer, leere Schlafzimmer. Ihr kommt der Gedanke: Auch da bin ich ein Gast. Alles ist erlesen und geschmackvoll. Aber niemand ist zu Hause. Es ist seit vielen Jahren niemand mehr zu Hause.

7
Ateca

Lieber Gott!

Du musst mir helfen, auf sie aufzupassen. Die Schwestern von Madam Kat, sie sind so hilflos! Sie haben Geld und mehr zu essen, als sie verzehren können, aber es gibt so vieles, was sie nicht verstehen.

Ich weiß, dass alles in deiner Hand liegt, Gott. Aber ich muss ihnen so viel beibringen. Dass Madam Sina sich ihre dünnen Haare mit Kokosnussöl einreiben muss. Dass Madam Lisbeth ihr Gesicht nicht mehr mit Creme bedecken darf, damit es richtig atmen kann. Und Madam Ingrid, die so gern alles Mögliche lernen will. Aber sie will auch gern bestimmen, will ein bisschen Bosso sein. Sie hat bestimmt, dass der nasse Küchenabfall auf einen Haufen hinten im Garten gelegt wird. Sie mischt verfaulte Blätter und Obstschalen darunter und wühlt mit einem Spaten darin herum. »Dann wachsen die Kürbisse besser«, sagt sie. Ich nicke nur. Sie wird bald genug erfahren, dass Fischhaut den Geschmack der Süßkartoffeln verdirbt. Und du hast doch gehört, was sie mich heute gefragt hat? Warum die Frauen sich nicht abends beim Schnaps treffen wie die Männer?

Und bald kommt noch eine Madam. Ich passe auf sie auf, so gut ich kann, Gott, auch wenn es nicht leicht ist, sie zu ver-

stehen. Ihre abgehackte Sprache und die bleichen Kleider. Die seltsamen Fragen, die sie stellen. Sie sind gute Menschen, aber sie sind Kaivalagi, sie denken anders als wir.

Du hast gesagt, dass wir unsere Unruhe in deine Hände legen sollen, und darum lege ich die Madams in deine Hand. Danke dafür, dass du sie in deine Obhut nimmst und sie beschützt.

In Jesu Namen. Emeni.

8
Kat

Ich hoffe, sie betrachten das nicht als Experiment. Bei dem sie zuerst feststellen können, ob es ihnen zusagt, um dann auszusteigen, wenn die ersten Herausforderungen auftauchen. Ich bin nicht naiv, die Götter mögen wissen, dass ich viel zu oft gesehen habe, wie Träume und gute Absichten vom Vorschlaghammer der Wirklichkeit zerschmettert wurden. Aber ich wünsche mir so, dass das hier gut geht, und dann müssen sie mit ein bisschen Schweiß und Tränen rechnen, wirklich jede Einzelne von ihnen.

Können wir es schaffen? Eine Schwesternschaft aufbauen, die es einmal gegeben hat, ohne dass wir einen Namen dafür hatten? Die Frage wirbelt mir immer wieder durch den Kopf: Das hatten wir doch damals, eine Gemeinschaft? Oder irre ich mich so sehr? Vielleicht ist es nur Wunschdenken und Geschichtsverfälschung, und wenn es so ist, dann habe ich einer kollektiven Katastrophe das Tor geöffnet.

Ich hätte nie gedacht, dass ich etwas davon brauchen würde, Niklas war immer genug für mich. Sein Eifer, sein hungriger Optimismus, der mich anzog und mich bei ihm bleiben ließ. Und ich habe die Reise nie bereut, nicht eine Sekunde lang. Orte, von denen ich nie gehört hatte, von denen ich nicht einmal gewusst hatte, dass ich mich danach sehnte. Menschen, Lächeln, Stimmen. Tränen, Furcht, abgrundschwarze Trauer. Manchmal konnten wir helfen, nicht immer. Ab und zu war der Schmerz bei unserer Abreise größer als bei unserem Eintreffen. Aber immer ging es um uns zwei, um Niklas und mich zusammen. Ich brauchte nichts anderes. Es war so einfach weiterzureisen, immer weiter.

Die wenigen Besuche zu Hause im Laufe der Jahre waren zumeist für Beerdigungen reserviert. Ein Flimmer von grauem Regen und schwarzen Kleidern, Frikadellen auf Brot in einem kalten Gemeindehaus. Kein Grund, um in Reitvik zu bleiben, nicht, wenn das Programm zur Ausbildung von Bezirkskrankenschwestern in Pakistan fast startbereit war. Wenn die Dankesanzeige in der Zeitung stand, saß ich schon im Flugzeug zurück in den Kongo oder nach Malawi oder Bhutan. Als mein Vater gestorben war, kam mir Karstens Vorschlag, unser Elternhaus zu verkaufen, vernünftig vor. Es war eine Erleichterung, alles meinem Bruder zu überlassen, das gebe ich gern zu. Es verleiht immerhin eine Art Sicherheit zu wissen, dass in der Sparkasse von Reitvik eine Summe auf meinen Namen hinterlegt ist.

Kinder waren das Einzige, bei dem wir uns nicht einigen konnten, Niklas und ich. Oder was heißt schon einigen … Es war eher eine Diskussion, die niemals ein Ende fand. Das klassische Beispiel für etwas, für das nie der richtige Augenblick war. Immer gab es andere, die uns dringender brauchten: »Wir warten doch lieber, bis wir wissen, ob das Projekt finanziert werden kann, meinst du nicht, Kat?« Oder gut läuft. Oder zu Ende geführt oder ausgewertet. Nur, dass nach dem einen Projekt immer ein neues wartete, ein dringlicheres, bei dem die Zeit noch mehr drängte. Eine Überschwemmung, die das Trinkwasser für ein ganzes Dorf verunreinigt hatte. Aufrührer, die eine Bevölkerung in die Flucht gejagt und ein dringendes Bedürfnis nach Zeltlagern und Nahrungsmitteln geschaffen hatten. Das Projekt war niemals eine Zellvereinigung mit neun Monate langer Reifezeit. Der Zeitpunkt war nicht richtig. Niklas war und blieb die Sonne in meinem Planetensystem, meine Nabe im Universum. Sein moralischer Kompass gab die Richtung vor, seine Nase für Not zeigte den Weg. Niklas' gerader Rücken brachte mich dazu, meinen eigenen aufzurichten, seine niemals versagende Fähigkeit, neues Leid zu lokalisieren, Warteschlangen von Mitmenschen, die unsere Hilfe brauchten. Ein Baby konnte mit diesen Dimensionen nicht konkurrieren, deshalb erwähnte ich es nicht. Nicht so, nicht als etwas, das mir fehlte. Wie hätte ich denn diejenige sein können, die ihn von diesen Reisen zu guten Taten abhielt? Ein Baby konnte in der Liga nicht mitspielen, deshalb wurde es nicht erwähnt. Ein egoistischer, selbstsüchtiger Wunsch, den ich nicht laut aussprechen durfte. Eine beschämende, gierige Sehnsucht, die nicht ans Tageslicht kommen durfte. Wir hatten die Verantwortung für so viele bereits geborene Kinder. So viele Kinder, an so vielen Orten.

Wir hatten beide keine besondere Ausbildung. Niklas

konnte ein abgebrochenes Völkerkundestudium vorweisen, ich hatte kaum mehr als ein schnödes Abitur, wenn es um belegbares Wissen ging. Aber vierzig Jahre unterwegs brachten uns hinaus auf die Felder, in die Dschungel, auf die Boote und manchmal sogar auf die Bäume. Oft wurde jedoch unser Versuch auf Eis gelegt, auch wenn die Absicht gut gewesen war: Wir führten ein Pilotprojekt mit erhöhtem Hausbau in einer überschwemmungsgefährdeten Gegend in Südchina durch, aber es stellte sich heraus, dass die Holzbauten die Haubenmainas vertrieb, die ihrerseits die Kartoffelernte vor Schädlingen schützten, und die Lokalbevölkerung wollte lieber Kartoffeln als überschwemmungssichere Häuser.

Eine Kakaoplantage war deshalb keine Herausforderung, vor der wir zurückgeschreckt wären. Wir suchten diese Herausforderung ja geradezu: Die Farm ein Stück außerhalb von Rakiraki, von der Niklas eines Abends rund um die *Tanoa* in einem Dorf an der Korallenküste von Fidschi hörte, passte perfekt in den Rentnertraum, von dessen Existenz wir noch gar nichts gewusst hatten. Nach dem zehnten oder vielleicht fünfzehnten *Bilo* mit *Kava* setzte einer der Männer um das große Holzgefäß zu einer langen Geschichte über den Onkel seines Schwagers an, der viele Jahre zuvor den Fehler begangen hatte, ein Stück seines Bodens einem *Kaivalagi* zu überlassen, einem Ausländer, einem »Fremden aus dem Himmelblauen«. Der Boden war unter dem Onkel des Schwagers so genutzt worden, wie er eben genutzt werden sollte: eine solide *Dalo*-Reihe neben der anderen, Reihen dieser schweren Hackfrucht, die der gesamten fidschianischen Kost zugrunde liegt. Dieser überdimensionale Rübenklon ist nicht gerade mein Liebling; er wird gekocht serviert, ist gänzlich ohne Geschmack und hat die Konsistenz hart gewordener Butter. Der Kaivalagi – Niklas war der Auffassung, dass es sich um einen Australier gehandelt hatte – hatte stattdessen unbedingt Kakaobohnen anbauen wollen, und was war dabei herausgekommen? Nicht nur hatte ein wütender Nachbar ihn nach einem Streit um ein Darlehen von wenigen Dollar mit dem Rübenmesser niedergestochen, seine Frau und sein Sohn waren zudem mit dem Taxi verunglückt, als sie versuchten, nach Rakiraki und dann mit einem Bus in die Sicherheit der Hauptstadt zu gelangen. *Cursed,* sagte der Mann und leerte noch einen Bilo auf einen Zug, ehe er das obligatorische Bula zu dreimaligem todernstem Händeklatschen murmelte und die halbe Kokosnussschale weiterreichte.

»Und die Farm?«, fragte Niklas. »Ist die auch zum Teufel gegangen?«

Der Fidschianer starrte ihn düster aus rot unterlaufenen Augen an und schüttelte dann den Kopf. »Die Pflanzen werden groß, und die Bohnen sind golden wie Geldsäcke. Aber was hilft das, wenn du tot bist?«

Schon eine Woche später hatten wir durch den Aufseher, Mosese, die Verwandten des Besitzers ausfindig gemacht. »Mosese arbeitet weiter, bis der Verkauf abgeschlossen ist«, sagte Niklas, und seine Augen leuchteten vor Eifer. »Und auch danach, wenn wir wollen. Kat, stell dir das doch bloß mal vor: eine Kakaoplantage!«

Er liebte mich. Manchmal tut es so weh, dass ich nicht atmen kann. Muss die Augen schließen, mich an etwas festhalten und ganz ruhig durch die Nase ein- und durch den Mund ausatmen: Er liebte mich, er wollte mir etwas Schönes bieten! Die Freude in seiner Stimme: »Wir können das lernen, Kat, es ist nicht schwer!« Die Begeisterung, die immer auf mich übergriff: »Unser eigenes Projekt, und wenn es uns gelingt, können wir anderen helfen. Lokale Weiterverarbeitung. Mikrofinanzierung. Saisonarbeit!«

Der Eifer in seinen Worten, aber vor allem sah ich: Das hier ist für mich. Er liebt mich. Der süße, schwere Genuss, der in monatelanger Arbeit hervorgebracht wird, ein langer und mühsamer Prozess: die Liebe in den glänzenden, fetten braunen Kakaobohnen. Das ist für mich.

Die Zukunft ist zur Vergangenheit geworden. Vorher ist nachher geworden. Jetzt ist die Zeit nach Niklas. Aber er hat sich an das Prinzip gehalten, hat sein Versprechen eingelöst: nachhaltige Entwicklung. Das war die Richtschnur, danach orientierten wir uns bei allem, was wir taten: Gib einem Mann einen Fisch, dann hat er heute zu essen. Lehr ihn zu fischen, dann hat er für den Rest seines Lebens zu essen. Nachhaltigkeit war immer das Mantra: langfristige, dauerhafte Hilfe. Niklas hat alles so aufgebaut, dass es von Dauer sein wird. Er hat sich gekümmert und alles bereit gemacht. Nur dass es jetzt nicht für uns ist, sondern für mich.

Deshalb bin ich nicht ratlos. Nicht hilflos, auch wenn ich ohne ihn bin. Ohne meinen Mann, meinen Gefährten, stehe ich allein da. Bin ganz auf mich gestellt.

Habe ich mir das alles gut genug überlegt? Sicher nicht. Planung und Einschätzung der Konsequenzen waren nie meine Stärke. Ich habe mich immer vom Bauchgefühl leiten lassen, von meinem Herzen, und mein Kopf durfte mitkommen, wenn im Koffer noch Platz war. Als nach seiner Beerdigung die Matten zusammengefaltet und die Zimmer so leer waren, dass nur der Nachhall der Choräle blieb, sah ich die Sorge wie einen befleckten Schal über Atecas Schultern liegen: »Du brauchst deine Familie, Madam Kat.«

Ich versuchte zu lächeln. »Ich habe keine Familie, Ateca. Du bist meine Familie.«

»Isa!« Angst und Mitleid mischten sich in ihrem Gesicht, aber sie sprach weiter: »Ja, Madam Kat, du bist meine Schwester. Aber du brauchst Familie aus deinem Land. Du brauchst deine Schwestern von dort.«

Meine Schwestern von dort. Ich schüttelte den Kopf, was hätte ich sagen sollen? Meine Schwestern brauchen. Was bedeutet es zu brauchen? Niklas und ich wollten immer feststellen, was andere brauchten, Bedarfsidentifizierung ist der erste Schritt. Und obwohl Ateca es gesagt hatte, wusste ich sofort, dass hier und jetzt Angebot und Nachfrage aufeinandertrafen, wie ein Vogel, der endlich den richtigen Baum gefunden hat:

»Vielleicht brauchen deine Schwestern dich auch, Madam Kat.«

Es war also nicht schwer, den Brief zu schreiben. Ein Angebot nur, ohne weitere Verpflichtungen. Wenn sie sich die Sache danach anders überlegen, war es eben nur ein

Urlaub im Paradies, alles inklusive. Sogar den Rückflug werde ich spendieren, wenn alles schiefgeht. Ich bin zwar nicht steinreich, aber das Geld reicht sehr weit hier, wo Mosese nachmittags Brotfrucht an die Treppe bringt und die Hühner aus purem Spaß Eier legen und mit dem gleichen Eifer die Melonen düngen.

Natürlich bin ich nervös, in vielerlei Hinsicht ist es doch der pure Wahnsinn. Bin ich allem gewachsen, was sie an Ballast mitbringen werden? Ich habe die meisten von ihnen doch über ein halbes Leben lang nicht gesehen, was weiß ich denn davon, was sie im Gepäck haben?

Ingrid ist die, um die ich mir die geringsten Sorgen mache. Wenn ich je eine beste Freundin hatte, dann war das Ingrid. Es ist vielleicht wie bei einem Liebhaber: Was dich anzieht, ist das, was bei dir selbst fehlt. Was du nicht hast, sondern dir holen musst. Die Steherfähigkeit, die unerschütterliche Überzeugung, dass alles zu denen kommt, die ausharren und arbeiten. Sie hat sich mit kurzgeschnittenen Nägeln an der Wirklichkeit festgehalten; bei Ingrid ist Verlass darauf, dass alles geht wie geplant. Niemals das Bedürfnis nach Ausschweifungen, kein rastloses Drücken auf den Ein- und Ausschaltknopf. Geduld im Blick wie ein Labrador, mit Augen, die vor Ergebenheit überlaufen. Selbstlosigkeit, die zur Last werden kann, eine unbefriedigte Erwartung … Nein, das ist ungerecht! Ingrid ist die Einzige, mit der ich einigermaßen Kontakt gehalten habe, sie hat uns sogar besucht, mehrmals. Hat einmal den ganzen Weihnachtsurlaub bei uns verbracht, als wir auf Mauritius wohnten und ein Solarstromprojekt planten. Ist mit uns durch die Khorasan-Provinz im Iran gefahren, um sich die Zustände in den Lagern der afghanischen Flüchtlinge anzusehen. Nein, Ingrid ist kein Labrador. Wenn sie ein Hund ist, dann ein wachsamer Schäferhund. Spitze Ohren und spähender Blick. Eine, die allein zurechtkommt, die aber Gesellschaft zu schätzen weiß.

Die anderen erscheinen eher als Gruppe. Ein Kleeblatt, bei dem du kein Blatt entfernen kannst, ohne den Rest der Pflanze lebensgefährlich zu beschädigen. Was hat uns eigentlich miteinander verbunden? Die schweigsame, vage Sina, Hände, die an den Fransen ihres Schals herumspielten, eine zurückhaltende Begleitung für Lisbeths frisch gelegte Frisur und die engen Blusen. Maya, so robust in ihrer Annäherung an alles, von deutschen Verben bis zu Winterkleidung – ich sehe noch immer ihre Waden vor mir, in Stiefeln wie denen, an denen meine Mutter im Winter Spikes anbrachte. Klar und konzis, klug und konkret.

Ist es wirklich möglich, dass sie krank ist? Ihre Tochter war sehr direkt in der E-Mail: »Es kann und wird schlimmer werden, das hat der Arzt offen gesagt.« Bin ich bereit, mich auf Dauer als Krankenpflegerin zu betätigen? Sind die anderen bereit? Ich hatte mir so etwas nicht vorgestellt, und dabei hätte ich doch bedenken sollen, dass die Jahre über sechzig nicht nur aus hohem Blutdruck und Verdauungsstörungen bestehen. Aber so schlimm kann es nicht sein, ich nehme an, die Tochter übertreibt, damit ihr später niemand Vorwürfe machen kann. Ich will den anderen jedenfalls keine Angst einjagen und riskieren, dass das Projekt scheitert, ehe wir überhaupt angefangen haben. Wenn Evy ihre Mutter herbegleitet, wird es jedenfalls für Maya ein sanfter Übergang sein. Kein Grund, vor dem Wolf zu warnen, ehe er vor der Tür steht.

Füreinander da sein, das ist doch der Grundgedanke! Die grauen Jahre mit denen teilen, die sich auch an die grünen erinnern können. Lesebrillen in Fünferpackungen kaufen und sich darüber streiten, wem welche Fassung am besten steht. Witze über Sodbrennen und Stützstrümpfe reißen. Die Apfelsinenhaut als spannende Mondlandschaft mit neuen Möglichkeiten betrachten. Füreinander der Hilfsapparat sein, ohne Bürokratie und feste Zeiten, gestützt auf Wiedererkennen und Loyalität. Das wiederfinden, was einmal war, das Ende um den Anfang herum aufbauen, den wir damals hatten.

Aber es ist alles so lange her. Vielleicht ist das, woran ich mich zu erinnern glaube, nur Gedankenspinnerei und Nebelschleier. Heute Abend schreit auf der Plantage eine Eule, ein trauriges Geheul stiehlt sich ins Haus. Wenn Ateca hier wäre, würde sie sagen, dass das Unglück verheißt, und sie würde Gott bitten, uns alle zu behüten. Das wilde, einsame Geräusch wogt durch die Dunkelheit, als habe das Meer aufgehört zu flüstern und eine Stimme aus schwarzem Silber bekommen.

9
Ateca

Ich bringe dir alle meine Sorgen, Gott, und die allergrößte ist Vilivo. Er ist vor sechs Monaten von der Schule abgegangen, und er hat noch immer keine Arbeit gefunden! Er hat es versucht und versucht, hat in den Büros und in jedem Laden gefragt. Er hat die gefragt, die die neue Brücke über den Waimakare-Fluss bauen, er hat beim Elektrizitätswerk gefragt. Aber überall heißt es nein, Gott. In den Dörfern am King's Highway, ja, auf der ganzen Insel wimmelt es nur so von jungen Leuten, die keine Arbeit finden. Jungen mit viel besserem Zeugnis als Vilivo, die am Ende aber aufgeben und dem Strom nach Suva folgen. Bitte, lass meinen Sohn nicht dort enden! Als Schubkarrenfahrer im Basar oder, schlimmer noch, in den Bars an der Victoria Parade. Es gibt so viele Geschichten, Gott, über Jungen, die den Bus in die Hauptstadt nehmen. Dann hören ihre Eltern nichts mehr, bis die Mitteilung kommt, dass ihr Sohn vor Gericht steht, wegen einer gestohlenen Brieftasche oder einer Barschlägerei oder weil er auf einer Baustelle Eisenschrott entwendet hat.

Vilivo glaubt, er wird Rugbystar werden, sie träumen allesamt davon, der nächste Waisale Serevi zu werden. Aber seine Träume sind jung und unfertig wie die Bananen am Baum im Hintergarten, unreif und verworren. Natürlich wäre ich stolz auf ihn, Gott! Wenn ich meinen Jungen ins Stadion von Suva laufen sähe, einen Flying Fijian in schwarzweißem Trikot! Aber das schafft fast keiner, und jedenfalls geht es nicht ohne Geld. Er braucht Muskeln und Kraft fürs Training, er braucht viel zu essen. Die Kassava hinter meinem Haus wächst auch brav, aber das ist nicht genug. Bei Madam Kat essen die Damen jeden Tag Fleisch und Fisch, sie essen importierte gelbe Paprika und Spargel zu 15 Dollar das Bund. Ich bin dankbar, weil ich das, was übrig bleibt, mit nach Hause nehmen darf.

Gott, du siehst, dass Vilivo ein guter Junge ist. Hilf ihm, den richtigen Weg zu finden. Lass ihn Arbeit finden, damit er zurechtkommt, erwachsen wird und eine Familie gründen kann.

In Jesu Namen, Emeni.

10
Maya

Sie weiß genau, wann es zum ersten Mal passiert ist. Eine von Mayas großen Freuden jetzt als Rentnerin war das Lesen. Sich zu jeder Zeit den Bibliotheksregalen widmen zu können, auch den eigenen, während es früher so selten die Möglichkeit zu mehr als zu einem sehnsüchtigen Blick gab. Jetzt liegen niemals weniger als drei oder vier Bücher in einem Stapel auf dem Nachttisch, Romane und Biografien, Reisetagebücher und sogar Gedichtbände, die sie zu lesen versucht. Eine frühere Kollegin hat sie zu einer Lesegruppe eingeladen, und sie hat sich immer auf den letzten Donnerstag im Monat gefreut. Eine eifrige Neugier auf die Meinung der anderen über das Buch des Monats, gemischt mit der Befriedigung, dass noch immer jemand darauf wartet, was sie, Studienrätin Aakre, jetzt nur noch Maya Aakre, zu sagen hat.

Sie hatten ein fabelhaftes Buch gelesen, einen dicken Schinken aus Indien, mit Farben und Gewürzen und Poesie bis an den Rand, ein literarisches Festmahl mit sieben Gängen. Nach einer Einführung über den Autor ging die Runde immer um den Tisch, und als die Reihe an Maya kam, saß sie bereit; gelbe Zettel markierten die Seiten mit den Abschnitten, die sie vorlesen wollte. »Mir kommt das Buch vor wie ein Bildteppich«, hatte sie gesagt, hatte ihre Stimme gehört, angeregt, aber sachlich. »Poetische und romantische Beschreibungen von Natur und Kunst, kombiniert mit einer sozialen Botschaft, die brutal und zugleich …«

Das Wort war verschwunden. Ein blankes weißes Feld im Satz, ihre Zungenspitze leer und hilflos. Ihr blieb nur noch ein vages Gefühl dessen, was sie hatte sagen wollen, ein weichender Schatten. Blitzschnell machte sie Jagd darauf, durchsuchte die hintersten Winkel ihres Gehirns nach Buchstaben und Silben, von denen sie wusste, dass sie sie kannte. Nichts. Eine stumme Panik wuchs in ihrem Mund, während die Augen um den Tisch sie anstarrten, und sie sah, eher, als dass sie es gehört hätte, dass die Pause zu lange dauerte. Deshalb ließ sie los, ließ das fehlende Wort fahren und endete abrupt mit einem gemurmelten: »… ja, und …« Holte tief Luft, verdrängte den Schrecken mit Gewalt und sprach dann über die Personenbeschreibungen. Erst lange später im Auto auf dem Heimweg hatte sich das Wort durch den Spalt gepresst, in dem es stecken geblieben war, und sich auf der Zunge präsentiert. »Provozierend«, hatte Maya laut und überrascht gesagt, als sie vor ihrer Garage hielt.

Alle vergessen und verlieren und verlegen, hatte sie sich gesagt. Schlüssel und Mobiltelefone und Brillen. Finden sie mit einem gereizten Schulterzucken wieder, »wieso hab ich das denn dahin gelegt?« Als sie die ersten Male im Auto saß und nicht mehr wusste, wo sie hinwollte, verdrängte sie auch das. Der leere Punkt, der plötzlich in ihrem Kopf war: Ich halte das Lenkrad, ich fahre den Stadionvei hoch – wohin will ich? Das kalte Zucken im Magen, das sie fieberhaft bremsen, einen Schlenker an den Straßenrand machen und anhalten ließ: *Wo will ich denn hin?* Einige Sekunden nur, ehe eine träge Klappe sich öffnete und sie wusste, dass sie zur Reinigung oder zur Tankstelle unterwegs war. Zu viel im Kopf, ganz einfach, ein bisschen zerstreut. Sie schüttelte die Angst ab und fuhr weiter.

Evy und sie haben sich in den letzten Monaten mehr gestritten als je zuvor. Seltsam eigentlich. Man sollte doch meinen, jetzt, da ihre einzige Tochter erwachsen ist und eine eigene Familie hat, müssten sie mehr Gemeinsamkeiten haben, einander besser verstehen. Aber natürlich, die *Dynamik,* wie Evy das nennen würde, die *Dynamik* hat sich geändert, jetzt, da Steinar nicht mehr lebt. Jetzt liegt sie allein in dem braun gebeizten Doppelbett, nur ihr karierter Morgenrock hängt am Haken auf der Innenseite der Badezimmertür. Sie tut Evy leid; mitten in der eigenen Trauer um den Vater hat Evy Mitleid mit der Mutter, das ist Maya schon klar. Sie war froh, dass Evy da war in den ersten Wochen. Aber die unangekündigten Besuche in Reitvik, mit denen sie im vergangenen halben Jahr angefangen hat, immer mit Vorschlägen für Veränderungen, damit Maya »es sich leichter machen« kann, die sind einfach eine Qual. Besuch vom Heimpflegedienst jede Woche – Maya ist doch nicht krank! Sie hatte gar nicht gewusst, dass das Gesundheitswesen Geld an Menschen vergeuden kann, die zwei gesunde Beine haben, klar im Kopf sind und sich vorn und hinten selbst waschen können! Untersuchungen von allem und jedem, Neurologen und Spezialisten, hat man so was schon mal gehört! Mayas Gedächtnis ist hervorragend, womöglich besser als Evys – hatte sie etwa nicht dafür gesorgt, Brankos Mutter zu ihrem Geburtstag im Mai Blumen zu schicken? Und die Strickanleitung für den Marius-Pullover hat sie noch immer in den Fingern, dreißig Jahre nachdem sie den ersten für Evy gestrickt hat. Fragt Maya nach den englischen Königen oder den ersten zwanzig Elementen im Periodensystem, danach kann dann diskutiert werden, wer hier vergesslich ist!

Auf Fidschi gibt es nun andere Erklärungen. Man kann nicht erwarten, dass sie bei ihren Spaziergängen immer weiß, wo sie ist; sie ist noch nicht so lange hier, und alle Straßen und Ortsnamen sind unbekannt. Die anderen verwechseln auch so manches, sogar Sina gibt zu, dass sie sich einige Male verlaufen hat.

Maya ist dankbar, in gewisser Weise, für die unerwartete Fürsorge, die Sina ihr entgegenbringt. Grob und leicht genervt in der Form: »Großer Gott, Maya, mach, dass du in den Schatten kommst, du bist ja knallrot!«, aber sie erkennt sie eben doch: Fürsorge. Sie weiß nicht, woher die stammt, sie hat die anderen immer als zwei Paare betrachtet: Sina und Lisbeth, Ingrid und Kat. Und sich selbst als fünftes Rad am Wagen, was sie aber nicht gestört hat: Sie hatte Steinar, sie waren schon auf dem Gymnasium zusammen. Aber jetzt hält Sina sich an sie. Sie sprechen nicht so viel miteinander, zumeist über Alltäglichkeiten, Wetter und Kost, Schweißausschläge und wie die Füße in der Hitze anschwellen. Aber Sina setzt sich auf der Veranda neben Maya, und bei den Blicken, die sie ab und zu Lisbeth zuwirft, kommt Maya ins Grübeln.

Sie sitzt auf der Bettkante und hat die Augen geschlossen, während der Ventilator auf dem Boden ihr einen lauwarmen Luftstrom ins Gesicht pustet. Das mit Lisbeth und Sina ist eigenartig. Ein Freundinnenbund, der schon im Leistungskurs Englisch damals schief aussah: der Schwan, dicht gefolgt vom hässlichen Entlein. Die modebewusste und selbstbewusste Lisbeth glitt voran, hinterher kam die schniefende, unbeholfene Sina. Dennoch war es Sinas Gesicht, das Lisbeths Blicke streiften, ehe sie etwas sagte, ein Aufflackern von Unsicherheit im Mundwinkel, ehe das perlende Lachen zwischen den Zähnen hervorkullerte.

Was in all den Jahren zwischen den beiden geschehen ist, weiß Maya nicht genau. Es war alles so hektisch, Ausbildung und Beruf und dann Evy und noch mehr Ausbildung und noch mehr Beruf. Natürlich ist sie den beiden ab und zu begegnet. Lisbeth Høie, eine der ersten Damen in Reitvik mit eigenem Auto, einem dunkelblauen Volvo. Und Sina Guttormsen, immer mit dem Jungen im Schlepp. Ob die beiden ihre Freundschaft beibehalten haben, während Sina im Laden arbeitete, weiß Maya wirklich nicht. Egal, ein halbes Jahrhundert lässt keine ungezeichnet. Seht euch doch Kat und Ingrid an, die sind auch nicht mehr die Unzertrennlichen. Alles, was Kat passiert ist, nein, alles, was Kat passieren ließ, das ist Ingrid nicht passiert. Dennoch … wie sie miteinander sprechen, wie der Kopf der einen sich zur anderen hindreht, diese instinktive Intimität, die erkennt Maya wieder. Die hatten sie damals schon, um die hat Maya sie beneidet, hat das aber immer abgeschüttelt: Sie hatte Steinar. Aber Sina und Lisbeth? Maya öffnet die Augen, legt sich die Hand an den schweißnassen Hals. Es ist seltsam. Ein hoher Pfeifton, eine Disharmonie fast außerhalb ihrer Hörweite. Ein wortloses Kreuzen von Klingen.

Sucht Sina deshalb jetzt Mayas Nähe? Sucht sie eine Verbündete? Oder sieht sie es? Begreift Sina, was in den Augenblicken vor sich geht, wenn für Maya die Wirklichkeit zerbröckelt? Liest Sina es in ihren Augen, wenn alles um sie herum, Straßen, Häuser, Menschen, lose und unbekannte Stücke in einem Puzzlespiel werden, die keinen Sinn ergeben? Sie hat nicht darüber geredet, weder mit Sina noch mit einer der anderen. Sie sind alle hoch in den Sechzigern, gibt es denn eine unter ihnen, die nicht bisweilen etwas durcheinanderbringt? Das Gehirn ist ein unerforschtes Universum mit riesigen, geheimnisvollen Sternennebeln.

Sie hatte sich nicht von Evy nach Fidschi begleiten lassen wollen. In London und Los Angeles umsteigen, so schwer konnte das doch nicht sein? Soweit Maya wusste, war auf einer Flugreise noch niemand verloren gegangen. Sie konnte immerhin genug Englisch, um sich zu erkundigen, und wenn sie nur genug Zeit zum Umsteigen hätte, würde sie sich schon zwischen Pass- und Sicherheitskontrolle, Gepäckeinchecken und nicht zuletzt der Einwanderungskontrolle in den USA zurechtfinden, die laut Branko die größte Belastung war. Aber Evy hatte darauf bestanden, mit ihr herzukommen. Sie hatte sich deshalb fast mit ihrer Tochter zerstritten: Brauchte eine normal leistungsfähige Dame von sechsundsechzig auf einer ganz normalen Flugreise wirklich ein Kindermädchen?

In meiner Erinnerung bist Du eine, die sich vor keiner Herausforderung fürchtet, hatte in Kats überraschendem Brief gestanden. *Ich weiß, dass Du die Klassentür zum letzten Mal hinter Dir zugezogen hast und dass Steinar nicht mehr lebt. Könntest du Dir vorstellen, ein ganz neues Kapitel zu beginnen?*

Sie konnte sich das absolut vorstellen. Ein wenig mehr Distanz zwischen sich und Evys immer aufdringlicheres Gequengel legen, ihre Ruhe vor unerwünschten amtlichen helfenden Händen haben. Wenn der Preis dafür also eine aufgezwungene Reisebegleiterin vom einen Ende des Globus ans andere war, dann musste sie sich eben damit abfinden. Evy muss an ihre Arbeit denken, sie bleibt nicht lange auf Fidschi.

Maya steht mitten im Zimmer und blickt sich langsam und forschend um. Auf dem Tisch stehen keine Blumen, dafür hätte sie gesorgt, wenn sie Gäste von weither erwartete. Aber Kat hat sich nie an die Konventionen gehalten, denkt sie und verspürt bei dieser Erinnerung einen Hauch von Wehmut: Kat, die einfach in jenem Sommer verschwand, die im Funkenregen eines Zauberstabs in die Welt zog, während sie selbst und Steinar die Aufnahme am Lehrerseminar mit Kaffee und Kringeln und dem Schulterklopfen von zwei Elternpaaren feierten.

Maya lässt sich auf dem Bett zurücksinken. Schaut schräg nach rechts oben, in das beifällige Lächeln ihrer Mutter. Das vertraute Gesicht beugt sich über sie, Mayas Wangen werden heiß, als sie diese Stimme hört, leise, aber deutlich: »Papa und ich sind so stolz auf dich.« Sie erwidert das Lächeln, legt den Kopf an die Brust ihrer Mutter: »Danke, Mama. Das habe ich mir gewünscht.« Sie hält die Aufnahmezusage in der Hand, der süße Duft der Traubenkirsche schwebt durch das offene Küchenfenster herein. Die Schürze der Mutter ist schwarz und lila geblümt. Maya schließt die Augen, atmet den würzigen Duft der Traubenkirsche ein.

Es wird leise an die Tür geklopft, und die Tür wird im gleichen Moment geöffnet. »Bist du wach, Maya? Wir können noch eine Tasse Kaffee trinken, ehe wir Evy zum Flughafen fahren.«

Kat lächelt sie an und lässt die Tür offen stehen, als sie wieder geht.

Maya bleibt auf der Bettkante sitzen. Will Evy denn verreisen?

11
Ateca

Lieber Gott!

Madam Maya ist Yalowai, sie hat den Kopf voller Schatten. Genau wie der Schwiegervater meiner Schwester. Alle in ihrem Dorf wissen, wenn er mit seinem Stock auf Felder geht, die nicht seine eigenen sind, müssen sie ihm den Arm um die Schultern legen, ihn umdrehen und ihm nach Hause helfen.

Warum passt ihre Tochter nicht auf sie auf? Oder Madam Kat? Warum lassen sie sie allein losgehen, wenn sie nicht weiß wohin? Sie kann sich verirren oder mit gebrochenem Bein im Straßengraben liegen bleiben. Oder sie kann sich so fürchten, dass ihr Herz stehen bleibt und sie stirbt. Ich habe die Angst in ihrem Gesicht gesehen, Gott. Madam Maya hat keine Angst vor Seeschlangen oder Eulengeschrei. Die Angst in ihren Augen ist von der Sorte, die den Tod anlocken kann.

Ab und zu geht Madam Maya in die Finsternis, Gott. Bitte, pass auf sie auf. Denn ich glaube, die anderen Madams begreifen nicht, dass sie ihr den Arm um die Schultern legen und ihr nach Hause helfen müssen.

In Jesu Namen. Emeni.

12
Kat

Was habe ich getan? Ich kann nicht schlafen, die Laken liegen schweißnass und zusammengeknüllt um mich herum, so verworren wie meine Gedanken. Was habe ich da auf mich genommen? Evys Flugzeug ist noch nicht in Norwegen gelandet, und ich möchte sie schon zurückrufen. Was habe ich mir dabei gedacht, dass ich den anderen nichts gesagt habe? Warum habe ich in den vergangenen zwei Wochen gelächelt und verheimlicht und unter den Teppich gekehrt, habe ich Evy immer unterbrochen, wenn sie auf die Probleme ihrer Mutter zu sprechen kam? Und jetzt, da sie Maya hergebracht und ich ihr versichert habe, dass alles gut gehen wird, habe ich meine einzige Verbündete weggeschickt. Warum habe ich nicht vom ersten Tag an eine der anderen eingeweiht? Habe ich mir eingebildet, Mayas Probleme würden verschwinden, wenn sie erst am Pazifik wäre? Dass sie in der Sonne schmelzen und sich auflösen würden wie Eiswürfel in einem Glas?

Auf der Rückfahrt vom Flughafen hat sie auf dem Vordersitz vor allem vor sich hin gedöst. Als Evy in der Sicherheitskontrolle verschwand, winkte Maya ruhig und sorglos, lächelte strahlend, als sie ihre Tochter fortwinkte. Sie war müde, als wir uns ins Auto setzten, denn sie schlief mit dem Kopf am Seitenfenster ein, aber vorher drehte sie sich noch zu mir um und rief: »Das Frauenkollektiv war eine supergute Idee! Einfach toll, dass dir das eingefallen ist.«

Sie wurde wach, als ich vor dem Haus hielt, und ich sah es sofort. Die tastenden Hände, die Unschlüssigkeit, als sie aus dem Auto stieg. Wie sie stehen blieb und überrascht an ihren Beinen hinunterschaute, der Hose, den Sandalen, als ob sie die noch nie gesehen hätte. Wie sie den Kopf hob und auf die Wellen lauschte, ehe sie mit unsicheren Schritten zwischen den hohen, blattlosen Bäumen dem Geräusch folgte, die Böschung hinab, wo die störrischen Grasbüschel dem Sand weichen. Ich sprach sie vorsichtig an, ließ meine Stimme leise und weich klingen: »Maya, wohin willst du? Ist es nicht ein bisschen spät für einen Spaziergang am Strand?« Ein verständnisloser Blick, ängstliches Zucken im Gesicht. Ihre Zunge arbeitete langsam, mühte sich, Wörter zu bilden. Ich wartete, obwohl meine Arme danach schrien, sie auf sicheren Boden zu ziehen, sie weg von dem Abgrund zu reißen, an dessen Rand sie schwankend stand. Am Ende fand sie meinen Namen. Die Schatten hoben die Flügel, und das Schwarz in den Augen zerfloss, zog sich zurück in einer langen Welle und gab ihr wieder festen Boden unter den Füßen: »Kat«, sagte sie. Ihre Stimme war schwach, die Wörter undeutlich. »Was machst du hier?«

Ich konnte sie dazu bringen, ohne viel Widerspruch mit ins Haus zu kommen, konnte mich gegen den ängstlichen Blick wehren, indem ich mich auf die abendlichen Arbeiten konzentrierte. Zum Glück waren die anderen mit ihren Angelegenheiten beschäftigt, deshalb konnte ich ihr beim Ausziehen helfen und sie ins Bett bringen. Ich schluckte meine eigene ängstliche Übelkeit hinunter, verschloss meine Ohren vor ihrem verwirrten Gemurmel, den Fragen nach Evy. Jetzt schläft sie, ich habe vorhin durch den Türspalt geschaut und ihr leises Schnarchen gehört. Aber ich kann genauso gut aufstehen. Das Laken muss als Morgenrock reichen, ich kann es dann in der Hängematte über mich breiten. Vieleicht überredet das Wiegen im Takt der Wellen den Schlaf doch noch zum Kommen.

Alles wird auf den Kopf gestellt. Wenn wir alt werden und glauben, dass wir uns nichts Neues mehr zumuten können, bleibt uns keine verdammte Wahl. Was vorn war, wird hinten, die Ältesten werden die Jüngsten. Und solche wie Lisbeth, die alles darauf gesetzt haben, gesehen zu werden, müssen die Endrunde vor einem Publikum drehen, das seine Brille nicht finden kann.

Ein schwarzer Ameisenstrom marschiert zielstrebig von einem Spalt in der Mauer zur Decke hoch und dann weiter zum Vordach über der Veranda. Ich kann meine Blicke nicht von ihnen losreißen: so sicher ihres Ziels, auch wenn weder sie noch ihre Umgebung dieses Ziel sehen können. Was war mein Ziel, was wollte ich erreichen? Habe ich mir nur einen Kreis um das Lagerfeuer gewünscht, weil ich Angst davor hatte, abends allein dazusitzen? Weil niemand von meinem eigenen Blut neben mir steht, bereit, das alles hier zu übernehmen?

Ich habe geplant und gedacht. An die Verantwortung gedacht, wenn eine von ihnen krank wird: Es gibt ein Krankenhaus in Rakiraki, jedenfalls eine Tagesklinik. Ich habe an Magenprobleme gedacht, die sich sicher einstellen werden. Ateca kennt sich aus mit dem Abkochen von Wasser und dem Waschen von Gemüse. Ich habe an die Sicherheit gedacht. Niklas wollte niemals einen Wächter haben, so wie andere Kaivalagi einen einstellen: »Wenn die Nachbarn hier am Ort nicht Schutz genug sind, dann weiß ich nicht, was wir hier wollen«, hat er immer gesagt. Aber als sich abzeichnete, dass aus unserer Wohngemeinschaft Wirklichkeit werden würde, habe ich dennoch Akuila angeheuert, der jetzt nachts seine Runden um das Haus dreht. Ich habe ihn zwar mehr als einmal mit geschlossenen Augen in einer Hängematte ertappt, aber ich nehme an, dass sein Stiernacken, seine Vergangenheit beim Militär und die Gerüchte über seine Körperkräfte ausreichen, Leute mit bösen Absichten zu verscheuchen. Und er plagt die Damen auch nicht mit unnötigem Smalltalk: »Yesma'am«, ist seine Standardantwort auf fast alles.

Krankheit, Kost, Sicherheit – hätten die Vorbereitungen noch gründlicher ausfallen können? Ich sah die Sonne vor mir, freundliches Bula-Lächeln, ein ruhiges, schlenderndes Alltagsleben in »Fiji time«; dass sich all das wie eine warme, tropische Schlummerdecke um meine Freundinnen legen würde. Sie weg von Winter und Gicht und

Strompreisen und traurigen Fernsehnachrichten locken würde, sie vor Telefonverkäufern und tiefgefrorenem Gemüse beschützen. Ich sah vor mir Zusammensein, Lachen und Vorteile für alle. Zu Gemeinschaft einladen, ist das verantwortungslos?

Aber Mayas Augen. Diese plötzliche Angst in ihnen, als sie nicht wusste, wo sie war. Die zuckenden Hände, ehe sie sich wie in Lebensgefahr an meine klammerten. Kann ich das schaffen? Maya, die sich ihr ganzes Erwachsenenleben lang um Kinder gekümmert hat, jetzt ist sie das Kind, um das wir uns kümmern müssen. Niklas hätte gewusst, was zu tun wäre. Aber es gibt kein »wir« mehr. Jetzt gibt es nur mich, einzig und allein. Die auf sich gestellte Kat. Die es nicht wagt, sich denen anzuvertrauen, die eine Stütze bei der gewaltigen Aufgabe sein könnten, die mir in den Schoß gefallen ist.

Ich weiß, dass Akuila seine Runden dreht, dennoch fahre ich zusammen, als er plötzlich in der Dunkelheit vor mir steht: »Alles in Ordnung, Ma'am?«

»Alles in Ordnung, Akuila. Ich konnte nur nicht schlafen.«

Sein Blick ist fürsorglich, aber auch neugierig. »Es besteht kein Grund zur Sorge, Ma'am. Ich passe auf, damit ihr ruhig schlafen könnt.«

Ich habe ein schlechtes Gewissen, weil ich mich ärgere, und verstecke es hinter einem Lächeln.

»Das weiß ich, Akuila.«

Er bleibt noch einige Sekunden vor der Treppe stehen, scheint noch mehr sagen zu wollen. Dann überlegt er sich die Sache anders, nickt »yesma'am« und setzt seine Runde um das Haus fort. Ich sehe ihm hinterher, bis der dicke Nacken, der sich unter der Schirmmütze faltet, um die Ecke verschwindet.

Vielleicht sollte ich ins Haus gehen und noch einmal nach Maya sehen. Ist es so, Kinder zu haben? Immer eine kleine Ecke im Gehirn, die sich sorgt? Versucht, mindestens einen Schritt im Vorsprung zu liegen, um Probleme vorauszusehen und sich Lösungen zu überlegen?

Es ist unmöglich, aus der baumelnden Hängematte zu steigen, ohne so hart aufzutreten, dass der Schmerz nicht durch mein wehes Knie schießt. Während ich es reibe und versuche, das Gleichgewicht zurückzugewinnen, öffnet sich die Drahttür, und da steht Sina. Ein überraschter Ausruf von uns beiden: »Bist du schon auf?« Als sie antwortet, dass sie nicht schlafen kann, lässt sich schwer sagen, ob sie müde oder verlegen klingt.

Ich klopfe auf das von der Sonne ausgeblichene Kissen im Bambussessel und bitte sie, sich zu setzen. Sie legt ein Päckchen B&H auf den Tisch und gibt sich Feuer. Ich erkenne Lisbeths Lederetui um die Zigarettenpackung und weiß plötzlich nicht, ob ich lachen oder weinen soll – stiehlt Sina Lisbeths Zigaretten? Plötzlich sehe ich die beiden vor mir in der Raucherecke beim Parkplatz damals auf dem Gymnasium: Lisbeth lässt elegant die Zigarette zwischen ihren rosa Nägeln wippen, Sina steht daneben und wartet, bis sie die Kippe übernehmen und die letzten Züge machen darf.

Sina lässt sich im Sessel zurücksinken und bläst eine

weiße Wolke in die Dunkelheit. »Ich sollte aufhören«, sagt sie. »Es ist ungesund, und ich habe auch nicht genug Geld dafür.«

Dazu gibt es nichts zu sagen.

Sie fängt an, über ihren Sohn zu sprechen.

»Ich war enttäuscht, als Armand mit Rauchen angefangen hat, aber dann dachte ich, wenn es nicht schlimmer wird …«

Ihr Gesicht wird hart, sie beugt sich vor und streift am Verandageländer die Asche ab. »Wenn ich nur für das Rauchen bezahlen müsste, würde ich ja nichts sagen.«

Himmel. Ich warte, aber mehr kommt nicht. Der Mond schiebt sein schräges Sichelgesicht durch die Wolken, beleuchtet das langsame Winken der Palmblätter. Sina hat seit dem Ausbruch auf dem Flugplatz am ersten Abend kein Wort mehr über Geld gesagt, und ich bin dem Thema aus dem Weg gegangen. Ingrid und Lisbeth haben beide gefragt, wie wir die Ausgaben verteilen wollen, aber bisher habe ich die Frage verdrängt und gesagt, das werde sich nach und nach schon finden. Sina kann sicher nicht so viel bezahlen wie die anderen, und ich muss mir eine Lösung überlegen. Das kann nicht so schwer sein – die Ausgaben für Lebensmittel sind überschaubar, und den Strom würde ich ohnehin bezahlen müssen.

Als Sina fertig geraucht hat, erhebt sie sich und geht hinunter in den Garten zu einem Hibiskusstrauch mit blutroten Blüten. Spielt an einem langen, neugierigen Staubgriffel herum und sagt mit dem Rücken zu mir:

»Man muss doch irgendwann mal mit ihnen fertig sein,

oder was? Man unterstützt sie und hilft und bezahlt und muntert auf, aber eines Tages muss doch Schluss sein. Sie müssen selbst zurechtkommen … Ich hatte mir eigentlich vorgestellt, dass er eines Tages mir helfen würde.«

Ihre Stimme ist dünner geworden, während sie das gesagt hat, aber jetzt holt sie tief Luft und steigert die Lautstärke:

»Aber es nimmt doch um Himmels willen nie ein Ende!«

»Sina …«

Ich weiß nicht, was ich sagen soll. Laufe die Treppe hinunter und lege den Arm um sie, komme mir ungeschickt vor. Sina schüttelt meinen Arm ab. »Du kannst das nicht verstehen. Du hast keine Kinder.«

Ich zucke zurück, aber nur wenig. Das höre ich nicht zum ersten Mal. Diese ewige Disqualifizierung. Dennoch tut es in meinem Hals weh, und ich will zurückschlagen. »Nein«, antworte ich. »Kinder habe ich nicht. Aber mit Verantwortung kenne ich mich aus.«

Wieder sehe ich Mayas verängstigtes Gesicht vor mir.

»Und Verantwortung geht in beide Richtungen.«

Heuchlerin, sagt eine Stimme in mir, als ich die vier Treppenstufen wieder hochsteige. Wenn ich nicht Evy in dem Moment anrufe, in dem sie gelandet ist, und sie bitte, zurückzukommen und ihre Mutter zu holen, muss ich den anderen Bescheid sagen. Sie entscheiden lassen, ob sie die Verantwortung mittragen wollen.

Ich drehe mich zu Sina um, und der Gedanke zerfällt. Ihre nackten Füße sind grau in dem schwachen Mondlicht, ihre Kopfhaut ist durch den Haarflaum zu sehen. Ein Wulst aus Resignation und Enttäuschung liegt um ihre Taille; ihre Finger krümmen sich, bald werden sie zu Krallen geworden sein. Sina ist sechsundsechzig, abgebrannt und voller Sorge. Ich kann ihr nichts über Maya erzählen.

13
Sina

Von: armandg@noria.no
An: sina.guttormsen@hotmail.com
Betreff: Proplem

Hallo, Mama!

Hoffe, du kannst Emails lesen und kriegst das hier. Hier ist seit deiner Abreise alles schwierig geworden, vor allem was das Geld angeht. Wie du weißt, hab ich Propleme mit dem Rücken und das Schleppen und Heben bei der Arbeit macht das nicht besser. Aber der Idiot von Hausarzt will mich nicht krankschreiben, deshalb musste ich dem Chef sagen, das ich eine leichtere Arbeit bräuchte. Das sah der Arsch nicht ein, und da muste ich ihm zeigen, das ich mir nicht alles gefallen lass. Es gibt genug Jobs, wo sie meine Kompettenz zu würdigen wissen.

Du darfst dir keine Sorgen machen, natürlich finde ich jederzeit einen neuen Job. Im Moment sehe ich mir mehrere Projeckte erst mal an. Ich hab einen Kumpel, der eine Supersache mit Import aus Litauen am Laufen hat, da könnte ich einsteigen, aber dann muss ich 50 000 in bar reinschießen. Wo du den Wagen nicht brauchst, dachte ich, da könnte ich auch gleich eine Verkaufsanzeige aufgeben. Der ist doch noch in Schuss, und da krieg ich sicher eine brauchbare Summe. Du musst nur die Verkaufspapiere unterschreiben.

Denk dran, es war nicht meine Idee, das du wegfährst. Ich sitze hier ganz allein mit dem ganzen Kram und geb mir alle Mühe, um über die Runden zu kommen.

Hoffe, dir geht's gut da unten mit den anderen Frauenzimmern. Schreib ganz bald ob das mit dem Auto okay ist, ich hole dir einen guten Preis.

Armand

14
Ingrid

Beide Brüder haben ihr geschrieben. Kjell schreibt bei der Arbeit E-Mails, Ingrid sieht ihn vor sich im Büro, die Tür zu der großen Halle steht offen, wo Tausende von glänzenden neuen Reifen aufgestapelt sind, bis zur Decke. Kurze Briefe in dem pompösen Stil, der so gut zu seiner Leibesfülle passt, Fragen nach ihrer Gesundheit, nach der Sicherheit, schlecht verhohlene Aufforderungen, auf ihr Geld aufzupassen. Ingrid hat sofort und pflichtschuldig geantwortet. Sie sei gesund und alles in Korototoka sei ruhig und friedlich. Keine Kriminalität, kein Grund zur Besorgnis. Grüß Gro ganz herzlich.

Von Arve hat sie erst ein Mal gehört, seit sie hier ist, aber er hat ihren Briefkasten noch nie mit Nachrichten überschwemmt. Sie ist nicht einmal ganz sicher, ob er sich erinnert, wo sie ist, seine Mail handelte vor allem von einem Vortrag, den er im nächsten Monat bei einem Kongress in Bratislava halten muss.

Ingrid geht langsam um das Haus herum. In der Nacht hat es geregnet wie in den meisten Nächten, die Erde in den grob gehackten Furchen ist lehmig und feucht. Ihre bloßen Füße sacken zwischen den Bohnenstängeln ein, warme, feuchte Erde quillt zwischen ihren Zehen hoch.

Eine morgenfrische Brise hebt die fülligen und widerstrebenden Haare in ihrem Nacken. Die Sonne lässt die Meeresoberfläche glitzern und macht es unmöglich, den Horizont dort draußen zu entdecken. Ingrid lächelt, ihr Mund öffnet sich immer weiter, dehnt sich zu einem glücklichen Juchzen. Sie rafft den *Sulu* um ihre Beine, das knöchellange, geblümte Stoffstück flattert munter. Dann zwinkert sie Wildrid rasch zu und bückt sich, um vorsichtig einen dunkelgrünen Kürbis aus dem Schatten in die Sonne zu ziehen.

Wildrid war immer bereit zu diesem hier. Hat immer in den weißen Blusen und den dunkelblauen langen Hosen gewohnt, hat im Winter in der Manteltasche bereitgelegen. Wildrid ist barfuß über den Strand gelaufen und hat ihr gezeigt, wie man ins seichte Wasser hinauswatet und Muscheln in einem Eimer sammelt. Hat den Bilo mit Kava bis auf den Grund geleert und dreimal zum Bula in die Hände geklatscht, hat zu einem heftigen *Meke* mit den Füßen aufgestampft. Wildrid hat mit Kat zusammen am Strand von Kiribati Mangroven gepflanzt, hat neben ihr in Kaschmir beim Bau eines Kinderkrankenhauses Steine aufeinandergelegt. Sie kennt Ingrid, und Ingrid kennt Wildrid.

»Guten Morgen! Mal nach dem Frühstück sehen?«

Lisbeth deutet hinter ihrer Sonnenbrille ein Lächeln an. Sie gibt sich alle Mühe, denkt Ingrid friedfertig, schließt vor Wildrids gereizten Rufen die Ohren: »Hol dir einen Eimer und mach dich auch ein bisschen nützlich!«

»Wollte nur sehen, was die Bohnen machen«, antwortet sie stattdessen. »Ich glaube, wir werden hier auch bald ein paar feine Kürbisse haben.«

»Hm-m.« Lisbeth lächelt zerstreut.

Sie hat sicher immer nur Kaffee und Zigaretten zum Frühstück zu sich genommen, denkt Ingrid und merkt, dass sich in ihrer Nase ein kleines Schnauben aufstaut. Sie sollte jedenfalls aufhören, Ateca zu fragen, ob es irgendwo Milch und Joghurt mit geringerem Fettgehalt gibt, als sie im Kühlschrank haben.

Kat steht hinten bei dem kleinen Lastwagen, als Ingrid wieder zum Haus kommt. »Ich muss heute nach Rakiraki, und da fahr ich lieber gleich«, sagt sie und winkt, als sie sich hinter das Lenkrad setzt.

»Wohin willst du?« Ingrid ist ihr Ausruf peinlich, die aufdringliche Stimme. Kat hört es auch, hält inne in der Bewegung, als sie die Wagentür schließen will

»Wir brauchen noch Töpfe für die Setzpflanzen«, sagt Kat nach einer kurzen Pause. »Und ich will sehen, ob ich Linoleum auftreiben kann. Der Boden in Atecas Haus löst sich so langsam auf.«

Ingrid nickt rasch und schaut in eine andere Richtung. Wildrid hätte nie im Leben auf solche Weise gefragt. Hätte niemals bettelnd oder quengelnd geklungen.

Als Kat den Wagen gewendet hat und bereit zur Abfahrt ist, hält sie an und wartet mit laufendem Motor. Die Haustür geht auf, Maya kommt herausgelaufen und klettert auf den Beifahrersitz. Rückt ihren Strohhut gerade und schnallt sich an, ehe Kat schaltet und den Wagen in Bewegung setzt.

Ateca lächelt beifällig, als Ingrid neben das Spülbecken ein Bund lange grüne Bohnen legt. »Schön«, sagt sie und nickt zufrieden. »Wie steht es denn mit den Kürbissen, Madam Ingrid? Vilivo kann dir heute beim Ernten helfen, wenn du willst.«

Ateca bietet immer wieder die Hilfe ihres Sohnes an, er kann auf die Leiter steigen, wenn etwas die Dachrinne verstopft, kann die schweren Sturmblenden holen, die vor die Fenster geschlagen werden müssen, wenn der Wetterbericht einen Orkan meldet. Ingrid sieht, dass Kat ihm für die Hilfe einige Geldscheine zusteckt, das macht sie traurig. Der Junge ist groß und stark und weder dumm noch unwillig, es ist eine Schande, denkt sie, dass er keine Arbeit finden kann. Dass er hier als beschämter Laufbursche für fünf alte Damen auftreten muss, wenn er nicht barfuß auf einer Wiese herumrennt, seine Träume an einen eiförmigen Ball gehängt. Ingrid denkt an den munteren, temperamentvollen Simon und den bedächtigen Petter, Arbeitslosigkeit kann sie in der Zukunft dieser beiden nicht sehen.

»Vielleicht«, sagt sie und schaut zu Lisbeth und Sina hinüber. Sie stehen mit ihren Kaffeetassen in der Hand da und hören mit halbem Ohr zu. »Was meint ihr, heute Abend überbackener Kürbis?« Sie kann die Schadenfreude nicht ganz aus ihrer Stimme verbannen, sie weiß, dass Lisbeth am liebsten nur Grillhähnchen und Salat isst. Sie untersucht die Etiketten auf Gläsern und Kartons und schluckt nicht einen Mundvoll hinunter, solange sie nicht weiß, wie viel Butter oder Öl oder – Gott bewahre! – Zucker das Angebotene enthält. Sie runzelt ein wenig unsicher die Stirn, bis Sina entscheidet: »Das klingt gut. Ich kann es versuchen, wenn du mir hilfst, Ateca?«

Ingrid sieht sie verdutzt an. Sina ist sonst keine, die sich in kulinarische Experimente stürzt – aber in Vale nei Kat passiert jeden Tag etwas Neues.

»Wie schön. Ich seh mal nach, ob wir auch frischen Fisch bekommen können.«

Moseses jüngerer Bruder Jone hat ein Boot und ist einer der festen Fischverkäufer in Korototoka. Das knallrote Fahrzeug ist am Strand leicht zu erkennen, an der Seite ist in großen, geraden Buchstaben der stolze Name »Vessel of Honour« aufgemalt. Ingrid geht langsam zu den Booten hinunter und nimmt alles in sich auf, erlaubt ihren Augen, sich Zeit zu lassen für die Männer, die die Kästen mit dem Fang an Land wuchten, die Frauen in ihren *Sulu Jabas,* dem zweiteiligen, geblümten Gewand. Sie fassen zuerst die angebotenen Waren versuchsweise an, dann feilschen sie um einen akzeptablen Preis. Der alte Mann steht im Schatten, mit einem Regenbogen aus Fischen an einem Metallhaken, zwei goldgelbe, ein orangeroter, ein glänzend blauschwarzer. Sein T-Shirt hat einen großen Riss auf der Schulter, die Runzeln in der braunen Haut lächeln ihr entgegen, als er seinen Strauß aus Fischen hochhebt: *»Fish, Ma'am?«*

Direkt am Wasser, über der Schulter das Netz, das gleich über die türkisgrüne Fläche fliegen wird, steht Jone. Er watet hinaus, das Wasser reicht ihm bis zum Bauch, die

Kräuselhaare lugen unter einer schwarzen Schirmmütze hervor. An Bord des »Fahrzeugs der Ehre« sortieren zwei Jungen die Ausrüstung. Ingrid begreift, dass der Morgenfang zu wünschen übrig ließ und dass Jone deshalb eine Runde mit dem Wurfnetz versucht. Sie bleibt stehen und freut sich über diesen Anblick, den Arm, der das Netz in einem Bogen durch die Luft wirft, ein Segel, das den Wind durchlässt, ehe es auf der Wasseroberfläche landet und sie in ein lautloses Karomuster teilt.

Ingrid hat nie das Meer kennengelernt. Hat nie erlebt, wie es nimmt und fordert, dass es bedingungslos zurückgibt. Jetzt lässt etwas an der Bewegung in Jones Schulter sie nach Luft schnappen – die Muskeln, die sich anspannen, während er das Netz wirft –, etwas Gebieterisches: Wollen doch mal sehen, ob du es wagst, mir etwas zu verweigern!

In Ingrids Vorstellung streift Wildrid die Flipflops ab, spürt, wie der Sulu locker um ihre Beine wogt, als sie mit energischen Schritten auf das Wasser zugeht. Hatte sie nicht immer schon einen Seemann im Blut, hat die Augen im Wind zusammengekniffen und mit steifen Fingern und wehenden Haaren die Segel gerefft? Wildrid hat mit den Füßen in Fischabfällen gestanden, mit dem Messer in salzigen, wunden Händen, hat einen silberfarbenen Bauch nach dem anderen aufgeschlitzt und mit geübtem Griff Magen und Gedärm herausgerissen. Sie geht zu Jone hinüber, packt das tanzende Netz, das wie ein Spinngewebe über der Oberfläche weht, zieht es mit ihm zusammen herein, in einem Rhythmus, den sie beide spüren.

Ingrid wischt sich die schweißnassen Hände am Sulu ab und lächelt Jone zu, der mit dem Netz als Rosette über der Schulter auf sie zu gewatet kommt: »Heute nichts gefangen?«

Der Fischer schüttelt den Kopf, und plötzlich ist es da, das Lachen, das keinen Sinn und kein Ziel hat. Es dröhnt irgendwo aus dem kräftigen Bauch heraus, rollt durch die Brust hoch ins Gesicht, lässt seinen Blick hinter den fleischigen Wangen verschwinden, die sich vor den Augen nach oben schieben. Das Lachen wogt unter der Haut hin und her, bricht in Stößen aus den breiten Nasenlöchern. Die Jungen im »Boot der Ehre« stimmen ein und lachen mit offenem rosa Schlund, einer steht mit dem Fuß auf dem Bootsrand und fuchtelt so heftig mit den Armen, dass Ingrid schon glaubt, er werde ins Wasser fallen.

»Nein«, bringt Jone endlich heraus. »Heute nichts gefangen, Ma'am.«

Sie dreht sich um und geht zurück, der Mann mit dem Regenbogen aus Fischen steht noch immer unter dem Baum. Sie kauft den orangeroten, eine Korallenforelle mit weit aufgerissenem Mund; dem Fisch wird ein Stück Nylonseil durch die Kiemen gezogen, bevor sie ihn überreicht bekommt: *»Vinaka.«*

Ingrid nimmt den langen Weg nach Hause. Geht am Strand entlang bis zum Dorfrand, wo die letzten Häuser unangenehm dicht bei der Müllhalde liegen. Hier wachsen Plastiktüten aus dem Sand, verrostete Ölfässer, Farbeimer, die Trommel einer Waschmaschine, undichte Plastikkannen und Schüsseln, faulige Seile, verflochten mit glitschigem Tang, und Flaschen, Hunderte von Flaschen. Fiji Water ist eines der stolzesten Exportgüter der Nation, und hier liegt die Kehrseite der Medaille: tonnenweise leere Plastikflaschen, für die es kein Rückgabesystem gibt. Ingrid geht weiter, verlässt den Strand und geht schräg durch ein verkommenes Kassava-Feld und den Weg hoch. Zwei kleine Mädchen bewachen auf etwas, das aussieht wie eine Milchrampe, Pyramiden aus gelben Papayafrüchten. Die kleinere, die hellere Haut hat als die ältere Schwester und deren Kräuselhaare goldbraune Strähnchen aufweisen, wagt sich vor: »*Pawpaw, Ma'am? Two dollar bunch.*«

Ingrid zieht einen grünen Schein mit dem Bildnis der englischen Königin hervor, und vier Papayas werden in eine Plastiktüte gestopft. In Kats Garten stehen mehrere Papayabäume, aber Ingrid kann diesem kleinen Hofladen nicht widerstehen, auf ihrem Nachhauseweg dem ersten von vielen, an denen sie auf der Hauptstraße durch das Dorf vorbeikommt. Gerade jetzt ist Saison für Papayas und lange Bohnen, also versuchen alle, einander Papayas und lange Bohnen zu verkaufen. Und an Kaivalagi wie sie, denkt Ingrid, die sentimental genug sind, um ein lila Kleid, zwei schmutzige Füße und große Augen unter braungoldenen Kräuselhaaren über ihren Einkauf entscheiden zu lassen. Sie lächelt die Mädchen an, aber nur die jüngere erwidert das Lächeln. Die ältere füllt bereits die Plastikschüssel mit vier neuen Früchten von dem Haufen, der hinter ihr am Wegrand liegt.

Kling! Klang! Kling! Das harte Geräusch von Metall

auf Metall bildet eine rhythmische Begleitung zu ihren Schritten, während sie die letzte Wegstrecke hinter sich bringt. Sie ist schon vorbei an der Kirche und dem Bure des Häuptlings mit dem horizontalen Balken über dem Strohdach, vom Hügel hinter der Schule aus kann sie einen Blick auf die Kakaoplantage werfen. Der Junge, der vor dem Wellblechschuppen steht und in dem großen Mörser Kava zerstößt, ist kaum größer als die Eisenstange, die er auf und ab bewegt. Sein Gesicht über der Kolbenbewegung der Arme ist ausdruckslos, die zähe Kava-Wurzel muss fein gemahlen werden, und das dauert. Nach einigen Monaten in Korototoka hat Ingrid die Geräusche des Dorfes kennengelernt. Die hysterischen Willkommensgrüße der Vögel an den neuen Tag, wenn die nächtliche Dunkelheit nachlässt. Das rasche Trampeln der Füße, wenn die Schulkinder morgens die Abkürzung am Haus vorbei und den Strand entlang nehmen. Das Gurren der Geckos unter dem Verandadach. Die Choräle, mehrstimmig und wogend, die sonntags durch die offenen Kirchentüren strömen. Aber für Ingrid macht dieses Pochen, stark und rhythmisch in großen Metallgefäßen vor jedem zweiten Haus, Korototokas Herzschlag aus. *Piper methysticum*, der berauschende Pfeffer, muss zur Unterwerfung zerhämmert werden, ehe er in den Trunk gemischt wird, der ins Blut eindringt, zum Teil der Erzählungen und Lieder wird, die in aller Munde sind. Das braune, bittere Getränk, das heilige Wahrheiten mit sich trägt und ehrenvolle Mythen am Leben erhält. Das Pochen des Stößels im Kava-Mörser ist das Echo der Wellen, denkt Ingrid. Der Rhythmus im Tanz, der den Hintergrund zu allem bildet.

Ingrids Füße haben nicht viel getanzt. Aber hier, das merkt sie, hier können sich neue Möglichkeiten auftun. Mit einer glitzernden Korallenforelle in der einen Hand und in der anderen vier Papayas, die gegen ihren Oberschenkel klatschen, hört sie plötzlich ihr eigenes Kichern. Sieht vor sich Kjells Ermahnungen in schwarzer Schrift auf grauem Schirm: »Verhaltensregeln … deine Werte sichern …« Lässt die Papayatüte baumeln und nickt dem Mann zu, der vor seinem Laden einen Turm aus Wassermelonen baut. Komm doch einfach her und mach dir ein Bild von der Sicherheit, Kjell, denkt sie mit einem Grinsen. Mach eine Reise nach Fidschi, kauf dir ein Bula-Hemd und lerne, ganz tief aus dem Bauch heraus zu lachen.

Sie denkt seit einigen Wochen darüber nach, wartet darauf, dass Kat es zur Sprache bringt, aber eines Abends auf der Veranda tut sie es dann selbst.

»Schokolade«, sagt Ingrid leichthin, lässt das Wort eine Proberunde durch die Luft drehen. Es ist keine Frage, eher ein sattes Seufzen aus vollem Bauch nach einem guten Essen. »Hast du schon weiter darüber nachgedacht, Kat? Darüber, was du im Brief erwähnt hast?«

Kat blickt von ihrem Buch hoch. »Hm?«

»Schokolade«, sagt Ingrid noch einmal. »Du hast da in deinem Brief etwas geschrieben. Dass wir vielleicht die Kakaoproduktion zur Schokoladenfabrikation erweitern könnten. Hattest du das mit Niklas zusammen geplant?«

Kat nimmt die Brille ab, schüttelt langsam den Kopf. »Geplant … ich weiß nicht. Wir haben vielleicht davon geträumt. Niklas hatte Lust. Er hat darüber gesprochen, es zu lernen, einen Kurs zu machen oder so. Jemanden herzuholen, der uns anlernen und beraten könnte, man muss ja einiges investieren, um den nächsten Schritt zu machen.«

»Was ist denn dazu notwendig?«

Wildrid hebt jetzt den Kopf. Ein schwerer Duft tanzt in ihrer Nase, goldener, süßer Geschmack füllt ihren Hals. Ihre Zunge gleitet an den Zähnen entlang, ihr Mund füllt sich mit Speichel, und sie schluckt heftig.

Kat überlegt. »So genau weiß ich das auch nicht. Nach dem Gären und Trocknen müssen die Bohnen geröstet werden, glaube ich, und dann zerstoßen, damit die Kerne von der Schale getrennt werden können. Dann werden sie fein gemahlen und … Nein, ich weiß darüber nicht genug. Man muss die Kakaobutter von der Kakaomasse trennen, oder nicht? Und dann ist da noch etwas mit dem Abkühlen, es ist offenbar eine Arbeit, die die ganze Zeit ungeheure Genauigkeit erfordert.«

»Hast du keine Lust, es zu probieren? Ach, Kat, können wir es nicht versuchen?«

Wildrid springt auf, ihr Gesicht leuchtet vor Eifer. »Unsere eigene Schokolade herstellen, stell dir nur vor, wie toll das wäre!«

Eine überraschte Stille voller Möglichkeiten, Lisbeth sitzt auf der untersten Treppenstufe und hat den Blick auf Kat gerichtet, die Zigarette zwischen Sinas Fingern ist heruntergebrannt. Maya dreht ihren zerbeulten Hut zwischen den Händen, und dabei nickt sie langsam.

»Gesunde Schokolade!«

Lisbeth ist aufgesprungen und gestikuliert mit schmalen Händen. »Dunkle Schokolade mit niedrigem Fettgehalt. Gesundheit ist in!«

»Ja!« Wildrid ist jetzt voll in Fahrt. »*Kat's Cocoa, Kat's Chocolate* – das eine ergibt sich aus dem anderen, nicht wahr? Wir können etwas ganz Einzigartiges herstellen. Nichts Kompliziertes oder Superexotisches! Einfach, rein, echt. Pures Glück, gut für dich.«

»Pures Glück?«

In Sinas Lachen liegt Hohn, aber in ihrem Gesicht gibt es auch noch etwas anderes. Eine Sehnsucht danach, mitzumachen, teilzuhaben an der Begeisterung, die sich jetzt auf der Veranda von Vale nei Kat ausbreitet. Lisbeths Stimme klingt enthusiastisch:

»Ja, Glück! Mit dem Bild, das die Leute zu Hause von Fidschi haben, reine Rohstoffe und kristallklares Wasser, können wir die Schokolade vermarkten als ... Stücke vom Glück!«

Ingrid sieht sie überrascht an. Stücke vom Glück? Und das von Lisbeth?

Kat reagiert ebenso: »Meine Güte, Lisbeth! Hast du einen Abendkurs in Verkauf und Marketing gemacht, oder was?«

Lisbeth wird rot, setzt sich aber nicht wieder. »Nein, ich ... Amanda hat sich ein bisschen damit beschäftigt, und da ...«

Der Hohn ist jetzt aus Sinas Stimme verschwunden und etwas Suchendem gewichen, einem Vorschlag: »Ich habe keine Ahnung von Marketing, und ich weiß überhaupt nichts über Schokolade. Aber was ich kann, ist arbeiten und weitermachen und nicht aufgeben.«

»Gut! Das können wir alle. Die Frage ist, ob Kat Lust hat, es zu versuchen.«

Der Sulu wogt um Ingrids Beine, als sie nun die Hände in die Seiten stemmt. Innerhalb weniger Minuten ist im Haus der Damen ein neues Geschäftskonzept lanciert worden, und der Sessel der Direktorin scheint noch frei zu sein. Wenn Kat die Hauptinvestorin sein will, kann Ingrid die Verwaltung übernehmen.

»Du willst wissen, ob ich Geld dafür habe.«

Kats Stimme ist voller Lachen. Findet sie die Idee dumm? Machen sie alle nur Witze? Ingrid schaut sich eilig um, aber nein: Lisbeths Wangen sind noch immer rot vor Eifer, Sina sieht entschieden aus, fast verbissen, und Maya … sie hat nichts gesagt?

»Wir brauchen eine Verpackung, die ankommt«, sagt Maya und setzt sich den Hut wieder auf den Kopf. »Ich kann eigentlich gar nicht so schlecht zeichnen.«

Ingrid dreht sich zu Kat um – ist das hier nur wilde Phantasie? Sie schiebt Wildrid hinter sich. Wenn das hier mehr als Geplauder und Gedankenspinnerei werden soll, muss sie vernünftig mit Kat reden. Hier stehen wir wieder, geht ihr nun auf. Der Kreis um Kat. Unsere Ideen, unsere Pläne, alles wird durch sie gefiltert: Ist das wichtig? Taugt es etwas? Aber diesmal ist es anders. Die Abhängigkeit ist konkret und messbar. Ohne Kats Möglichkeit zu investieren, bleibt alles nur bei luftigen Träumen auf einer Verandatreppe.

»Warum nicht?«, fragt Kat. »Warum um alles in der Welt nicht? Habe ich nicht gesagt, dass wir zusammen ein paar Risiken eingehen könnten? Fangen wir doch damit an, dass wir uns jemanden suchen, der uns gute Ratschläge geben kann, und dann sehen wir weiter.«

Ihr Lachen beginnt ganz unten im Bauch, rollt durch den Mund und spritzt in wilden Stößen über sie hinweg. Schickt sie los mit einem Karussell, das sich wieder und wieder dreht, so wild, dass sich Ingrid mit beiden Händen ans Geländer klammern muss.

15
Ateca

Es passiert etwas mit Madam Lisbeth, Gott, hast du das bemerkt? Ihr Gesicht ist fröhlicher, und ich habe schon lange nicht mehr gesehen, dass sie vor dem Spiegel stand und den Hals über die Schulter streckte wie ein Ibis. Gestern hat sie, glaube ich, über den Computer mit ihrer Tochter gesprochen, auf dem Bildschirm war eine junge Dame, die ihr ähnlich sah. Madam Lisbeth steht etwas Schönes bevor, Gott. Wie dem kleinen Papayabaum ganz unten in meinem Garten. Der hat noch keine Frucht getragen, aber ich kann die Blüten sehen. Etwas steht bevor.

Mosese ist nicht froh, Gott. Die Damen wollen Schokolade herstellen, sagen sie, und ich weiß schon, was Mosese denkt. Wenn etwas Neues auftaucht, werfen die Kaivalagi das Alte oft weg. Lieber Gott, mach, dass die Damen nicht Mosese wegwerfen. Tröste sein altes Herz, damit er keine Angst zu haben braucht.

Ich weiß nicht, was dieser Schokoladenplan bedeutet, aber du siehst ja, dass ich mir auch Hoffnungen für Vilivo mache, Gott. Vielleicht kann er lernen, was nötig ist, und dann mithelfen? Lass ihn Arbeit finden, damit er zurechtkommen, erwachsen werden und eine Familie gründen kann.

In Jesu Namen. Emeni.

16
Lisbeth

Lisbeth beugt sich so weit vor, dass sie ihre Ohrringe besser im Spiegel sehen kann. Die kleinen Muscheln, rosa wie ein Babymund von innen, baumeln an dünnen Silberhaken von ihren Ohrläppchen. Zusammen mit der weißen Bluse und der schmalen tieflila Hose setzen sie ein perfektes tropisches i-Tüpfelchen auf ihre Erscheinung. Lisbeth wollte eigentlich das fliederfarbene Top mit den schmalen Trägern anziehen, musste diesen Plan aber aufgeben, als sie den hässlichen Riss vorn neben der Naht entdeckte. Sie sieht ihn zum ersten Mal, wie hat das passieren können? Die Bluse ist einfach ruiniert. Also muss sie die weiße anziehen. Lisbeth schiebt die Schultern zurück und sieht sich ein letztes Mal zufrieden an. Sogar Amanda wäre mit ihr zufrieden.

Sie war gestern nervös gewesen, vor dem Skypegespräch mit ihrer Tochter. Erleichtert, weil Amanda mit ihr reden wollte, aber ängstlich wegen ihrer scharfen Zunge. Amandas E-Mails hatten vor allem Vorwürfe enthalten: »Mama, was treibst du da unten eigentlich?«, ihre eigenen Antworten vor allem vage Gemeinplätze. Aber die Schokoladenwelle, die am Vorabend über die Veranda gefegt ist, hat etwas in Lisbeth geweckt. Schließlich war sie vor langer Zeit doch einmal die Pressefrau für die Abiturzeitung gewesen. Und sie hat oft gedacht, Harald müsste offensiver an Marketing und Präsentation herangehen, selbst in der grundsoliden Bauwarenbranche. Sie hat sich ihm mit ihren Ideen jedoch nie aufgedrängt, und er hat niemals Interesse gezeigt. Von Anfang an hatte Harald klargestellt, dass ihre Aufgaben zu Hause lagen, bei Kindern und Haushalt. Als Joachim und Amanda klein waren, hat sie nicht darüber nachgedacht, ihre Tage waren geschäftig, und sie lebte den errungenen Preis aus. Als die Kinder größer wurden, die Tage länger und sie anbot, im Geschäft mitzuhelfen, wollte Harald nichts davon hören: »Du hinter dem Tresen? Das wäre ja noch schöner!« Als sie erklärte, dass sie es nicht so gemeint habe, sondern Ideen für die Modernisierung des Warenangebotes habe, vielleicht eine etwas frischere Präsentation im Laden, bekam sie nur ein Lachen als Antwort: »Davon hast du doch keine Ahnung, Lisbeth.« Sie hatte es hinuntergeschluckt und ihre Zeit dann mit der Damenloge und dem Bridgeclub gefüllt, wurde eine geschätzte Patientenfreundin beim Roten Kreuz. Aber als Amanda eines Tages zu Besuch kam und ihnen den Plan für den Marketinglehrgang zeigte, zu dem sie sich angemeldet hatte, horchte Lisbeth auf. Konsumentenverhalten, Produktplanung – sie begriff, was das bedeutete. Konnte Harald nicht sehen, dass das dem Geschäft guttun würde? Sie hätte das Thema so gern verfolgt, aber als sich die Haustür hinter Amanda geschlossen hatte, zuckte Harald mit den Schultern und drehte sich wieder zum Fernseher um; Marktorientierung und Verkaufskanäle verschwanden in einer staubigen Ecke, zusammen mit allem anderen, aus dem niemals etwas werden würde. Aber Schokolade? Lisbeth hat Schmetterlinge im Bauch. Die süße Wonne im Mund, der Duft, das Knistern des Papiers. *Kat's Chocolate,* großer Gott, wie schön könnte das werden!

Und ihr Gespräch mit Amanda hatte alle Erwartungen übertroffen. Zuerst war die Tochter verstimmt, weil Lisbeth nicht begriffen hatte, was sie eigentlich beruflich machte: »Ich arbeite nicht in einem Trainingsstudio, Mama. Ich bin verantwortlich für Produktentwicklung und Kampagnenstrategien für die ganze Kette. Für alle B-FIT-Studios im Land.« Aber als Lisbeth von der Schokoladenidee erzählte, änderte sich der Tonfall. »Gut, Mama. Das ist wirklich richtig gut. Gib mir ein bisschen Zeit zum Nachdenken, und dann rede ich auch mit ein paar Leuten hier aus der Chefetage.« Ein Tonfall, den Lisbeth noch nie bei ihrer Tochter gehört hatte. Ein Tonfall, den Amanda für Menschen reserviert hat, die sie ernst nimmt.

Lisbeth presst die Hände auf die Wangen und merkt, dass die heiß sind. Ich will mitmachen, denkt sie. Wenn etwas daraus wird, soll auch für mich dabei Platz sein.

Vilivo trägt, ordnet und dirigiert, er soll Lisbeth und Sina nach Rakiraki fahren, um für das Fest einzukaufen. Der Kalender sagt Dezember, und in Vale nei Kat soll es eine Adventsfeier geben. Lisbeths zufällige Frage hat alles ausgelöst: »Was esst ihr hier eigentlich zu Weihnachten? Was gibt es für Traditionen?«

»*Lovo*«, war Atecas Antwort. »Wir machen einen riesigen Lovo mit lauter guten Zutaten: Schinken und Geflügel und Fisch. Und Dalo natürlich. Und *Palusami*«, fügte sie hinzu, während sie sich rasch die Lippen leckte. »In Kokosmilch gekochter Spinat. Das ist das Beste von allem.«

Lisbeth hatte sich nicht verlockt gefühlt, aber etwas an der Vorstellung hatte sie dann doch gefesselt: Schinken und Geflügel, gegrillte Fische. Ein richtiges Festmahl! Damit kennt sie sich aus. Wenn Lisbeth Høie etwas kann, dann ein Fest vorbereiten. Kat ließ sich problemlos überreden, und damit war es entschieden: Adventsfeier im Frauenhaus. Mit Lovo.

»Nicht zu knapp berechnen«, war Kats einzige Warnung. »Alle werden kommen.«

Säcke voller Zwiebeln und Kokosnüsse werden auf die Ladefläche geworfen. Bündel aus *Roro*-Blättern und Tavioka, Sträuße aus riesigen braunen Dalo-Köpfen auf Stängeln, sie sehen aus wie überdimensionale schmutzige Lutscher. Schweinefleisch in fettigem Wachspapier, ganze Hühner, große knallbunte Fische, deren Namen sie nicht kennt. Lisbeth überlässt es Vilivo, die Mengen zu berechnen, sie selbst stellt fest, dass das Angebot an Servietten in Rakiraki eher bescheiden ist. Sie ist auf Jagd nach Adventslila, muss sich aber mit Grün zufriedengeben und paart das Grün mit rosa Papierdecken, näher kommt sie an Weihnachtsrot nicht heran. Sie beklagt sich bei Sina, die nicht sonderlich interessiert ist, sondern nur Augen für den Berg aus Rohwaren auf der Ladefläche hat. »Herrjemine, wie viele kommen denn da eigentlich? Und sollen wir etwa dieses ganze Essen allein zubereiten?«

Aber Lisbeth macht sich wegen des Kochens keine Sorgen. »Ateca hilft uns«, sagt sie. »Kat sagt, dass sie eine Menge Frauen aus ihrer Kirche holt, die sich damit auskennen. Aber was machen wir mit der Tischdekoration, was meinst du?«

»Steine«, erklärt Vilivo, als er von der Straße abfährt und auf ein Haus zuhält, das eigentlich nur aus einigen Blechplatten mit wackelnden Rahmen besteht. Zwischen den Baumstämmen hinter dem Haus gleitet ein Schatten hervor, der Mann ist so dünn, dass Lisbeth am liebsten aussteigen würde, um ihm beim Tragen der großen runden Steine zu helfen, die aus einer Grube im Gebüsch geholt werden. Aber zusammen mit Vilivo wuchtet er die Steine auf die Ladefläche, neben Bündel aus trockenem gelbbraunem Holz. Lisbeth hat an die fünfundzwanzig Steine gezählt. »Wozu sind die gut, Vilivo?«

Er sieht sie überrascht an, das Lachen beginnt ganz hinten in seiner Kehle zu perlen. »Du willst Lovo ohne Steine machen, Ma'am?«

Sie ist nicht sicher, was das bedeutet – will er sie verspotten? Sollen sie eine Art Steinsuppe kochen?

Erst als am Freitagnachmittag Mosese und Jone mit ihren Spaten kommen und hinter dem Kürbisfeld ein riesengroßes Loch gegraben wird, geht Lisbeth auf, wobei sie als Gastgeberin fungieren soll. Sie werden das Essen im

Boden vergraben! Auf den gleichmäßigen runden Steinen ein Feuer machen und das Essen darauflegen und dann alles in Erde und Sand vergraben. Ihr schaudert. Das Essen wird nicht in Töpfen und Pfannen in der Küche zubereitet. Sondern in Blätter und Zweige eingewickelt, zwischen Vogelkacke und Blattläuse gestopft und auf einem unterirdischen Feuer gebraten. Vor ihren Augen kippt das Bild des Tisches mit Tischdecken und Adventsservietten um; wie soll das hier denn bloß gehen? Ateca sagt, Stühle und Tische seien nicht so wichtig, sie haben mehr als genug *Ibe*. Mehr als genug Matten? Meint sie, dass das Essen auf dem *Boden* serviert werden soll?

Am Samstagvormittag sitzen Ateca und sechs weitere Frauen im Schneidersitz auf der Veranda. Zwischen ihnen stehen große Plastikschüsseln mit blauweißer Milch, herausgequetscht aus dem Kokosfleisch, das Jones Söhne in stundenlanger Arbeit zerraspelt haben, mithilfe von Ingrid, die barfuß in einem verschossenen, von Ateca geliehenen Sulu ans Werk gegangen ist. »Golden Treasure Resort« teilen die an den Rand gedruckten Buchstaben mit. Ateca sitzt zusammen mit Litia, Moseses Frau. Sie machen kleine Pakete aus Roro-Blättern und füllen sie mit Kokosmilch und einer braunen, fettigen Masse aus Konservendosen, »corned mutton« steht auf dem Etikett. Lisbeth entnimmt Atecas hingerissener Miene, dass es sich hier um den heißersehnten Palusami handelt. Fettiges, in Dosen gepresstes Schaf, gekocht in Kokosmilch? Ingrid kommt auf sie zu, ihre Brillengläser sind mit Kokosmilch bespritzt, und sie schlüpft leichtfüßig an einem Haufen Bananenblätter vor der Wand vorbei. »Darf ich mal sehen, Ateca, wie ihr das macht?« Litias Gesicht wird dunkler, sie lässt die Schultern über ihre Arbeit hängen und schiebt sich hinter Ateca, fort von Ingrid. Lisbeth runzelt verwundert die Stirn, aber sie hat keine Zeit, sich über Litias Gründe Gedanken zu machen. Sie dreht sich um und sucht Kats Blick. Sieht, dass die Freundin gerade um die Hausecke biegt, und ruft hinterher: »Wie sollen wir decken? Besteck und so, ich weiß nicht … wie viele werden wir eigentlich?«

Irgendetwas in Kats ruhigem Blick lässt sie innehalten, sie spürt die Röte in ihren Wangen, ohne zu begreifen, warum.

»Wie viele wir werden?«, wiederholt Kat langsam.

»Ich, ich muss …«

Die Tische schmücken, will sie sagen. Dafür sorgen, dass genug Servierlöffel und gefaltete Servietten für jeden Gast vorhanden sind.

Aber die Wörter wollen nicht kommen. Sie passen nicht hierher, sind ohne Sinn für Jone, der jeden Schritt seines Lebens hier an diesem Strand gegangen ist. Teelichter in passenden Kerzenhaltern lassen den Lovo Atecas Kirchendamen nicht besser schmecken.

Erhitzt und verwirrt zwingt sich Lisbeth, Kat ins Gesicht zu blicken. Was bleibt denn nun für sie zu tun?

Sie hat sich so auf dieses Fest gefreut. Das ist etwas, das sie kann – arrangieren, planen, schmücken und vorführen. Was kann sie denn hier beitragen, außer Servietten zu falten? Sie besitzt nicht Ingrids furchtlosen Appetit auf Schlammkrabben und andere Herausforderungen, und Sina scheint zufrieden zu sein mit ihrer ziemlich wortlosen Statistinnenrolle. Maya ist der Gast, der eine eigene kleine Welt aus Büchern und energischer Kompetenz mitgebracht hat. Kat ist die Kapitänin. Lisbeth ist nicht sicher, ob sie selbst wenigstens die Schiffskatze ist – die alle brauchen, damit sie immerhin nach jemandem treten können.

»Ich wollte doch nur …«

Wollte nur etwas beitragen, will sie sagen. Jemand sein.

Plötzlich hört sie ihre Stimme auf der Veranda, an dem Schokoladenabend, als sie aufgesprungen war. »Stücke vom Glück«, hatte sie gesagt. Ihre eigene Idee. Die Stille in der Ruhe, die Anerkennung in Ingrids Blick. Kats überraschter Ausruf.

Ihre Blicke begegnen sich. »Ich weiß«, sagt Kat. »Aber das ist nicht nötig. Das Einzige, was die Menschen hier erwarten, ist … Freude. Nicht, dass sie bedient oder unterhalten oder beeindruckt werden. Sie wollen überhaupt nichts ›werden‹. Nicht du bist dafür verantwortlich, dass es den anderen gut geht«, sagt Kat zu Lisbeth. »Wir sorgen für gutes Essen und gute Gesellschaft. Den Rest schaffen sie selbst.«

Gutes Essen und gute Gesellschaft. Als sich die Männer mit den Spaten über den dampfenden Erdhügel hermachen und ein Paket aus Bananenblättern nach dem anderen hervorholen, denkt Lisbeth schon nicht mehr an Blattläuse und Schnecken. Aus den glühend heißen Päckchen tropft Fleischsaft und hüllt den Garten in einen duftenden, erwartungsvollen Rausch. Flinke Hände schälen die braun verbrannten Bananenblätter ab und legen glänzende Fleischstücke und Geflügelteile voller Saft auf große Plastikteller. Der Palusami wird aus einer grünen Waschbütte geschöpft, die Fettperlen schwimmen in Kokosmilch mit Klumpen aus dicker Haut. Lisbeth sieht sich um, sieht die Hände, die ungeniert die Teller füllen, große Körper, die sich geschmeidig auf die Strohmatten sinken lassen und sich dem Wohlbehagen von gefüllten Mündern und Mägen hingeben. Breite Männer und schwere Frauen, glatte junge Wadenmuskeln unter Shorts, nackte Kinderfüße im Trippelschritt zwischen den übereinandergeschlagenen Beinen der Erwachsenen. Die Gitarre, auf der jemand die ersten Akkorde anschlägt, das Lachen, das von der Veranda wogt und die Glühwürmchen im Garten zum Tanz auffordert. Nie wieder, denkt Lisbeth. In meinem ganzen Leben werde ich nie wieder eine Serviette falten. Bei diesem absurden Gedanken muss sie plötzlich laut lachen, ein heiseres, ungewohntes Geräusch. Sie hält sich die Hand vor den Mund und begegnet einem dunklen, ernsten Blick unter einem goldbraunen, gekräuselten Pony. Das kleine Mädchen, das am Straßenrand *Pawpaw* verkauft, steht direkt vor ihr, auf ihrer Oberlippe hat sie einen orangen Fanta-Schatten. Sie sagt etwas, Lisbeth muss sich vorbeugen, um es hören zu können. »Du bist hübsch, *Nau*«, sagt sie, eine kleine Hand wird ausgestreckt und berührt den langen Rock aus schimmernder blauer Thaiseide, Lisbeths Ausgabe des Sulu. Sie versteht nicht, wie die Kleine sie nennt, und will automatisch einen Schritt zurücktreten, den teuren Rock aus den klebrigen Fingern reißen, bleibt aber stehen. In der anderen Hand hält das Mädchen eine Muschel, jetzt hält sie die Lisbeth hin. Eine gelbweiße Kostbarkeit, eine Liebkosung auf der Handfläche. Lisbeth nimmt die Muschel wortlos entgegen, lässt die Finger über die glatte Spirale aus Wellenlinien gleiten. Der blassrosa Perlmuttmund, ein stummer Eingang zu Rätseln und Geheimnissen.

Sie sinkt auf ein Knie, die Thaiseide saugt den feuchten Schmutz unterhalb der Treppe auf.

»Danke«, sagt sie. »Vinaka.«

Ohne nachzudenken, nimmt sie ihre Goldkette ab, das venezianische Muster, Haralds Geschenk. Merkt, dass ihre Hände zittern, als sie die Kette vorsichtig um den schmalen braunen Hals legt.

»Wie heißt du?«, fragt sie.

»Maraia«, antwortet die Kleine. »Das bedeutet Meerstern.«

Zwei Stunden später ist es schwer zu sagen, wer die Gastgeberinnen sind und wer die Gäste. Acht bis zehn Frauen – Lisbeth erkennt unter ihnen Jones Frau und seine Schwiegertöchter – räumen unter lautem Gelächter leere Teller und Essensreste weg. Die Tür von der Küche in den Hintergarten steht offen, Gasflaschen werden hinausgetragen und Müllsäcke weggeschleppt, jemand ruft nach

Akuila und reicht dem Wächter einen Teller mit einem Stück Fisch und einigen dicken Scheiben Dalo. Die Musik auf der Veranda wird lauter und wieder leiser. Kat sitzt auf der untersten Treppenstufe, sie spricht leise mit einer Frau, die ein halb schlafendes kleines Mädchen auf dem Schoß hat. Es ist das Mädchen mit der Muschel, die Goldkette um ihren Hals glitzert im Licht der Fackeln unterhalb der Treppe.

Zwei Jungen sitzen mit ihren Gitarren da, Lisbeth kommen ihre Lieder fremd und vertraut zugleich vor. Sie versteht die Texte nicht, bei den Melodien aber muss sie an die Gesangsstunden in der Schule oder an Schulgottesdienste denken. Eine Mischung aus Melancholie, Country und Heilsarmee. Einige Male singt einer der Jungen allein, dann wieder beide, ab und zu schließen sich Stimmen aus der Küche und aus der Dunkelheit unter den Bäumen in überraschenden, schönen Harmonien an.

»Könnt ihr ›Amazing Grace‹?«

Diese Frage hat Ingrid gestellt, sie steht in einem knallgrünen Sulu Jaba bei den Jungen. Lisbeth findet das peinlich, muss sie die Kleidung der anderen denn dermaßen nachäffen? Aber Ingrid ist von einem Strahlen umgeben. Das große Blumenmuster macht ihre Schritte weich und wiegend, macht ihr Gesicht feiner, offener.

Die Jungen beraten sich untereinander, der eine sucht ein wenig, bis er den richtigen Akkord gefunden hat, dann eilen seine Finger über die Saiten.

Amazing Grace! How sweet the sound
That saved a wretch like me …

Das Lied ist nicht nur eine Folge von Wörtern, die sie alle kennen. Es ist eine gemeinsame Stimme, ihr Atem, ein jubelnder Strom aus Tönen, etwas Großartiges und Prachtvolles. Gnade, denkt Lisbeth. *Oh Gnade, wundervoll und groß*. Hier bedeutet das etwas.

Ein älterer Mann tritt aus dem Schatten unter der in schweren Dolden über das Geländer hängenden Bougainvillea. Weißes kurzärmliges Hemd, ein grauer, knielanger Sulu von der Sorte, die alle tragen, die irgendein Amt bekleiden. Er ist barfuß und nicht gerade groß, er steht mit seinen kräftigen Beinen breitbeinig da, während der junge Gitarrist weiterspielt. Seine Stimme ist sanft, aber klar und deutlich, als er den Mund öffnet. Lisbeth versteht die Wörter nicht, sieht aber, wie sich um sie herum die Köpfe senken, und ihr ist klar, dass der Mann betet. Lange Wörter voller großer, runder Vokale tanzen über der wehmütigen Melodie. Neben ihr flüstert eine junge Frau mit geschlossenen Augen, Maraias Mutter faltet die Hände, während sie noch immer die Arme um die Tochter gelegt hat. Als der Mann verstummt und die ganze Veranda in einem gemeinsamen »Emeni« aufseufzt, wird es für einen Moment still. Ein Taktschlag Pause, ein Zwinkern vom Kreuz des Südens, ehe die Gitarre die Tonart wechselt. »Silent Night«, singen die Adventsgäste, volltönend klar. »Heilige Nacht«, flüstert Lisbeth und fährt mit dem Daumen über den weichen, hoffnungsvollen Mund einer Muschel.

17
Kat

Wir springen hinein. Nicht wild und hemmungslos, aber an einigen Investitionen führt kein Weg vorbei. Ein Röstofen, Messgeräte und Apparate, um das Fett herauszupressen, zum Walzen und Mahlen. Platten zum Conchieren und Formen zum Gießen. Ingrid und ich haben einige grobe Berechnungen angestellt, und Erbe und Geld für das Haus in Norwegen reichen, um uns den Anfang zu ermöglichen.

Ist es vor allem für Niklas? Ein Wunsch, ihn im Hintergrund applaudieren zu hören? Ich bin nicht sicher. Es ist so schwer zu wissen, was ich ihm schulde.

Es stimmt, was ich den anderen gesagt habe, wir haben mit dem Gedanken gespielt, den nächsten Schritt zu machen und es mit Schokolade zu versuchen. Ich habe es nur nicht über mich gebracht. Habe nicht mehr über mich gebracht, als den Dingen ihren Lauf zu lassen und Mosese alles auf seine vorsichtige Weise lenken zu lassen.

Natürlich hat mich die Gewissheit gequält, dass Niklas enttäuscht sein würde. Er glaubte, ich sei genauso begeistert von der Farm wie er, er wollte das jedenfalls glauben. Er hätte meine Passivität nicht verstanden, meinen Rückzug. Habe ich mich aus schlechtem Gewissen von Ingrid überreden lassen? Ab und zu sehe ich es durch ein umgedrehtes Fernglas, und es kommt mir nur noch albern vor: halb verwirrte Damen mit Altersflecken, in einem Haus weit fort von zu Hause, mit allen Geistern der Vergangenheit im Gepäck. Was habe ich hier eigentlich in Gang gesetzt? Haben wir überhaupt eine Möglichkeit, das zu schaffen?

Vielleicht werde ich vom Enthusiasmus der anderen verführt. Sie fühlen sich in Korototoka wohl, das steht fest. Ich freue mich jeden Tag, wenn ich sehe, wie sie in der Sonne den Hals recken und nackte Zehen im Sand krümmen. Aber der Funke in Ingrids Stimme, als sie die Schokolade erwähnt hat, war noch mehr, sie hörte sich an wie frisch verliebt. Das Lächeln, das ihr ganzes Gesicht umfing, die Haare, die vor Freude wippten. Und der Eifer von Lisbeth, die aufsprang und Ideen lieferte. Lisbeth! Ist es nicht genau das, was ich in den Jahren mit Niklas gelernt habe? Dass ein gemeinsames Projekt nicht nur für Zusammenhalt sorgt, sondern auch für eine neue Art von Freude? Darüber, sich selbst in den Dingen zu entdecken, die plötzlich gelingen? Doch. Ich möchte gern, dass uns *Kat's Chocolate* gelingt.

Es ist wichtig, Mosese mit ins Boot zu holen. *Kat's Cocoa* würde ohne ihn nicht existieren, und auch *Kat's Chocolate* kann sich da keine Hoffnungen machen. Ich gebe gern zu, dass unsere Wanderungen über die Plantage, durch dichtes und erstickendes Unterholz, für mich vor allem eine Pflicht sind. Wenn ich mir das leisten könnte, würde ich ihm mit Freude die Zügel übergeben und sagen: »Tu dein Bestes, es wird sicher gut!« Aber ich muss mit ihm losziehen, es sind meine Bäume, ist meine Verantwortung.

Seine zähe Gestalt vor mir geht und geht, ich verscheuche Insekten und verliere ihn fast aus den Augen. Die Kakaobäume werden aus praktischen Gründen in Mannshöhe gehalten, sie haben jetzt Hülsen in unterschiedlichen Reifestadien. Die tropfenförmigen großen Kapseln leuchten golden, goldorange, signalrot, in zu Lila übergehendem Braun. Ich bin alles andere als eine kenntnisreiche Kakaofarmerin, aber ich weiß immerhin, dass *Theobroma cacao*, die Speise der Götter, eine anspruchsvolle und empfindliche Dame ist. Die Temperatur muss zwischen 25 und 30 Grad liegen, damit ein Kakaobaum sich wohlfühlt, und er braucht gleichbleibende Feuchtigkeit. Hier auf der Nordseite von Viti Levu steigt das Quecksilber nicht selten über 30 Grad, und dann kann ich Moseses besorgtes Gesicht ablesen wie ein Thermometer.

Niklas hat nur das Positive gesehen, wie immer. »Das ist ja gerade das Geniale an einer Farm, die schon ausgewachsene Bäume hat«, sagte er eifrig, als wir uns den Kauf überlegten. »Die höheren Bäume, Papaya und Banane und die anderen, die dem Boden Schatten spenden, beschützen die Kakaopflanzen und bewahren die Feuchtigkeit. Wir brauchen nicht zu bewässern, und das meiste geht wie von selbst.«

»Geht wie von selbst« war gelinde gesagt übertrieben.

Mosese dreht jeden Tag seine Runden über die Plantage, beschneidet und räumt und schafft es meistens allein, die größten Probleme in Schach zu halten: den Pilz, der die Hülsen schwarz färbt und sie zerfrisst, die Ratten, die hochklettern und zulangen, wenn man in der Umgebung der Stämme nicht für Ordnung sorgt. Nur in der hektischsten Erntezeit muss Hilfe beim Pflücken, Gären und Trocknen angeheuert werden.

Wenn ich mit Mosese zwischen den Bäumen unterwegs bin, komme ich mir immer vor wie der Lehrling, der ich ja auch bin. Aber der Respekt vor mir, oder jedenfalls vor Niklas, ist zu tief in ihm verwurzelt, als dass er mich jemals bloßstellen würde. Geduldig teilt er sein Wissen mit mir, wieder und wieder: »Hier kannst du es sehen, Madam Kat.« Ich sehe den Baum an, auf den er zeigt; die Hülsen, die dicht am Stamm wachsen, sind schwarz und eingesunken. Ich frage, obwohl ich die Antwort weiß: »Was können wir machen?« Er schüttelt den Kopf, der Schimmelpilz ist schwer zu vertreiben. Aber gleich darauf strahlt er, wenn er eine orange Hülse von einem anderen Baum seine große Hand füllen lässt: »Sieh dir das hier an, Madam Kat! Das hier sind sicher mehr als dreißig Bohnen!« Mit einer schnellen Bewegung des Messers zerteilt er die Kapsel und reicht mir die eine Hälfte, eine Schale voller glänzendem Fruchtfleisch mit braunen, in der grauweißen Masse verborgenen Perlen. Der süße Duft steigt zu mir auf, das Licht dringt in flirrendem Grün durch die Baumkronen. Ein Kelch zwischen meinen Fingern.

Mosese wartet geduldig, braune Augen in einem knotigen Kranz aus Runzeln. Als mir die Tränen in den Hals steigen, nickt er nur.

Es ist fast komisch, dass Lisbeths Tochter unser Brückenkopf zu Hause in Norwegen sein soll. Als Lisbeth von ihrem Gespräch erzählte, war ich skeptisch – ich hatte mir Amanda wirklich nicht als Verkaufstalent vorgestellt. Aber als ich selbst mit ihr sprach und ihre Vorschläge hörte und nicht zuletzt ihre Begeisterung und ihre Energie kennenlernte, verstand ich, was ich in Lisbeths Gesicht gesehen hatte. Etwas Mattes und Unentwickeltes wird sichtbar, wenn das Licht eingeschaltet wird. Wenn wir das hier schaffen, wird Amanda Høie Kontaktperson und Vertreterin für *Kat's Chocolate* und unsere Marketingchefin in Norwegen. Ziemlich unglaublich, aber eigentlich auch nicht seltsamer als alles andere, was jetzt passiert. Dass Freunde in Suva mich zum Beispiel mit Johnny Mattson in Kontakt gebracht haben, dass er bereit ist, uns anzulernen. Er ist Schokoladenmacher im Ruhestand mit Erfahrungen von überall, jetzt Hochseefischer, dessen Boot bei Labasa vor Anker liegt. »Dann müsst ihr mich einige Tage ertragen, wenn ich schon mal da bin«, sagte er, als ich ihn einlud. »Ich bin zu alt, um an einem Tag hin- und am nächsten gleich zurückzufahren.«

Was ich will, ist, auch Mayas Engagement zu wecken. Ist nicht bewiesen, dass Aktivität und Teilnahme die Demenz aufhalten können? Ich sehe, wie sie sich ab und zu von uns entfernt, dass sie oft stundenlang an einem ganz anderen Ort ist, aber dann wieder ist sie klar und deutlich anwesend. Ich versuche, in meinen Mails an Evy diese bruchstückhafte Existenz zu beschreiben, die Wahrheit zu sagen, ohne Evy zu beunruhigen. Wenn wir ehrlich sein wollen, müssen wir doch sagen können, dass es Maya hier besser geht? Hier geht alles langsam, und wir in ihrer Umgebung haben Zeit und Geduld.

Ich glaube nicht, dass sie Angst hat. Es wäre nicht zu ertragen mit anzusehen, wie die Furcht sie vor meinen Augen in Fetzen reißt. Manche Tage verbringt sie in leisem Erstaunen über alles, was sie umgibt, Stunden hinter einem weichen Schleier, so kommt es mir vor. Natürlich habe ich gelesen und weiß, dass Unruhe eine Reisebegleiterin der Verwirrung ist, dass die Desorientierung nicht auf Distanz gehalten werden kann. Aber es sieht aus, als ob Ateca auch damit umgehen könnte. Als ob sie nur Mayas Hand zu nehmen braucht, um ihr etwas von ihrer eigenen Unerschütterlichkeit zu übertragen, etwas von der Kraft in den braunen, starken Fingern strömt hinüber in Mayas dünne blauweiße. Das ist etwas, das ich hier unten gelernt habe und auf das ich mich stützen muss, das darf ich nicht vergessen. Vertrauen zu haben. Das Boot seinen eigenen Kurs segeln zu lassen.

Seltsam, was Fidschi mit allen macht, ich beobachte und staune. Sina wird stärker, wenn Maya schwächer wird. Zeigt eine Art Fürsorge, etwas Liebevolles, gehüllt in

Grobheit. Maya ohne Steinar und Sina ohne Lisbeth, eine neue und unbekannte Kombination. Ab und zu gestatte ich es mir ganz diskret, mir selbst auf die Schulter zu klopfen. Geht es Sina hier nicht auch besser als zu Hause? Es ist gut für sie, weit weg von ihrem Sohn zu sein, von seinem Gejammer und seinen Geldnöten. Und Ingrid, sie blüht auf, im wahrsten Sinne des Wortes. Blüten auf dem Sulu und hinter dem Ohr und zwischen den Händen – unglaublich, dass diese grünen Finger so viele Jahre in den Buchhaltungsordnern der Busgesellschaft vergraben waren. Sogar Ateca, die viele von Ingrids Einfällen voller Skepsis betrachtet, hat zugegeben, dass die Kürbisse und Tomaten in diesem Jahr besonders gut gelungen sind. Habe ich an Ingrid irgendwann wie an einen Hund gedacht? Jetzt ist sie eine Dschungelpflanze! Zäh und stark und mit lodernden Farben!

Aber vielleicht gilt das Schulterklopfen vor allem mir selbst. Hatte ich mir denn nicht genau so ein Vale gewünscht? Ein von Leben erfülltes Haus, mit Freuden und Sorgen, Gesprächen und Gesang und Streit? Damit ich Menschen um mich hätte, damit ich um Menschen sein könnte? »Du brauchst deine Schwestern, Madam Kat«, hat Ateca damals gesagt. Und da hatte sie wirklich recht.

18
Sina

Salusalu. Reguregu. Bolabola. Sina spitzt die Ohren, wenn um sie herum Fidschi gesprochen wird, die Wörter knallen wie Feuerwerk, und die Stimmen rollen und klappern. Sie findet diese Sprache witzig. Sie ist angeblich nicht so schwer zu lernen, die Grammatik ist einfach, und man muss sich nur ein paar Aussprachetricks merken. »Ein d mitten im Wort wird *nd* ausgesprochen«, sagt Kat. »Die Stadt heißt *Nandi.* Nur Touristen sagen Nadi, vergesst das nicht. Und das mit Atecas Namen wisst ihr ja schon. Sie heißt nicht Ateca, sondern Atetha. Das c wird ausgesprochen wie ein englisches th.«

Und der Klang ist so seltsam. Jeder zweite Buchstabe ist ein Vokal, ein rundes o oder eine Reihe von a, die durch die Luft schnattern. Die Wörter sind wie Kinderreime, bei denen dieselbe Silbe mehrmals wiederholt wird. Alle auf Fidschi sprechen Englisch, aber vieles um sie herum geht eben doch in dieser singenden Vokalsprache vor sich, die immer klingt, als werde gerade etwas Wichtiges geplant. Die Wörter scheinen eine ganz andere Bedeutung anzunehmen, wenn dasselbe auf Englisch gesagt wird. Dass der Pastor in der Methodistenkirche von Korototoka bei ihrem Lovo-Fest auf *Vosa vaka-Viti* gebetet hat, war kein Zufall.

Nicht oft hat sie Ateca für sich, in der Regel sind Kat oder Ingrid in der Nähe. Als die Haushälterin eines Vormittags auf dem Wohnzimmerboden sitzt und Kleider zusammenfaltet, findet Sina dann doch eine Möglichkeit, das Thema zur Sprache zu bringen. Ateca nickt und versteht die Frage sofort. »Ob es einen Unterschied macht, ob wir über etwas auf Fidschi oder auf Englisch sprechen? Ja. Das bestimmt. Auf Vosa vaka-Viti ist es …«

Sie muss kurz nachdenken. »Es macht alles irgendwie tiefer.«

»Wichtiger?« Sina ist nicht sicher, ob sie verstanden hat.

»Ja. Nein. Tiefer … aufrichtiger.«

»Aufrichtiger?«

Ateca nickt. »Ja. Wenn du auf Fidschi über etwas sprichst, gehört es zu dir. Wie die Erde. *Vanua.* Verstehst du?«

»Das lässt sich nicht direkt übersetzen«, hat Kat zu erklären versucht. »Vanua ist die Erde, der du mit deiner Sippe angehörst, aber es ist noch mehr. Es sind die Menschen, die jetzt dort leben, und die, die früher dort gelebt haben. Es sind die Sitten, die sie hatten, und die Lieder, die sie gesungen haben. Das, woran sie glauben und was sie geliebt haben, es sind Zusammengehörigkeit und Erinnerungen. Die Freude über die Kinder, die geboren sind, und die Trauer um die, die tot sind.«

Sina hat einiges davon verstanden, glaubt sie. Hat es auf ihren Wanderungen im Dorf und in der Umgebung gesehen, hat etwas von dem Kleinen und auch von dem Großen verstanden: das Rübenmesser, das so selbstverständlich in der Hand ruht, der Blick über die Landschaft unter der Hand, die vor der Sonne beschützt. Ein einleuchtendes, dankbares Besitzertum. Die Sicherheit, die darin liegt, ein Teil von etwas zu sein. Vanua.

»Ja«, antwortet Sina. Sie versteht, was Ateca sagt. Über das zu sprechen, was das wirklich Eigene ist, erfordert eine tiefere Sprache.

Aufpassen ist alles, was sie kann. Zurechtkommen und auf der Hut sein, versuchen Probleme vorauszusehen und Gefahren auszuweichen. Und wenn der Schaden entstanden ist: zu retten, was zu retten ist, und daraus das Beste zu machen. So weit wie möglich den Kopf hinzuhalten. Trösten, wenn es sein muss, die Hand halten. Aber vor allem tröstet sie jetzt sich selbst. Sie hat Armands Hand schon lange nicht mehr gehalten – ach, wie gut erinnert sie sich an die dünnen, ruhelosen Eichhörnchenfinger. Inzwischen sorgt das Internetbanking dafür, dass sich ihre Hände nicht einmal dann berühren, wenn er Geld an sich reißt. Aber die Worte sind dieselben wie früher: »Vielen, vielen Dank, Mama. Ich zahle das nächste Woche zurück, garantiert!« Meistens per SMS, nur selten als Stimme am Telefon.

Das Seltsame ist, dass sie mit Maya darüber reden kann. Oder zu Maya. Die Jahre haben uns ungleich behandelt, denkt Sina. Die Fidschi-Maya mit dem verbeulten Strohhut auf dem Kopf und dem nachdenklichen Blick auf die Wellen ist oft weiter weg und langsamer in allem als die gelassene und vernünftige Freundin vom Gymnasium.

Die Spielfiguren sind weitergeschoben worden, das ganze Spiel hat sich verändert.

»Zuerst sollen wir uns von den Eltern befreien«, sagt Sina zu Maya, die unter ihrem Hut nickt. »Und dann müssen wir uns auch noch von unseren Kindern befreien.«

In der 3 B und später in all den Jahren in Reitvik hat Sina nie in derselben Liga gespielt wie Maya Aakre. Maya und Steinar hatten ihren Beruf, ihre Kollegen, ihren Kreis. Sina hatte niemals einen »Kreis«. Eine, die ihre Tage damit füllt, Fugenmasse und Leinöl in Regale zu stapeln und Tapetenmuster nach Preis zu sortieren, hat das nicht. Sie haben einander gegrüßt, wenn sie sich begegnet sind, sie haben nach den Kindern der anderen gefragt, Maya mit höflicher Stimme, Sina mit besorgter Eifersucht. Wäre alles anders gewesen, wenn sie eine Tochter gehabt hätte? Der Künstler, mit dem Mayas Tochter verheiratet ist, hatte einmal in Reitvik eine Ausstellung. »Farben und Landschaften«, Sina kann sich von der Zeitungsanzeige her an diesen Namen erinnern. Sie wäre gern hingegangen, wusste, wo die Räume des Kunstvereins lagen, im ersten Stock über dem Fotogeschäft. Aber sie ging doch nicht – was wusste sie schon von Kunst? Eintritt frei, hatte dort gestanden, aber vielleicht wurde erwartet, dass man etwas kaufte? Was kostet wohl ein Gemälde? Bei Sina zu Hause hängen Bilder von Armand an der Wand, auf Eisbärfell und im Konfirmationsanzug. Ein Bildteppich mit einem Sonnenuntergang und zwei von ihr selbst gestickte Bilder. Einmal gab es im Geschäft eine Partie gerahmte Bilder, Blumen in einer Vase, in einer Art japanischem Stil. Sie verkauften sich nicht sonderlich gut, und nach einem Jahr durfte sie für einen Apfel und ein Ei drei davon mit nach Hause nehmen. »Farben und Landschaften« wäre sicher nicht das Richtige für sie gewesen. Außerdem hätte sie auf Maya und Steinar treffen können, und dazu hatte sie keine Lust. Also ging sie nicht. Und als sie Maya dann das nächste Mal im Einkaufszentrum begegnete, sagte Sina nichts. Sie nickte nur und schob ganz schnell ihren Einkaufswagen weiter zum nächsten Regal.

Aber jetzt sagt sie etwas. Jetzt, da Mayas Rücken krummer ist und ihre Stimme leiser, steht Sina bereit und bietet ihren Arm an. Maya und sie gehen jeden Tag dieselbe Strecke: hinunter zum Strand, vorbei an dem kleinen Anleger mit der Leiter am Rand. Dann den Hang hoch und vorbei am Friedhof; oft setzen sie sich zum Ausruhen ein wenig auf die Mauer. Weiter bis zum Bure des Chiefs, des Häuptlings. Das liegt an der höchsten Stelle im Dorf und hat geflochtene Wände und ein Strohdach, aber keine Fenster. Sie haben sich ein wenig danach erkundigt; Sina findet es leichter, mit anderen zu reden, wenn sie mit Maya zusammen ist. Oft sagt Maya nichts, steht nur da mit ihrer großen, stummen Sonnenbrille und den matten, unter den Hut gestopften Locken. Aber Sina fragt für sie beide; das wird zu ihrer Verantwortung, ihrer Fürsorge. Und so erfährt auch Maya, die ehemalige Studienrätin für Norwegisch und Geschichte, weshalb niemand außer dem Häuptling den Haupteingang benutzen darf. Durch eine Seitentür können Maya und Sina einen Blick werfen und selbst in Augenschein nehmen, was ihnen erzählt worden ist: dass niemand im Bure des Chiefs wohnt oder schläft, dass dort aber wichtige Entscheidungen gefällt werden. Dass die Wände mit langen Streifen *Masi* dekoriert sind, der dünnen Rinde des Maulbeerbaums, die mit schwarzen und braunen Mustern bemalt wird. Dass eine riesige Tanoa, die mit polierten Kaurimuscheln verzierte Kava-Schüssel, auf dem Ehrenplatz steht. Dass der Boden mit *Coco* bedeckt ist, den schönsten Matten, und dass an den Wänden Kriegssymbole aufgestellt sind, Keulen, Äxte und Speere. Sina schaudert bei dem Gedanken daran, was sie über die alten Kannibalenwaffen gehört hat: Mit der Axt wurde der Schädel gespalten, die Keule mit dem Haken am Ende sollte tief ins Gehirn vordringen.

Sie bedanken sich höflich und gehen wieder, diskutieren nicht über das Gehörte. Sie sind fast schon beim Laden mit den Wassermelonen angekommen, als Maya endlich etwas über das Haus des Häuptlings sagt: »Diese Keulen sehen viel zu schwer aus. Wenn man so eine braucht, braucht man sie schnell.«

Sina nickt. Wenn man jemandem eine Keule auf den Kopf schlagen will, hat man keine Zeit zu verlieren.

Als sie an diesem Nachmittag zurückkommen, steht vor dem Haus ein Auto. *Rakiraki Cooling Service* steht in schwarzen Buchstaben auf der Seite. *We make you freeze.*

Maya verschwindet in ihrem Zimmer. Sina fühlt sich für einen Moment auch verlockt, ein Nickerchen zu machen, aber Lisbeth sitzt auf der Veranda, und Sina lässt sich neben sie fallen und zeigt auf den Lieferwagen.

»Warum ist eine Kühlfirma hier? Streikt die Tiefkühltruhe schon wieder? Oder kriegt Kats Vale jetzt eine Klimaanlage?«

Sie lächelt spitz, als ob sie einen Witz gemacht hätte.

Lisbeth schüttelt den Kopf. »Glaub ich nicht. Aber wenn wir Schokolade herstellen wollen, muss es im Süßhaus ja wohl kalt sein«, antwortet sie und benutzt Ingrids Bezeichnung für den unbenutzten Schuppen, der in eine Produktionshalle verwandelt werden soll. »Sicher geht es um Vorschläge für Isolierung und Kühlanlagen und so was. Es kostet bestimmt einiges, eine Schokoladenfabrik aus einem alten Stall zu machen, oder was immer das früher einmal war.«

Sina nickt. Nimmt, ohne zu fragen, aus Lisbeths Packung eine Zigarette.

»Und die Obergärtnerin, wo steckt die?«

Lisbeth schaut sich um. »Ingrid? Ich weiß nicht genau. Hinten im Garten?«

Sina schweigt dazu. Sie beteiligt sich nicht an Ingrids Versuchen, die Kürbisse größer und die Melonen süßer zu machen. Sie will sich dem Wettbewerb nicht stellen, ihre Staudenkenntnisse zu Hause aus dem Gartenverein werden zu Kleinkram im Vergleich zu Ingrids festem Entschluss, einfach alles über essbare tropische Gewächse zu lernen.

Lisbeth scheint ihre Gedanken gelesen zu haben. »Sie wird sicher an etwas anderes als Kürbisse und Bohnen denken müssen, wenn sie erst Schokoladendirektorin ist.«

Danach schweigen sie eine Weile. Sina schaut einem Boot hinterher, das sich weit draußen bewegt, als Lisbeth plötzlich fragt: »Wie geht es denn Maya?«

Sina dreht sich zu ihr um. »Gut, warum fragst du?«

Lisbeth zuckt mit den Schultern. »Ach, nur so. Sie sah ein bisschen müde aus, fand ich.«

»Alle sind zwischendurch mal müde. Es war heiß auf dem Spaziergang.«

Sina spürt eine prickelnde Gereiztheit, warum mischt Lisbeth sich hier ein? Die Verärgerung treibt sie weiter, lässt sie mit verzerrter Stimme nachäffen: »›Wie geht es denn Maya?‹ Die ist doch kein Kind. Warum fragst du sie nicht selbst?«

Lisbeth sieht sie überrascht an, ihre Stimme scheint um Verzeihung zu bitten. »Ich wollte doch gar nichts Besonderes … ich meinte nur …«

»Was hast du gemeint?« Sina schlägt zu: »Maya ist die Intelligenteste von uns, das war sie immer schon. Das Alter kann nichts daran ändern. Du bist ja auch nicht mehr genau dieselbe wie mit zwanzig.«

Das hat gesessen, und Sina ist unglücklich über sich selbst. Sie hätte den Mund halten sollen, aber es ist so irritierend, so lächerlich, dass Lisbeth sich noch immer Gedanken über ihr Aussehen macht – die alte Kuh! Etwas sticht und bohrt tief in Sina, eine Scham, die sie fast verdrängt hatte: Sie steht in Lisbeths Zimmer vor dem Spiegel, sie ist allein im Haus. Greift gierig zu Seidenblusen und Stöckelschuhen, quetscht sich in schmale Röcke und taillierte Jacken. Die fliederfarbene Bluse, die nicht passt, die über der Brust leer und locker hängt und über dem Bauch zu eng ist. Die Naht, die krachend platzt. Der Riss im Stoff, der sich bestimmt nicht flicken lässt. Das Gefühl der Gleichgültigkeit, mit dem sie die Bluse wieder auf den Kleiderbügel hängt.

Sina ist nicht sicher, warum sie sich wegen Maya so aufgeregt hat. Ihre Freundin ist zwar stiller als früher, besitzt aber dieselbe Autorität wie eh und je. Ihre Kenntnisse über die Pazifikinseln, über Geschichte, Geografie, Kultur und Politik, sind denen der anderen weit überlegen. Vielleicht mit Ausnahme von Kat – obwohl Sina den Verdacht hat, dass das Wissen der Weltenbummlerin um ihre globalen Projekte eher seicht ist. Mayas Wissen ist nicht erlebt und am eigenen Leib erfahren, doch zum Ausgleich ist alles gründlich überprüft und lässt sich belegen. Bei ihren abendlichen Gesprächen auf der Veranda zeigt sie in der Regel die interessanten Zusammenhänge auf, denkt Sina. Kürzlich erst sprachen sie abends über die Sternbilder am Himmel. Südstern und Nordstern. »Ursa Minor«, sagte Maya. »Oder der Kleine Bär, wie wir ihn bezeichnen. Der Nordstern ist der klarste Stern in diesem Sternbild. Stella Polaris auf Latein. Aber habt ihr gewusst, dass er im Mittelalter auch Stella Maris genannt wurde? Meerstern? Was zudem einer der Beinamen der Jungfrau Maria war?«

Lisbeth hatte sie voller Interesse angesehen. »Wirklich? Das hat sie doch gesagt. Das kleine Mädchen. Sie hat gesagt, dass sie Meerstern heißt.«

Maya hatte genickt. »Genau. ›Unsere liebe Frau, der Meerstern‹ war einer der Namen der Heiligen Jungfrau.«

Sie hatte sich im Sessel zurücksinken lassen, zufrieden mit der Vorlesung dieses Abends. Die Maya, die sie immer gekannt haben, kenntnisreich und aktiv.

Doch wenn sie das nicht ist, wenn Mayas Gesicht leer und flach wird, wenn ihre Augen zu geschlossenen Türen werden, nur mit einem Funken der Furcht im Türspalt, dann krampft sich in Sina etwas zusammen. Ein Unbehagen, das sie mit niemandem teilt, das sich aber auf ihre Stimmbänder legt und ihren Mund das tun lässt, was er am besten kann: versichern, dass alles gut wird, dass sie sich darum kümmern wird. Wenn Maya ihre Wörter verliert, findet Sina ihre.

Ist Sina die Einzige, die das sieht? Das glaubt sie. Nur sie, die schon seit dem Gymnasium Lisbeth Karlsen durchschaut hat, die Prinzessin der 3 B. Die gesehen hat, dass nicht Selbstsicherheit hinter dem Lächeln und den gut gefüllten BH-Körbchen lag, sondern eine dünne, straffe Saite der Unruhe. Eine Saite, die Sina zum Schwingen bringen konnte, wenn sie wollte: ein scharfer Blick, und das eingeübte Lachen blieb zwischen den rosa Lippen stecken. Sina ist niemals neidisch gewesen. Auf das Geld vielleicht, das angenehme Leben. Aber sie hat sich niemals unterlegen gefühlt. Die Macht liegt bei der, die das Wissen besitzt. In der Entscheidung, ob sie es benutzen will oder nicht.

Eigentlich tut Lisbeth ihr leid. Wozu also weitersticheln? Sie hat das alles so satt.

19
Ateca

Lieber Gott!

Du weißt, dass ich meinen Träumen vertraue, sie erzählen mir immer etwas. Aber heute Nacht haben sie mir Angst gemacht. Ich habe von Drua geträumt, dem großen heiligen Boot. Ich stand mitten auf dem Deck, auf dem Platz des Häuptlings, und hatte Ausblick über den Schiffsrumpf und die Steuerruder an beiden Enden. Ich hatte Angst, denn ich wusste, dass es nicht mein Platz war. Nicht ich sollte die Verantwortung dafür übernehmen, das Segel zu kappen, wenn alles schiefging. Aber ich musste trotzdem dort stehen. Das Tempo war hoch und die Wellen groß, und ich war allein im Boot, als plötzlich Dakuwaqa, der Haigott, aus der Tiefe aufstieg. Plötzlich war ich Tokairahe, der Göttersohn, mit den magischen Angelhaken. Der alle Fische im Meer fangen kann – abgesehen von Dakuwaqa. Ich trug seine Kette um den Hals, miteinander verhakte Knochenstücke, die gelb, blau und lila glänzten. Dann brach Dakuwaqa aus dem Wasser, war mit einem Riesensprung bei mir und fing die Kette mit seinem grauenhaften Gebiss. Aber seine Zähne rührten mich nicht an, ich trug nicht einmal einen Kratzer davon. Als der Hai wieder in den Wellen verschwand, war Tokairahes Hakenkette ver-

schwunden. Stattdessen trug ich eine dünne Goldkette um den Hals.

Der Traum hat mir solche Angst gemacht, Gott. Hilf mir, darauf zu vertrauen, dass du auf mich aufpasst.

In Jesu Namen. Emeni.

20
Maya

Sie empfindet keine Angst, wenn sie sich nicht erinnert. Erst wenn sie sich erinnert, dass sie sich nicht erinnert hat, wird aus dem Schwindel eine Übelkeit voller Todesangst. Wenn sie begreift, dass sie draußen war. Auf der anderen, unbekannten Seite. Dass sie mit verständnislosen Augen dort gestanden hat, mit suchenden Lippen, dass sie in Gesichter gemurmelt hat, die sie nicht kennt, von denen sie nicht weiß, zu wem sie gehören.

Es ist das Nachher, wenn sie keine Ahnung hat, warum sie hier steht, mit einem unbekannten Regenschirm in der Hand oder Einkäufen in der Tasche, von denen sie nichts weiß. Wenn das Tor hinter ihr abermals zugefallen ist und sie dorthin zurückgeschoben hat, wo die Umgebung verständlich und die Gesichter bekannt sind, dann schnürt sich ihr Hals zusammen und Maya spürt die Panik mit ohrenbetäubendem Hufschlag nahen: Wo war ich?

Dennoch ärgert sie sich. Über Evy, die versucht hat, ihre Besorgnis hinter munteren Kommentaren zu verbergen, ehe sie nach Hause gefahren ist: »Vergiss nicht, dich vor der Sonne in Acht zu nehmen, Mutter. Zu viel des Guten und überhaupt, weißt du.« Über Ingrid, die sich im Garten als Chefin aufspielt und davor warnt, dass zu viel

Papaya zu Durchfall führen kann. Über Kat? Nein, nicht über Kat. Kat weiß es. An dem Abend, an dem sie Evy zum Flugplatz gefahren hatten – ist das wirklich erst wenige Monate her? Der Schreck, als sie im Auto wach wurde und plötzlich nicht wusste, warum sie hier war. Das Rauschen des Meeres, der Lockruf. Kats Gesicht war ihr so vertraut, aber sie hatte es nicht mit Wörtern oder Gedanken in Verbindung bringen können. Sie hatte geweint, als Kat sie ins Bett gebracht hatte. Bittere, aufgewühlte Tränen über das Chaos in ihr, die Verzweiflung darüber, sich selbst aus dem Griff zu verlieren. Kat weiß es. Aber Maya glaubt nicht, dass sie mit den anderen gesprochen hat.

Sie schaut hinüber zu der Freundin in der Hängematte, die stumm in der Nachmittagshitze auf der Veranda schaukelt. Es ist noch immer da, was keine von ihnen damals in Worte gekleidet hat. Die Anziehung, die sie alle verspürten, die kribbelnde Hochstimmung, die den Körper erfüllte, wenn du nur in dem Kreis um sie standest. Das Lächeln, von dem du wünschtest, dass es gerade dich traf. Es ist noch da. Kats Haar weist so viel Silber auf wie ihr eigenes, dicke blaue Adern ziehen sich über die Hände, die ein Buch halten. Aber während Mayas abgenutzter Goldring locker um ihren Ringfinger sitzt, schlingt sich eine blaugrüne Blütenranke um Kats. Erklärt mit Ewigkeitstinte, dass sie zu Niklas gehört, aber auf ihre eigene, einzigartige Weise. Unter dem weißen Leinenhemd ist Kat nackt; Maya sieht durch den dünnen Stoff die Umrisse ihrer kleinen Brüste. Die Freiheit, die sie immer auszustrahlen schien, selbst in dem engen, überhitzten Klassenzimmer auf dem Gymnasium von Reitvik, umgibt Kat noch immer mit ihrer starken und unangefochtenen Hülle. Eine schwere Welle bricht über Maya herein, ein ranziger Geschmack im Mund. Sie muss eine Weile überlegen, ehe sie begreift, was es ist, ein Gefühl, das sie längst vergessen hatte. Es gibt kein exaktes Wort dafür, für diese säuerliche Mischung aus Eifersucht, Bewunderung und Unzulänglichkeit. Jetzt sitzt sie wieder hier, in dem Kreis um Kat. Die noch immer nicht begreift, warum sie alle immer sie sein wollten.

Kat stützt sich auf die Ellbogen und stöhnt: »Heiß, was? Ich kapier nicht, wie du in der Sonne sitzen kannst, Maya – bist du nicht schon gekocht? Der arme Johnny, der morgen in diese Sauna kommt, er ist von seinem Boot her sicher luftigere Verhältnisse gewohnt. Aber ich bin gespannt darauf, was er zu unseren Plänen sagt.«

Johnny, wer ist das? Und sitzt sie in der Sonne? Maya schlingt sich die Arme um den Leib und kneift die Augen zu. Das Gefühl, dass ihr alles entgleitet. Eine Tür, die fast zufällt, bevor sie innehält und sich wieder öffnet. Eine flackernde Lampe. Die Gedanken werden brüchig und sind voller Löcher, wie Schleier. Sie sehnt sich so nach Steinar, dass es überall wehtut. Er würde verstehen, wie sehr sie sich fürchtet.

Ein Abendspaziergang nur, vor dem Essen Luft schnappen. Der jähe Sonnenuntergang überfällt sie jeden Tag, genau um Viertel nach sechs nimmt die Sonne Abschied und schmilzt in Minutenschnelle in einer Orgie aus Gelb und Rosa.

»Ich geh ein bisschen an den Strand«, ruft Maya halblaut an niemand Bestimmtes gerichtet, als sie die vier Treppenstufen von der Veranda hinuntersteigt. »Ich bleibe nicht lange aus.«

Keine Antwort, und sie will auch keine. Sieht für einen Moment Ateca durch das Küchenfenster und hebt die Hand zu einem raschen Gruß, als sie die Grasfläche überquert, die bei dem Gürtel aus Tang und trockenen Palmenblättern von Sand abgelöst wird. Ihre Beine gehen von selbst nach rechts, die Häuser, an denen sie vorbeikommt, haben nachmittagsgoldenes Funkeln in den gläsernen Jalousien, die niemals geschlossen werden. Eine Frau sitzt neben einem Haufen aus zerschnittenen Pandanusblättern auf dem Boden, sie arbeitet an einer Matte und ruft Maya ein freundliches »Bula!« zu. Ihre Haare umgeben ihren Kopf wie ein dichter, gekräuselter Heiligenschein. Zwischen den Kokospalmen hat Maya Aussicht auf das *Vale ni Soqu,* das Versammlungshaus, auf dem Platz davor werfen kleine Jungen einen Rugbyball. Ein Hund trottet eine Weile hinter ihr her, dann verliert er das Interesse und widmet sich dem Inhalt einer zerrissenen Plastiktüte. Sie wollte eigentlich um den Hafen herumgehen, über den verwahrlosten Acker bei der Müllhalde, zu dem, was sie in Gedanken die Rückseite des Dorfes nennt, und dann wieder nach Hause über die Hauptstraße, von der festgetrampelte Wege zu den kleinen Häusern und Hofplätzen führen. Ehe sie den Hafen erreicht, geht die

Sonne unter, bohrt Löcher in die Wolken und bildet Tunnel aus Licht. »Die Finger des Herrn«, plötzlich fällt ihr der Name ein, den ihre Mutter für diese Lichtsäulen hatte, die die grauen Wolken durchdringen und nach dunstigen Vormittagen voller Regen die Erde neu beleben. Die Säulen schmelzen, als sie das Wasser erreichen, werden zu flimmerndem Glitzern aufgelöst. Es wird dunkler um Maya, während das Licht ins Meer gesaugt wird, rosa und orange Flecken tanzen einige leidenschaftliche letzte Schritte über den Himmel. Maya bleibt stehen, während der Tanz in ihr weiterwirbelt. Wie schön, einfach hier zu sein, sich überwältigen zu lassen, den Text weitergehen zu lassen, sich der Melodie hinzugeben.

»*Nau,* geht es dir gut?«

Die Farben jubeln noch immer in ihr, als eine warme Hand ihre Finger umfasst. Maya schaut hinab in zwei leuchtende Augen. Der Abendwind zupft an den Locken des kleinen Mädchens, das sie »Tante« nennt, lässt sie um die kleinen, fast durchsichtigen Ohren brausen. Das Kleid bläht sich hinter ihr wie ein Segel, und Maya erkennt das Mädchen von der Adventsfeier. Maraia, die Lisbeths Goldkette bekommen hat, Sina und Ingrid haben beide danach ihre Kommentare gemurmelt.

»Ja«, Maya lächelt und freut sich über das Wiedersehen. »Du bist Maraia, nicht wahr?«

»Doch«, antwortet die Kleine. Ihre Stimme ist ebenso unergründlich wie ihre Augen. »Das bedeutet Meerstern.«

»Ich bin Maya«, sagt Maya. »Das bedeutet Traum.«

Maraia nickt.

Sie bleiben stehen, Maya und Maraia, während eine unsichtbare Hand die letzten Farben aus dem Tag presst und ihn benutzt und verschlissen ins Meer fallen lässt. In der Dunkelheit, die sie nun umhüllt, fühlt Maya sich leer und benommen, erschöpft von dem ekstatischen Farbenspiel. Sie blinzelt unsicher, versucht, sich zu erinnern, wo sie hinwollte. Aber das Staunen, das Erstaunen über die Finger Gottes umgibt sie noch immer wie ein Rätsel, etwas in ihr will noch nicht zurück in die Wirklichkeit. Maya fasst die kleine Hand da unten in der Dunkelheit fester, versucht, ruhig zu atmen. Wo will sie denn hin?

Die Augen der Kleinen leuchten zu ihr auf, zwei Leuchttürme voller unbestreitbarer Gewissheit.

»Ich kann mit dir gehen«, sagt sie. »Komm, Nau, wir gehen jetzt nach Hause.«

Sie fühlt sich sicher, als sie Hand in Hand weitergehen. Die rhythmischen Beteuerungen des Meeres auf der einen Seite, auf der anderen Maraia, die, ohne noch mehr zu sagen, Maya den Weg zeigt. Nach Hause zu Kats Haus – nein, es ist jetzt ihr eigenes Haus, dort wohnt sie, dort wohnen sie alle zusammen. Als sie angekommen sind, fragt sie, ob Maraia mit hineinkommen möchte. »Du kannst mit uns essen, wenn du möchtest«, sagt sie.

Aber der Meerstern schüttelt den Kopf. Ein, zwei, drei rasche Schritte, und sie ist in der Dunkelheit verschwunden.

21
Lisbeth

Lisbeth schaut sich um. Ihr Blick folgt Ingrid, die sich vom Tisch erhebt. Das Stoffstück, das sie sich um die Taille gebunden hat, ist ausgeblichen und hat unten die Reste einer undefinierbaren Borte. Kats von Silber durchzogenes Haar steht hinten ab, sicher war sie an diesem Tag noch nicht in der Nähe eines Spiegels. Sina war noch nie etwas fürs Auge, denkt Lisbeth und schaut zu der Freundin hinüber, die am Fenster steht, aber immerhin trägt sie einen BH. Das weiche Schlackern unter Ingrids T-Shirt zeigt, dass dort alles frei hängt, und Lisbeth seufzt in Gedanken: Ist es denn nötig, alles laufen zu lassen?

Plötzlich steht Maya in der Tür, und Kat nimmt sie herzlich und mit lauter Stimme in Empfang: »Da bist du ja! Wir sind schon fast fertig mit essen!« Maya lächelt nur, und Lisbeths kritischer Blick wandert über ihren kräftigen Leib. Maya trägt einen Sack von Kleid, es ist blaugrün und reicht bis zur halben Wade. Der Strohhut, den sie immer aufsetzt, ist auf ihre platten Locken geklatscht worden. Sie lässt sich auf den freien Platz am Tisch gleiten, und Lisbeth verspürt eine Art Mitleid, die ihre Irritation dämpft.

Dennoch, dass Sina plötzlich die Rolle einer – wie soll sie das nennen? – persönlichen Assistentin für Maya übernommen hat, das geht ja wohl zu weit. Dass sie nie weiter als zwei Schritt entfernt ist, dass sie alles stehen und liegen lässt, wenn Maya diesen Vogelscheuchenhut aufsetzt und spazieren gehen will. Lisbeth musste sich an diesem Tag Luft machen, als Maya etwas über »weggehen« rief und Sina schon auf dem Sprung war.

»Du hast doch wohl nicht vor, mir das Kochen zu überlassen?«, musste sie fragen. »Das ist unser beider Aufgabe, heute ist Dienstag.«

Sina sagte nichts, hackte nur weiter Zwiebeln, aber Lisbeth spürte den Widerwillen, den sie jetzt ausstrahlte. Großer Gott! Als ob Maya, diese erwachsene Frau, nicht allein einen Spaziergang am Strand machen könnte. Und jetzt steht sie hier in der Tür, sie haben fast fertig gegessen, na und? Es ist doch wohl nicht die Welt, dass Maya ein Stück zu weit gegangen ist und herumgetrödelt hat?

»Langer Spaziergang, Maya?«, fragt sie leichthin und schenkt sich Wasser nach. »Oder hast du dich verlaufen?«

Sie hat es nicht böse gemeint, wirklich nicht. Sie hat sich doch selbst auch schon einige Male verlaufen, zumal es abends schwer ist, sich zwischen den kleinen Häusern zurechtzufinden, die alle gleich aussehen bei trübem Licht. Deshalb kommt es total überraschend, dass Kat sie über den Tisch hinweg anfaucht: »Lass sie doch in Ruhe. Sie ist ja gerade erst zur Tür hereingekommen!«

Lisbeth blinzelt überrascht, sie wollte doch niemanden beleidigen! Sie öffnet den Mund zu einer Erklärung, aber Kat schaut sie aus zusammengekniffenen Augen an, beugt sich vor und bildet eine Mauer zwischen Maya und den anderen. »Du hast sicher einen Mordshunger«, sagt sie zu Maya. »Ich hoffe, das Essen ist noch warm.«

Sina macht ein besorgtes Gesicht, hebt die Arme, um irgendetwas zu tun, aber die Arme bleiben in der Luft hängen. Nur Ingrid ist ungerührt, sie hat die Brille aufgesetzt und siedelt in den Sessel unter der Leselampe über.

Plötzlich kann Lisbeth die anderen nicht eine Minute länger ertragen. »Ich geh nur kurz Zigaretten kaufen«, sagt sie und springt auf. »Salote macht sicher für mich den Laden noch mal auf.«

Lisbeth findet die wunderbar ungeregelten Öffnungszeiten in Korototoka herrlich. Der Laden ist offen, wenn Kundschaft kommt, und weder Ordnungsamt noch Lebensmittelkontrolle spielen eine Rolle. Wenn jemand vor Salotes rosa Wellblechhaus stehen bleibt und ruft: *»Kerekere* … Entschuldigung?«, dann wird die Tür geöffnet, ob es nun sieben oder halb zehn ist, und Salote kommt mit dem Schlüssel in der Hand heraus. Der Schlüssel gehört zum Hängeschloss vor dem kleinen Anbau, der einen Tresen und einige Regale dahinter an der Wand enthält. Salote gleitet hinter den Tresen und holt von der Wand eine Packung aufgelöster Margarine, oder sie wischt die Ameisen von einer Tüte voll braunem Zucker oder nimmt eine Schachtel Streichhölzer oder eine Dose Milchpulver heraus. Oder, für Lisbeth, eine Schachtel B & H.

»Vinaka«, sagt Lisbeth und steckt Zigaretten und Wechselgeld in ihre Handtasche. Bleibt eine Weile vor Salotes »Kantine« stehen, wie der kleine Laden aus irgendeinem Grund genannt wird, und sieht zu, wie die Inhaberin zum Besen greift und im Schein der Glühbirne über der Tür die Vordertreppe fegt.

Warum hat sie das getan? Ist bei der Kirche vorbeigegangen, wo sie doch auch gleich nach Hause hätte gehen können? Sie hätte kehrtmachen und denselben Weg zurück nehmen sollen, vorbei am Dalo-Feld, von dem niemand weiß, wem es gehört, vorbei am Haus von Ateca und ihrem Sohn, dem verworrenen Flickwerk aus Vorbauten und Veranden, in dem Jone mit seinen zahlreichen Verwandten haust. Aber das tut Lisbeth nicht, sie hat sich in den Kopf gesetzt, dass sie den Abend draußen auf dem Steg mit einer Zigarette und der Brise in den Haaren beenden will, und sie geht auf dem hinteren Weg dorthin, entlang der Hauptstraße, vorbei an den Häusern, die jetzt fast alle dunkel sind. Auf einer *Bola-Bola,* einer hölzernen Plattform mit geflochtenem Palmdach, findet eine Party statt, ein kräftiger, tätowierter Arm hebt einen Bilo. Keiner der Männer achtet auf Lisbeth. Sie fährt zusammen, als plötzlich lautes Gelächter über sie hereinbricht, klemmt die Tasche unter den Arm und steigt den langen, sanften Hang hinauf.

Es passiert, als sie gerade am Bure des Häuptlings vorbei ist und wieder hinuntergehen will, in Richtung Strand und Wellenrauschen. Der Mann, der aus der Gegenrichtung kommt, hat ein Messer in der Hand, das große Rübenmesser, das in Lisbeth immer noch Unbehagen auslöst. Das Werkzeug Nr. 1; mit Holzgriff und stumpfer Spitze ist es genauso oft in der Hand von Frauen wie von Männern zu sehen, wenn sie auf dem Weg von oder zu ihren Plantagen sind, das ist der schöne Name der kleinen Feldstücke, von denen sie sich ernähren. Männer mit krummem Rücken und verdreckten Gummistiefeln und einem Lappen um den Kopf, wogende Frauen mit geflochtenen Körben voller Süßkartoffeln und Kassava, barfüßige Jungen mit ausgefransten Säcken über der Schulter, sie alle tragen es in der Hand, das *Sele-Kava,* das so beängstigend aussieht. Lisbeth sieht es jeden Tag. Mosese hält es in der Hand, wenn er ihnen nachmittags Dalo oder Brotfrucht bringt, aber dennoch schaudert es sie immer wieder. Die riesigen Hände, die Finger um den Stahl, die Bilder, die sie im Netz und in den Büchern in Mayas Zimmer gesehen hat, drohende Haltung, die Keulen und Äxte, die sie in den Händen halten. Die Kriegsbemalung und die ekelhaften Halsketten aus großen Walzähnen. Kat hat erzählt, dass winzige Kannibalengabeln bei den Touristen als Reiseandenken sehr beliebt sind: geschnitzte Griffe und vier lange Zinken, wie die Ecken in einem Quadrat, perfekt, um die Hirnmasse aus eingeschlagenen Schädeln zu graben. Kat hatte gelacht, als sie davon erzählte, aber Lisbeth lief es eiskalt über den Rücken. Es ist erst hundertfünfzig Jahre her, dass hier in diesem Land zuletzt Menschen getötet und verzehrt wurden.

Etwas stimmt nicht mit dem riesigen Messer, das so achtlos in der Hand des Mannes baumelt, als er den Hang hoch auf sie zukommt. Etwas, bei dem sich ihr Magen zusammenkrampft. Lisbeth begreift plötzlich, dass dieses

Gefühl von Unruhe schon die ganze Zeit auf der Lauer gelegen hat. Jetzt steht er vor ihr, und sie sieht, dass er jung ist, sein Gesicht ist weich und stark. Glatte Muskeln zittern unter der Haut, blauschwarze Tätowierungen schlängeln sich um die kräftigen Unterarme. Breitbeinig versperrt er ihr den Weg. Die Hand mit dem Messer hebt sich langsam, und der Schrei steigt durch ihre Kehle nach oben.

22
Ateca

Lieber Gott!

Das Licht scheint eine andere Farbe zu bekommen, wenn Maraia und Madam Maya zusammen sind. Heute Nachmittag habe ich sie singen hören. Maraias helle Stimme und Madam Mayas, die tiefer ist und die Töne nicht so genau nimmt. Sie saßen auf dem Boden, zwischen sich zwei grüne und braune Stoffstücke, die sie zusammengefaltet und zu kleinen Tieren mit Rumpf und Kopf geformt hatten.

»Wir singen für die Schildkröten«, sagte Maraia. Sie scheint Madam Maya von den Prinzessinnen Tinaicaboga und Raudalice erzählt zu haben, die in Schildkröten verwandelt wurden, als sie von Fischern aus einem Dorf auf Kadavu geraubt wurden. Sie konnten fliehen, aber sie mussten weiterhin als Meeresschildkröten in der Bucht vor der Insel leben.

Maraia kannte auch das Lied, das die Frauen im Dorf der Prinzessinnen auf den Felsen am Ufer für sie singen.

Die Frauen von Namuana tragen Trauer
Sie tragen ihre heiligen Keulen mit den seltsamen Mustern
Raudalice, komm herauf und zeig dich uns!
Tinaicaboga, komm herauf und zeig dich uns!

Wenn die Frauen singen, kommen die großen Schildkröten an die Meeresoberfläche und hören zu.

Maraias Familie kommt nicht aus Kadavu. Aber Maraia hat kluge Augen und weiß sehr viel. Und ich glaube, es tut Madam Maya gut, das Meer kennenzulernen. Vielleicht ist sie von allen am wenigsten Kaivalagi, Gott? Madam Maya hat so viel abgelegt, deshalb kann sie so viel mehr annehmen.

Lieber Gott, danke dafür, dass du die zusammenführst, die einander brauchen. Danke dafür, dass Maraia zusammen mit Madam Maya singen kann.

In Jesu Namen. Emeni.

23
Lisbeth

Warum hat sie nichts gesagt? Warum ist sie nicht zu Hause die Treppe hochgestürzt und hat gerufen, sie sei überfallen worden? Kat hätte etwas unternommen. Hätte festgestellt, wer es war, wer seine Familie ist, und das soziale Strafsystem des Dorfes hätte den Rest erledigt. Warum hat sie Ingrid und Kat auf der Veranda nur kurz zugenickt? Hallo zu Sina gesagt, die mit einer Kaffeetasse in der Hand und einer Frage auf den Lippen im Wohnzimmer stand: »Du bist aber lange ausgeblieben. Ist etwas passiert?« Und statt von dem jungen Mann mit dem großen Messer zu erzählen, hat sie sich gezwungen, stehen zu bleiben und ruhig zu lächeln. »Passiert? Nein … ich bin den längeren Weg zurückgekommen, das ist alles. Ich fand es so schön, einen kleinen Abendspaziergang zu machen.«

Sie weiß nicht, warum. Was sie weiß, ist, dass sie diese Menschen nicht versteht. Sie versteht ihr Lachen nicht, ihren gierigen Appetit, ihre schreiende Sprache. Aber was auf dem Weg unterhalb des Häuptlings-Bures passiert ist, war nichts, was sie zu verstehen brauchte. Als der junge Mann das Messer losließ und mit beiden Händen nach ihrer Tasche griff, schrie sie auf, drückte die Tasche an sich und erwiderte zugleich seinen Blick. Und fand nichts darin, wovor sie sich hätte fürchten können. Seine Hände zogen an der Tasche, versuchten, sie von ihrer Schulter zu reißen, aber seine Augen waren von etwas erfüllt, das aussah wie eine Bitte um Entschuldigung.

Lisbeth ist noch nie überfallen worden. Hat schaudernd darüber in der Zeitung gelesen, über ausgeraubte alte Menschen und Leute, die für einen Fünfziger niedergeschlagen worden sind, aber sie hat sich nicht vorstellen können, dass sie selbst auf einem Kiesweg am Rand eines Dorfes auf Fidschi stehen und verbissen und lautlos mit einem schönen, gut gebauten jungen Mann ringen würde. Einem, der sie offenbar ausrauben wollte, der aber das Messer weglegte, statt sie damit zu bedrohen, und der sie mit einer Art Flehen im Blick ansah: Können wir das nicht ohne Kampf hinter uns bringen, bitte?

Sie hatte das Gleichgewicht verloren und war gestürzt, als er die Tasche an sich riss, sich von ihr abwandte und einige Schritt weiterlief. Ihre Finger bekamen etwas zu fassen, das auf dem Boden lag, sein Messer. Automatisch hob sie den Arm, während er die Tasche wegwarf und zurückkehrte. Ihr Geld, ein mageres Bündel Geldscheine, hielt er in der Hand, während er sich langsam näherte, die Augen auf das Messer gerichtet, das sie noch immer hoch in die Luft hielt.

»Gib mir mein Geld!«

Sie sagte als Erste etwas.

Er schüttelte den Kopf. »Das kann ich nicht. Ich brauche es. Und ich brauche auch mein Messer, das musst du mir zurückgeben.«

»Nicht, wenn ich nicht mein Geld zurückbekomme.«

Er stand ihr gegenüber und streckte die Hand aus, um ihr aufzuhelfen, für einen Moment roch sie seinen Schweiß. Sie schwankte ein wenig, als sie auf die Beine kam, seine Hand war warm, sie schloss sich um ihre Hand am Messergriff, und sie ließ los, ohne zu protestieren. Ohne Vorwarnung hatte sie einen Kloß im Hals, es tropfte heiß und sinnlos aus ihren Augen und weiter über ihre Wangen. Er streichelte ungeschickt ihre Schulter: »Aber, aber, es wird gut, es wird gut.«

Ich will nicht, dass es gut wird, wollte sie sagen. Ich will, dass du deine großen, tätowierten Arme um mich legst. Ich will den Schweiß deiner Haut spüren und dein feuchtes Haar riechen. Ich will zwanzig sein und glatte braune Schultern und süßen Atem hinter weißen Zähnen haben.

Lisbeths Herz hämmerte, als sie schwankend gegen die harte Brust sank. Sie sah seine Augen nicht, aber sie spürte, wie er erstarrte, sie ein wenig von sich wegschob: »Ma'am, alles in Ordnung? Soll ich dich nach Hause bringen?«

»Nein, nein, ist schon gut. Gib mir nur meine Tasche.«

Sie wühlte rasch darin, fand ein Taschentuch und wischte sich das Gesicht. Ihre Papiere steckten noch immer in der Brieftasche, das Bargeld hielt der junge Mann in der Hand. Betrachtete es umstandslos als sein Eigentum, egal, wie sehr er sich um die Frau sorgte, der er es weggenommen hatte.

Lisbeth hatte ihr Geld nicht noch einmal zurückverlangt. Sie streckte einen Finger aus, musste das runde, kräftige Gesicht berühren. Er stand ganz still da und ließ sie gewähren, aber nur für einen Moment. Dann trat er einen Schritt zurück, die Dunkelheit verschluckte seinen höflichen Abschiedsgruß: »*Ni sa moce,* Ma'am. Gute Nacht.«

Sie blieb stehen, ihr Puls schlug hart und heiß in ihrem Hals. Ein Gedanke, den sie nur mit Mühe zu fassen bekam, war bereits dabei, zu erklären und zu vergeben. Die Selbstverständlichkeit in seinem »ich brauche es« hatte etwas bloßgelegt, hatte es klargestellt: Es ging hier ums Teilen. Wofür der Blick des jungen Mannes um Entschuldigung bat, war nicht das, was geschah. Nur dass es auf eine Weise geschah, die ihr Angst machte. Wenn ihr, die ihr so viel habt, nicht auf die Idee kommt zu teilen, muss es auf diese Weise passieren.

Andere Unbegreiflichkeiten strömten in das Bild, das blitzschnell heranwuchs, die Stücke schoben sich zusammen: Ateca, die nicht mehr den schönen lila Sulu trägt, den Kat ihr gekauft hat, und die mit leiser Stimme murmelt, sie habe ihn verschenkt. Kat hatte nur genickt, sie selbst aber war verdutzt und neugierig gewesen: »Verschenkt, weshalb denn?« Die Erklärung, teilweise von Ateca, teilweise von Kat, über eine Frau in der Kirche, die Ateca nach dem Gottesdienst darum gebeten hatte. »Und Sitte und Brauch verlangen, dass man dann einwilligt«, hatte Kat gesagt und das System der *Tauvu* erklärt, der Sippen, die durch die frühere Verehrung desselben Gottes seit langer Zeit miteinander verbunden sind. »Wenn deine Tauvu etwas bewundert, das du hast, und es haben möchte, musst du Ja sagen und es ihr geben. Und wenn es dein letztes Kleidungsstück ist.«

Ein andermal, als sie etwas Nettes über die Tasche von Moseses Frau Litia gesagt hatte, eine schlichte Schultertasche aus Stroh, in die Streifen aus dunkleren Pandanusblättern eingeflochten sind, hatte Litia die Tasche ausgeleert und sie ihr gereicht. Lisbeth hatte die kleine Frau mit der mürrischen Miene schockiert angestarrt: »Nein, nein, so war das nicht gemeint. Ich wollte nur sagen, dass sie schön ist, du darfst doch nicht …« Aber Litia ging, und Lisbeth saß mit der Tasche auf dem Schoß da, verlegen und mit rotem Gesicht.

Jetzt ergibt das alles einen Sinn. Man teilt. Und wir, denkt Lisbeth, wir sitzen da mit all unseren Gegenständen und unserem Geld, und wir teilen nicht. Darum muss es so kommen.

Sie war dann weiter zum Strand hinuntergegangen, auf den Steg, wie sie es vorgehabt hatte, hatte sich die geplante Zigarette angezündet. Aber es war so lange her, dass sie die in Salotes Kantine gekauft hatte, eine halbe Stunde und einen ganzen Traum war es her.

Was wäre passiert, überlegt Lisbeth, was hätte er getan, wenn ich es gesagt hätte? *Kann ich dich haben? Ich will dich, kann ich dich haben?*

24
Ingrid

Der Schokoladenexperte hat nicht viele Haare. Sein nackter Schädel ist sonnenbraun, und das Hemd spannt über den Schultern. Kat hat Johnny Mattson in Rakiraki abgeholt, und Ingrid glaubt, bereits den Duft süßer, blubbernder Schokoladenmasse wahrzunehmen. Wildrid merkt es auch, sie rennt als Erste von der Veranda, um ihn mit wogendem Sulu und eifrigem Lächeln zu empfangen: »Wie nett von dir herzukommen, um uns etwas beizubringen. Wir haben tausend Fragen!«

Sie gehen gründlich ans Werk. Beginnen mit der Inspektion des Süßhauses, wo Kat ihre Pläne zur Installation der Kühlanlage, des neuen Wassertanks und der Pumpe erklärt. Johnny nickt, gibt Ratschläge zur Platzierung von Bänken und Gefäßen. Er hat in England etwas besucht, das er »Schokoladenakademie« nennt, und er hat viele Jahre für einen großen Produzenten in Belgien gearbeitet. Ingrid sieht, dass Lisbeth genau aufpasst. Sie selbst ist fasziniert von seinen Händen, mit denen er eifrig seine Aussagen unterstreicht. Die Hände sind braun und kräftig und haben kurze, breite Nägel.

»Warst du direkt an der Schokoladenproduktion beteiligt?«, fragt sie, ohne so recht zu wissen, weshalb. Vielleicht, weil sie sich nicht vorstellen kann, wie diese Pranken sich an weichem Karamell und fein gemahlenem Lakritzpulver zu schaffen machen.

»Aber sicher doch. An allen Phasen des Prozesses. Weiße Schokolade, Milchschokolade, dunkle Schokolade.«

Ein viel jüngerer Mann lächelt plötzlich durch die Runzeln, die die braunen Augen umgeben. »Es gibt keine süße Versuchung, in die ich mich nicht führen ließe.«

Ingrid muss das Lächeln erwidern, spürt den Optimismus wie ein Aufflackern in der Brust. Nein, er ist wie ein Geschmack im Mund. Wildrid merkt, wie ihr das Wasser im Mund zusammenläuft, weiches Pfefferminz breitet sich ganz hinten auf der Zunge aus, salziges Karamell klebt sich an die Backenzähne. Chilischokolade, die das Innere der Wangen brennen lässt, Rumcreme mit Ingwer, die am Gaumen zergeht.

»Ananastrüffel«, sagt sie. »Mangonougat. Kiwi in Marzipanhülle!«

Johnny sieht sie belustigt an. »Ich dachte, ihr wolltet die Sache vorsichtig angehen?«

Die anderen sind verstummt, und Ingrid hört auf, ihr Ausbruch ist ihr jetzt peinlich. Ein erotisches Gedicht, in Zellophan gewickelt.

»Ich muss schon sagen!« Kat bricht die Stille als Erste, ihr rollendes Lachen füllt den kleinen Schuppen. »Wir werden uns engagieren, dass das Kakaofett nur so spritzt.«

»Aber so hatten wir das doch nicht abgemacht!«

Der Einwand kommt von Lisbeth. Vernünftig heute in

ihrer ganzen Erscheinung, von den flachen Schuhen bis zu der weiten Hose, erinnert sie die anderen kurz an die Grundidee, auf die sie sich geeinigt hatten:

»Wenn wir in den Gesundheitsmarkt einsteigen wollen, müssen wir auf ›less is more‹ setzen.«

Woher in aller Welt weiß sie so was?, fragt sich Ingrid und sieht, dass Lisbeth hektische Flammen am Hals hat, als sie nun hinzufügt:

»Wir müssen uns auf das Reine konzentrieren, das Echte. Etwas, das mit unkompliziertem und entspanntem Lebensstil assoziiert wird, das Gegenteil von Üppigkeit. Schlichte, echte Erlebnisse. Amanda sagt, das wird jetzt verlangt.«

Ingrid weiß, dass Lisbeth recht hat, und verdrängt den Missmut, der das Prickeln von Sternfrucht mit Schokoüberzug aus ihrem Mund vertreibt. Wildrid wirft den Kopf in den Nacken und schweigt.

Sie mag ihn ganz einfach. Johnny flirtet nicht und versucht keinen Eindruck zu schinden, ist einfach solide, ohne schwerfällig zu sein. Selbstsicher, ohne zu prahlen. Die Luft ist erfüllt von gespannter Erwartung, als sie auf der Veranda sitzen und er sie durch den Produktionsprozess führt. Ingrid spürt, wie sich ihr Rücken aufrichtet, ihr Haar lockt sich ein wenig, und ein Hauch von etwas Unbekanntem trifft ihre Nasenlöcher. Meer und frische Brise. Ein Hauch von neuen Möglichkeiten. Seine ruhige Stimme beschreibt die Vorgehensweise, zuerst das Gären und das Trocknen, das sie bereits kennen.

»Dann kommt das Rösten, die Kakaobohnen werden erhitzt und eine Stunde lang in Heißluft geröstet.«

»Können wir einen normalen Backofen nehmen? Mit Heißluft?«

Diese Frage stammt von Kat.

»Das könnt ihr sicher.«

Ingrid hat einen Block hervorgezogen und macht Notizen, während Johnny ihnen das Mahlen beschreibt, bei dem die Bohnenstücke zerkleinert und zu einer flüssigen Kakaomasse erhitzt werden. »Es schmeckt nicht gut, nur stark und bitter.«

Danach das Auspressen der Butter und die Mischung der richtigen Mengen von Kakaomasse, Fett, Zucker, Milch …

»Und eventuellen anderen erwünschten Zutaten.«

Ingrid notiert, und Wildrid sagt nichts mehr über Mango, Guave oder Ananas.

»Ihr müsst auch an Konservierungsmittel denken. Wenn ich es richtig verstanden habe, wollt ihr exportieren, und dann dauert es ja eine Weile, bis das Produkt bei der Kundschaft ankommt. Zugleich wollt ihr ein Gesundheitsprofil, und da wollt ihr sicher nicht zu viele E-Stoffe auf der Inhaltsbeschreibung stehen haben.«

Lisbeth macht ein nachdenkliches Gesicht, und Ingrid weiß jetzt, dass Amanda am nächsten Tag konsultiert werden wird. Wie gut, denkt sie und lächelt Lisbeth aufmunternd zu. Wir haben auch dafür Fachkenntnisse, nur eine E-Mail entfernt.

»Dann kommt das Walzen«, sagt nun Johnny. »Alle

Partikel in der Schokolade müssen zerstampft werden, damit sie sich auf der Zunge glatt anfühlt. Auf diese Weise entsteht das wunderbare geschmeidige Gefühl. Damit man Lust bekommt, den Mund wieder und wieder damit zu füllen.«

Er legt eine winzige Pause ein, und Ingrid lässt ihren Blick weiterwandern, als sie merkt, dass er sie ansieht. Richtet ihre Augen auf ihre nackten Füße auf dem Bretterboden und merkt plötzlich, dass ihre Füße zucken. »Tanzen«, flüstert Wildrid.

»Dieses herrliche Gefühl«, sagt Johnny.

Dann redet er über Conchieren, Abkühlen und Gießen, aber Ingrid macht keine Notizen mehr. Es ist zu viel auf einmal. Sie werden das nach und nach lernen.

»Mattson«, fragt sie Johnny am nächsten Tag über einer Tasse Morgenkaffee. »Du hast vielleicht norwegische Vorfahren? Oder schwedische?«

Er trinkt einen Schluck Kaffee, ehe er antwortet. »Du kannst ja raten«, sagt er mit einem Lächeln. »Was glaubst du, woher ich eigentlich komme?«

Ingrid ist plötzlich verlegen und fühlt sich bloßgestellt, als ob sie die Antwort hätte wissen müssen.

»Ich weiß nicht«, sagt sie unsicher. »Ich bin einfach davon ausgegangen, dass du … Australier bist?«

Er lacht laut. »Sehe ich so aus? Mit der Nase? Und den Haaren?«

Er fährt sich über seinen schütteren grauen Kräuselkranz.

Sie muss ebenfalls lachen, die Verlegenheit ist wie weggeblasen. »Davon ist nicht mehr viel übrig, da sieht man das nicht so gut. Aber …«

»Ich bin nicht so dunkel, wie ich sein müsste?« Er grinst und hebt die Hände. »Auf frischer Tat ertappt. Und vielleicht kann ich mich dafür bei deinen Vorfahren bedanken.«

Ingrid lauscht interessiert der Geschichte, dass er auf Kosrae geboren wurde, einer der Inseln der Mikronesischen Föderation. Sie versucht, sich die Karte vorzustellen, winzige Inseltupfen im … Norden? Nordwesten?

»Mein Nachname ist eigentlich Matson-Itimai«, sagt er dann. »Und der Vorname Yosiwo, Josef. Aber Johnny Mattson ist überall auf der Welt sehr viel einfacher.«

Sie mustert sein Gesicht, nimmt es in sich auf. Seine Haut ist viel heller als die der meisten hier in Korototoka, auch wenn die Züge ähnlich sind. Breite Nase, der Hals liegt in dicken, soliden Falten über dem Hemdkragen. Er erwidert ihren Blick, ein breites Lächeln. Eine lässige Aufforderung: Schau nur hin, ich bin der, der ich bin.

»Ich weiß nicht, wie viel Wahrheit darin liegt«, sagt er. »Aber meine Großmutter hat immer behauptet, dass es eine Verbindung nach Norwegen gibt.«

»Norwegen? Madsen, meinst du?«

Er nickt. »Das kann sein. Du hast doch vom Walfang in diesem Teil der Welt gehört? Auf Kosrae hat es offenbar eine norwegische Walfangstation gegeben. Vielleicht hat sich einer der norwegischen Walfänger in eine mikronesische Schönheit verliebt und sich auf der Insel niedergelassen? Vielleicht strömt auch durch meine Adern Wikingerblut?«

Sein Blick ruht auf ihrem Gesicht, und sie nickt eilig. »Vielleicht.«

»Übrigens«, sagt er. »Ich glaube, Wikingerblut ist genauso heiß wie mikronesisches.«

Die Lachfältchen ziehen sich wieder zusammen. Ingrid merkt, dass sie rot wird, lässt seinen Blick aber nicht los. Führt das Gespräch in eine andere Richtung:

»Fährst du oft zurück? Nach Kosrae?«

Der Name ist fast unmöglich auszusprechen. »Wie ist es dort?«

Johnny zögert kurz mit seiner Antwort. »Ich war schon lange nicht mehr da. Ich habe dort niemanden mehr.« Sein Blick weicht aus. »Aber es ist schön.«

Dann ist das Lächeln wieder da:

»Ich habe schon seit vielen Jahren in Labasa mein Auskommen. Ich habe dort ein kleines Grundstück, aber eigentlich wohne ich auf dem Boot.«

Sie wartet darauf, wie es weitergeht.

»Hochseefischerei«, erklärt er. »Ich vermiete mich selbst und das Boot. Sitze am Steuer und hole die dicken Brocken heraus. Thunfisch, Makrele, die großen Schwärme können noch immer den Pulsschlag in einem alten Kerl wie mir hochtreiben.«

»Du bist nicht alt!«

Ingrid wird es glühend heiß, als ihr aufgeht, dass sie das laut gesagt hat. Sie greift schnell nach ihrer Tasse, füllt sich den Mund mit lauwarmem Kaffee.

Er sieht sie an, ohne zu lachen, und sie weiß, dass er verstanden hat, was sie gesagt hat.

»Danke«, sagt er. »Du musst mal mit auf dem Boot rausfahren. Sag einfach Bescheid, wenn du so weit bist.«

Sie müssen das meiste innerhalb von drei Tagen lernen. Johnny hat »zwei verrückte Angelgreise«, mit denen er am Wochenende losfahren wird, er muss spätestens am Donnerstagabend wieder in Labasa sein. »Wir müssen die Zeit gut nutzen«, sagt er. »Und fragt um Himmels willen nach allem, was ihr wissen wollt.«

Er fährt sich rasch über den Kopf – immer mit der linken Hand, das ist Ingrid aufgefallen – und sieht sie aufmunternd an.

Sie weiß, sie sollte nach den geschäftlichen Aspekten fragen. Den buchhalterischen. Lizenzvorschriften und anderen Regeln. Aber die Wörter, die Wildrid ihr auf die Zunge schiebt, haben mit Geschmack zu tun. Mit Sinnen und Saft und dampfender Luft. Ingrid sperrt sie hinter zusammengebissenen Zähnen ein und hat keine Fragen. Lässt Lisbeth sich nach E-Stoffen und Maya sich nach der Bedeutung der Verpackung erkundigen. Ingrid und Wildrid sitzen ganz hinten im Zimmer, und ihr Mund füllt sich mit Speichel und Erwartung.

Ihr Herz bleibt fast stehen, als Kat es sagt, gleich nach dem Abendessen. Nimmt sie beiseite, als der Tisch abgeräumt wird, und ihre Stimme klingt ganz gelassen.

»Du kannst doch einfach zu ihm hochgehen.«

Ingrid starrt sie an, spürt, wie ihr das Blut in die Wangen schießt.

»Wie meinst du das?«

Kats Tonfall ist weiter leichthin und vage, aber in ihrer Stimme liegt etwas Liebevolles, das Ingrid einen Kloß im Hals macht.

»Johnny. Er muss morgen früh los. In einer halben Stunde schlafen alle hier im Haus. Geh einfach zu ihm hoch. Er wird sich freuen.«

Ingrid ist wie gelähmt. Antwortet Kat mit einer Frage:

»Hat er … etwas gesagt?«

Was denkst du dir eigentlich?, will sie eigentlich fragen. Was bildest du dir ein?

Aber im Gesicht der Freundin liegt nichts Unverschämtes. Nichts Herablassendes oder Mitleidiges. Nur, dass sie ihr Gutes wünscht.

»Du hast zu wenig geliebt, Ingrid«, sagt sie. »Geh zu ihm nach oben.«

Sie macht sich nicht schön, wirft nicht einmal einen Blick in den Spiegel, ehe sie das Haus verlässt. Öffnet die Haustür nicht sonderlich vorsichtig, schleicht sich nicht die Treppe hinunter. Es ist sowieso Wahnsinn, soll es also seinen Gang gehen. In einigen Häusern am Weg brennt noch Licht, aber niemand ist unterwegs. Nur ihre eigenen Schritte am Wegesrand, wo sich der Staub für die Nacht gelegt hat und ein einsamer Vogel eine kurze Mitteilung ruft.

Das Zimmer, das Salote vermietet, liegt auf der Rückseite des Hauses. Es hat eine Tür zum Garten, aber Ingrid muss trotzdem die Auffahrt hochgehen, vorbei an dem kleinen Laden und dem Kassava-Acker am Zaun. Wenn Salote jetzt herauskommt und sie im Hintergarten findet, ist alles zu Ende. »Nicht doch«, flüstert Wildrid. »Spiel einfach die Schlafwandlerin.«

Seine Tür ist geschlossen. Sie kann es tun, sie kann anklopfen. Kann sich endgültig von der Ingrid Hagen der Busgesellschaft verabschieden. Eine werden, die sie niemals gewesen ist. Sie hebt die Hand, spürt, wie sich der tiefe Geschmack dunkler Schokolade in ihrem Mund ausbreitet, bis hinunter in die Kehle. *Du hast zu wenig geliebt, Ingrid.*

Sie klopft zweimal, hart.

Seine Augen sind froh und wach, als er an die Tür kommt.

»Ich habe gewartet«, sagt er. »Ich habe geglaubt, dass du kommen würdest.«

Die Hände, die sich um ihre Handgelenke schließen und sie ins Zimmer ziehen, sind trocken und warm.

25
Sina

Was in aller Welt kann Armand wollen?

Sina ist nervös und verlegen. Nervös, weil sie es Kat und den anderen erzählen muss. Verlegen, weil er einfach auftauchen will, unerwartet und ungebeten. Und unwillkommen, denkt sie. Gibt diesem Gedanken Raum in ihrem Kopf: Ich will nicht, dass er herkommt.

Sie hat zwei Tage über der E-Mail gebrütet. Besorgt und ängstlich im einen Moment, irritiert im nächsten. Er fragt nicht, ob es gelegen kommt oder ob es eine billige Unterkunft gibt, nimmt es einfach als Selbstverständlichkeit, dass sie für alles sorgen wird: »Ich mache einen kleinen Besuch auf Fidschi. Ich lande am 29. in Nadi.«

Das großartige Geschäft mit dem Import aus Litauen und das Geld für den Autoverkauf erwähnt er mit keinem Wort.

Wie ist es möglich, dass ihr Sohn sie noch immer so verlegen und nervös macht? Hat sie eigentlich noch ein Gesicht zu verlieren, wenn es um Armand geht? Hat er ihr nicht schon längst alles genommen, was sie einmal hatte?

Du hast es so gewollt, erinnert sich Sina. Wiederholt in Gedanken die Worte ihrer Mutter, die bitteren Pfeile, die sie aus dem Mundwinkel abschoss, wenn der Junge die ganze Nacht geschrien hatte und Sina am Morgen dastand, todmüde, die Tasche über der Schulter, auf dem Weg zu Høie Bauwaren, um Farbproben anzunehmen und Linoleumrollen zu zählen. »Du hast es doch nicht anders gewollt, Sina.«

Sie hatte es wohl so gewollt, in gewisser Weise. Hatte sich anhören müssen, nicht zuletzt von Lisbeth, es gebe »Methoden«. Und die Mutter hätte an eine Freundin in einer anderen Stadt geschrieben und gefragt, ob Sina hinfahren und bleiben könnte, bis alles vorüber wäre. Aber das wollte sie nicht! Die unbeholfene, antriebslose Sina Guttormsen – sie wusste doch, wie die anderen sie sahen – ließ sich nicht beirren: Sie würde dieses Kind bekommen, und zwar in Reitvik. Dass Lisbeth und durch sie Harald ihr helfen könnten, hätte sie nie erwartet. Anfangs war sie mehr als genug damit beschäftigt gewesen, ihre wahnwitzige Entscheidung zu treffen. Sie war nicht die Erste in Reitvik, der so etwas passierte, und sie würde auch nicht die Letzte sein. Aber Sina war nicht Kat mit dem sorglosen Lachen, nicht die ordentliche Ingrid oder die vernünftige Maya. War nicht Lisbeth mit ihrem Haar und dem Körper und allem, was Sina niemals haben würde.

Deshalb blieb es bei dem, was sie hatte. Dem Jungen. Und dem heimlichen, schwindelerregenden Triumph, dass sie es jetzt war, die die anderen ansahen. Es war Sina, die getan hatte, was den anderen eine Gänsehaut machte, über das getuschelt wurde, weshalb sie schauderten.

Sie hatte auch nicht an Geld gedacht, jedenfalls nicht sehr. Was weiß denn eine Neunzehnjährige darüber, was es kostet zu wohnen, zu leben? Im Kühlschrank Wurst für die Schulbrote zu haben, Skistiefel und Busfahrkarten zu kaufen und Geld für Fußballverein und Schwimmbad aufzutreiben? Aber sie hatte gelernt, und sie hatte es geschafft. Hatte sich an die kleine Wohnung geklammert, die sie aufgetrieben hatte, war zur Arbeit gegangen, hatte die Miete bezahlt. Ein plötzlicher Schmerz, ein tiefes Wasser, auf das Sina sich selten hinauswagt: Kann er nichts davon sehen? Warum weiß Armand das alles nicht zu schätzen? Was hat sie falsch gemacht, wenn ein Mann von siebenundvierzig noch immer seine Mutter als offene Brieftasche betrachtet? Ein alternder Mann, der nichts anderes aufzuweisen hat als eine Reihe von Niederlagen und Fehlschlägen? Und niemals ist es seine Schuld.

Sie hatte auf Astrid gehofft. Armand war Anfang zwanzig, Student und damals schon Weltmeister. Aber das kleine Mädchen von der Südküste hatte etwas an sich gehabt, etwas Festes und Solides unter dem Pferdeschwanz und den dunklen Augenbrauen. Etwas, das Sina die Hoffnung gegeben hatte, dass sie Armand durchschaute, durch seine prahlerische Besserwisserei hindurchblickte und Mut aus dem schöpfte, was sie dahinter sah. Er hatte sie zu Weihnachten einige Tage mit nach Hause gebracht, und Sina hatte gemerkt, wie gut die beiden sich verstanden, hatte geglaubt, etwas Richtiges zu sehen, etwas, das mit Respekt zu tun hatte. Aber dann kam der Frühling, und Astrid wurde nicht mehr erwähnt, und im Herbst darauf hatte das Studentenleben seinen Glanz verloren: »Zwei Jahre, um ein Stück Papier zu bekommen, was soll ich denn damit?« Damals hatten einige Kumpel eine Band gegründet, Geld und Möglichkeiten lagen in London, und Armand war der, den sie brauchten: »Manager, klar? Mit einem guten Manager sind diese Jungs ein Hauptgewinn.«

Einen Gewinn hatte sie nie gesehen, aber nicht das war das Problem. Er brauchte nicht reich zu werden, ihr Junge, brauchte nichts Großes zu sein. Es wäre mehr als genug gewesen, wenn er eine Arbeitsstelle behalten, sich eine Wohnung gekauft, ein Leben gehabt hätte.

Die Gerüchteküche in Reitvik kochte damals, als Harald Høie seinen Sohn vor die Tür gesetzt hatte. Sina arbeitete jetzt im Laden, grüßte Lisbeth kurz, wenn die ein seltenes Mal hereinschaute. Haralds Büro lag einen Stock höher, deshalb sah Sina meistens nur den Rücken eines teuren Mantels auf dem Weg nach oben. Lisbeth und Harald waren längst aus der Ortsmitte in einen frisch erbauten Palast oben auf Toppåsen übergesiedelt. Aber sie hörte so allerlei, über den Chef wurde geredet. Dass die Gattin ihn nie zu Einkaufsreisen und Seminaren begleitete. Darüber, wer was gesehen und gehört hatte und wem welches Angebot gemacht worden war. Dass er vor Wut außer sich gewesen war, als sein Sohn Krankenpfleger werden wollte und nicht Baumarktdirektor in der vierten Generation.

Wenn Armand es wie Joachim Høie gemacht und sich einen Beruf ausgesucht hätte, wenn er gelernt hätte, Wissen anzuwenden und Fürsorge zu zeigen, wäre sie so stolz gewesen! Nicht auf ein Diplom oder einen Titel, sondern über Richtung und Rückgrat. Armand hat beides nicht. Und deshalb ist Sina verlegen.

»Warum bist du so nervös, Sina? Die dritte Zigarette hintereinander, was ist los?«

Maya verbirgt ihren Tadel hinter einem Lachen, aber ihr Naserümpfen ist nicht zu übersehen. Sina drückt automatisch ihre Kippe aus und sieht Maya schuldbewusst an. Bei jeder anderen hätte sie mit den Schultern gezuckt und weitergeraucht, aber Maya hat noch immer diese Schulmeisterinnenautorität. Hinter der Sonnenbrille bewertet sie die ganze Zeit alles, was wir tun, denkt Sina, antwortet aber instinktiv:

»Nichts weiter. Es ist nur, dass ich …«

Dass sie was? Sich davor graust, dass Armand kommen wird? Weil sie nicht weiß, was er will? Armand kommt nach Fidschi, weil zu Hause irgendetwas schiefgegangen ist, er hat alles Geld aufgebraucht und hofft, dass ihm hier etwas Leichtes und Lukratives in den Schoß fallen wird. Dass er mit seinem Charme etwas erreichen wird, von dem er noch nicht weiß, was es ist, aber das er sich unbedingt sichern will. Die Schokolade, denkt sie plötzlich. Das Abenteuer, an dem sie teilhaben wird. Sie, Sina. Nicht Armand.

»Du siehst elend aus«, lautet Maya schroffes Urteil. »Komm mit mir auf einen Spaziergang, danach fühlst du dich besser.«

Sina schüttelt den Kopf. »Es ist mir zu heiß.«

Maya lässt nicht locker. »Gestern war es genauso heiß. Gib dir einen Ruck, es kommt bestimmt eine kleine Brise auf.«

Aber Sina hat die Entschuldigung zur Hand: »Ich kann nicht, ich muss zum Arzt. Weißt du nicht mehr, dass ich heute einen Termin habe? Vilivo fährt mich nach Rakiraki.«

Maya nimmt die Sonnenbrille ab, und die hellblauen Augen sind klar und stark. »Soll ich mitkommen?«

Sina schüttelt den Kopf. »Das geht schon. Es ist nur eine Kontrolle. Und beim letzten Mal haben sie ein paar Gewebeproben genommen.«

Sie hat es nicht über sich gebracht, mit den anderen darüber zu sprechen. Sie dachte, sie sei seit einer Ewigkeit mit diesem Teil des Lebens fertig, und als es im vergangenen Herbst wieder auftauchte, kam es nicht regelmäßig und problemlos wie früher, sondern in dunklen, schleimigen Stößen. Ein Ruf von einem vergessenen Ort, unwillkommene Mitteilungen von einem Organ, für das sie keine Verwendung mehr hat. Eine Belastung und ein Ärgernis, sie hat keine Zeit, krank zu sein, jetzt, da hier so vieles passieren wird, Schokoladenproduktion und überhaupt. Sie denkt so wenig wie möglich daran. Es ist sicher nicht gefährlich.

Aber Maya wird sehr deutlich und unverblümt.

»Lass das alles rausnehmen«, sagt sie. »Das hab ich schon vor vielen Jahren erledigt.«

Ihre Stimme ist nüchtern. »Ich habe geblutet und geblutet, da konnte ich es auch gleich wegmachen lassen.«

Sie zuckt mit den Schultern und sieht Sina an: »Hab keine Angst, es macht keinen Unterschied. Weder auf die eine noch auf die andere Weise.«

Sina nickt nur, es ist lange her, dass das eine oder das andere in ihrem Leben eine Rolle gespielt hat. »Es ist sicher nur eine Kleinigkeit«, sagt sie. »Ich mach mir keine Sorgen.«

Maya mustert sie eine Weile. »Doch, das tust du«, entscheidet sie dann. »Aber es ist wirklich nichts, vor dem man Angst haben muss.«

Vilivo setzt sie vor dem gelbgrauen Steingebäude ab, auf dessen Mauer ein verblichenes rotes Kreuz gemalt ist. »Health Center« steht auf einem Schild neben der Tür, von den Schrauben ziehen sich braune Roststreifen über den Verputz. Sie vereinbaren, dass er sie in einer Stunde wieder abholt, und Sina läuft ins Wartezimmer. Der Frauendoktor, wie er genannt wird, ist einmal die Woche hier, und die Stühle vor den Wänden sind mit Schwangeren gefüllt. Gewölbte Bäuche und geschwollene Füße, die Gesichter aufgedunsen vor Hitze und Hormonen. Sie sind so jung! Einige haben Verwandte mitgebracht, sie fingern an Mobiltelefonen herum oder rutschen rastlos auf ihrem Stuhl hin und her, während Mütter und Tanten miteinander reden und in unbegreifliches heulendes Lachen ausbrechen. Eine weißhaarige, chinesisch aussehende Frau mit Sphinxgesicht sitzt mitten in der ganzen perlenden, wogenden Fruchtbarkeit. Turnschuhe und spitze Knie unter der grauen Hose, unter dem Kittel mit den doppelten

Schnürverschlüssen beult sich ein Bauch aus, der fast so groß ist wie der der schwangeren jungen Mädchen.

Sina findet einen freien Stuhl. Keine Zeitschriften auf dem Tisch, kein Wasserbehälter mit Tassen in der Ecke, nur eine große Waage auf dem Boden neben dem Rezeptionstresen und ein Blutdruckmessgerät auf einem Gestell.

»Madam, please …«

Sie wird in aller Öffentlichkeit gemessen und gewogen und ist sicher, dass das ungenierte Starren keine Kritik an ihren Kilos bedeutet, sondern nur allgemeines Interesse. Alle hier haben etwas, das sie teilen müssen. Ein Thermometer wird ihr ins Ohr geschoben und abgelesen, ehe die Krankenschwester sie wieder zu ihrem Stuhl schickt. Es kann noch eine ganze Weile dauern, bis sie an der Reihe ist.

Sinas Gedanken wandern zurück zu Armand. Der verdammte Armand, denkt sie und sieht sich im Wartezimmer um, voller Angst, dass jemand ihre Gedanken gehört haben könnte. Woher hat ihr Sohn das Geld für den Flug? Ach herrjemine, geht es ihr dann auf: Er hat doch wohl einen Rückflug gebucht? Bei der Vorstellung, dass Armand vielleicht ohne Rückflugticket nach Fidschi kommt, wird Sina schlecht. Sie kann nicht mehr warten. Heute Abend muss sie Kat ins Vertrauen ziehen.

»Madam Sina, please.«

Sie springt so schnell auf, dass ihr schwindlig wird, und muss einen Moment still stehen, ehe sie durch das Wartezimmer und die Tür zum Sprechzimmer gehen kann.

»Operation«, sagt der Frauendoktor. »Das ist das Beste. Sicherheitshalber.«

Das Gespräch mit Maya hätte sie vielleicht darauf vorbereiten sollen, aber Sina starrt ihn trotzdem nur an. Operation?

»Alles rausholen«, sagt er. »Auch die Eierstöcke.«

Er lächelt, aber das Lächeln wirkt müde. »Der Abstrich zeigt, dass etwas vielleicht nicht so ist, wie es sein sollte.«

Vielleicht. Den Rest nimmt sie nicht so ganz in sich auf. Etwas darüber, dass es aller Wahrscheinlichkeit nach nichts Schlimmes ist, und dann reicht die Operation. »Dann haben Sie es hinter sich«, sagt er.

Nichts Schlimmes? Bedeutet das Krebs, oder ist er nicht sicher? Sie schafft es nicht zu fragen, nickt nur im Takt des Kugelschreibers, mit dem er auf den Tisch klopft, während er redet.

»Bei Frauen in Ihrem Alter ist es in der Regel das Beste, alles zu entfernen.«

Sie muss planen, sie muss denken, sie muss Geld auftreiben. Sie sagt, dass sie anrufen wird, wenn sie sich entschieden hat.

26
Kat

Die anderen wissen nicht, dass Sina nicht jeden Monat dasselbe bezahlt wie sie. Ihr Ausbruch am ersten Abend – wie könnte ich das preisgeben, was sie mir anvertraut hat? Verraten, dass ihr erster Gedanke bei der Begegnung mit Abendwind und Palmenrauschen war, dass sie sich das nicht leisten kann? Evy Forgad überweist pünktlich das Geld für Maya auf mein Konto in Norwegen. Ingrid bezahlt in lokaler Währung, und Lisbeth hat das, was sie ihr »BMW-Geld« nennt, an mich überweisen lassen, und ich soll Bescheid sagen, wenn es aufgebraucht ist. Der Augenblick zwischen Sina und mir am Flughafen, die Not, die an ihr nagte, geht keine der anderen etwas an.

Und Armand kann sie nichts abschlagen, das ist deutlich. Sie sah elender aus denn je, als sie murmelte, ihr Sohn »möchte herkommen und sehen, wie es mir hier geht. Er möchte sich mit eigenen Augen davon überzeugen, dass es mir gut geht.« Großer Gott – dass er sich nicht schämt! Bald fünfzig, und dann jammernd zu Mama laufen, wenn die Kasse leer ist. Wieso ist es für ihn so viel schwerer als für alle anderen, sich Arbeit zu suchen und allein zurechtzukommen?

Es könnte nicht ungelegener kommen, so einfach ist das. Jetzt, wo wir mit dem Süßhaus richtig loslegen und ich Mosese mit ins Boot holen konnte. Mein Aufseher ist noch immer skeptisch, aber ich habe ihm versichert, dass er genauso viel Verantwortung tragen wird wie bisher. Das Einzige, was sich ändert, ist, dass wir einen kleinen Teil von dem, was wir sonst wegschicken, behalten und selbst verarbeiten werden. Ich habe ihm das Produkt beschrieben: dunkle Schokolade, ein reiner Geschmack von Fidschi, in hübsche Schachteln verpackt. Aber Mosese ist kein Schokoladenliebhaber. Die Kakaobohnen prüft er, indem er hineinbeißt, sie sind frisch und bitter; das ist der einzige Qualitätsstempel, den er kennt und den er wichtig nimmt.

Und so oder so können wir nicht viel für Armand tun. Er kommt nach Korototoka, und Ateca und ich haben mit Litia und Mosese abgesprochen, dass er bei ihnen wohnen kann. Ein Zimmer in Vale nei Kat kann ich ihm nicht anbieten.

Ingrid versucht, optimistisch zu sein: »Er bleibt sicher nicht lange. Mit uns alten Weibsen ist ihm doch bestimmt bald langweilig, das kannst du dir ja denken.«

Sie versucht, mich zum Lachen zu bringen: »Wir können ihn auf den Arbeitsplan setzen. Wenn ihm aufgeht, dass er mit Kochen an die Reihe kommt, ist er sicher bald verschwunden.«

Aber ich bin nicht in Stimmung zum Scherzen. »Er kommt her, um sich bedienen zu lassen, davon kannst du ausgehen. Wohin soll er denn sonst? Er hat sicher keine fünf Öre mehr in der Tasche.«

Ingrid nickt. Ihr Lächeln verschwindet, und sie schaut sich um, wie um sich davon zu überzeugen, dass keine der anderen in der Nähe ist. »Du hast recht«, sagt sie. »Aber ich habe noch mehr Angst davor, wie wir mit der Eifersucht umgehen sollen. Eifersucht und Abhängigkeit sind keine gute Mischung.«

Eifersucht, wie meint sie das? Ich will schon fragen, verstumme aber, als Maya um die Ecke biegt und auf die Veranda kommt. Langsam zieht sie die Sandalen aus und lässt sich in einen Sessel sinken. »Sina?«, fragt sie und schaut sich um. »Ist Sina nicht hier?«

Meistens kommt es mir vor wie ein Traum. Wie wenn du Kinderbilder von dir selbst gesehen hast und nicht weißt, ob du dich an die Situation wirklich erinnerst oder nur an das Bild. Du schüttelst den Kopf und sagst dir, dass es unmöglich ist, du warst zu klein, du hast das Bild nur schon so oft im Album gesehen, dass du glaubst, dich zu erinnern, dass du dort warst. Das Bild ist real, die Erinnerung imaginär.

Die Bilder aus der letzten *Balolo*-Nacht sind in keinem Album zu finden. Aber sie sind mir beschrieben worden, wieder und wieder, bis die Details so deutlich und messerscharf vor mir standen, als ob ich am Strand gestanden hätte, während er herausgezogen wurde. Als ob ich mich selbst in den Schatten hinter einem an Land gezogenen Boot geduckt und alles in dem kalten weißen Mondlicht gesehen hätte. Es ist nur die unfassbare Wirklichkeit, dass er morgens nicht neben mir im Bett liegt, die mir erzählt, was geschehen ist. Aber ich war nicht da. Ich kann nicht da gewesen sein.

Es ist jedes Jahr dasselbe. An den Tagen vor dem Balolo kocht das Dorf. Eine aufgeregte, hektische Erwartung, während sich alle bereit machen. November ist *Vula i Balolo Levu,* der Monat der großen Balolo-Nacht, und in allen Häusern hier stehen selbstgemachte Kescher, Körbe, Eimer und Wurfnetze bereit. Es ist die eine Nacht im Jahr, in der Millionen von Balolos aus der Tiefe kommen und die Oberfläche einem wogenden, zuckenden Teppich aus winzigen Seeschlangen überlassen, ein gastronomisches Volksfest in Korototoka. Die kleine Tiefseeschlange, die vom Vollmond heraufgelockt wird, um in einer einzigen märchenhaften Nacht in einer geleeartigen Suppe Eier und Spermien abzulegen, ist eine Delikatesse, von der die Menschen hier nicht genug bekommen können.

Ich vergesse nie das erste Jahr, die Beschreibungen, die mir von den phantastischen Farben des Balolo gemacht wurden, die zwischen Rot und Blau und schimmerndem Grün, Braun und Gelb wechseln könnten. Meine Begeisterung schrumpfte ein wenig, als Ateca erklärte, dass nur der Unterleib der Schlangen zum Laichen nach oben kommt: Die Köpfe bleiben unten in den Löchern auf dem Meeresgrund. Bei der Beschreibung des Suhlens in schleimigen Schlangen drehte sich mir der Magen um. »Wir lieben Balolo, Madam Kat. Wir heben ihn mit den Händen hoch – so!«

Sie machte mit den Händen Schöpfbewegungen,

schaufelte sich große Portionen in den offenen Mund. »Oder wir kochen ihn mit Kräutern oder braten ihn. Oder legen ihn in den Lovo.«

Ich fand die Vorstellung ekelhaft. Stellte mir Millionen von selbstleuchtenden, schleimigen Regenwürmern vor. Niklas dagegen hörte aufmerksam zu, als Ateca das Bild weiter ausmalte. Dass man auf die Minute bereit sein müsse, im seichten Wasser oder im Kanu, wenn das Meer plötzlich bei Vollmond die Farbe ändere und zu einer wogenden Masse aus Schlangen in allen Regenbogenfarben werde. Die nur einige überhitzte Stunden hatten, um ihren Fortpflanzungszyklus durchzuführen, gejagt von Keschern und Eimern einerseits und gierigen Fischen andererseits. »Wir haben nicht viel Zeit«, erklärte Ateca. »Denn wenn die Sonne erwacht, dann sinkt der Balolo auf den Meeresboden und setzt seinen Kopf wieder auf.«

Mir schauderte, aber Niklas fragte interessiert: »Woher wisst ihr so genau, wann es passieren wird?«

Ateca sah uns geduldig an, als ob sie nicht sicher sei, wie genau sie alles erklären wollte.

»Wir wissen, wann der richtige *Vula* ist, der richtige Monat, Mister Niklas. Und wenn die Bananen am Baum fertig sind und es Zeit wird, die *Tavola* zu ernten, dann kommt der Balolo.«

Ich nickte. Wer hätte da noch weitere Erklärungen gebraucht?

Aber mit hinauszufahren fand ich nicht verlockend. Wenn Niklas in einem flachen Kanu sitzen und in einer krabbelnden Suppe aus Schlangen, Rogen und Sperma hin- und hergewiegt werden wollte, dann gönnte ich ihm das gern.

War er sauer? Enttäuscht von meinem geringen Enthusiasmus? Ich versuchte das auszugleichen, indem ich beim ersten Mal mit ihm an den Strand ging, ich stand auf und ging mit, als wir vom Klopfen an der Tür geweckt wurden: »Balolo! Der Balolo ist da!« Das wogende, schwappende Meer, der Geruch von rohen, kopflosen Meeresbodentieren. Das Chaos am Ufer, die Männer, die in die Boote sprangen. Salote, die mit Eimern in beiden Händen hinauslief, Ateca und Vilivo, Litia mit ihren Schwiegertöchtern. Das Gesicht von Niklas, das vor Spannung leuchtete, als er sich mit Jone ins Boot setzte. Ich blieb lange stehen und sah hinter ihnen her, ein Schatten, der sich immer weiter entfernte, wogend in einem lebendigen, vielfarbigen Gewimmel. Eine Reise, bei der ich nicht mitmachen wollte, im Licht eines Mondes, der auf dem Heimweg hinter mir herschien.

Ich schlief tief, als Niklas zurückkam, merkte nicht, dass er sich neben mich legte. Als er aufwachte, kochte ich Kaffee und fragte, wie es gewesen sei. »Hast du mit Jone und Vilivo rohen Balolo gegessen?«

Als Antwort lachte er. Schleuderte seine dicke weiße Mähne nach hinten und lachte ein lautes, rollendes Lachen. »Wenn du selbst auf eine Abenteuernacht verzichtest, dann darfst du ja wohl danach keine Fragen stellen!«

Danach fragte er nie mehr, ob ich mitkommen wollte. Glitt nur aus dem Bett, wenn an die Tür gehämmert wurde, und ich hörte ihn kaum, wenn er sich am Morgen hereinschlich.

Die Novembernacht vor anderthalb Jahren besteht jetzt nur aus flimmernden, unscharfen Bildern. Tanzendes Treibholz auf den Wellen. Aber ich weiß, dass ich aufgewacht bin, weiß, dass ich draußen die tiefe Stimme von Akuila hörte: »Balolo, Mister Niklas! Wir fahren jetzt raus!« Ich weiß, dass ich dort lag, still in der Dunkelheit, und seine Silhouette vor der Tür sah, als er ging.

Ich schaute nur hinter ihm her, sagte nichts. Er ging allein.

Was bleibt mir aus jener Nacht? Stücke von Träumen und Lügen und Hoffnungen. Dinge, die ich gehört habe, Geschichten, die nicht mehr erzählt werden. Aber ich bin sicher, dass ich nicht zu den Booten unten am Strand gelaufen bin. Dass ich mich fragte, wie es da unten aussah, aber dass ich nicht dort war. Ich weiß, dass ich Litia mit ihrem Kekseimer vor mir sah, die abweisende Miene besänftigt bei der Aussicht auf eine köstliche Mahlzeit. Ich meinte die Stimme von Jone zu hören, der seine Söhne herumkommandierte, stellte mir vor, wie Vilivo zum Strand lief, um wimmelnde Wurmhaufen in seinen hungrigen Mund zu schaufeln. Aber ich ging nicht hinunter. Ich stand nicht dort, als Sai, gefolgt von der Kleinen, angelaufen kam, der Kleinen mit den karamellbraunen Locken und der hellgoldenen Haut. Ich war nicht dort, als Niklas an den beiden vorbeikam, an Mutter und Tochter.

Als er, ohne anzuhalten, an ihnen vorbeirannte, sich in Akuilas Kanu setzte und seine Kamera bereit machte. Als Sai neben Ateca und einige andere Frauen trat, Litia mit dem Kekseimer und Jones Töchter, die zwischen sich ein an zwei Bambusstöcken befestigtes, feinmaschiges Netz hielten, da lag ich in meinem Schlafzimmer im Bett. Und als Akuilas Kanu zurückkam, als Eimer und Gefäße ausgeleert wurden und das Boot wieder losfuhr, hatte ich keine Ahnung, dass Niklas an Land blieb: »Fahrt ihr, ich will von hier aus ein paar Bilder machen. Ich glaube, ich hab jetzt auch genug rohen Balolo gegessen.« Das Lachen in seiner Stimme, ich stelle es mir nur vor, ich habe es nicht gehört. Und als er einen raschen Blick zu Sai und der Kleinen hinüberwarf, ehe er ihnen den Rücken zukehrte, war ich nicht dabei.

Das alles erfuhr ich durch umständliche Erklärungen. Durch hilflos formulierte Polizeiberichte, durch Atecas weinende Verzweiflung. »Ich habe mit allen gesprochen, Madam Kat, und niemand hat es gesehen. Alle dachten, er sei nach Hause gegangen, er hatte zu Akuila gesagt, er habe genug Balolo. Es hat auch niemand etwas gehört. Er hätte doch gerufen, nicht wahr, wenn er Hilfe brauchte? Aber niemand hat etwas gehört. Sie müssen glauben, dass es das Herz war, Madam Kat. Wie es im Polizeibericht steht. Das Herz blieb stehen, und er stolperte und blieb in den Mangrovenwurzeln hängen. Die sind lang und verkrümmt, Madam Kat, und Mister Niklas … sie glauben, dass er mit dem Kopf unter Wasser liegen blieb. Und als Jones Sohn ihn gefunden hat … Solomone wollte mit dem

Wurfnetz ein Stück weitergehen, und da hat er ihn gesehen. Da, im Wasser.«

An dieser Stelle in Atecas Geschichte muss ich immer nicken. An dieser Stelle tauschen wir die Rollen, und von nun an muss ich Ateca trösten, versichern, dass sie nichts hätte tun können, dass niemand etwas hätte tun können.

Und ich war nicht dort. Die Bilder in meinem Kopf, das Album, in dem ich im Schlaf blättere, die sind daran schuld, dass ich mir allerlei einbilde. Lassen mich die Schritte zum Fenster erleben, lassen mich seinen Rücken mit der schwarzen Kameratasche zu den Booten und der rufenden, erwartungsvollen Menge verschwinden sehen. Was mir erzählt worden ist, erschafft die Bilder der Boote, die hinausfahren, meiner selbst, die eine Hose und ein kariertes Hemd anzieht und dann in der Dunkelheit sitzen bleibt. Ich habe keine Gefühle, die mit den Bildern zusammenhängen, keine Gedanken im Kopf. Sehe wie in einem Film, dass ich lange still sitze. Dass ich hinaus und die Verandatreppe hinuntergehe, in Richtung der Rufe am Strand, aber ich bleibe im Schatten, hinter dem Gürtel aus starrem Gras und Kokospalmen, die den Strand von den Häusern dahinter trennen. Ich weiß, dass es Verwirrung, Fragmente von Wünschen und Ängsten sind, die den Film nachts vor meinen Augen ablaufen lassen. Ich saß nicht im Dunkeln hinter den an Land gezogenen Booten, sah keine hohe Gestalt mit Rucksack, die langsam zwischen den Mangrovenbäumen hinausging und sich zur Wasseroberfläche bückte, den Blick am

Sucher der Kamera. Nicht ich sah ihn schwanken, mit den Armen fuchteln, vornüberkippen. Die Hände ausstrecken, die Kamera loslassen, ehe sein Körper versank, mit dem Kopf zuerst, im knietiefen Wasser, mit einem sanften, nicht hörbaren Platschen. Nicht ich blieb dort stehen, bewegungslos, ohne ein Wort. Nicht ich. Ich war nicht dort.

27
Ateca

Etwas verstehe ich nicht, Gott. Der Sohn von Madam Sina kommt nach Korototoka, aber er soll nicht bei ihr wohnen. In Vale nei Kat ist Platz genug, aber die Madams wollen das nicht. Salote hat andere Gäste, und da habe ich Madam Kat gesagt, dass Mosese und Litia ein Zimmer übrig haben. Aber ich habe es dann bereut, Gott. Madam Kat ist schon lange hier auf Fidschi, trotzdem begreift sie nicht, dass für iTaukei *Gastfreundschaft eine Verpflichtung ist. Sie begriff nicht, dass Mosese nicht nein sagen konnte.*

Madam Sina freut sich nicht darauf, dass ihr Sohn kommt. Ihr Gesicht ist hart, wie die Kantsteine um das Haus. Madam Sina ist alt, sa quase. *Sie hat ihrem Sohn Essen und Schulgeld und Kleider gegeben. Jetzt ist er erwachsen, da muss er doch für sie verantwortlich sein? Ich habe gefragt, ob er krank ist, aber sie sagte Nein. Und als ich fragte, ob es auch in seinem Dorf für junge Männer schwer sei, Arbeit zu finden, lagen in ihrer Antwort Weinen und Lachen zugleich. »Armand ist nicht jung«, sagte sie. »Er ist fast fünfzig, aber das begreift er nicht.« Wie ist es möglich, dass er nicht weiß, wie alt er ist? Ist er nicht zur Schule gegangen?*

Vielleicht schämt sich Madam Sina, das kann ich verstehen. Ich schäme mich vor Madam Kat, Gott, auch wenn es nicht

Vilivos Schuld ist. Mister Niklas hat immer das Schulgeld für ihn bezahlt, aber obwohl er gute Zeugnisse hat, findet er keine Arbeit. Ich kann das nicht verstehen. Die Straßen sind schlecht, die Brücken stürzen in der Regenzeit ein, auf dem Meeresboden wimmelt es von Seegurken, für die die Chinesen gutes Geld bezahlen, und trotzdem gibt es keine Arbeit?

Es gibt so viele Zeichen, die mir Angst machen, Gott. Ich habe die Schleiereule mehrmals schreien hören. Das leere, kalte Geräusch, das Unglück ankündigt. Und ich glaube, heute Abend wird es Donner geben, der Schlangengott dreht sich im Berg um.

Lieber Gott, lass Madam Sinas Sohn begreifen, wie alt er ist, und lass sie sich über seinen Besuch freuen.

In Jesu Namen. Emeni.

28
Ingrid

Nicht nur ihre Füße erleben auf Fidschi einen neuen Frühling. Gedanken, Schultern, Lächeln – Ingrid merkt, dass alles lockerer ist und sich geschmeidiger bewegt. Es gibt ein Gleichgewicht in der Welt. Hat sie das nicht im tiefsten Herzen immer schon gewusst? Dass die, die arbeitet und wartet und aushält, sich am Ende den Mund mit Schokolade füllen kann?

Ein Teil der Ausrüstungsgegenstände für das Süßhaus ist jetzt angekommen. Sie und Kat haben am Vortag ausgepackt, den neuen Ofen, die Walzmaschine, die die Schokoladenmasse fein mahlen soll. Ateca hat Vilivos Hilfe beim Montieren versprochen. Ingrid hofft nur, dass er es schafft, ohne dabei etwas zu zerbrechen. Ihre Gedanken streifen Johnny; das Beste wäre es, wenn er noch einmal herkommen könnte. Nur, um uns beim Start zu helfen, sagt sie sich. Keine Hintergedanken. Eine Nacht wird nicht automatisch zu mehreren. Glück ist kein Gast, den man einfach wieder einladen kann.

Ab und zu ist es so, als könne es nicht passiert sein. Das schmale Bett in der Kammer in Salotes Haus, das Licht, das sie nicht einschalteten. Die vorhanglosen Fenster, bedeckt mit Mückennetz. Der Geruch von Schweiß, seiner, ihrer. Und als sie nach Hause ging, das Morgenlicht, derselbe Vogel, der ihr wieder etwas zurief, kurz und klar. Ihre Füße, die sich höher hoben als zuvor.

Es ist passiert. Ingrid weiß es. Wildrid entwickelt im Kopf die Bilder jeden Abend neu. Und Kat weiß es. Lob und Dank dafür, dass Kat es weiß.

Der Gedanke an Sina lässt einen Schatten über ihren Frühstücksteller fallen. Sina hat gerade nur an der Freiheit genippt, denkt Ingrid. Ihr störrischer Rühr-mich-nicht-an-Blick ist sanfter geworden, und sie verbringt immer mehr Zeit in der Küche mit Ateca, um ihr die Geheimnisse des Roro-Kochens zu entlocken; die großen, groben Blätter der Dalo-Pflanze müssen gesalzen und gerade so weich gekocht werden, dass sie im Hals nicht kratzen und zu Ausschlag führen. Einmal hat Ateca sogar schallend über Sinas Versuche gelacht, einen oder zwei Sätze auf Vosa vaka-Viti zu sagen, und Sina ist doch wirklich nicht als Stimmungskanone bekannt. Aber jetzt das hier. Armand. Und die Blutungen. Die von etwas, das Sina bagatellisiert hat, zu etwas geworden sind, das der Arzt ernst nehmen will. Dass sie sich gestern Abend hinsetzen und ihnen ganz offen erzählen konnte, was der Arzt gesagt hat, gehört auch zu dem, was die Sonne von Fidschi mit Sina und ihnen allen gemacht hat. Sie gewärmt, sie weicher gemacht, sie geöffnet hat. Soll das für Sina jetzt zu Ende sein, ehe es richtig angefangen hat?

Aber die Sorgen sollen diesen Morgen nicht beherrschen. Ingrid schaut ihre Hände an, die Krümel von ihren Knien wischen, Runzeln und große Knochen, Adern wie fette, wohlgenährte Würmer. Aber die Haut ist frisch und geschmeidig; die Poren sind gefüllt von dem tropischen Nektar, aus dem hier unten die Luft besteht, denkt sie. Organische Collagenspritzen für alle Zellen, ohne Nebenwirkungen und mit überaus ermutigender Langzeitwirkung. Ingrid steht auf. Neue Erlebnisse warten. Es ist Sonntag, und sie will zur Kirche. Nicht, weil der Ruf der Glocken unwiderstehlich wäre, sondern weil das noch ein Stück ist, das sie in ihr Fidschi-Puzzle einbringen will.

Sie hat es von Anfang an bemerkt, dass der Sonntag hier heilig ist, wie sie es noch aus ihrer Kindheit kennt: ein gedämpfter, langsamer Tag, an dem sogar das Wetter, ob es nun regnete oder die Sonne schien, langsamer umschlug als sonst. Der Unterschied ist die Freude, denkt Ingrid. Die Erwartung, die in den Augen der Menschen leuchtet, die auf dem Weg zur Kirche sind, die selbstverständliche Gewissheit von einem kommenden Anteil an dem Guten. Oder gab es die auch in den Gesichtern der einsamen Frauen, die wie schwarze Tropfen verstreut in den Bänken der Reitviker Kirche saßen, wenn sie selbst ein seltenes Mal dort vorbeischaute? Zu Konfirmationen und ab und zu einer Hochzeit, zuletzt wohl vor zehn Jahren, als Petter getauft wurde. Versteckte sich dort, in den vagen weißen Gesichtern hinter den Gesangbüchern, dieselbe frohe Überzeugung? Sie hat der Frage nur selten einen Gedanken geopfert, Kirche und Religion waren unbedeutende Faktoren in ihrem Leben.

Aber hier ist die Situation eine andere. Hier ist die Kirche nicht nur ein Faktor, mit dem man rechnen muss, sondern sie ist der eigentliche Grundfaden im Gewebe, ein tragendes Element der Gesellschaftsstruktur. »Zusammen mit dem System der lokalen Häuptlinge natürlich«, hatte Maya erklärt, als sie vor einer Weile darüber sprachen. Obwohl Maya ab und zu den Faden verliert, ist ihr Faktenwissen oft eine größere Hilfe in unerwarteten Situationen als Kats vage Erklärungen, findet Ingrid.

»Die meisten iTaukei, also die ethnischen Fidschianer, sind Methodisten, und dieser Kirche gehört auch ein Teil der indofidschianischen Bevölkerung an«, hatte Maya abends vorgelesen, aus einem der zahllosen Artikel und Bücher über alles Mögliche, mit denen sie ihr Zimmer füllt. Ingrid hatte ein wenig den Faden verloren, als Kat sich einschaltete und sich weiter über die schwierige Beziehung zwischen der Kirche und dem selbsternannten Regierungschef Bainimarana seit dem Militärputsch vor einigen Jahren verbreitete. Die Politik in diesem Land ist eine komplizierte Landschaft, das hat Ingrid immerhin verstanden. Dass der Anführer beim Putsch die eigentliche Macht innehat und der Präsident eine Marionette ist, hat sie ebenfalls verstanden, außerdem, dass die Methodistische Kirche von politischer Seite Zensur und Einmischung hinnehmen musste.

Aber was Ingrid fesselt und sie an diesem Morgen in frisch gebügeltem Jaba hier sitzen und auf Ateca warten lässt, ist die wöchentliche Prozession über die Straße. Jeden Sonntagmorgen, lange, ehe sich die Kirchenglocken zu Wort melden, strömen die Menschen aus ihren Häusern und zu den Gotteshäusern. Die meisten gehören zur Methodistenkirche von Vater Iosefa, einige haben das weiße Gebetshaus der *Assemblies of God*, Gottes Versammlungen, zum Ziel. Ein farbenfroher und doch gedämpfter und gemessener Anblick: die Männer diesmal nicht in groß gemusterten Bula-Hemden, sondern in weißen, kurzärmligen, mit Schlips über dem knielangen, förmlichen Sulu. Die Frauen in ihren feinsten Jabas, viele aus weißer glänzender Kunstseide. Frisch gewaschene, feuchte Kräuselhaare, frische Blumen hinter dem Ohr, die Bibel in der viereckigen Korbtasche, die zu diesem Zweck geflochten worden ist. Die Kinder frisch gestriegelt und mit Schuhen an den Füßen, die kleinen Mädchen mit steifen Zöpfchen am ganzen Kopf, die Jungen Miniaturausgaben ihrer Väter, in dunklem Sulu und klobigen Sandalen. Mit Silberpapier bedeckte Schüsseln werden auf hocherhobenen Händen getragen, sie enthalten Scones oder Kassava-Kuchen oder gekochten Dalo für das gemeinsame Mittagessen nach dem Gottesdienst. Lächeln und eifriges Geplauder, aber das überschwängliche Lachen aus dem Bauch heraus fehlt in dieser Prozession, die sich sonntagsmorgens auf den Weg zur Kirche macht. Eine stille Freude, denkt Ingrid. Kein geduckter, furchtsamer Gang zur Kirche, kein Zwang. Eine leise Erwartung am Beginn eines heiligen Tages.

Ateca winkt von der Straße her: »*Ni sa yadra*, Madam Ingrid, bist du so weit?«

Neben ihr steht das Mädchen, das Meerstern genannt wird. Sie hat einen Korb bei sich und nickt Ingrid zu, ohne zu lächeln.

»Ich habe heute Maraia mitgebracht«, sagt Ateca. »Ihre Schwester ist krank, und da konnte Sai nicht von zu Hause weg.«

Ingrid lächelt. »Wie schön, dass du mit uns zur Kirche gehen willst, Maraia.«

Der Blick ist golden vor Licht, die kleine Stimme unerschütterlich sicher, eine Welle.

»Wir müssen kommen, wenn jemand ruft.«

Natürlich geht alles auf Fidschianisch vor sich. Daran hatte Ingrid nicht gedacht, jetzt sitzt sie hier und ärgert sich ein bisschen. Sie hat einige Wörter dieser Sprache aufgeschnappt, aber sie weiß, dass sie keiner langen Predigt folgen kann. Sie hält sich an das Beispiel, das Ateca und die anderen geben, und streift die Schuhe ab; auf der Kirchbank muss man offenbar barfuß sitzen. Aber als die Orgel, ebenso unerträglich langsam, wie sie es noch von zu Hause kennt, zum ersten Choral ansetzt, ist der Gedanke an Sprache und Liedtext wie weggeblasen. Der kleine Chor, der in der Ecke neben der Altarbank steht und mit den Notenblättern raschelt, sieht jämmerlich aus, aber als sie den Mund öffnen und den ersten Ton anstimmen, zuckt Ingrid zusammen: Hinter ihr, vor ihr und um sie herum schließt sich ein richtiges Vokalorchester an, tiefe, tönende Stimmen, weiche, perfekte Harmonien. Die gesamte vollbesetzte Kirche singt mehrstimmig, stehend, eine Strophe nach der anderen, so klangvoll, dass Orgel und Chor zu Statisten werden, die niemand hört. Ingrid hält sich mit beiden Händen an der Bank vor ihr fest, der Gesang dröhnt durch die Kirche und zur Decke hoch, begegnet dem Sonnenlicht, das durch die offenen Seitentüren hereinflutet. Pocht und hallt in ihrem Körper, umarmt das Holzkreuz an der Chorwand. Als der letzte Ton in ein langgedehntes »Emeeeeeni« übergeht, schaut sie verblüfft zu Ateca hinüber.

»Ihr singt ja harmonisch wie ein … Engelschor. Wo habt ihr das gelernt?«

Ateca zuckt mit den Schultern. »Ohr und Stimme wissen, welche Töne zusammengehören. Sie sind Freunde. Das eine weiß, was das andere braucht. Du lässt die Töne einfach in deinen Mund kommen und über deine Lippen fließen.«

Sie lächelt und legt die Hände in ihren weiß gekleideten Schoß. Ein schwerer, langsamer Mann kommt durch den Mittelgang und fängt an, etwas von einem Blatt Papier abzulesen. Ingrid erkennt Namen, es sind Männer- und Frauennamen, und um sie herum wird genickt und geseufzt. Ateca beugt sich zu ihr herüber: »Er erzählt, wer Hilfe braucht, wer trauert, wer krank ist und für wen wir beten sollen.«

Ingrid nickt. Zu Hause hätte sie vielleicht gelächelt, vielleicht gereizt geschnaubt. Aber hier, barfuß im langen Rock und noch immer mit dem brausenden Gesang im Leib, ist Nicken das einzig Richtige.

»Ich gehe jetzt nach Hause«, sagt sie leise zu Ateca, als der Segen gesprochen ist und Vater Iosefa als Erster durch den Mittelgang schreitet, um sich an die Tür zu stellen und allen beim Gehen die Hand zu reichen. Das silberne Kreuz auf seiner Brust funkelt im weißen Licht.

»Aber jetzt gibt es Mittagessen!«

»Ich weiß, Ateca, aber ich habe versprochen, nach Hause zu kommen und Kat zu helfen, bei …«

Sie kann diese Notlüge nicht vollenden, aber das macht nichts. Ateca weiß so gut wie Ingrid, dass Gottesdienst und Gesang ausreichen.

Sie lächelt breit und ruhig. »Wir sehen uns morgen.«

Aus dem Gemeindesaal hört sie das Klirren von Tassen und eine Männerstimme, die in schallendes Lachen ausbricht.

Sie nimmt den rückwärtigen Weg nach Hause. Statt am Bure des Häuptlings vorbei und durch die Hauptstraße zu gehen, schlägt Ingrid die Gegenrichtung ein, durch ein Kassava-Feld und hinunter zum Strand.

Sie weiß, dass sie auf Fidschi bleiben wird. Nichts aus dem Büro der Busgesellschaft mit den grauen Trennwänden und dem brummenden Drucker in der Ecke erfüllt sie mit Heimweh. Nicht die Mittagspausen mit den festen Plätzen am Tisch, nicht die langen Fortsetzungsgeschichten der Kollegen über die Nierensteine des Dackels. Die Wohnung steht vorläufig leer, aber sie wird Kjell bitten, sie ab dem Herbst zu vermieten. Nicht, dass sie Not litte, ihr Erspartes hält hier unten lange vor, aber sie braucht die Sicherheit einer leeren Wohnung, die auf sie wartet, nicht mehr. Kjell wird jammern und sich anstellen, das ist klar, aber er wird ihr helfen. Ihr Bruder wird einsehen, dass es vernünftig ist, das unbenutzte Kapital, das einfach nur Staub sammelt, arbeiten zu lassen. Solange sie ihn nicht bittet, die Wohnung zu verkaufen. Immobilien sind die einzige wirklich sichere Investition, er wird ihr helfen, die zu verwalten. Sie muss sich mit Vermieten begnügen.

Wildrid will verkaufen. Wildrid blickt nicht zurück, klammert sich nicht an alte Sicherheiten. Wildrid will Furusvingen 11 verkaufen und sich in *Kat's Chocolate* einkaufen. Sich einen Anteil an Jones Boot zulegen, auf dem Feld hinter Kats Vale gelbe Honigmelonen pflanzen – warum sollte der Markt von Rakiraki nicht lernen können, sich an neue Waren zu gewöhnen? Wildrid hat nicht die Geduld, die mühselige Kunst des Mattenflechtens zu erlernen, aber sie will auf der festen, weichen Unterlage tanzen, will im Schneidersitz dasitzen und zu einem Meke mit den Fäusten auf den Boden schlagen. Anders als Ingrid kann Wildrid tanzen: Weil ihre großen Füße immer nackt waren, kann sie mit der richtigen Stärke und intuitivem Rhythmus aufstampfen und dabei singen und im Takt der Trommeln in die Hände klatschen. Wildrid hat den Hüftschwung im Blut, den rotierenden Puls im Becken, der das Masi-Tuch über dem Sulu knistern lässt, wenn sie sich zu den uralten Geschichten schwingt, die nur durch Bewegung vermittelt werden können. Was soll Wildrid mit einer Wohnung in Norwegen? Da will sie sich lieber einen BH aus halben Kokosnussschalen kaufen!

Ingrid bleibt stehen, als sie bei dem Kassava-Feld, das offenbar niemandem gehört, um die Ecke biegt und nun das Meer sehen kann. Glitzernd, blitzend weiß lässt es ihr Blickfeld zerbrechen, funkelt hinter den Augenlidern. Wildrid lacht und breitet die Arme aus.

Kat sitzt an der Nähmaschine, als sie nach Hause kommt. Die Nadel arbeitet sich vor über einen bunten Bula-Stoff, rote und weiße Blumen auf orangem Grund. Sie hält inne, als Ingrid in der Tür steht, zieht den Stecker der Nähmaschine heraus und steht auf. »Wir setzen uns ein bisschen nach draußen. Kannst du mal nachsehen, ob noch Eistee im Kühlschrank ist?«

Der Nachmittag senkt sich warm und schwer über Vale nei Kat. Eine Taulache umgibt die Kanne auf dem Tisch. Kat schließt die Augen und döst vor sich hin. Aber noch immer singt in Ingrids Hüften ein schwerer und heftiger Rhythmus, und sie wirft die Frage über den Tisch: »Kannst du tanzen, Kat?«

Etwas brennt in ihr bei dem Gedanken, dass sie das nicht weiß. Sie und Kat, waren sie nicht immer beste Freundinnen? Und dennoch, eine ferne Erinnerung an den Abiturball am Gymnasium von Reitvik um die Mitte der sechziger Jahre, das ist es nicht, wovon sie hier redet. Sie möchte wissen, ob Kat … *tanzen kann.*

Ein langer Seitenblick unter einer hoch oben auf der Stirn sitzenden Sonnenbrille. »Du meinst fidschianisch? Meke?«

Ingrid nickt. Das meint sie.

»Nein, eigentlich nicht. Ich habe viele Mekes gesehen, aber es ist kompliziert. Es ist wie eine Erzählung, über ein historisches Ereignis oder so. Es können in vielen Mekes dieselben Schritte und Bewegungen vorkommen, aber es ist nichts, was man so einfach lernen kann, glaube ich.«

Sie hebt die Hände und malt Anführungszeichen um das Wort »lernen«.

Ingrid wartet, während Kat überlegt. »Meke ist mehr als Tanz, es geht um … Vermittlung. Darum dass Mythen und Traditionen überleben sollen.«

»So wie die Märchen bei uns«, schaltet sich Mayas Stimme ein. Sie steht plötzlich unten vor der Treppe und schaut zu Kat und Ingrid hoch. Der Schweiß perlt auf der bleichen Stirn unter den rötlichen Locken, sie hält den Strohhut in der Hand und fächelt sich damit Luft zu. »Gott, was ist das wieder warm!«

»Du bist aber auch in der schlimmsten Zeit unterwegs«, sagt Kat und steht aus ihrem Sessel im Schatten auf. »Jetzt trink erst mal was, ich hol dir ein Glas.«

Sie geht auf die Schiebetür aus Fliegendraht zu, bleibt aber stehen und dreht sich um: »Es ist eigentlich nicht dasselbe wie mit den Märchen bei uns. Beim Meke geht es um das Geistige. Um eine Verbindung zur anderen Seite, gewissermaßen, wo sich die Ahnen aufhalten.«

Ingrid hat sich in die Hängematte gelegt, sie schließt die Augen und wiegt sich hin und her. Maya sitzt schweigend in ihrem Sessel, das Dröhnen der Wellen an dem menschenleeren Strand ist das Einzige, was sie hören. Ein tiefes, rollendes Geräusch, tief und vibrierend, wird beim

Rückzug begleitet von helleren, flatternden Tönen. Der Wohlklang umschließt Ingrid, die Hängematte wogt in einem Brausen aus Gesang, einem Klang, der durch den Körper strömt, der den Kopf füllt, bis das Blut in den Ohren dröhnt.

Wildrid stampft mit nackten Füßen auf. Senkt den Kopf hinter dem geflochtenen Fächer, während die Tanzenden in eine Reihe treten, klatscht mit hohlen, gekrümmten Handflächen den Takt zu den dumpfen Schlägen der Tanztrommel, *Lali ni meke.* Um ihren Hals hängt eine Kette aus saftig-grünen Blättern und rosa Frangipani, der Duft legt sich wie ein Schleier über das Gesicht. Die Hüften beginnen zu rotieren, nehmen die Geschichte, die erzählt werden soll, in sich auf. Speere, die von Männern mit schwarz bemalten Gesichtern gehoben werden, schöne Häuptlingstöchter, für die mit kostbaren Walzähnen bezahlt wird. Kanus, die mit rhythmischen Schlägen gepaddelt werden, Götter, die toben und sich streiten, sodass Inseln im Meer versinken. Das, was es früher gab und was nicht vergessen werden darf. Das, was alle und niemand sehen können.

Ingrids Sonntags-Jaba hat lila Blumen am Rand. In der stillen Hitze auf der Veranda wogen sie hin und her, groß und offen, wie ein Wunsch, den soeben jemand laut ausgesprochen hat.

29
Lisbeth

»Das ist widerlich«, sagt Lisbeth schaudernd und zündet sich eine Zigarette an. »Krank, ganz einfach! Was für ein Schwein macht denn so was?«

Die Überschriften sind fast jeden Tag in der Zeitung zu finden, meistens weit hinten, unten auf einer Seite versteckt: »Großvater nach Vergewaltigung des Enkelkindes zu 18 Monaten verurteilt«, »Zehn Jahre alte Tochter missbraucht«, »Baby vergewaltigt, 39-Jähriger festgenommen«.

»Ich fasse es nicht. Aber das passiert wohl überall auf der Welt«, seufzt sie und bläst den Rauch aus.

»Hm.« Kat sieht sie nachdenklich an. »Das ist wohl so. Aber die Statistik hier im Stillen Ozean ist überdurchschnittlich schlimm. Angeblich wird im Laufe ihres Lebens jede dritte Frau auf der Welt Vergewaltigung oder Misshandlung erleben. Im Pazifikgebiet sind es drei von fünf.«

»Ach du meine Güte, wieso denn?« Lisbeth runzelt die Stirn. »Ich dachte, die Kultur hier lege Wert darauf, dass man … die Angehörigen beschützt, sozusagen?«

»Das schon.« Kat überlegt. »Aber ›Kultur‹ ist ein Wort, hinter dem sich ganz schön viel Dreck verstecken kann. Es ist ›Kultur‹, sich an Frauen zu bedienen, bis hinunter zu kleinen Mädchen. Und Vergewaltigungen und Übergriffe werden so gut wie nie angezeigt.«

»Warum nicht?«

»Weil der Täter in der Regel ein Familienmitglied ist. Die Kinder hier sind umgeben von großen Brüdern und Onkeln und Vettern und Großeltern, die bei ihnen zu Hause aus und ein gehen, das sind Menschen, mit denen sie aufwachsen. Wenn ein Mädchen also von einem Onkel vergewaltigt wird, den sie schon ihr Leben lang kennt, wie leicht ist es dann für sie, damit zur Polizei zu gehen? Es würde Konsequenzen für die ganze Sippe haben, vermutlich für das ganze Dorf. Also halten sie lieber den Mund.«

»Das ist ja wohl nicht nur hier so.«

Sinas Stimme klingt messerscharf. Lisbeth schaut sie fragend an. Normalerweise mischt sich keine von ihnen in das ein, was Lisbeth in Gedanken die Vorlesungen in Vale nei Kat nennt, in der Regel reden Kat und Ingrid und ab und zu Maya. Aber nun sind aller Augen auf Sina gerichtet.

»Dass Männer ihn nicht in der Hose behalten können, ist doch nichts Neues. So war es immer schon.«

Etwas Fremdes und Wehes liegt unter diesen schroffen Worten. Lisbeth starrt sie an, aber Sina erwidert ihren Blick nicht. Eine plötzliche Stille über der Veranda. Der Sessel knirscht, als Sina sich vorbeugt und nach Lisbeths Zigaretten greift. »Und wir vertrauen ihnen ja trotzdem, oder? Das ist nichts, was nur für Fidschi gilt.«

Lisbeth lässt sich zurücksinken, sieht, dass die Hand, die das Streichholz anreißt, ein wenig zittert.

»Was mich so wütend macht«, Sinas Stimme ist jetzt ruhiger, »ist, wenn sie sagen, wir sollten uns eben anders anziehen. Anders verhalten. Wir! Als ob es etwas damit zu tun hätte, wer schuld ist. Und außerdem« – ein ganz kurzes Zögern – »sind ja nicht nur die mit kurzen Röcken und tollen Titten Sex ausgesetzt.«

Lisbeth erstarrt, spielt Sina etwa auf sie an? Was für eine seltsame Wortwahl – Sex ausgesetzt? Wie einem plötzlichen Regenguss oder einem Verkehrsunfall. Sie wartet darauf, dass Sina weiterredet.

Aber mehr kommt nicht, und das Erstaunen über Sinas Ausbruch mischt sich mit Enttäuschung, verfliegt in dem grauen Zigarettenrauch über ihren Köpfen.

»Meinst du Vergewaltigung?«, fragt Lisbeth endlich.

Sina zuckt mit den Schultern, als habe sie plötzlich alles Interesse verloren. »Nenn es, wie du willst.«

»Den meisten von uns gefällt es doch – Sex ausgesetzt zu sein, wie du es nennst.«

Kat hängt ganz hinten an diesen Satz ein Lachen an. »Der freiwilligen Sorte, meine ich.«

Sina zuckt wieder mit den Schultern. Sie hat offenbar nicht vor, noch mehr zu dieser Diskussion beizutragen.

»Das gehört doch zu den Dingen, für die wir leben«, wagt Lisbeth sich nun wieder vor. »Wie sollten denn sonst Kinder auf die Welt kommen?«

»Bei Sex geht es ja wohl nicht nur ums Kindermachen, großer Gott, Lisbeth!«

Lisbeth zuckt zusammen und murmelt: »Das nicht, nein …« Aber gleich darauf rollt das Trompetenlachen über die Veranda, und Lisbeth ist sicher, dass sie es falsch verstanden hat. Kat wollte sie gar nicht zurechtweisen.

»Ich habe keine Kinder, aber ich bin auch Sex ausgesetzt worden, wie Sina sagt, und das fand ich gut. Euch geht es doch sicher auch so?«

Sie schaut sich mit herausfordernden Kat-Blicken um, aber das Lachen rollt von den Wänden und landet auf dem Boden. Bleibt dort liegen und schlägt unruhig gegen die Bodenleisten wie alte Ballons mit wenig Luft.

»Das ist wie Hammeleintopf.«

Mayas Tonfall ist nüchtern.

»Es gibt nichts Besseres, wenn es ein seltenes Mal serviert wird. Saisonbedingt. Aber wenn du es jeden Tag auf den Teller kriegst, merkst du nach einer Weile, dass du eben nicht jeden Tag Appetit auf Hammelfleisch hast. Manchmal reicht schon der Geruch. Oder du bist beim bloßen Gedanken schon satt.«

Lisbeth ist nicht die Einzige, die jetzt grinst, sie weiß, dass Kat und Sina dasselbe vor sich sehen wie sie, einen nackten Steinar mit krummen Bockshörnern über den Ohren. Die scharfe Nase, die vibriert, die gekochten Kohl mit schwarzen Pfefferkörnern wittert.

»Wer ist hier satt?«

Ingrid biegt um die Ecke, lächelt nichts ahnend und hält ihnen eine große Plastikschüssel mit grünen Bohnen hin. »Die sind genau richtig für das Abendessen. Also, welche von euch ist satt?« Sie streift unten vor der Treppe die Flipflops ab.

»Keine«, sagt Kat. Das Lachen tanzt noch immer in

ihrer Stimme. »Ich hoffe jedenfalls, dass ich noch nicht so ganz satt bin.« Sie wirft Ingrid den Ball direkt in den Schoß. »Was ist mit dir? Bist du fertig mit Sex?«

Ingrid bleibt auf der untersten Treppenstufe stehen. Dreht sich verdutzt zu Kats fragendem Grinsen um. Lisbeth fühlt mit Ingrid. Die Arme! Mit ihrem plumpen Körper und den riesigen Füßen. Dazu ihr scharfer Blick und Kleider, die um Hilfe schreien. Die arme, arme Ingrid! Wie kann Kat so herzlos sein?

Aber Ingrid ist nicht beleidigt, hebt nicht die Schüssel mit den Bohnen auf, geht nicht gekränkt ins Haus. Im Gegenteil. Sie zieht das Tuch ab, das sie sich um die Haare gebunden hatte, und wischt sich damit übers Gesicht.

»Nein, wieso denn?«, wirft sie den Ball zurück. »Ich habe vor, jetzt erst richtig anzufangen.«

Ihr Lachen klingt, als habe sie einen Witz nur für Kat gemacht.

»Oder glaubt ihr, für eine bleiche Kaivalagi ist der Zug abgefahren?«

Lisbeth muss genauer hinsehen. Ist es wirklich Ingrid, die spricht?

Sie ist es, und sie ist es nicht. Die dichten Strubbelhaare gehören einwandfrei Ingrid, aber sie wippen frech auf und ab, nehmen plötzlich mehr Platz ein. Die braunen Augen sind ungeschminkt wie immer, aber dahinter wohnt eine mit glitzerndem Lidschatten und knallroten Lippen. Die Hüften in dem verschossenen Sulu sind breit und schwer, aber Lisbeth erkennt darin einen wogenden Rhythmus, eine furchtlose Forderung.

»Es ist erst zu Ende, wenn das Licht ausgeht«, sagt Ingrid, dann nimmt sie die Bohnen und verschwindet im Haus. »Und ich habe vor, es noch eine Weile brennen zu lassen.«

Der Knall der Drahttür hängt noch einige Sekunden in der Luft.

»Ich muss schon sagen!«

Sina bricht das Schweigen. »Stille Wasser und so weiter.«

»Hahaha«, lacht Kat. »Das hat Ingrid gut gesagt.«

Lisbeth schaut sich verwirrt um – passiert hier etwas, das sie nicht begreift? Aber ehe dieser Gedanke sich festgesetzt hat, spürt sie wieder Kats Blick.

»Und du, Lisbeth, du willst keine weiteren Kinder, also ist jetzt Schluss, oder was?«

Lisbeth drückt die Zigarette aus und legt die dünnen Hände in den Schoß. Sieht vor sich die starken und geschmeidigen Finger mit den roten Nägeln in einem raffinierten Tanz über Haralds Rücken. Er wurde gern auf den Schulterblättern gekratzt, nicht zu hart, nicht bis aufs Blut, nur gerade so sehr, dass sie nicht »dalag wie ein Teigklumpen«. »Nichts ist schlimmer«, sagte er bei einem der ersten Male, als sie miteinander schliefen, »als wenn die Frauen nur wie ein leerer Sack daliegen.« Sie hatte genickt und gelächelt und darauf geachtet, sich zu bewegen. Vorsichtig über die sommersprossige Haut seines Rückens zu kratzen, genau im richtigen Moment aufzuhören, wenn er sie auf den Bauch drehte und ihre Hände in eisernem Griff über ihrem Kopf hielt, während er fertig wurde. Danach der Klaps auf den Hintern: »Du bist verdammt toll, das weißt du.« Die Dankbarkeit, die sie empfand. Weil sie verdammt toll war.

»Natürlich geht es nicht nur ums Kindermachen«, sagt sie, spürt, wie die Röte glühend heiß ihr Gesicht überzieht. »Natürlich ist es gut … Auch für uns. Es ist … natürlich«, bringt sie endlich heraus. Um nichts in der Welt wird sie sagen, dass es schön ist. War es das je? Schön? Schön zu sein, das hat sie genossen. Aber erlebt, dass es schön war, hat sie das je?

Plötzlich sitzt er in der Nase. Der Schweißgeruch des jungen Mannes, ein dunkles, scharfes Prickeln. Die Bewegung seiner Armmuskeln, als er ihr auf die Beine half. Die harte, starke Brust, an die sie sich gelehnt hat – die Schamgefühle durchströmen sie, er hat sie weggeschoben! Aber die Hitze bleibt in ihr, eine rote, pochende Hitze, von der sie nicht weiß, wann sie sie zuletzt verspürt hat. Ein blutvoller, wachsender Wunsch, bei dem sie die Hände in ihrem Schoß zu Fäusten ballt, sie muss sich zur Ruhe zwingen. Was, wenn ich es gesagt hätte? *Ich will dich. Kann ich dich haben?*

Eine Woche danach sieht sie ihn wieder. Lisbeth und Ingrid waren mit dem Lastwagen in Rakiraki, Vilivo hinter dem Lenkrad. Ingrid wollte unbedingt selbst fahren, aber Kat war skeptisch: »Jetzt bei der Zuckerernte ist schrecklicher Verkehr, die Lastwagen fahren wie die Besessenen, um vor der Mühle in Ba weiter vorn in die Schlange zu kommen.« Sie hatte recht: Vilivo hielt sich hinter turmhohen Ladungen aus schwankendem Zuckerrohr, dennoch wurde er überholt von Lastwagen mit noch höheren und noch heftiger schwankenden Ladungen. Jetzt liegen die neuen Dichtungen für die streikende Wasserpumpe auf der Rückbank, neben einem Sack mit dem importierten Reis, den Kat so gern isst, und Stoff für neue Kissenbezüge für das Bambussofa.

Lisbeth ist erschossen von der Wärme und lehnt dösend am Fenster, als sie sich Korototoka nähern. Plötzlich tritt Vilivo auf die Bremse, und sie wird nach vorn geschleudert und vom Sicherheitsgurt zurückgehalten.

»Entschuldigung, Ma'am, ich muss nur kurz mit meinem Freund reden … Salesi, da hinten beim Rugbyplatz. Nur einen Moment.«

Sie schaut sich um, Ingrid schläft tief auf der Rückbank. Sie dreht sich wieder nach vorn, schaut hinter Vilivo her, der auf den festgetrampelten Platz zurennt. Es scheint gerade eine Pause im Spiel zu sein, die meisten Jungen sitzen im Schatten, einige spielen einander vage Pässe zu. Breite Schultern, kurze schwarze Shorts. Große Hände um den ovalen Rugbyball. Lärm, freundschaftliches Boxen, Schieben. Einer lässt sich rückwärts ins Gras fallen und breitet die Arme aus. Jetzt sieht Lisbeth, dass auch Mädchen dabei sind, am Rand des Kreises. Schmale braune Arme, straff hochgesteckte Haare, Verlegenheit hinter Wellen aus neckendem Lachen. Abgeschnittene Jeansshorts, übereinandergeschlagene Beine, Plastikflaschen mit gelber Limonade. Vilivo geht auf den Kreis zu, in dem ein Junge gerade neckend ein Mädchen schubst. Sie heult auf und tritt nach ihm, lange Beine tanzen im Schattenspiel unter dem Baum. Der Junge bückt sich und packt ihre Knöchel, tut so, als wolle er sie über den Boden von den anderen wegziehen, sie kreischt los und schlägt mit der Limoflasche nach ihm. In diesem Moment hat Vilivo sie erreicht, und der Junge lässt das zappelnde Mädchen los. Steht auf und dreht sich zu Vilivo um, begrüßt seinen Kumpel mit einem breiten Grinsen. Lisbeth spürt, dass die Röte wie eine Blutdusche durch ihren Leib jagt. Will auf dem Sitz in sich zusammensinken, hinter der Sonnenbrille verschwinden. Er ist es. Die glatten Oberarme mit den ungeschickten blauen Tätowierungen. Die Augen mit der echten Besorgnis: Ma'am, ist alles in Ordnung? Die Schuhe an seinen Füßen sind nagelneu. Schwarz, mit leuchtend grünen Streifen an der Seite.

Die Jungen beenden ihr Gespräch. Der, der sie überfallen hat, klatscht seine Hand zu einer High Five gegen die von Vilivo und dreht sich zu dem Mädchen um. Reißt eine Handvoll Gras aus dem Boden und wirft sie nach ihr, dann stupst er ihren Arm an. Sie schreit und feuert eine schnatternde Vokalsalve ab, die sich fröhlich mit seinem Lachen mischt.

30
Kat

Er sieht genau so aus, wie ich mir das vorgestellt hatte. Eine Mischung aus heruntergekommenem Cowboy und jämmerlichem Geschäftsfiasko – bin ich jetzt gemein? Mit einer schwarzen Lederjacke über dem Arm, einem pastellfarbenen Hemd mit Schweißflecken auf dem Rücken und einem Knopf zu viel, der auf der Brust geöffnet ist. Der Bauch hängt über dem Gürtel mit der protzigen Schnalle.

Aber als Armand Guttormsen seine Mutter umarmt, geschieht das mit etwas, das aussieht wie Freude. Er ragt über Sinas rundlicher Gestalt auf und presst sie an sich. Ich bleibe auf Distanz, bis diese Wiedersehensszene vorüber ist, und bin überrascht von seinem Händedruck, der fest ist und lange dauert. »Das ist also die Plantagenbesitzerin«, sagt er laut und herzlich. »Danke fürs Abholen.«

Fürs Abholen – hatte ich denn eine Wahl? Seine lächelnde Höflichkeit macht es schwierig, so schroff zu sein, wie ich das vorhatte, und was aus meinem Mund kommt, ist: »Das war ja wohl das Mindeste.« Sein Lächeln wird noch breiter, ganz offenkundig sieht er das auch so.

Er döst auf dem größten Teil der Fahrt. Anderthalb

Tage Reisen ist anstrengend, und leider macht ihm sein Rücken zu schaffen. Das ist schon seit vielen Jahren so, erzählt er, während er sich auf dem Beifahrersitz ausbreitet. »Und in diesen engen Flugzeugsitzen ist ja auch nicht gerade Platz, um sich mal zu strecken. Wenn man sich wenigstens Business leisten könnte, wäre es ja etwas anderes …«

Sina wendet sich beschämt ab, als sei es ihre Schuld, dass der arme Armand Touristenklasse fliegen musste. Irritiert sage ich: »Das können sich nicht viele leisten. Aber überhaupt so einen Flug buchen zu können, ist doch nicht schlecht. Was musstest du dafür bezahlen?«

Statt zu antworten, dreht sich Armand zu seiner Mutter auf dem Rücksitz um. »Für dein Auto habe ich übrigens nicht viel bekommen, das war verrosteter, als ich dachte.«

Jetzt senkt er die Stimme, aber ich höre es trotzdem: »Wenn mein Partner mit seiner Litauensache richtig loslegt, kriegst du das Geld zurück. Mit Zinsen, das verspreche ich.«

Ich kann Sinas Blick im Spiegel sehen, er gleitet vom Gesicht ihres Sohnes ab und aus dem Seitenfenster. Armand dreht sich wieder nach vorn. »Ich schlaf jetzt erst mal eine Runde, wenn's recht ist. Ihr habt nicht zufällig etwas zu trinken dabei? Wasser oder so was? Ein Bier wäre jetzt verdammt gut, wenn ich ehrlich bin.«

Als wir nach Hause kommen, haben Lisbeth und Ingrid das Mittagessen fertig. Sie lächeln über Armands Komplimente, und Lisbeth packt ihm immer mehr auf den Teller. Sie hat mehr Lidschatten aufgetragen als sonst, und um ihren Hals liegt eine Kette aus großen, auffälligen Steinen. Sie kichert, wenn er ihr flirtend zuzwinkert. Lisbeth kann sicher nichts dafür, dass sie Lisbeth ist. Aber dass auch Ingrid über seine miesen Witze lacht … Ich merke, dass ich Luft brauche, und erfinde etwas, das ich im Dorf erledigen muss. »Ich bin in einer Stunde wieder da«, sage ich zu Armand. »Dann kann ich dich zu Mosese und Litia bringen, damit du siehst, wo du wohnen wirst.«

»Das eilt ja nicht«, antwortet er, ohne mich anzusehen. »Mir geht es doch wunderbar hier.«

Er beugt sich zu seiner Mutter hinüber und streichelt ihre auf dem Tisch liegende Hand. Sagt laut und jovial: »Wie schön zu sehen, dass du es hier gut hast, Mama.«

Salote sitzt auf der untersten Treppenstufe vor ihrem Haus. Winkt, als ich näher komme. »Bula, Madam Kat. Brauchst du etwas?«

Sie steht auf und hat schon den Schlüssel für das Hängeschloss in der Hand.

Ich schüttele den Kopf und sage, dass ich nur einen kleinen Spaziergang machen wollte. »Ich habe heute zu lange im Auto gesessen, Salote.«

Die Ladenbesitzerin ist wie immer gut informiert. »Ja, du warst am Flughafen.«

»Stimmt. Sinas Sohn ist heute gekommen.«

»Ja. Big Bosso aus Australien.«

Ich versuche, das aufzuklären. »Sinas Sohn kommt nicht

aus Australien, er ist aus demselben Land wie ich. Norwegen. In Europa.«

Salote nickt, kein Problem. In Korototoka bedeutet Ausländer automatisch Australien, es ist jedenfalls unendlich weit weg.

»Und Armand ist auch kein Chef. Soviel ich weiß jedenfalls nicht.«

Jetzt sieht Salote schon eher skeptisch aus. »Aber er macht Business? Das hat Ateca gesagt, dass er Business macht, so wie ich.« Sie zeigt stolz auf die Tür mit dem Hängeschloss. »Madam Sina hat ihr gesagt, dass er allerlei Business macht. International.« Das Letzte sagt sie voller Stolz, als ob sie selbst an ihrem Tresen vor den verstaubten Regalen mit Kekspackungen und Streichholzschachteln große Import- und Exportgeschäfte betriebe.

Ach, großer Gott. Was hat Ateca denn bloß erzählt? Dann gibt es wohl keine Grenzen für die Erwartungen, die Mosese und Litia an ihren neuen Mitbewohner stellen. Armand Guttormsen ist erst seit einem halben Tag hier, und schon hat er mir mehrfach Kopfschmerzen beschert. Aber darüber kann ich nicht mit Salote sprechen, und ich ringe mir ein Lächeln ab.

»Sina ist stolz auf ihren Sohn«, sage ich rasch. »Das sind wohl alle Mütter.«

Wir setzen uns auf die Treppe.

»Ateca sagt, dass er gesund ist, auch wenn er Weiß in den Haaren hat«, sagte Salote.

Wir kommen überein, dass es schön ist, wenn jemand gesund ist. Sie will wissen, wo seine Frau ist und wie viele

Kinder er hat. Ich sage, dass Armand nicht verheiratet ist und keine Kinder hat.

»Warum nicht?«

Wieder frage ich mich, was Ateca erzählt hat. Ich sage zu Salote, dass viele Kaivalagi nicht heiraten und keine Kinder bekommen. Dass sie von ihren Eltern wegziehen und allein leben und arbeiten. Salote verschluckt sich vor Lachen, und ich muss ihr auf den Rücken schlagen. »Wozu soll das denn gut sein?«, fragt sie, als sie wieder zu Atem kommt.

Abends feiern wir Armands Ankunft mit einem Glas Wein. Ingrid tischt Bohnen und Kürbis aus dem Garten auf, und sogar Lisbeth scheint das Hähnchen zu schmecken, obwohl es in dicker, fettperlender Soße schwimmt. Die beiden Flaschen, die ich im Schrank hatte, sind im Nu geleert, und ich muss den Kopf schütteln, als Armand noch ein Glas vorschlägt: »Um auf Mama anzustoßen, finde ich, die das Glück hatte, diesen gemütlichen Hühnerhof zu finden. Ganz ohne Hahn, der euch stört.«

Er lacht so zufrieden über seinen eigenen Witz, dass er kaum hört, wie ich sage, dass leider nun der Weinkeller dieses Damenhauses geleert ist.

»Also«, sagt er und reckt sich behaglich in seinem Sessel. »Und ihr setzt jetzt also auf Kakao?«

Ich nicke, merke, dass mein Lächeln verschlissen ist. »Wir setzen auf Kakao.«

»Kann man denn damit Geld machen? Ich meine, ist das hier das große Business?«

Ich bin zu müde, um provoziert zu sein, ich werde ohnehin nie ein ernsthaftes Gespräch mit Armand Guttormsen über die geschäftlichen Aspekte der Plantage führen.

»Wir kommen zurecht«, sage ich kurz.

Er zieht seine hellen, fast rosa Augenbrauen zu einer tiefen Furche zusammen. »Ich denke nur an meine Mutter«, sagt er. »Ich möchte doch wissen, dass sie gesichert ist.«

Ich muss mich zusammenreißen, um die Verwünschungen nicht über meine Lippen zu lassen. Was zum Teufel sagt er da? Dass ich jetzt die finanzielle Verantwortung für Sina trage? Und dass er sich davon überzeugen will, dass ich dieser Aufgabe gewachsen bin? Mein Blick springt zu Sina hinüber, die standhaft die Tischplatte anstarrt und mit einem Löffel herumspielt. Meine Müdigkeit ist verflogen, ich suche nach Worten.

Aber ich brauche nichts zu sagen. Wer nun unser Geschäftskonzept mit Sinas Sohn teilt, ist ausgerechnet Ingrid.

»Wir wollen mit Schokoladenherstellung anfangen«, sagt sie. »Unser eigenes Rezept. Der Geschmack von Fidschi. Einfach und echt. Stücke vom Glück.«

Ihre Stimme, als sie das sagt … Plötzlich geht es mir auf, eine bittersüße Erkenntnis: Ingrid weiß endlich etwas über das Glück. Über das Süße, Dunkle, das man sich gönnt.

Armand stellt keine weiteren Fragen. Sein Blick wandert zwischen Ingrid und mir hin und her. Überlegt, spekuliert, berechnet.

Maya hat schon mehrmals gegähnt, jetzt steht sie auf und verlässt den Tisch. Sina schiebt gleich darauf den Stuhl zurück und geht hinterher. Armand schaut ihr verdutzt hinterher: »Willst du schon schlafen gehen, Mama?«

Ich will vorschlagen, dass es vielleicht für alle eine gute Idee wäre, jetzt Feierabend zu machen, aber Lisbeth kommt mir zuvor. »Maya ist müde«, sagt sie eilig. »Sie sieht nicht so gut, wenn es dunkel ist, und Sina ist lieb und hilft ihr, wenn sie ein bisschen unsicher auf den Beinen ist, vor allem nach einem Schluck Wein.« Sie lächelt Armand an. Der Blick, den sie ihm zuwirft, lässt keinen Zweifel daran übrig, dass das für sie selbst nicht gilt – sie kann jederzeit einen Schluck Wein wegstecken, ohne deshalb zu taumeln. Plötzlich springt sie auf. »Ich kann dich zu Mosese bringen«, bietet sie freundlich an. Zieht sich die grüne Bluse über die Hüften und streicht sich mit der Hand über das Haar. »Dann kann ich auf dem Rückweg eine Abendzigarette rauchen.«

Armand schiebt seinen Teller zurück. »Wer könnte einem solchen Angebot widerstehen?« Er erwidert ihr Lächeln. »Hast du wohl auch eine für mich?«

Er schaut kurz zu mir herüber. »Tausend Dank für eine wunderbare Mahlzeit. Sagst du Mama von mir gute Nacht, dann sehen wir uns morgen?«

Schon ist er mit Lisbeth verschwunden.

Mein Kopf dröhnt benommen, die zwei Glas Wein drehen sich drinnen im Kreis, und ich merke, dass ich mich hinlegen müsste. Aber Ingrid sitzt noch immer dort, und ich weiß, dass sie dasselbe denkt wie ich. Ich drehe mich so abrupt zu ihr um, dass der Stuhl über den Boden schrappt. »Was sagst du dazu?«

Ingrid verdreht die Augen. »Unglaublich frech. Aber das wussten wir ja schon. Vielleicht hätte ich ihm besser nichts von der Schokolade erzählt. Ich weiß nicht, warum ich das getan habe.«

Ich zucke mit den Schultern. Es spielt keine Rolle. Dass Sinas Sohn ein Gierschlund ist, steht ohnehin fest.

»Ich glaube, eigentlich ist es ein Segen, keine Kinder zu haben«, sagt sie. »Die Angst vor allem, was passieren kann. Die Sorge um ihre Zukunft.«

Ich weiß, was sie meint, und denke weiter: »Die Enttäuschung darüber, was vielleicht aus ihnen wird.«

Es bleibt eine Weile still. Vielleicht liegt es am Wein, vielleicht an Armand, ich weiß nicht, warum ich es sage: »Ich hätte am liebsten ein Mädchen.«

Eine karamellblonde Locke, der Druck einer kleinen, festen Hand in meiner.

Ingrid gibt keine Antwort, schließt die Augen so lange, dass ich mich schon frage, ob sie eingeschlafen ist.

»Vielleicht«, sagt sie endlich. »Dann kann man sich immerhin einbilden, dass man versteht, was in ihnen vor sich geht. Ich weiß nicht.«

Erst nach einer langen Pause fügt sie hinzu:

»Du kennst Simon und Petter nicht, Kjells Enkel. Wir haben keine Gemeinsamkeiten, absolut keine. Sie leben in einer Welt, von der ich keine Ahnung habe. Aber wenn sie bei mir sind, ist es schön. Einfach. Sie erwarten nichts anderes als gutes Essen, und ich bilde mir nicht ein, dass ich sie verstehe. Es gibt kein Drama, keine Hoffnung, die erfüllt werden muss. Es ist nur … schön.«

Ich bin erschöpft von diesem Tag, mein Kopf will nicht mehr so recht, ich begreife nicht, worauf Ingrid hinauswill. »Und das liegt daran, dass sie Jungen sind, meinst du?« Ich staune über die Streitlust in meiner Stimme. »Ohne Gefühle … ohne Hoffnung und Träume … nenn es Drama, wenn du willst – da gibt es doch keine *Nähe*!«

Ein Schatten huscht über Ingrids braune Augen, und sie schüttelt energisch den Kopf.

»Das stimmt nicht. Ich liebe diese Jungen. Ich war immer in ihrem Leben anwesend. Von wie vielen kann man das sagen? Liebe und Verantwortung hängen zusammen.«

Die Nacht bringt mir keine Ruhe. Ich habe einen dieser unerträglichen Träume, in denen ein Teil von mir weiß, dass ich schlafe und dass es keine Wirklichkeit ist, aber ohne meinen anderen, zu Tode verängstigten Teil aus dem Albtraum reißen zu können. Ich liege am Strand, mit ausgestreckten Beinen, die Flut kommt herein, und ich kann mich nicht bewegen. Beine und Arme sind gelähmt, ich kann nichts sagen, ich kann nicht um Hilfe rufen. Das Wasser steigt an meinem Körper hoch, es ist warm und angenehm, sanfte Liebkosungen. Dennoch reißt die Angst an mir, das Einzige, was ich bewegen kann, sind meine Augäpfel, die in der Hoffnung, Rettung zu finden, von einer Seite auf die andere rollen. Tang klebt an meinen Beinen, kleine weiße Krebse kriechen aus Löchern im Wasser und dann über meinen Körper. Jetzt ist nur noch mein Gesicht über dem Wasser, ich atme verzweifelt durch die Nase. Ein großer, glitzernd blauer Seestern treibt auf einer Welle heran und legt sich an meinen Hals, wie um mich zu trösten. Ich will keinen Trost, ich will atmen, aufstehen, frei sein! Ich drehe die Pupillen zu dem pulsierenden Seetier hin, signalisiere mit Blicken: Geh weg! Lass mich in Ruhe! Etwas Weiches tanzt über mein Kinn, treibt mit Wasser und Wellen über mein Gesicht, ertränkt mich in goldbraunen Locken. Der Meerstern sieht mich mit bekümmertem Blick an und füllt meinen Mund mit Weinen.

31
Ateca

Lieber Gott!

Ich weiß, dass wir im Himmel alle in Reichtum und Herrlichkeit leben werden. Es spielt keine Rolle, wie viel oder wie wenig wir in diesem Leben haben. Zeig mir Demut und lehre mich, mit dem zufrieden zu sein, was ich habe.

Aber es ist so schwer, arm zu sein, Gott! Du weißt, wie gern ich Vilivo das geben möchte, was er sich wünscht. Er nervt nie wegen unnötiger Dinge, und es ist doch nicht seine Schuld, dass er keine Arbeit hat. Und nun hat er diese Möglichkeit! Am Samstag beim Auswärtsspiel in Nausori für Korototoka anzutreten. Doch ohne Schuhe kann er doch nicht richtig Rugby spielen, Gott! Er hat nicht einmal um die teuersten gebeten: »Nur 89 Dollar, Na, und sie sind richtig gut. Schwarz mit grünen Streifen. Die gleichen, wie Salesi sie hat.« Aber 89 Dollar, das ist fast ein Wochenlohn. Und Mister Armand hat sich ja angeboten. Es war nicht meine Schuld, dass er alles gehört hat, als ich es Madam Kat gegenüber erwähnte: »Darf ich denn nicht Rugbysponsor sein?«, fragte er. »Als Dank dafür, dass Ateca mir ein so hervorragendes Quartier beschafft hat?« Sein Lächeln hing in der Luft, groß und rund wie ein frisch gebratenes Ei in der Pfanne. Ich sah, dass Madam Kat durchaus nicht erfreut war, ihr Mund war absolut unzufrie-

den. Aber Mister Armand ließ nicht locker, deshalb nahm ich am Ende an. Danach konnte ich das Lachen nicht zurückhalten, es brach einfach so aus meinem Mund. Mister Armand bekam es mit der Angst zu tun und floh aus der Küche.

Ich glaube auch nicht, dass es Madam Sina recht war. Sie sah heute Nachmittag traurig aus, als habe sie schlechte Nachrichten bekommen. Vergib mir, wenn ich das Geld nicht hätte annehmen dürfen, Gott. Aber es war doch nicht für mich! Und ich habe mir überlegt, dass Mister Armand sicher mehr als genug hat.

Ich habe heute Abend Vilivo gesagt, dass wir nie wieder etwas von Mister Armand annehmen dürfen. Er sah es wohl ein, auch wenn er das Geld nur wortlos in die Tasche steckte. Bitte, hilf ihm, Gott. Lass ihn Arbeit finden, damit er allein zurechtkommen, erwachsen werden und eine Familie gründen kann.

In Jesu Namen. Emeni.

32
Maya

Der Sandstreifen, über den sie läuft, wird immer schmaler. Hohes Gras frisst sich von oben her in den Strand, die Häuser mit den geflochtenen Strohwänden werden kleiner und verschwinden hinter Maya. Der harsche Geruch eines Tanghaufens, der halb verfaulten grünen Kokosnüsse und der Essensabfälle lässt sie die Nase rümpfen und stehen bleiben.

Sie steht an einem Strand. Maya blickt auf ihre Zehen hinunter. Die schwarzen Gummisandalen haben an den Riemen ein Punktmuster aus Sand. Sie bückt sich und zieht sie aus. Hebt den langen geblümten Rock, den sie sich um die Taille gebunden hat, und geht vorsichtig hinaus ins Wasser. Bleibt eine Weile stehen und lässt ihre Füße von dem warmen weißen Schaum der Wellen umschließen, dann geht sie noch zwei Schritte weiter. Jetzt muss sie den Rock noch weiter heben. Sie blickt auf ihre Knie hinunter, die Haut runzelt sich über den Kniescheiben. Sie schaut wieder auf das Wasser hinaus – soll sie baden? Nein. Maya macht kehrt und watet zurück zum Strand. Lässt die Zehen die feste und doch weiche Unterlage erforschen. Das feine Prickeln unter den Fußsohlen wandert durch die Beine nach oben. Sie konzentriert sich auf ihr Inneres, spürt, wie die Sandkörner durch ihren Leib strömen, dem Blut folgen, sich zwischen die Zellen stehlen. Maya sieht vor ihrem inneren Auge eine Zeichnung, ein vergilbtes Schaubild, das sie oft über die Tafel heruntergezogen hat. Der menschliche Körper, ohne Haut, nur rote Muskeln, rosa Sehnen. Blutbahnen, Skelett. Die Sandkörner steigen durch sie nach oben, tanzen vorbei an dem langen Oberschenkelmuskel, gleiten sanft in die Hüftgelenke. Sie steht ganz still da und sperrt das Geräusch so lange wie möglich aus: »Maya! Maaaaya!«

Die Frau, die hinter ihr herkommt, hat graublonde dünne, strähnige Haare. Sie fuchtelt mit den Armen, sieht erhitzt aus. Als sie Maya einholt, muss sie erst zu Atem kommen, ehe sie etwas sagt:

»Du bist aber weit gegangen. Hast du vergessen, dass wir heute früher Mittag essen wollten? Und heute Nachmittag nach Rakiraki fahren? Jetzt sind die anderen ohne uns los.«

Maya blickt die Frau verständnislos an. Mittag essen? Sie weiß nicht, ob sie zu Mittag gegessen hat. Sie will nur hier stehen, während Sand und Sonne durch ihren Körper brausen. Sie öffnet den Mund, aber die richtigen Wörter kommen nicht. Sie versucht es, spürt, dass ihr Gehirn immer von Neuem sucht, aber nein. Die Verwirrung macht ihr zu schaffen, die Sandkörner scheuern in ihren Ohren, sie sieht die graublonde Frau an, ihre Blicke flehen: Hilf mir!

»Komm«, sagt die Frau. Ihre Augen blicken sanft, und

Maya spürt, wie die trübe Welle davonrollt, kann den Kopf aus dem Wasser heben.

Sina nimmt ihre Hand und dreht sie langsam um. »Warte«, sagt Maya. Bückt sich und hebt ihre Sandalen auf, ehe sie am Wasser entlang zurückgehen, dort, wo alle Fußspuren ausgewischt sind.

Worum bittet Kat sie? Maya blickt ihre Freundin hilfesuchend an. Es ist Abend in Vale nei Kat, und Maya möchte lieber hier sitzen und dem anheimelnden Wellenschlag lauschen. Sie sieht dem Rauch hinterher, der von der Zigarette des Mannes aufsteigt. Wer ist dieser Mann noch gleich? Er sitzt dicht neben der dünnsten Frau, sie lacht laut über etwas, das er sagt.

»Du hast doch sicher zwischendurch auch mal Handarbeit unterrichtet?«, fragt Kat, wie um sie zu überreden, und zieht vorsichtig an ihrem Arm, versucht, sie zum Aufstehen zu bewegen. Maya reißt ihren Arm irritiert zurück. »Norwegisch«, sagt sie nachdrücklich. »Norwegisch und Geschichte.«

»Na gut«, Kat lächelt. »Aber kannst du nicht trotzdem mit mir kommen und es dir ansehen? Ich habe ein Kleid genäht. Es ist fertig, aber ich wollte ein Einfassband um den Halsausschnitt setzen, und es wird einfach nicht ordentlich. Du hast doch erzählt, dass du früher oft Kleider für deine Tochter genäht hast?«

Ihre Tochter. Evy. Maya spürt ihre blonden Haare zwischen den Fingern, dünn und glatt, nur mit großer Mühe ließen sie sich zu einem Pferdeschwanz zusammenfassen.

Das Weihnachtskleid aus kariertem Stoff, das sie für Evy genäht hatte, grün und rot, der Kragen dunkelgrün und glänzend. Bänder an den Seiten, die hinten zu einer großen Schleife gebunden werden konnten. Maya hebt die Hände vor sich, bindet die Schleife ein weiteres Mal. Lächelt Kat an und erhebt sich, geht vorbei an dem Mann mit der Zigarette.

Die Maschine steht auf einem Tisch in der Ecke. Maya weiß, dass sie weiß, wozu diese Maschine dient. Betrachtet den orangen Stoff mit den großen Blumen, das weiße Einfassband, von dem eine Rolle daneben liegt. Sie setzt sich auf den Stuhl, spürt Kats Blick wie ein Kratzen im Nacken. Ihre Hände ziehen das Band wie einen langen Streifen auseinander, sie legt es auf den Stoff, es sieht schön aus. Weiß auf Rot und Orange, die Farben erfüllen sie mit Erwartung, hier wird etwas passieren. Sie dreht sich um und blickt Kat fragend an. Die Freundin nickt aufmunternd. »Kannst du es festnähen?«, fragt sie.

Es festnähen? Das Band liegt in Mayas Händen, ein sich krümmendes, unwillkommenes Tier. Sie weiß nicht, was sie damit machen soll. Weiß nicht, warum sie hier sitzt. Weiß nicht, warum Kat hinter ihr steht und Dinge sagt, die sie nicht begreift.

»Nein!«, sagt Maya und springt so heftig auf, dass der Stuhl nach hinten kippt. Rasch geht sie durch das Zimmer, sieht niemanden an, als sie die Verandatreppe hinunter und zum Tor läuft. Sie kann hier nicht bleiben. Das Band, das sich krümmt. Kat, die fragt. Sie weiß es nicht!

Der Weg ist voller Löcher, und es gibt keine Straßenbeleuchtung, dennoch laufen ihre Füße. Sie schaut darauf hinunter, warum hat sie keine Schuhe an? Und wo ist Steinar, warum ist er nicht hier, um ihr zu helfen? Sie muss nach Hause, weiß nicht, was sie hier auf diesem dunklen Weg will. Wo ist Steinar? Vor Angst verkrampft sich alles in ihr. Sie weiß nicht, warum sie den Hang hochläuft, war sie schon einmal hier?

Nach einer Weile muss sie stehen bleiben, ihre Beine wollen nicht mehr. Sie braucht Ruhe, und sie sieht sich nach einem Ort zum Ausruhen um. Neben ihr führt ein Pfad zu einem Haus, vor der Tür steht ein grüner Stuhl. Da kann sie sitzen. Maya setzt sich, reibt sich die Füße, um Sand und Schmutz zu entfernen. Ihre Beine sind verdreckt.

»Ist alles in Ordnung, Madam Maya? Kann ich dir helfen?«

Der Mann, der aus dem Haus gekommen ist, kennt ihren Namen. Sie hat ihn schon einmal gesehen, aber nichts ist sicher. Etwas will sich in ihrem Kopf nicht richtig festsetzen, alles ist locker, bewegt sich.

Er sieht sie eine Weile lang an. »Warte hier, Madam Maya«, sagt er. »Ich hole Ateca.«

Als er weggeht, sieht sie, dass seine Beine krumm sind wie nach einer langen Wanderung. Es ist dunkel, und kein Licht brennt hinter den Fenstern des großen Hauses ganz oben. Quer über dem Dach liegt ein langer Balken, das Strohdach ruht auf geflochtenen Wänden. Maya geht zu der kleinen Seitentür. Die ist nicht abgeschlossen, sie schiebt sie auf und geht hinein. Setzt sich auf den Boden.

Hier ist niemand zu Hause. Eine große Holzschüssel steht vor der Wand, sie ist mit glänzenden Muscheln verziert. Die Wand hat Muster aus schwarzen und braunen Kreisen und Vierecken. Warum ist dieses Haus voller Waffen? Auf dem Boden stehen scharfe, gefährliche Gegenstände, Äxte und viele Stäbe mit scharfen Spitzen. Maya erhebt sich, hier kann sie nicht bleiben! Sie schleppt sich zur Tür und bringt sich in Sicherheit. Ihre Beine tun weh.

»Madam Maya!«

Die Gestalt, die neben ihr steht, ist klein, aber die Hände sind groß, die Finger warm und stark. Sie packen ihre Handgelenke, halten ihre Arme in festem Griff. »Madam Maya! Müsstest du jetzt nicht zu Hause sein? Es ist dunkel, du kannst stolpern. Ich bring dich nach Hause.«

Maya spürt nichts, denkt nichts, lässt sich einfach durch die Dunkelheit führen. Merkt, wie die Steine auf dem Boden in ihre Fußsohlen schneiden, einen unregelmäßigen, aber nicht unangenehmen Rhythmus im Körper verursachen. Sie ist auf dem Weg nach Hause. Die Frau mit den kurzen Kräuselhaaren bringt sie nach Hause.

33
Sina

Sina spürt es dicht unter dem Schlüsselbein. Etwas an den Muskeln dort. Sie schienen sich aufzulösen, zur Seite zu gleiten und weicher zu werden. Den Hals weniger straff zu machen, den Kiefer lockerer. Sie haben sich wieder verkrampft. Sich zusammengezogen und die Furchen zwischen Mund und Kinn noch einen Millimeter tiefer gemacht. Die Sehnen im Nacken sind straffer, die Schultern so hochgezogen wie vor ihrer Ankunft hier. Fidschi war dabei, sie mit Bula zu füllen, jetzt ist das Bula dabei, zu verschwinden, davonzufließen.

Als Ateca an dem Abend Maya herbrachte, war Sina schon zum Suchen unterwegs gewesen. Als Maya nach der Szene an der Nähmaschine weggelaufen war, hatte Kat zuerst gesagt, sie sollten sie in Ruhe lassen. »Vielleicht hab ich sie zu sehr bedrängt«, sagte sie. »Sie braucht nur ein bisschen Zeit für sich.«

Zeit für sich? Sina war zuerst unsicher gewesen, ihr alter Respekt vor allem, was Kat sagt und tut, steckt ihr noch in den Knochen. Aber Mayas Gesicht am Strand, früher am Tag – etwas stimmt hier ganz einfach nicht. Sie kann sich nicht mehr betrügen. Kann sich nicht mehr einreden, dass Maya nur ein bisschen zerstreut ist, außergewöhnlich vergesslich und schusselig. Das hier ist mehr.

Also war sie aufgestanden, war Kat gegenüber laut geworden und hatte Alarm geschlagen. »Sie kann sich verirren. Oder schlimmstenfalls kann sie ertrinken. Wir müssen sie suchen.«

Sie hatte Armands spöttischen Blick bemerkt, aber hatte ihn weggewischt wie einen Fleck auf dem Ärmel. War aufgestanden und hatte sich auf die Suche nach Maya gemacht. Was nichts geholfen hatte, der Weg zu Salotes Hütte hinauf und der hinunter zum Hafen waren beide menschenleer. Die Angst hatte Sina dann gepackt, der Gedanke an Mayas unbewohntes, leeres Gesicht trieb sie weiter, über den Platz hinter der Müllhalde und bis hinab zum Strand. Sie war gelaufen und hatte gerufen, hatte gerufen und war gelaufen, den ganzen Weg zurück, war die Treppe hochgestürzt und hatte die Tür aufgerissen: »Ist sie wieder da?« Erst als sie Maya neben Kat auf dem Sofa sah, spürte sie den süßlichen Blutgeschmack in ihrem Mund. Es war nicht an der Zeit zu fragen, wo sie gefunden worden war, Mayas Augen waren trübe und fern, und Sina konnte nur daran denken, wie sie wieder blau und scharf werden könnten. Sie wartete also nicht auf ein Zeichen von Kat, sondern setzte sich ans andere Ende des Sofas und nahm Mayas kalte Hand. Streichelte die steifen, widerwilligen Finger, bis sie schlaff wurden und Mayas Augenlider sich senkten. Bis Ateca sich vorsichtig näherte und fragte, ob sie versuchen sollten, Maya ins Bett zu bringen.

Erst als Sina vom Sofa aufstand, bemerkte sie Lisbeth

und Armand, die am Esstisch saßen. Für einen Moment dachte sie, wie fehl am Platze die beiden wirkten. Unnütz und unbrauchbar, zwei Puppen, die für eine Teegesellschaft geschmückt waren. Zwei, die immer nur nehmen wollten.

Seit dem ersten Abend wartet sie darauf, dass er es zur Sprache bringt. Das Funkeln in seinen Augen, als Ingrid die Schokolade erwähnte, war das alte, vertraute, sie hörte die Rechenmaschine in seinem Kopf surren. Armand hat inzwischen Zeit genug gehabt, um sich umzusehen, er hat sich mit dem Süßhaus vertraut gemacht, hat Lisbeth und ihr selbst so ganz nebenbei Fragen gestellt. Wie sie sich das vorstellten, wollten sie exportieren? Ach was, sieh an, nach Norwegen, wirklich? Wie interessant. Da ist doch ein guter Apparat am anderen Ende wichtig?

»Den haben wir«, antwortet Lisbeth. »Meine Tochter kennt sich aus mit Marketinganalysen, sie arbeitet als Kampagnenplanerin.«

Diese Begriffe scheinen in ihrem Mund absolut zu Hause zu sein, das muss Sina zugeben. Kein Wunder, Lisbeth benutzt sie schließlich jeden Tag in ihren Diskussionen mit Ingrid und Kat. Aber Armand lässt sich nicht beeindrucken.

»Das ist ja gut und schön«, sagt er, und das Lächeln, das er Ingrid zuwirft, kennt Sina so gut. Ach, wie gut sie es kennt! »Natürlich braucht man Leute fürs Marketing. Aber was ihr braucht, sind welche, die wissen, wie das Business eigentlich vor sich geht. Leute, die dabei sind, wenn es wirklich brummt, und die harte Entscheidungen treffen können, ohne zu zögern. Leute, die schon so einiges erlebt haben.«

Sie schließt die Augen. Denkt, dass ja schließlich nicht Lisbeth zu entscheiden hat. Es ist Kats Kakao. Kats Schokolade.

Vielleicht war sie zu selten wütend, vielleicht war das ihr Fehler. Verzweifelt, das ja. Beschämt, das ja. Am Boden zerstört, hoffnungslos, das ja. Aber zu selten wütend. Denn eigentlich weiß Sina sehr gut, was sie will. Sie will, dass Armand verschwindet. Es kommt ihr mutig vor, es tut sogar gut, diesen Gedanken zu denken und in ihrem Kopf zu Wörtern werden zu lassen. Sie will, dass er von Fidschi und aus ihrem Leben verschwindet. Sie will, dass Mayas Augen klar werden und dass ihre Schritte wieder den gemeinsamen Takt finden, den sie hier unten entwickelt haben. Und wenn Mayas Schritte zögern oder ängstlich und panisch werden, dass Sinas Füße den Weg für sie beide finden.

Sie entschließt sich, an diesem Nachmittag selbst nach Rakiraki zu fahren. Vilivo ist nirgendwo zu sehen, in der Regel fungiert er für sie alle als Chauffeur, aber er ist ja nicht immer da. Meistens läuft er unten auf dem Rugbyplatz herum, die schwarzen und grünen Schuhe, von denen er glaubt, dass Armand sie bezahlt hat, sitzen jeden Tag wie angegossen an seinen Füßen.

Sie ist noch kaum mit dem Lastwagen gefahren, denkt

gereizt, dass Kat ihr den offenbar nicht anvertrauen will. Wie schwierig kann das denn sein, wenn die Verkehrsregeln so lächerlich einfach sind wie hier? Dräng dich überall durch, wo es geht, und denk daran, dass sich Busse und Taxis einfach alles erlauben können. Das Fahren auf der linken Seite kommt Sina inzwischen schon natürlich vor, und die Straße geht geradeaus, es ist unmöglich, sich zu verfahren. Sina hat in Rakiraki etwas zu erledigen, mehrere Dinge sogar, und sie möchte das lieber allein hinter sich bringen.

Sie will Kat sagen, dass sie das Auto nimmt, aber Kats Zimmer ist leer. Es ist ordentlich wie immer, das Mückennetz über dem Bett zu einer Rosette geknüpft, Buch und Wasserglas auf dem Nachttisch. Der Computer steht auf einem niedrigen Tisch vor dem Fenster. Er ist eingeschaltet, geometrische Figuren in allen Regenbogenfarben huschen über den Bildschirm. Meistens steht der Rechner auf dem Schreibtisch im Wohnzimmer, Kat war offenbar mit etwas Privatem beschäftigt. Sina folgt einem neugierigen Impuls und drückt auf die Maus. Das huschende Farbenspiel verschwindet, und Kats Mailbox füllt den Bildschirm. Sina beugt sich vor. Die jüngste E-Mail stammt von *evyforgad@gmail.com*. Sie klickt die Mail an, ohne zu zögern.

Liebe Kat,

danke dafür, dass Du mich auf dem Laufenden hältst. Ich kann nicht leugnen, dass ich mir Sorgen mache, während ich zugleich voller Bewunderung dafür bin, wie Du und ihr alle mit Mutters

Krankheitsentwicklung umgeht. Uns war ja allen klar, dass es nicht leicht sein würde. Seit der Arzt zum ersten Mal Alzheimer im Frühstadium als Möglichkeit erwähnt hat, hat er auch klargestellt, dass es kein Heilmittel gibt, dass die Entwicklung nur in eine Richtung gehen kann. Branko und ich haben viel darüber gesprochen, wie einzigartig es ist, dass ihr diese Verantwortung auf euch genommen habt.

Es war beängstigend, von der Episode zu hören, als sie in der Dunkelheit weggelaufen ist. Gott sei Dank, dass ihr sie gefunden habt, ehe etwas passiert war. Ich weiß nicht, was ich sagen kann, außer das zu wiederholen, was ich schon so oft gesagt habe: Wenn euch irgendwann Zweifel kommen, ob ihr diese Verantwortung wollt, komme ich sofort und hole Mutter ab. Ihr habt schon viel mehr getan, als irgendwer von Freundinnen erwarten könnte, auch von so guten wie euch. Und wie ich auch schon viele Male gesagt habe: Bitte, mach den anderen klar, wie dankbar ich für alles bin, was ihr für sie tut. Als sie ins Paradies gereist sind, hatten sie sich wohl nicht vorgestellt, dass sie dort die Krankenschwester für eine Demenzkranke spielen zu müssen. Und wenn wir nicht wissen, wie weit Mutter sich über das, was passiert, im Klaren ist, wird es ja noch schwieriger.

Hier in Trondheim geht alles seinen üblichen Gang. Viel zu tun bei der Arbeit, oft habe ich das Gefühl, zu wenig Zeit mit meiner Tochter verbringen zu können. Aber so geht es wohl allen.

Sinas Herz hämmert, sie muss sich setzen, um besser atmen zu können. *Alzheimer im Frühstadium. Verantwortung übernommen. Alles, was ihr für sie tut.*

Maya ist krank. Der Arzt in Norwegen hat eine Diagnose gestellt, ehe sie nach Fidschi aufgebrochen ist. Und Kat hat es die ganze Zeit gewusst. Hat das Geheimnis mit Evy geteilt und den anderen nichts gesagt. Während Evy annahm, dass sie es alle wüssten. Evy glaubte, sie hätten es als gemeinsames Projekt auf sich genommen, eine Art tropische Endstation für ihre Mutter. Plötzlich ist Sina wütend: Für wen zum Henker hält sich Kat eigentlich? Glaubt sie, sie habe das Recht, das Leben der anderen zu verwalten, nur weil sie genug Geld hat, um sie hierher einzuladen? Glaubt sie, sie könne ganz nach Belieben mit der Wahrheit schalten und walten?

Sina sitzt auf dem ordentlich gemachten Bett und hat die Fäuste in ihrem Schoß geballt. Ihr Blick fällt auf die Nähmaschine in der Ecke, wo Stoffstücke, Garnröllchen und eine Schere liegen. Daneben sieht sie ein zusammengefaltetes Kleidungsstück in einem bunten Bula-Muster. Weiß, rot und orange. Das Kinderkleid, das Maya in Panik versetzt hat.

Sina hat sich niemals eingebildet, viel über Kats merkwürdiges Leben zu wissen. Selten mal ein Brief, zwei kurze Begegnungen, Bruchstücke, die sie gehört hat. In vierzig Jahren entstehen nicht nur Geheimnisse, denkt sie. Es entstehen auch Methoden, damit umzugehen. Sie zu verleugnen oder zu beschönigen. Zu verschweigen oder zu bagatellisieren. Sich zu erklären, warum Dinge so geworden sind, wie sie eben geworden sind.

Ihr Zorn verebbt wie das Sprudeln in einem Glas Brause, das in der Sonne vergessen worden ist. Mayas Freundin zu sein ist keine Belastung, es ist ein Geschenk. Kat hat nicht den Mund gehalten, um sie zu hintergehen sondern um sie zu schonen. Manche Geheimnisse lässt man besser ruhen. Sina wird nichts sagen.

Sie schließt die Mail. Sie nimmt sich den Autoschlüssel aus der Schublade in der Küche und lässt den Motor an. Kat ist nicht zu Hause, sie hat niemanden, den sie um Erlaubnis bitten könnte.

Sie hatte vergessen, welche Freiheit es ist, die Welt durch eine Windschutzscheibe zu betrachten. Sina fährt langsam zwischen den Häusern am Rand der huckeligen Hauptstraße durch das Dorf. Salote fegt gerade die Ladentreppe, ein Mann ist unter der Plastikplane vor einer Reihe von Pyramiden aus kleinen Apfelsinen eingenickt. Moseses Frau sitzt vor ihrem Haus und hat den Kokosnussschaber zwischen den Knien, ein Junge bewegt vor ihrem Gesicht einen Fächer hin und her. Sina reckt den Hals, um Armand in der Türöffnung zu sehen, macht sich aber keine besonderen Hoffnungen: Sie glaubt nicht, dass er mehr Zeit bei seinen Gastgebern verbringt als die Stunden, in denen er dort schläft. Er hat sich an diesem Tag noch nicht im Haus der Damen gezeigt, und keine hat ihn vermisst, denkt Sina. Die Wut auf ihn, die spürt sie wie einen Druck hinter den Schläfen, manchmal heiß und wütend, dann wieder wie eine bohrende Verzweiflung. Gedanken, die keine Frau über ihr Kind denken will: Keine vermisst ihn. Armand ist nicht erwünscht.

Aber ihr war er doch erwünscht, das war er doch gewesen! Sina beugt sich vor, ihre Finger krümmen sich um das Lenkrad. Die Szene mit ihrer Mutter in dem kleinen Schlafzimmer steht ihr nach all den Jahren noch immer klar vor Augen: Tränen und Beschimpfungen, Anklagen, Vorwürfe. Die flehentliche Bitte, Sina solle doch zur Vernunft kommen, es wegmachen. Wie sie bei jedem Ausbruch der Mutter ihrer Sache immer sicherer wurde. Sie wollte das Kind. Sie würde es allein schaffen.

Sina starrt auf die Straße, muss einen hastigen Schlenker machen, um einem kakelnden Huhn auszuweichen, dabei gerät das Vorderrad in ein Schlagloch, und sie knallt mit dem Knie gegen das Armaturenbrett – verdammt! Sie löst eine Hand vom Lenkrad und reibt sich das wehe Knie. Hatte sie sich Armand denn wirklich gewünscht? Das Baby, die Verantwortung für einen Menschen, den sie leiten und den sie beraten müsste? Sina reißt einen abgeschabten Hautfetzen ab. Die Frage ihrer Mutter setzt ihr zu: »Und das Kind, Sina? Glaubst du, es wird leicht für das Kind, bei allem Klatsch und Gerede?« Damals hatte sie ihre Ohren verschlossen. Hatte gedacht, der Mutter gehe es nur um ihre eigene Schande. Aber dann hat sie es selbst gesehen, natürlich hat sie es begriffen: nicht erklärte blaue Flecken, in Fetzen gerissene Bücher. Die Jacke aus dem Ausverkauf, die er plötzlich nicht mehr anziehen wollte. Die Ausflüge, zu denen er nicht eingeladen wurde. Sie hatten nicht darüber geredet, sie hatte nicht gewusst, wie sie helfen könnte. Hatte gedacht, den Mund zu halten und starr nach vorn zu schauen sei das Einzige, was weiterhilft. Hat er auch so gedacht? Hat es ihm weitergeholfen?

Sina biegt auf die asphaltierte Straße nach Rakiraki

ab und findet Wörter für die Traurigkeit, die an die Stelle der Wut und der Schmerzen im Knie getreten ist. Sie hatte nur etwas gewollt, das ihr gehörte. Etwas, das niemand sonst hatte.

Sie hatte nicht erwartet, dass Lisbeth ihr zu Hilfe kommen würde. Als die Freundin den ersten Schock überwunden hatte – *Was hast du denn angestellt, Sina?*, und scheinheilig: *Ich weiß ja nicht, wie du dir das vorstellst, wenn du es nicht wegmachen lassen willst!* –, schien sie den Versuch machen zu müssen, auch diese Aufgabe zu übernehmen. Ihr eine Stelle im Lager anzubieten, Krümel von ihrem und Haralds reich gedecktem Tisch: *Es geht doch erst mal darum, dass du überhaupt etwas hast, oder?*

Sina tritt energischer auf das Gaspedal. Hört, wie die Stimme der Mutter sie an ihrem anderen Arm zieht: »Ich kann nicht fassen, dass Høie dich haben will, nachdem du dich in diese Lage gebracht hast! Jetzt kannst du aber froh sein, dass Lisbeth deine Freundin ist, stell dir vor, dass sie das wirklich für dich tut!«

Sina hatte eigentlich nicht vorgehabt, irgendetwas für sich tun zu lassen. Sie hatte eigentlich gar nichts vorgehabt. Abgesehen davon, dass sie nie wieder an diese Minuten hinter der Tür des Jungenklos in der Turnhalle denken wollte, als der Abschlussball vorüber war und als noch aufgeräumt werden musste. »Das gefällt dir doch, Sina? Das findest du doch toll, oder?« Die gepresste Stimme des Jungen aus der Parallelklasse, der Schnapsgestank aus seinem nassen Mund. Seine Hand, die ihre eine Brust umklammerte, ihr Kopf, der gegen die Wand schlug, als er sich gegen sie presste. »Du findest das doch toll, oder?« Die Art, wie er die Klotür öffnete, als er fertig war, sein spähender Blick durch den Gang. Auf dem Schulhof am Montag danach, wo er sich nicht einmal umschaute, als sie Hallo sagte.

Dass Lisbeth und Harald Høie zusammenkommen würden, hatte eigentlich immer auf der Hand gelegen. Die Prinzessin bekommt den Prinzen, so ist es eben. Und natürlich brauchte sie den Job. Brauchte das Geld. Aber Lisbeths Mitleid brauchte sie nicht. Brauchte kein gnädiges Mitleid, gemischt mit einer ach so schlecht verhohlenen Erleichterung, weil sie selbst im sicheren Hafen war. Geborgen im Schloss, beim König oben auf dem Hügel.

Aber Sina hatte ihr Bescheid gesagt, klar und deutlich, und sie weiß, dass die Freundin das nie vergessen hat: *Ich* habe etwas, Lisbeth. Nicht *du.*

Sina ist nicht sicher, warum sie in dem Laden hängen geblieben ist. Die Arbeit war nie der Rede wert, sie hätte sicher eine interessantere finden können, obwohl sie nur das Abitur in der Tasche hatte. Aber sie machte einfach weiter, die Arbeit verlangte nichts von ihr, und eine sichere Anstellung war es ja auch. Sie sind zurechtgekommen, sie und Armand. Sie sind wirklich niemandem zur Last gefallen.

Sina ist fertig mit ihrer Einkaufsrunde. Duschgel und Backpulver und Kartoffelmehl, Apfelsaft für Maya und ein Sack mit Kats Spezialreis. Weiches Klopapier, weißer Zucker zum Backen. Jetzt schlendert sie durch Rakiraki, trödelt herum und schiebt den letzten Punkt auf ihrer Liste vor sich her. Bleibt vor dem Kino stehen und sieht sich die Plakate mit kühnen Bollywood-Damen und schwarz gekleideten Actionhelden an. Lungert vor der duftenden offenen Tür des Hot Bread Kitchen herum, widersteht aber der Versuchung und geht nicht hinein. Ohnehin riecht es besser, als es schmeckt, die Kuchen mit der starren türkisen Glasur schmecken nur nach Zucker und künstlichem Vanillearoma.

Sie reißt sich zusammen und steuert eine Seitenstraße zu ihrer Linken an. Das Schild von »Dream Travels« ist verblasst und hängt schief, die Klimaanlage scheint ihr eine Eiswand in den Weg zu schieben, als sie die Tür öffnet. Die Inderin hinter dem Schreibtisch ist in einen Schal gehüllt und nickt Sina müde zu, um ihr den Besuchersessel anzubieten. Sie hackt weiter auf die Tastatur ein, ihre langen Nägel verursachen auf den Tasten ein klickendes Geräusch, von dem Sina eine Gänsehaut bekommt. Irgendwann ist sie fertig mit Schreiben.

»Was kann ich für Sie tun?«

Sina holt tief Luft. »Ich wüsste gern, was ein Flug von Nadi nach Oslo kostet. Nur eine Strecke.«

Sie legt den Zettel mit den Beträgen in das Seitenfach ihrer Handtasche. Es gibt Unterschiede bei den verschiedenen Routen, die Preise variieren je nach Datum. Aber alles geht in eine Richtung: weg von hier.

Sina verdrängt den Gedanken an das Geld und dankt für die Hilfe.

34
Ateca

Meine Träume sind so traurig, Gott. Liegt das daran, dass Madam Sina so traurig ist?

Im Traum saß ich in einem Bure am Strand und hatte Vilivo auf dem Schoß. Er war klein, ein dickes Baby mit klugen Augen. Madam Sina lag neben mir, sie war jung, und ihr dicker Bauch wölbte sich vor. Ihr Sohn sollte geboren werden, aber als er kam, war er eine Schlange. Madam Sina hatte Angst, aber ich wusste, dass er verzaubert war. Genau wie das Kind der Häuptlingstochter von Rewa, das schon vor seiner Geburt verhext war und erst zum Menschen werden konnte, als er von einer anderen Frau geliebt wurde als seiner Mutter. Das sagte ich Madam Sina, aber sie wollte es nicht hören. Sie stand einfach nur auf und ging zum Strand, und ich lief hinterher, mit Vilivo auf dem Arm. Die Schlange blieb liegen, neugeboren und ohne sich zu rühren.

Später in diesem Traum ging Madam Sina den Strand entlang, zusammen mit Madam Maya. Ich war ein Stück hinter ihnen, die Luft war still und leicht. Ich schaute auf die Fußspuren vor mir im Sand und sah plötzlich, dass nur Madam Sinas Füße Spuren hinterließen. Die von Madam Maya verschwanden, sowie sie den Fuß wieder hob. Ein Flugzeug be-

schrieb über mir in der Luft einen weiten Bogen, der weiße Rumpf leuchtete so hell, dass mir die Augen wehtaten. Ich beugte mich über meinen Sohn und drückte seinen Kopf an mich.

Gott, du weißt, was wir brauchen. Gib mir gute Träume, gib Madam Sina lichte Gedanken. Und gib Vilivo Arbeit, damit er allein zurechtkommen, erwachsen werden und eine Familie gründen kann.

In Jesu Namen. Emeni.

35
Ingrid

Sie kann ihn nicht ertragen! Diesen platten Charme, die Herablassung, die Blicke, die er Ateca und Lisbeth zuwirft – *Lisbeth*!

Ingrid schüttelt den Kopf, wie kann das möglich sein! Sina tut ihr leid, es muss ihr doch wahnsinnig peinlich sein, wie dieser alternde Trottel – ja, das ist er, ein alternder Trottel! – sich aufführt. Lisbeth ist doch die Freundin seiner Mutter!

Ingrid ist froh darüber, dass Armands Flirtversuche nicht ihr gelten. Sie würde ihre Maske nicht aufbehalten können, wenn er das glatte Lächeln auf sie richtete, das er für Lisbeth hat. Ein Knochen, den sie an sich reißt wie ein ausgehungerter Hund, denkt Ingrid mit einer Mischung aus Mitleid und Verachtung, und sie zündet die Mückenkerzen mit einem hart angerissenen Streichholz an.

An den Abendstunden auf der Veranda taucht immer häufiger Wildrid auf. In dem geblümten Sulu scheint sie mehr Platz zu haben, er lässt ihr Ellbogenfreiheit am Strand, wo der Wind an den Palmenblättern reißt und ihrer Stimme Luft und Volumen gibt. Immer wieder zieht Ingrid sich in die schattige Ecke bei der Hängematte zurück und lässt Wildrid reden, wenn die Diskussionen wirklich interessant werden. An diesem Abend erreichen sie neue Höhen, als Maya, ausgerechnet Maya, bei Armands Köder anbeißt.

»Ihr habt es ja so schön hier. Ich muss sagen, ich wusste nicht so recht, was ich glauben sollte, als Mama erzählte, dass sie in eine feministische Wohngemeinschaft auf der anderen Seite der Erde ziehen wollte.«

Lisbeth lacht wie aufs Stichwort und dreht Armand ganz bewusst die bessere Seite ihres Lächelns zu, das, bei dem der verfärbte Stiftzahn nicht zu sehen ist. »*Feministisch,* also wirklich!«

Aber wer den Köder schluckt, das ist eben Maya. »Was hast du denn gedacht, mit wem Sina das Haus teilen würde? Und jetzt erzähl uns bitte nichts von männerhassenden Xanthippen, ja?«

Maya hat einen guten Tag. Ihre Stimme ist fest, ihr Blick klar, ihre Hände ruhen auf ihrem Schoß wie zwei Vögel in ihrem Nest.

Armand rutscht in seinem Sessel hin und her, aber seine Stimme klingt weiterhin übermütig. »Aber man weiß doch nie, euch Frauen ist doch alles zuzutrauen, oder was?«

Ingrid schaut zu Maya hinüber, mag die sich wirklich auf diesen Unsinn einlassen? Sie bringt es jedenfalls nicht über sich.

Wildrid sieht das anders. »Was ist uns denn zuzutrauen, Armand? Dass wir meinen, Frauen sollten die gleichen Rechte und Möglichkeiten haben wie Männer?«

»Doch, doch, aber darum geht es doch gar nicht …«

»Genau darum geht es. Nicht mehr, nicht weniger. Das ist überhaupt nicht schwierig.«

Wildrids Tonfall lässt Ingrid zusammenfahren.

Kat fährt ebenfalls zusammen, und Ingrid ist nicht sicher, ob in ihrer Stimmung Anerkennung oder Hohn liegt:

»Ich muss schon sagen! Dass du auf deine alten Tage noch immer auf diesen Forderungen beharrst, Ingrid!«

Wildrid öffnet den Mund, aber Lisbeth kommt ihr zuvor, die Wörter schlüpfen zwischen in Coral Pink angemalten Lippen hervor: »Ja, ich bin zwar keine *Feministin*, aber Rechte und Möglichkeiten, natürlich wollen wir die haben.«

»Dann bist du Feministin!«, schlägt Wildrid zu. »Warum hast du Angst davor, das zu sagen?« Lisbeth tritt eilig den Rückzug an. »Angst? Ich habe keine Angst, das ist es nicht …«

»Was ist es dann?«

Kat macht eine träge Handbewegung, als wolle sie ums Wort bitten.

»Natürlich hast du Angst, Lisbeth, tu doch nicht so. Alle haben Angst davor, als Xanthippe abgestempelt zu werden.«

»Gibt es denn immer noch welche, die so denken? Oh verdammt, das kann ich nicht glauben!«

Alle drehen sich zu Ingrid um. Der Fluch schlägt gegen die Trommelfelle. Ingrid bleibt sitzen, Wildrid aber springt auf: »Diese Scheißfeigheit ist so provozierend! Bei wem entschuldigen wir uns eigentlich? Warum glauben angeblich nur Männerhasserinnen an Chancengleichheit?«

Mayas Stimme ist noch immer ruhig. »Ganz so ist es sicher nicht. Aber in vielen Ohren klingt *Feministin* hart und unversöhnlich. Unweiblich, sozusagen.«

Ingrid sieht, dass Maya ihre Wortwahl sofort bereut. Aber ehe sie das korrigieren kann, ist Wildrid auch schon zur Stelle: »Was sagst du da? *Femina* ist das lateinische Wort für Frau! Du warst doch so viele Jahre für die Ausbildung junger Mädchen verantwortlich – ich kann nicht glauben, dass du ihnen nicht beigebracht hast, was ›Weiblichkeit‹ bedeutet.«

Hinter Mayas Brillengläsern zuckt es verängstigt, ihre Hände heben sich wie aufgescheuchte Vögel aus dem Nest. »Ich …«

Armands Blick ist zwischen ihnen hin und her gejagt, die Diskussion, die er ungeplant in Gang gebracht hat, scheint ihn zu amüsieren. Jetzt hebt er die Hand, wie ein Richter, der im Gerichtssaal um Ruhe bittet: »Meine Damen, meine Damen! Beruhigt euch bitte, das hier ist nicht gut für den Blutdruck.«

Wildrid will ihn schon anfauchen, aber diesmal ist Armand schneller.

»Können wir uns nicht einfach darauf einigen, dass der kleine Unterschied einfach schön ist?«

Der kleine Unterschied. Ingrid traut ihren Ohren nicht. Aber Armand hört nur seine eigene Vortrefflichkeit.

»Ich kann euch versichern, dass niemand das Feminine mehr zu schätzen weiß als ich. Was wären wir Männer denn wohl ohne euch? Es steht doch fest, dass ihr etwas habt, das wir nicht haben. Wir bewundern das, wir könnten ohne es nicht leben, wirklich nicht. Aber das bedeutet doch nicht zwangsläufig, dass wir gleich sind?«

Ingrid spürt, wie sich die Müdigkeit schwer und zähflüssig über ihre Stirn senkt. Sie bringt es nicht über sich; bringt es nicht über sich, diesem Gefasel zuzuhören. Wirft einen Blick zu Kat hinüber: Können wir ihn nicht einfach vor die Tür setzen? Aber Armand redet weiter, und die Müdigkeit verschwindet so rasch, wie sie gekommen ist – hört sie denn wirklich richtig?

»Das mit Geschäften, zum Beispiel. Es ist ja wohl kein Geheimnis, dass ich in der Hinsicht über umfassende Erfahrung verfüge, vielleicht mehr als … ja, hm, als ihr eben.«

Er nickt zu Kat hinüber. »Was du hier machst, ist wirklich bewundernswert, aber die Hauptarbeit leistet doch wohl dein Verwalter?«

Kat runzelt die Stirn, ihr Mund verzieht sich zu einem ungläubigen Lächeln. »Mosese? Der kümmert sich um die Plantage, mit dem Geschäftlichen hat er nichts zu tun.«

Ingrid sieht für einen Moment den alten Aufseher vor sich, wie er vor dem Bildschirm verlegen von einem Fuß auf den anderen trat, als sie versuchte, ihm eine Website zu zeigen – sie weiß ja nicht einmal, ob er überhaupt lesen kann. Bei der Erinnerung an ihre Naivität verspürt sie ein brennendes Schamgefühl, aber der Gedanke verfliegt rasch wieder, denn Armand lässt sich nicht beirren.

»Ja, ja, ich bezweifele ja gar nicht, dass du eine gute Direktorin bist.«

Sein Lächeln soll offenbar entwaffnend wirken.

»Aber wenn ihr auf *international* setzen wollt«, er lässt das Wort »international« in der Luft hängen, »dann wäre es doch sinnvoller, am anderen Ende jemanden zu haben, der sein Handwerk versteht? Jemanden, der über Geld sprechen kann, nicht wahr? Es ist nun so, dass ich zufällig in den nächsten Monaten noch ein paar Vakanzen habe. Ich verfüge über ein extensives Kontaktnetz, um das mal so zu sagen, und da könnte ich doch ein paar Untersuchungen anstellen.«

Kat hat die Augen zusammengekniffen. »Was denn für Untersuchungen?«

Armand breitet die Arme aus. »Nischenöffnungen. Profitmöglichkeiten. Wie der Markt derzeit aussieht, ganz einfach.«

»Das haben wir im Griff.«

Kats Stimme ist hart, die Wörter kurz.

»Lisbeths Tochter ist Profi in dem Bereich.«

Aus den Augenwinkeln sieht Ingrid, dass Lisbeth sich in ihrem Sessel bewegt, sie wendet sich von Armand weg und hebt den Kopf.

Er versucht es mit einem Lachen, macht sich bereit für einen neuen Vorstoß.

»Liebe Damen, ich will ja nur helfen …«

Sina hat die ganze Zeit nichts gesagt. Jetzt drückt sie plötzlich ihre Zigarette im Aschenbecher aus.

»Ich glaube, das ist jetzt deutlich geworden, Armand. In Vale nei Kat helfen wir uns selbst.«

Der Unglaube in seinem Blick, als er seine Mutter ansieht; Ingrid hält den Atem an. Sein Blick wird düster, er macht beleidigt den Mund auf und zu. Für einen wilden Augenblick glaubt Ingrid dass er seine Mutter schlagen wird, sie will schon aufspringen, um sich vor Sina zu stellen.

Aber Armand sagt nichts mehr. Seine Hände zittern ganz wenig, als er eine Zigarette aus der Packung nimmt und sie anzündet. Das Schweigen auf der Veranda wird nur von einem fetten Gecko über dem Türrahmen gebrochen: *tokk-tokk-tokk.*

Wildrid schlägt die Hände vor den Mund, um ein begeistertes Lachen zu unterdrücken.

*

Die Luft auf der Plantage ist grün und feucht. Ingrid trottet hinter Mosese her, versucht seinem stetigen, federnden Rhythmus zu folgen, während sie die um ihren Kopf summenden Insekten verscheucht. Moseses Gesicht ist unergründlich, als er stehen bleibt, um die Finger über eine gelbrote Hülse gleiten zu lassen, die er dann mit einem raschen Messerhieb vom Stamm löst. Er schneidet sie längs in zwei Teile und hebt die obere Hälfte ab, sodass die fetten, glänzenden Samenkörner zu sehen sind, perfekt miteinander verflochten in einem Schlaf, der bald unterbrochen wird. Ingrid braucht nicht zu fragen, sie war schon so oft mit hier draußen, dass sie eine makellose Kakaofrucht auf den ersten Blick erkennt. Sie lächelt Mosese an und lässt Wildrid die Finger in das weiche weiße Fleisch stecken, das die Bohnen umgibt. Sie gräbt eine der braunroten Perlen heraus und reibt mit Daumen und Zeigefinger darüber. Zieht den scharfen, bittersüßen Geruch bis in die Lunge ein.

»Hast du genug Leute für die Ernte?«

Mosese gibt dieselbe Antwort wie fast immer, er hebt den Kopf und lässt ihn ein wenig in den Nacken kippen, eine Art umgekehrtes Nicken. Ingrid hat eine Weile gebraucht, um zu begreifen, dass das Rückwärtsnicken Ja bedeutet, oder jedenfalls nicht Nein. Bei Mosese kann es auch heißen, dass diese Frage in seinen Augen keine Antwort verdient. Ingrid beruhigt sich damit, dass er seit Jahren die Ernte auf dieser Plantage leitet. Er würde Bescheid sagen, wenn der Mangel an Erntearbeitern ein Problem wäre. Mosese hat eine große Familie, Ingrid geht davon aus, dass die alle zupacken werden.

Sie macht noch einen Versuch: »Wird es eine gute Ernte?«

Neues Rückwärtsnicken.

Sie gibt auf. Interesse zu zeigen ist das eine, Mosese mit Fragen zu belästigen etwas ganz anderes. Ingrid weiß jedoch, dass *Kat's Cocoa* eine gute Ernte braucht, sie hat die Buchführung gesehen, und ihr ist klar, dass bald Einkünfte benötigt werden, um die hohen Ausgaben auszugleichen. Nicht zuletzt jetzt, in der Investitionsphase, wo sie den Produktionsraum einrichten müssen, wo sie Maschinen und Kühlanlagen brauchen. Auch wenn sie klein anfangen, ist doch die Rede von beträchtlichen Ausgaben. Die Besorgnis liegt ihr wie ein Stein im Magen: Es war ihre Idee, das hier. Alle anderen sind sofort darauf angesprungen, aber sie hat darauf bestanden. Was, wenn es nicht klappt?

Na und?, fragt Wildrid rasch. Kat selbst hat uns hergebeten, damit wir gemeinsam neue Chancen ergreifen. Deshalb sind wir gekommen! Schokolade, die lustvoll und verheißungsvoll zwischen den Fingern knackt. Genuss, der auf der Zunge zergeht. Na also.

Ingrid lässt sich überreden. Hält die reife Hülse in der Hand, sieht vor sich, wie die glänzenden braunen Samenkörner schmelzen und in das Produkt verwandelt werden, von dem sie gesprochen haben: eine reine, dunkle Schokolade, echte Kakaobutter, vielleicht eine Spur Kokos. Sie hört Lisbeths Stimme: »Es muss exklusiv sein, aber nicht verschroben. Wir müssen uns auf den Gesundheitsaspekt konzentrieren, ›ein kleines Stück ist gut für dich‹. Auf die Catechine im Kakao verweisen, die die Adern gesund erhalten und den Kreislauf verbessern.«

»Ein kleines Stück ist gut für dich«, »Stücke vom Glück«. Ingrid ist sicher, dass die anderen genauso über Lisbeths Vorschläge staunen wie sie. Nicht nur über Lisbeths Begeisterung, sondern auch, weil sie sich kundig gemacht hat und offenbar geschäftliche Begabung besitzt. Sie kann das doch unmöglich alles durch den Marketingkurs ihrer Tochter aufgeschnappt haben? Vielleicht baut sie darauf auf, dass es ihr immer schon gelegen hat, Vorteile zu betonen und zu verstärken. Das Beste hervorzuheben und es zu zeigen.

Ingrid möchte so gern daran glauben. Wünscht es sich so sehr, dass ihr Bauch wehtut: dass *Kat's Chocolate* Realität wird und leckere, duftende kleine Stücke von Glück über die Meere schicken kann. Kleine Bissen tropischer Liebe von einem Strand im Paradies.

Aber es ist ein Risiko. Es kostet, und sie müssen Plus und Minus im Gleichgewicht halten. Ingrid weiß, was sie selbst jeden Monat in die Gemeinschaftskasse einzahlt, und ein rascher Überschlag zeigt: Wenn die anderen die gleiche Summe geben, reicht es nicht, um neben Haushalt und Betriebskosten noch größere Investitionen zu tätigen. Und Mosese, Ateca und Akuila zu bezahlen. Und dann ist da noch Vilivo. Und Armand. Sie schnaubt in Gedanken. Kat hat nichts darüber gesagt, wer Kost und Logis für diesen Schmarotzer bezahlen soll, aber Ingrid glaubt, die Antwort zu kennen.

Vielleicht hat Kat eine private Reserve, einen Geldstrom, der außerhalb des Kakaogeschäftes fließt? Hat Niklas ihr einen Haufen Geld hinterlassen? Ingrid schüttelt den Kopf, sieht ihn vor sich, den hochgewachsenen, gutaussehenden Niklas. Strahlendes Lächeln und große Ideen. Ingrid hat die beiden mehrmals besucht, und seine Stimme dröhnt im Hintergrund aller Erinnerungen; enthusiastisch, intensiv, alle Probleme waren da, um gelöst zu werden. Alle behaupteten, er habe Kat angebetet – Ingrid runzelt die Stirn … Nein, angebetet ist nicht das richtige Wort. Er hat sie einbezogen. Auf sie gezählt. Ja, auf sie gezählt, hundertprozentig. Durch dick und dünn. Niklas und Kat waren ein ganz anderes Team als alles, was sie je gesehen hat. Sie stimmten total überein. Volle Offenheit, denkt Ingrid. Keine Geheimnisse.

Doch, beschließt sie, es ist absolut möglich. Es kann durchaus sein, dass Niklas etwas hinterlassen hat.

Aber Kat will nicht über Geld sprechen.

»Ich hätte euch nicht eingeladen, wenn ich kurz vor dem Bankrott stünde«, sagt sie leichthin, als Ingrid sie einige Tage darauf unter vier Augen erwischt. Und lehnt das Angebot ab, noch einmal Zahlen und Budget durchzugehen. »Die Ernte wird so ausfallen wie sonst auch, das geht schon gut. So ist es jedes Jahr, das Budget muss große Schwingungen zwischen den Jahreszeiten verkraften können. Das hier ist nicht der Verkehrsverbund, weißt du.« Sie lacht und stupst Ingrids Arm an. »Mach dir jetzt keine Sorgen. Du wolltest doch Schokolade herstellen, oder? Dann müssen wir auch etwas wagen.«

Ingrid wollte nicht fragen, aber dann rutscht es ihr doch heraus. »Hat Niklas dich finanziell abgesichert? Ehe er …«

Etwas an Kats Mund erstarrt, und Ingrid bereut sofort. »Entschuldige, ich weiß ja …«

»Dass er das Ertrinken nicht geplant hatte?«

Ingrid spürt, wie sich die Muskeln an ihrem Hals anspannen, unglücklich sucht sie nach Worten: »Kat, du weißt, dass ich es nicht so gemeint habe …«

Aber der Blick der Freundin ist weit weg. Sie atmet ruhig unter ihrem weißen Hemd, als sie sich von der Treppenstufe erhebt, auf der sie gesessen hat. »Komm«, sagt sie nur.

Der Sonnenuntergang ist kaum ein paar Minuten entfernt, es ist Ebbe, und Kat beschleunigt am Strand ihre

Schritte. Ihre Füße wirbeln bei jedem Schritt kleine Fächer aus Sand hoch, und sie sagt nichts, während sie sich einer Reihe von Booten nähern, die auf den Strand gezogen worden sind und stumm dort ruhen. Als sie dort ankommen, wendet sie dem Wasser den Rücken zu und geht auf den Gürtel aus Palmenblättern, Tang, Plastikflaschen und Tauresten zu, der zeigt, wie weit die Flut vordringt. Ingrid folgt einige Schritte hinter ihr und sieht, wie Kat unter eine Palme im Schatten eines der größten Boote tritt. Sie dreht sich wieder um und schaut hinab auf den Streifen aus Tang und Treibholz oder vielleicht auch hinaus auf das Meer. Der Sonnenuntergang sammelt sich zu einem orangen Strahlenbündel, und in wenigen Minuten wird der Tag weggesaugt, verschwindet in einem Abfluss aus Rosa und Lila.

Kat steht noch immer unter dem Baum, sie winkt Ingrid zu. »Schau mal«, sagt sie und zeigt auf das Wasser, das jetzt nur eine wogende, dunkle Linie dort draußen ist.

Ingrid kneift die Augen zusammen, sieht dort hinten ein Boot, ein dunkles, bewegungsloses Tier. »Was soll ich denn sehen?«, fragt sie. »Es ist so schnell dunkel geworden.«

Kat gibt keine Antwort. Steht nur weiter da, dann bückt sie sich und zieht die eine Sandale aus. Schüttelt Sand heraus und zieht sie wieder an. »Wenn wir noch länger hier stehen bleiben, fressen die Mücken uns auf.«

Nach dem Essen möchte Ingrid allein sein. Sie schließt ihre Zimmertür und tastet nach dem Lichtschalter an der

Wand. Eine Bewegung am Rand des Spiegels lässt sie zusammenfahren, das blitzschnelle Zucken eines Schattens, der am Spiegelrahmen erstarrt, als sie näher kommt. Der Gecko hält ganz still, steife schwarze Perlaugen. Die kleine Echse ist graugrün und abstoßend gummihaft, kein Hauch von etwas versöhnlich Niedlichem. Plötzlich ist Ingrid überwältigt von Mitleid mit diesem unattraktiven Reptil, das versucht, sich unsichtbar zu stellen. »Du Armer«, sagt sie und nähert sich vorsichtig mit dem Zeigefinger. Der runzlige Leib bewegt sich nicht, Ingrids Fingernagel ist Millimeter von der Berührung entfernt, als der Gecko zusammenzuckt. Einen quakenden Schrei ausstößt und auf den Vorhangstangen verschwindet. Ein graugrüner Schwanz liegt unter dem Spiegel, windet und krümmt sich wie eine frisch geschlüpfte Schlange. Ingrid fährt zurück, aber Wildrid beugt sich vor und nimmt den zuckenden Schwanz in die Hand.

36
Lisbeth

Lächerlich. Sie weiß, dass die anderen lachen. Vielleicht reden sie auch, vielleicht nicht. Lisbeth schlägt die Hände vors Gesicht. Armand ist zwanzig Jahre jünger als sie, um Himmels willen! Ein fauler Taugenichts, haben sie und Harald das nicht oft genug gesagt? Wie schade es für Sina ist, dass ihr Sohn so … untauglich ist. Sie hat Harald sogar gefragt, ob er dem Jungen nicht im Laden eine Chance geben könnte, aber da ließ er sich nie erweichen: »Wir haben Sina geholfen, weil sie deine Freundin war. Nicht gerade ein Blickfang hinter dem Tresen, aber sie macht immerhin ihre Arbeit. Aber ihren Taugenichts von Sohn will ich hier nicht sehen!«

Sie denkt eigentlich nicht mehr so oft an Harald. Glaubt nicht mehr, dass er versuchen wird, sie nach Hause zu holen. Das wenige, was sie von ihm und über ihn gehört hat, kam von Amanda: *Papa fühlt sich im Stich gelassen,* stand in den ersten, anklagenden Mails. *Papa kommt zurecht,* hieß es dann irgendwann. Kein Wort über Trennung oder Formalitäten, er lässt sich offenbar nichts anmerken. Lisbeth ist überrascht, wie wenig es wehtut. Und sie und Amanda haben jetzt andere Dinge zu besprechen. Neue Dinge, auf eine neue Weise.

Dennoch ist es peinlich, das mit Armand. Nicht, dass etwas … Ungehöriges geschehen wäre, um Himmels willen, das nicht. Aber was soll sie denn machen? Wenn er sich abends neben sie setzt, ihr zuzwinkert nach einem scharfen Kommentar von Ingrid, als ob sie beide heimlich über die anderen lachten. Er nennt sie »alte Schachteln«, wenn sie nicht dabei sind, verdreht die Augen, sodass nur Lisbeth es sieht, wenn Maya um zehn Uhr abends fragt, ob es nicht bald Essen gibt.

Es war ihr peinlich, als Ateca vor Kurzem ohne anzuklopfen in ihr Zimmer kam: »Entschuldigung, Madam Lisbeth, ich dachte, du seist ausgegangen …« Sie verschwand sofort, aber ihr Blick hatte dennoch Lisbeth vor dem Spiegel registriert, in der Dessousgarnitur, von der sie fast vergessen hatte, dass sie im Schrank lag: schwarze, seidenweiche Spitze, Push-up-BH. Was hatte sie sich dabei gedacht? Sie hatte alles sofort in die Schublade zurückgefeuert, hatte sich gesagt, sie habe die Sachen ja nur anprobieren wollen, die Götter wissen, dass sie hier auf Fidschi zugenommen hat, sie wollte ja nur sehen, ob alles noch passte.

Armand ist auch kein Adonis mehr, im Gegenteil. Sie hat da so einiges von seinem Bauch gesehen zwischen den untersten Knöpfen, rotblonde Haarbüschel, deren Anblick sie sich lieber erspart hätte. Warum holt sie dennoch den Lippenstift heraus, um damit vor dem Essen noch einmal über ihren Mund zu fahren? Streicht sich die Haare glatt, wenn sie vor der Tür sein »Heißa, Mädels« hört? Sie ist nicht sicher. Aber es liegt etwas in seinem Blick, der über sie gleitet, das ihr gefehlt hat. Jeden Morgen kommt er, verbringt den Vormittag damit, ihren Kaffee zu trinken, ihre Internetverbindung zu nutzen, in ihrer Hängematte zu liegen und zu erklären, was sie für ein Glück haben: »Ihr lebt im Paradies, Mädels, ich hoffe, das ist euch klar?« Als sei er ein Abgesandter irgendeiner staatlichen Kontrollkommission, die dafür sorgen soll, dass sie nicht zu viel Spaß haben.

Die anderen finden sie lächerlich, das weiß sie nur zu gut. Aber sie kann nicht anders, es ist nicht ihr *Stil,* einen Mann abzuweisen. Lisbeth erhebt sich von der Bettkante. Armand ist kein *Mann,* hör jetzt auf mit dem Unsinn. Er ist Sinas Sohn. Und gerade das macht es ja so unerträglich peinlich. Die Distanz, der feindselige Schatten in Sinas Blick, der die Unsicherheit in Lisbeths Brust auflodern lässt. Feindselig und … verächtlich?

Es ist kein Ziehen im Bauch, das sie Armands Zwinkern erwidern und über seine Witze lachen lässt. Es ist auch kein Ziehen an irgendeiner anderen Stelle, das ist es nicht. Nur eine Trauer darüber, dass die Jahre unwiderruflich vergehen. Der junge Mann, der sie überfallen und ihr Geld genommen hat. Der Geruch nach Schweiß und Gier, das Gefühl seiner Haut unter ihren Fingerspitzen. Salesi, jetzt weiß sie, wie er heißt. Weiß, dass sie ihm nie näherkommen wird als über ein Paar schwarze Schuhe mit grünen Streifen.

»Wo willst du hin, Ateca?«

Kats Stimme aus dem Wohnzimmer.

»Ich wollt sehen, was Jone heute Morgen gefangen hat, Madam Kat. Wenn er ein paar feine Schnapper hat, kann ich vielleicht für euch einen mitbringen?«

Lisbeth springt impulsiv auf. »Ich komme mit, Ateca«, sagt sie rasch. »Du kannst mir zeigen, wie man die besten Fische aussucht.«

Sieht Ateca sie mit einem seltsamen Blick an? Lisbeth glaubt, in ihren Augenwinkeln die Erinnerung an die schwarze Spitzenunterwäsche zu ahnen, aber das müssen sie einfach hinter sich bringen. Kat nickt beifällig, und Lisbeth holt ihren weißen Strohhut. Das rote Band um die Krempe passt zu dem Rock, den sie an diesem Dienstagvormittag trägt.

Er scheint auf sie gewartet zu haben. Armand gleitet aus den Schatten an einem Schuppen oberhalb des Anlegers. »Hallo, die Damen!« Ohne zu fragen, schließt er sich ihnen an, hängt sich an sie, als sie sich Jones Boot und seinen Söhnen nähern, die die Netze ordnen. Sie hatten offenbar draußen beim Riff einen guten Morgen, blaue Papageifische und silbrig schimmernde Makrelen, ein riesiger roter Seebarsch liegt in einem mit Wasser gefüllten Gefäß. Ateca drückt mit geübten Fingern auf die Fische, entscheidet sich für zwei mittelgroße und schaut schräg zu Lisbeth hoch: »Vielleicht können wir *Kokoda* machen, hat Mister Armand das schon einmal gegessen?«

Lisbeths Begeisterung für die Küche auf Fidschi hält sich eigentlich in Grenzen, aber der in Limettensaft marinierte rohe Fisch in Kokosmilch, gewürzt mit Chili und

Zwiebeln, hat es ihr angetan. »Aber ist das nicht schrecklich viel Arbeit, Ateca? Und sehr zeitraubend?«

Ateca lächelt. »Madam Ingrid kann die Kokosnüsse auskratzen. Sie hat sehr gute Füße. Und Madam Sina kann mir helfen, den Fisch zu zerschneiden.«

»Ich kann auch helfen«, sagt Lisbeth eilig. Zwiebeln und Chili wird sie ja wohl noch zerkleinern können, Ateca soll sie nicht für total unbrauchbar halten.

»Kokoda klingt spannend.«

Armand schenkt Ateca sein allerstrahlendstes Lächeln. »Ich muss auch lernen, wie man eine solche Spezialität zubereitet. Es gibt zu oft Konservendosen und Fertigkost, wenn ein Junggeselle allein in der Küche steht, weißt du.«

Ateca schaut rasch zu Lisbeth hinüber, die sich ein bisschen Schadenfreude nicht verkneifen kann: Armands Appell an Atecas Mitgefühl fällt auf steinernen Boden. Dass Bosso Armand in der Küche stehen und sich etwas kochen könnte, ohne eine einzige Frau in der Nähe, ist ein Bild, das sie sich offenbar nicht vorstellen kann.

»Ich kann jedenfalls die Gläser füllen«, sagt er dann und tritt einen Schritt näher an sie heran. »Und zusammen mit Maya den Tisch decken. Ihr helfen, bis sechs zu zählen.«

Lisbeth kann nicht glauben, dass er ihr zulächelt. Ein rasches kleines Hohngelächter in einer Bewegung des Augenlides. Irgendetwas reißt in Lisbeths Kopf, ein kleiner Knall, eine Reifenpanne. Armands rötliches Gesicht wird unscharf, ihre Stimme zittert, aber nicht vor Tränen.

»Natürlich kannst du helfen«, sagt sie. »Aber lass Maya in Ruhe.«

Zum Glück kommt er nicht mit hinein, als sie mit den Fischen wieder zu Hause sind. Ateca geht sofort in die Küche, und Lisbeth bleibt stehen, als sie Maya entdeckt, die in ihrer Zimmertür steht und sich am Rahmen festhält. Sie trägt Hut und Nachthemd, und ihre Augen sind von Angst erfüllt. Lisbeth versteht sofort. Das Nachmittagslicht sagt Maya, es sei Zeit für ihren Spaziergang am Strand, aber sie findet den Weg nicht, und Sina ist nicht in der Nähe.

Aber da ist Maraia. Der Meerstern steht plötzlich neben ihr und löst Mayas verkrampfte Finger vom Türrahmen. »Komm, Nau«, sagt sie und führt sie wieder ins Zimmer. Lisbeth zieht sich zurück und sitzt in einem Korbsessel auf der Veranda, als die beiden abermals auftauchen. Maya in ihrem alten blauen und Maraia in einem Bula-Kleid, das Lisbeth noch nicht gesehen hat. Es sind fröhliche Farben, Weiß und Rot auf orangem Grund. Als Maraia ihre Hand in Mayas schiebt, sieht Lisbeth, dass sie dort hineinpasst wie ein Schlüssel ins Schloss.

»Sushi«, sagt Armand und schmatzt zufrieden nach der dritten Portion. »Bei uns im Frikadellenland spricht es sich auch langsam herum, welche Delikatessen der Rest der Welt zu bieten hat. Natürlich ist es klar, dass wir, die wir herumgekommen sind, mehr als Pizza Grandiosa und Fischpudding kennen und auch etwas avanciertere Kost zu schätzen wissen, aber das hier«, er sendet ein fettes Lächeln in die Runde, »das haben bestimmt nicht viele zu Hause schon probiert.«

Lisbeth sieht ihn müde an. Sie kann die Vorstellung nicht ertragen, zu korrigieren, zu erklären, dass Kokoda und Sushi nicht dasselbe sind. Was spielt es für eine Rolle, ob sie das sagt? Armand weiß ja doch immer alles besser. Aber Maya hat einen guten Abend und holt tief Luft:

»Kokoda ist aber gar kein Sushi, es ist Fisch, der in Limettensaft gegart worden ist. Ceviche, wie es in Mittel- und Südamerika serviert wird, wird auf dieselbe Weise zubereitet. Es ist ein chemischer Prozess, bei dem die Zitronensäure die Proteine im Fischfleisch denaturiert, sodass die Moleküle ihre Struktur verändern und …«

»Das weiß ich natürlich!«

Die Unterbrechung ist nicht gutmütig, sie ist schroff, und Maya macht ein verwirrtes Gesicht. Sie rutscht auf ihrem Stuhl ein wenig weiter nach vorn und fügt hinzu: »Das ist eigentlich sehr interessant. Ich weiß nicht mehr genau, woher diese Methode stammt, ich habe darüber gelesen, aber …«

»Nein, es ist nicht leicht, sich an alles zu erinnern, Maya, oder? Aber heute Abend kannst du dich immerhin daran erinnern, wo du wohnst und mit wem du zusammen bist, und das ist doch richtig schön. Wollen wir darauf anstoßen, Mädels?«

Armand hebt sein Glas und schaut sich mit einem Grinsen um, das ihnen allen zuzuzwinkern scheint. In Lisbeths Kopf knallt es wieder, dasselbe Gefühl, dass etwas zusammenbricht. Maya sitzt mit offenem Mund da, die Röte breitet sich langsam in ihrem Gesicht aus. Sina packt die Tischkante, Ingrid ist schon halb aufgesprungen: »Nein, also wirklich …«

Aber dann ergreift Kat das Wort. Kat legt ruhig Löffel und Gabel weg und sieht Armand in die Augen. »Es gibt den Spruch, dass Fisch und Gäste nach drei Tagen stinken. Aber jetzt sind es drei Wochen, Armand, und der Gestank ist ziemlich stark. Ich weiß nicht, wie lange du auf Fidschi bleiben willst, aber das ist jedenfalls dein letzter Abend in meinem Vale. Du musst dich dann anderswo mit deiner Mutter treffen.«

Als ob er hergekommen wäre, um seine Mutter zu treffen, kann Lisbeth noch denken, und ihr Blick wandert automatisch zu dem Stuhl am Ende des Tisches weiter. Sina macht das gleiche Gesicht wie immer; die Zähne zusammengebissen, scharfe Furchen der Wut haben ihre Mundwinkel gepackt. Jetzt steht sie auf, schiebt ihren Stuhl hart nach hinten und läuft aus dem Zimmer. Kommt zurück mit der Handtasche in der Hand, und Lisbeth fragt sich für einen Moment, ob Sina Pass und Brieftasche geholt hat und ebenfalls das Haus verlassen will. Aber Sina geht auf Armand zu, zieht einen hellblauen Briefumschlag aus der Tasche und knallt ihn auf den Tisch. Und sie sieht Maya an, nicht Armand, als ihre schmalen Lippen sich öffnen: »Hier ist dein Ticket. Du fliegst am Samstag von Nadi aus.«

37

Ateca

Lieber Gott!

Ich weiß, dass Kinder dein größtes Geschenk an uns sind, aber sie machen uns auch die größten Sorgen. Du hast alle Mütter erschaffen, Gott, also verstehst du mich und Madam Sina. Ihr Junge ist erwachsen, aber sie macht sich trotzdem Sorgen um ihn. Heute Abend habe ich nun richtig begriffen, dass sie furchtbare Angst hat. Solche Angst wie ich, wenn Vilivo zu lange beim Schnaps gesessen hat und auf unsicheren Beinen mitten in der Nacht nach Hause kommt. Genau diese Angst habe ich in Madam Sinas Gesicht gesehen, als wir zum Haus von Mosese und Litia gingen. Sie sagte, sie wollte sich bei den beiden bedanken, weil Mister Armand dort wohnen konnte, aber mir war klar, dass sie eigentlich wissen wollte, ob er sich anständig benommen hat. Obwohl er ein erwachsener Mann mit Weiß in den Haaren ist.

Es macht mir zu schaffen, dass wir kein Itatau vorbereitet haben. Mister Armand reist in zwei Tagen ab, ein Abschiedsfest mit Lovo schaffen wir also nicht mehr. Aber ich hätte an das Itatau denken müssen! Ich habe versucht, Madam Sina zu erklären, dass es eine Tradition hier ist, ein Dank für die gemeinsam verbrachte Zeit. Der Gast bedankt sich, weil er mit dem Herzen aufgenommen worden ist, und bittet um Ent-

schuldigung, wenn er sich nicht richtig verhalten hat. Mister Armand hatte es gut bei Mosese und Litia. Warmes Wasser zum Duschen und morgens zum Tee Kekse aus Australien. Die Sitte will, dass der Gast sich bedankt und dass die Gastgeber ihm eine gute Heimreise wünschen und versprechen, dass er beim nächsten Mal wieder willkommen sein wird. Ich habe zu Madam Sina gesagt, dass wir nichts Großes veranstalten müssen, einfach ein bisschen Yaqona kaufen, damit wir Kava trinken können. Aber sie regte sich sofort auf und dachte, Mister Armand hätte etwas falsch gemacht. »Wir können wirklich mehr bezahlen«, sagte sie. Mehr bezahlen! Sie ist Kaivalagi, sie kennt unsere Sitten nicht. Wie soll sie begreifen, dass mehr Geld eine Beleidigung wäre?

Madam Sina ist die, die ich am wenigsten kenne, Gott. Aber ich habe begriffen, dass ihr Herz ebenso besorgt ist wie meins. »Hab keine Angst«, habe ich zu ihr gesagt. »Vilivo kann Yaqona besorgen. Wir organisieren das Itatau, Madam Sina. Keine Angst.«

Und du hast gesehen, was dann passiert ist, Gott. Wie es um ihre Augen zuckte, wie bei einem Vogel, und wie ein Tropfen von ihrer Nase zu ihrer Lippe lief. »Danke«, sagte sie. Ich suchte nach einem Taschentuch, deshalb sah ich ihr Gesicht nicht, als sie hinzufügte: »Aber er kommt nicht zurück.« Nimm Madam Sina die Sorge um ihr Kind, Gott. Und nimm mir die Sorge um Vilivo. Lass ihn Arbeit finden, damit er allein zurechtkommen, erwachsen werden und eine Familie gründen kann.

In Jesu Namen. Emeni.

38
Kat

Wir hatten die ganze Zeit vor, die ersten Bohnen zu nehmen, die reif werden. Natürlich wäre es besser gewesen, unseren Versuch zu starten, wenn Johnny hier gewesen wäre, aber er war nicht abkömmlich. Jones Töchter und Schwiegertöchter entfernen die Schalen von den getrockneten Bohnen und pulen und pellen, bilden mit ihrem Reden und Lachen eine aufgeregte Hintergrundmusik.

Wir haben geerntet, wir haben gären lassen, und wir haben getrocknet. Gelbe, rotgoldene und braune Hülsen wurden von den Stämmen getrennt, Bohnen und Fruchtfleisch durften, eingewickelt in Bananenblätter, in der Sonne schmoren, bis erst Alkohol, dann Essigsäure entstand. Mosese weiß genau, wann die Bananenblätter geöffnet werden müssen, er gräbt eine tieflila Kakaobohne aus und hält sie zwischen den Fingern, sieht sie sich genau an, dann zeigt er sie mir: »Schau her, Madam Kat. Jetzt ist die Farbe richtig.«

Wir haben die Bohnen auf Matten auf dem Hofplatz getrocknet, haben sie vorsichtig umgedreht, nicht zu schnell, nicht zu langsam. Maya hat die Verantwortung für Ofen und Rösten übernommen: »Das kann doch keine von uns«, hat sie sehr zutreffend bemerkt, »aber immerhin konnte ich früher gut backen, und ich habe vor, mich mit diesem Ofen anzufreunden.« Der Ofen scheint das auch so zu sehen, und wir halten uns an die Anleitungen und zerreiben und erhitzen, bis wir vor einem großen Stahlgefäß mit Kakaomasse stehen. Fett, flüssig, stark und bitter – unsere eigene Kakaomasse! Wir sehen einander an und lächeln, Ingrid streckt die langen Arme aus und umarmt uns der Reihe nach.

Wir machen einen Fehler nach dem anderen. Wir schaffen es nicht, die Kakaomasse richtig auszupressen. Wir experimentieren nicht immer erfolgreich mit den unterschiedlichen Mischungen von Kakaomasse, Fett und Zucker. Wir geben nach dem zehnten oder zwölften zu bitteren Versuch sogar Milch dazu, obwohl Lisbeth protestiert: »Nein, es muss dunkle Schokolade sein, alles andere geht nicht. Wir können keine Milchschokolade verkaufen und behaupten: ›Ein Stück ist gut für dich!‹«

Wir mahlen und walzen, aber die Schokolade wird nicht glatt genug. Die Kühlanlage streikt und will die Temperatur im Süßhaus nicht senken.

Aber wir geben nicht auf. Ingrid ist morgens als Erste zur Stelle, Sina und Maya arbeiten zusammen und finden Zwei-Gefäß-Methoden, die funktionieren. Lisbeth sitzt am Telefon und vor dem Internet, hat aber nicht so viel Kakaostaub in den Haaren und Flecken auf den Kleidern wie wir anderen. Sie hat Schürzen für uns gekauft, lange grüne Schürzen mit Bändern, die wir uns um den Leib wickeln und vor den Bauch binden. Ateca hat auch eine bekommen, sie lacht so sehr beim Anziehen, dass sie sich setzen muss.

Das Conchieren ist die größte Herausforderung, ich halte den Atem an und verfluche beschlagene Brillengläser, als die heiße Schokoladenmasse über die abgekühlten Steinplatten gegossen wird und das Wenden beginnt. Hin und her, her und hin, ein Ewigkeitsprozess, gehüllt in den schwindelerregenden süßen Geruch, bis die Masse ihre Konsistenz ändert und ein geübtes Auge sehen kann, dass die Temperatur unter 34 Grad liegt. Nicht unsere. Wir schieben die Brillen auf die Stirn, kneifen die Augen zusammen, machen uns an Thermometern zu schaffen, schöpfen, messen und kleckern.

Aber heute sind wir so weit. Die Schokoladenmasse ist samtweich und hat die richtige Temperatur, weich und fügsam gleitet sie in die Formen. Glatte, glänzende Schokoladenplatten, acht Millimeter dick, dunkel und einladend leuchten sie uns entgegen: Beiß in uns rein, koste, schlucke! Lass uns in deinem Mund schmelzen!

Das verheißungsvolle Klicken, als ich ein Stück vom Glück abbreche – wie Musik, Schokoladensymphonie Nr. 1. Ich lasse es auf der Zunge liegen und warte mit dem Schlucken so lange, wie ich nur kann. Der göttliche Geschmack der braunlila Bohnen füllt meine Mundhöhle, fließt über, rinnt durch den Hals. Ich schließe die Augen und denke an Niklas. Er hätte sich das hier für mich gewünscht.

Sina hat endlich beschlossen, der Empfehlung des Frauendoktors zu folgen. Ich hatte gedacht, sie werde für die Operation vielleicht nach Hause wollen, aber als ich fragte, verzog sie verzweifelt ihr Gesicht und schüttelte den Kopf.

»Was soll ich denn zu Hause? Meinst du, Armand kommt angelaufen, um sich zu kümmern? Um sich auf die Bettkante zu setzen und seiner kranken Mutter etwas vorzulesen?«

Ich hätte gelächelt, wenn es nicht so herzzerreißend unwitzig gewesen wäre.

»Nein, das sähe Armand wohl nicht so ähnlich.«

Was ich wollte, war trösten und Mut machen. Sina die Sicherheit geben, dass wir uns um sie kümmern würden. Aber ehe ich die richtigen Worte fand, war sie schon wieder bei ihren finanziellen Ängsten angekommen.

»Ich will es hier machen lassen. Ich habe mich erkundigt, was es kostet, und die Versicherung übernimmt den Hauptteil. Und wenn mein Geld nicht reicht, kann ich sicher …«

»Denk nicht an das Geld, Sina!«

Wie oft habe ich das wohl schon gesagt, seit sie nach Fidschi gekommen ist? Die ewige graubleiche Sorge um das Geld schneidet mir ins Herz. Macht mich verlegen, vor allem aber traurig. Ich schwimme ja auch nicht in Geld, aber es hilft, einen Bruder zu haben, der sich mit Finanzen auskennt: Karsten hat dafür gesorgt, dass das Geld von unserem Hausverkauf in Norwegen zu einer schönen Summe heranwuchs, und auch nach den Schokoladeninvestitionen ist noch einiges übrig. Und Sina, die ihr Leben lang gearbeitet, die sich nie etwas gegönnt und die alles in den unersättlichen Geldschlucker gestopft hat, der bald fünfzig wird, soll sich jedenfalls nicht ängstigen müssen, ob sie genug Geld hat, um sich den halben Unterleib entfernen zu lassen.

Wir sitzen auf der Friedhofsmauer, und sie hat mir noch einmal die ganze Geschichte erzählt. Über Qualen und Tests, über den Frauendoktor, der meint, alles solle entfernt werden.

»Er sagt, dass vielleicht etwas nicht so ist, wie es sein sollte.«

Sie sieht mich an, ihre Augen verraten nichts. Aber ihre Stimme ist fest: »*Vielleicht.* Er sagt, dass es wahrscheinlich kein Krebs ist. Und Maya hat sich schon vor vielen Jahren alles herausnehmen lassen, sie sagt, das sei alles kein Problem.«

Ich warte, es kommt noch mehr.

»Es ist bloß …«

Sinas Augen sind rot geädert, die Wimpern kurz und hell. Plötzlich denke ich, dass ich nie gesehen habe, wie sie geweint hat.

»Ich dachte, dass jetzt … hier unten …«

Ich lege ihr den Arm um die Schultern. Sina spannt den Nacken an, aber ich drücke fester zu, und mit einem widerwilligen Nicken sinkt ihr Kopf an meine Schulter. Hier unten wollte Sina endlich durchatmen können. Jetzt sollte sie damit an der Reihe sein, die Füße in warmem Sand zu vergraben und ihren Mund mit Kokosmilch zu füllen. Das hatte ich ihr versprochen.

»Ich weiß«, sage ich und ziehe sie fester an mich. Schaue auf ihre Kopfhaut, die durch die graublonden Strähnen weiß hindurchscheint.

Ihre Schulter strafft sich unter meinem Arm, ihr Kopf hebt sich. »Ich liebe meinen Sohn«, sagt Sina und schaut mir in die Augen. Ihr Blick ist hart und blank.

»Ich habe mich so entschieden. Ich habe entschieden, dass er in einer Zweizimmerwohnung im Rugdevei aufwachsen sollte, ohne Vater und mit Skiern aus dem Gebrauchtwarenladen. Er ist nie gefragt worden, das darfst du nicht vergessen.«

Ich weiß, dass es stimmt. Und weiß auch, dass es eine Landschaft ist, in der wir uns nicht begegnen können.

»Ich weiß«, sage ich noch einmal.

Ich rufe an. Organisiere. Erkundige mich über die Ausbildung des Chirurgen und bezahle die zusätzliche Summe für ein Einzelzimmer. Wenn alles nach Plan läuft, wird Sina an einem Montag operiert und einige Tage später entlassen, wenn die Gewebeproben gutartig waren. Nur ich werde mit ihr nach Suva fahren, obwohl diese Entscheidung Maya sichtlich verletzt hat. Sie weiß bestimmt, warum, und ich hatte nicht die Kraft, mit ihr darüber zu diskutieren. Jetzt braucht Sina vor allem mich.

Mayas Reise von uns fort findet in ungleichen Etappen statt. Die wiederholten Fragen, die Wörter, die ihr verloren gegangen sind, die Verwirrung in ihren Augen, wenn sie nach ihrem Kamm sucht und nicht mehr weiß, wie der heißt. »Ich finde das Haardings nicht.«

Aber es ist nicht immer so. Es gibt auch Phasen, in denen niemand merken kann, dass etwas nicht stimmt. Maya sitzt mit einem alten Atlas da und erzählt Maraia von den Weltmeeren. Sie erinnert sich an Jahreszahlen und Buchtitel und daran, welche Impfungen ihre Tochter als kleines Mädchen bekommen hat. Aber am nächsten Tag verliert sie den Faden, spricht langsam und unsicher und kann keinen Satz vollenden. Das ist mehr als Vergesslichkeit und Verwirrung, alle haben es bemerkt und begriffen. Haben es in sich aufgenommen und verstanden, dass es nichts Gutes mit sich bringen würde, es auf den Tisch zu packen. Wir brauchen keinen Namen dafür. Wir nehmen Mayas Tage, wie sie sind. Solange es geht.

Ich weiß, was uns erwartet. Ich habe darüber gelesen, dass Patientinnen wie Maya nach und nach die Fähigkeit verlieren, auch nur die einfachsten Tätigkeiten durchzuführen. Dass sie apathisch werden und das Interesse an Dingen verlieren, die ihnen bisher gefallen haben. Dass sie sich ohne Grund feindselig verhalten, wenn Angst und Paranoia Gedanken und Gemüt verdüstern.

Aber noch sind wir nicht so weit. Noch erinnert sich Maya an mehr, als sie vergisst. Noch brauchen wir keine endgültige Entscheidung zu treffen. Die Sache mit Evy ist schwierig – meine Mails nach Norwegen werden immer ausweichender. Mayas Tochter ist nicht dumm, ich bin sicher, sie begreift, dass sich die Lage verschlechtert hat. Aber noch schaffen wir es. Noch können wir uns umeinander kümmern. Eine Reise nach Jerusalem, bei dem an einem Tag Maya, am anderen Sina keinen Sitzplatz abbekommt.

Gott sei Dank, dass Ingrid da ist. Ingrid hält zu Hause in Korototoka die Stellung, ich brauche mir da keine Sorgen zu machen. Der Plastikstuhl im Foyer des Suva Private Hospital schneidet mir in den Rücken, die eigentliche Operation soll an die anderthalb Stunden dauern, dazu kommt dann die Zeit zum Aufwachen. Jetzt ist es mehr als fünf Stunden her, dass ich mich bei der Anmeldung von Sina verabschiedet habe, und eine kühle indische Ärztin – sie schien keinen Tag älter zu sein als fünfundzwanzig, wie ist es möglich, dass sie alle so jung sind? – mit knallroten Lippen versicherte mir, der Eingriff sei reine Routine. »Sie können Ihre Schwester heute Abend besuchen, dann ist sie wach genug zum Reden.«

Ist es möglich, dass etwas schiefgegangen ist? Die Frau an der Rezeption telefoniert, ein Wachmann sitzt mit halb geschlossenen Augen bei der Tür zusammengesunken in einem Sessel. Ich habe nichts zu Lesen mitgebracht, die Plakate an der Wand kann ich auswendig. *The balance on your account must be settled on your discharge.* Wenn Ingrid hier wäre, würde sie mit mir zusammen kichern.

Soll ich mich noch einmal nach Sina erkundigen? »Ihre Schwester schläft noch, Madam«, diese Antwort habe ich nun schon drei Mal erhalten. »Wir sagen Ihnen Bescheid, sowie sie wach ist.«

Ich bin offenbar eingenickt und wache auf, als eine

mintgrün gekleidete Krankenschwester meinen Arm berührt. »Madam, Sie können jetzt mitkommen.«

Es ist dunkel im Zimmer, die Vorhänge sind geschlossen, und nur das Licht aus dem Badezimmer fällt durch die angelehnte Tür herein.

»Wie geht es dir, Sina? Hast du Schmerzen?«

Der Kopf auf dem Kissen bewegt sich langsam hin und her.

»Nicht so sehr. Bisschen schlecht ist mir.«

Die Stimme ist brüchig, heiser.

»Jetzt ist es jedenfalls vorbei. Sie sagen, alles sei gut gegangen.«

Sina nickt ganz knapp. Sie hat die Augen geschlossen, und ich bin nicht sicher, ob sie wieder eingeschlafen ist. Ich nehme ihre Hand. Die weiße Innenseite ist weich, es kommt mir intim vor wie ihren Bauch zu streicheln.

»Schlaf gut«, sage ich. »Ich komme morgen wieder.«

Ich habe viele Freunde in Suva. Australier, die sich hier auf Dauer niedergelassen haben, Angehörige von NGOs, mit denen Niklas und ich früher zusammengearbeitet haben. Viele sind ungeheuer tüchtig, andere sind Träumer und Trinker. Einige haben nichts, zu dem sie zurückreisen könnten, auf andere wartet zu viel.

Heute werde ich bei Deb und Steve übernachten. In ihren Pässen steht Neuseeland, aber sie könnten von überallher kommen; sie gehören zu der großen Kategorie »ging hier an Land und blieb«. Sie haben die Welt umsegelt, sind gereist, haben erkundet und getaucht und gelebt und sind hier am Rand von Fidschis Hauptstadt hängen geblieben, wo ihr Vale ni Cegu, die »Ruhestätte«, gutes Essen, weiche Betten und ruhige Nächte anbietet. Wenn ich in der Stadt bin, wohne ich meistens hier, Vale ni Cegu nennt sich ein »Homestay« und bietet ebendieses Gefühl von einem Zuhause. Ein Ort, an dem man einfach in die Küche gehen und in den Kühlschrank schauen kann, wenn der Magen findet, dass es bis zum Abendessen noch zu lange dauert. Nun hat zum Glück auch die freundschaftliche Streiterei mit den Gastgebern darüber, ob ich bezahlen soll oder nicht, ein Ende. »Deine Geschichten aus dem Busch sind mehr als genug Bezahlung«, sagt Steve und kommt mit einer Flasche und drei Gläsern hinaus auf den gefliesten Platz vor dem Schwimmbecken. Der Mond ist klein und neu und der Himmel über Suva funkelnd klar und tief.

»Jetzt bin ich gespannt«, sagt er, als er sich setzt. »Wie läuft es mit den Schokoladenplänen? Hat es geholfen, mit Johnny zu sprechen?«

»Johnny war genau das, was wir brauchten«, sage ich. »Tausend Dank dafür, dass du den Kontakt hergestellt hast. Er war wichtiger für uns, als du dir vorstellen kannst.«

»Wie gut!«

Steve füllt die Gläser. »Und jetzt können wir auf *Kat's Chocolate* anstoßen?«

»Das hoffe ich«, sage ich und sehe Lisbeths Lächeln vor mir, Ingrids Gesicht, als sie mir um den Hals fiel: »Wir haben es geschafft!«

»Wir haben noch nicht alles richtig im Griff, aber wir

sind jedenfalls auf den Geschmack gekommen. Und der ist gut!«

Wir trinken auf *Kat's Chocolate,* und ich erzähle, dass wir auf den Markt für Gesundheitskost setzen. »Und jetzt müssen wir noch eine gute Verpackung finden. Etwas Fetziges, das zugleich lecker aussieht.«

Beide nicken. Fetzig und lecker muss es sein.

»Und die Damen aus Norwegen sind zufrieden?«, fragt Steve. »Haben sie sich losreißen können und Schnee und Schwermut zurückgelassen?«

Schwermut? Ich blicke ihn überrascht an. »Wieso glaubst du, dass sie düster gestimmt waren?«

Steve zuckt mit den Schultern. »Davon bin ich ausgegangen. Hast du nicht gesagt, dass sie allesamt ihr ganzes Leben oben in der Kälte am Nordpol verbracht haben? Ich kann dir jedenfalls erzählen, dass die Strecke zwischen Irland und den schottischen Inseln etwas ist, womit ich nie wieder etwas zu tun haben will. Graues Meer, grauer Himmel, graue Sicht und arschkalt!«

Ich lächele ihn an und sehe ein, dass ich Steve und Deb das nicht erklären kann. Sina und Ingrid und die anderen sind nicht vor dem grauen Wetter geflohen. Vielleicht auch davor, aber ich will lieber denken, dass sie *zu etwas kommen* wollten: dem Sulu, der locker um die Hüften sitzt, die breit sein dürfen; einer duftenden Frangipaniblüte hinter dem Ohr; Lachen ohne Grund; der Freiheit, die mit der Distanz kommt.

»Ihnen geht's gut«, sage ich leichthin und trinke einen Schluck Wein. »Jetzt müssen wir nur Sina wieder auf die

Beine bringen, dann fahren wir zurück in den Busch, wie du das nennst.«

»Aber *begreifen* sie es denn?«, fragt Deb und beugt sich vor. »Ich meine – sie haben doch nicht so gelebt wie wir …«

Na und? Meint sie, dass die anderen die Kehrseite unseres Vagabundenlebens nicht erlebt haben – die Zeiten, in denen wir nicht wussten, woher wir das Geld für die Löhne nehmen sollten? Dass sie nicht malariakrank dagelegen haben und die Sprache nicht konnten, um Hilfe zu erbitten? Oder dass sie sich nicht an die ungleiche Verteilung gewöhnt haben – dass wir *haben,* während die meisten um uns herum nichts haben? Oder redet sie von der Verletzlichkeit? Der Unsicherheit, die wir immer verspüren, wenn wir uns an ein Dasein klammern, das wir niemals zu hundert Prozent verstehen werden?

»Sie lernen«, antworte ich. »Sie begreifen, dass es hier nicht nur um Cocktails im Schatten oder um Essen geht, das von den Bäumen fällt.«

Sie runzelt ein wenig die Stirn und zuckt mit den Schultern.

»Aber es ist doch fast so. Die Menschen hier können sich den Magen meistens mit dem füllen, was sie in ihrem Hintergarten finden.«

Ich schüttele den Kopf, merke plötzlich, dass sich die Müdigkeit wie ein Stahldraht um meine Stirn legt. »Daran hatte ich eigentlich nicht gedacht. Sondern eher, dass …«

Es ist schwer, die Worte zu finden.

»Ich dachte an die Vorstellung, die viele sich von unserem Leben machen. Dass wir nichts anderes tun, als Wein zu trinken und aufs Meer hinauszublicken.«

Ich zeige auf die Gläser auf dem Tisch, die Bougainvillea, die schwer und rosa über der Wand hängt.

»Ja, genau!« Deb nickt. »Ich weiß, was du meinst. Aber deine Damen aus Norwegen – verstehen sie, dass es nicht dauernd nur spannend und … *außergewöhnlich* ist? Dass auch für uns meistens Alltag herrscht?«

Verstehen sie es? Ich muss nachdenken. Sehe vor mir Ingrid mit dem Kokosnussschaber auf den Knien. Sina, die zusammen mit Ateca für das Abendessen Kassava ausgräbt. Ich nicke voller Überzeugung.

»Ja, das tun sie. Aber die Freiheit, die wir haben … die Entscheidung, die wir getroffen haben, die hat ja auch ihren Preis, nicht wahr? Wir haben bezahlt.«

»Wie meinst du das?«

Deb zieht ihre dünnen Beine auf den Stuhlsitz.

»Mit …«, ich suche nach dem richtigen Wort, »dem Fehlen von Zugehörigkeit.«

Deb sieht jetzt fast belustigt aus. »Ach, hör doch auf, komm mir jetzt nicht mit der Entwurzelungskiste. Du hast immer gesagt, Wurzeln geografisch zu definieren sei perspektivlos und engstirnig. Dass Wurzeln die Werte sind, die man hat, das, woran man sich festhält, wenn es darauf ankommt.«

Steve tritt mit einer dünnen Jacke in der Hand hinter Debs Stuhl und legt sie ihr um die Schultern. Sie schaut rasch zu ihm hoch, ein kleines Lächeln, und vor Sehnsucht krampft sich mein Magen zusammen. Deb hat jemanden, gehört zu jemandem.

Was versuche ich hier zu sagen? Dass wir mit einer Art Ungleichgewicht bezahlen. Freiheit und Sicherheit, Sicherheit und Freiheit, nur darum geht es im Grunde doch. Wir geben die Rahmen auf. Familie, Nachbarschaft, lebenslange Freundschaften. Opfern etwas von dem einen, um mehr von dem anderen zu erhalten. Dem Außergewöhnlichen.

»Ich bereue nichts«, sage ich zu Deb. »Aber alles hat seinen Preis, nicht wahr?«

»Hm. Dinge, die man nicht bekommt, meinst du. Dinge, auf die man verzichten muss.«

Deb sieht es. Sieht das Loch, das Niklas hinterlassen hat, sieht, dass ich jetzt nichts habe. Familie, Partner, Kinder – ist es so banal?

»Aber jetzt hast du ja die Damen«, sagt sie, und ihre Stimme ist weich vor Trost. »Die Wohngemeinschaft. Das ist ein Faden nach hinten. Ihr habt eine lange gemeinsame Geschichte, das gibt Zugehörigkeit.«

Steve ist ins Haus gegangen, und Deb und ich sitzen eine Weile schweigend da. Ich denke an Sina, an die bleiche, weiche Hand auf der Bettdecke. Maya, ein Kloß im Hals: Wie lange können wir das schaffen? Geschichte, die Zugehörigkeit verleiht. Zugehörigkeit, die Verantwortung verleiht.

Ich leere mein Glas und stehe auf. Zeit zum Schlafengehen. Ich will morgen früh ins Krankenhaus und sehen, wie es Sina geht.

39
Ingrid

Sie ist ein bodenständiger Mensch, da soll keiner etwas anderes behaupten. Ingrid Hagen stellt sich den Realitäten und hat wenig Sinn für Aberglauben. Wenn man nicht glauben kann, dass etwas wahr ist, ist es das in der Regel auch nicht.

Aber auf Fidschi hat sich etwas geöffnet. Das Chlorophyll, das die Blätter vor Grün strotzen lässt, das Licht, das die Augen aufzwingt. Wildrid, die immer häufiger das Wort ergreift und einen oder zwei Tanzschritte macht.

Als Mosese sich drei Tage lang nicht mehr gezeigt hat, erwähnt Ateca das als Erste. Ingrid hat auch ein wenig gestaunt; der Aufseher ist sonst die Zuverlässigkeit in Person.

»Ich schaue heute Abend auf dem Heimweg bei ihm vorbei, Madam Ingrid«, sagt Ateca. »Vielleicht ist er krank.«

Als Ateca mit der Tasche unter dem Arm zur Tür geht, trifft Ingrid impulsiv eine Entscheidung: »Ich komme mit. Wenn Mosese krank ist, kann ich vielleicht irgendwie behilflich sein.« Sie schaut rasch zu Lisbeth und Maya hinüber, die jede nach dem Essen in ihrem Sessel auf der Veranda vor sich hin dösen. »Ihr kommt doch zurecht?«

Ateca sieht sie mit unergründlicher Miene an, dann nickt sie kurz und öffnet die Tür. Sie gehen rasch die Straße hinauf. Ateca ruft: »Bula!«, als sie vor dem kleinen Haus mit den beiden leeren Plastikstühlen auf der Treppe stehen, und Moseses Schwiegertochter winkt sie ins Haus. Zu ihrer Überraschung sieht Ingrid, dass Mosese hinten im Raum an dem Tisch vor dem kleinen Fernseher sitzt. Die Lautstärke ist voll aufgedreht, es ist eine Aufnahme aus einem Sitzungssaal, wo der Regierungschef mit einem *Salusalu* um den Hals dasitzt und sich eine Rede anhört. Sie begrüßen Litia und bleiben hinter dem Stuhl von Mosese stehen, der keinerlei Anstalten macht, sich umzudrehen. Ingrid wird in das flimmernde Fernsehbild hineingesaugt. Der Ehrenkranz aus getrockneten Bananenblättern und frischen Blumen scheint den Regierungschef am Hals zu kitzeln, immer wieder kratzt er sich und sieht ungeduldig aus.

Am Ende dreht Mosese sich zu ihnen um. »Bula.« Er erhebt sich halbwegs, und erst jetzt sehen sie den Verband um sein Bein. Ein großer Verband gleich unter dem Knie, durchtränkt von rosafarbenem Blutwasser. Ingrids Magen krampft sich zusammen, etwas an dem schmutzig weißen Verband unterhalb des dunklen Knies ist ihr unheimlich.

»Mosese, was ist mit deinem Bein passiert?«

Sie kann diesen Ausruf nicht unterdrücken. Etwas daran, wie Ateca sich vorsichtig bewegt, signalisiert ihr vage etwas über Respekt und Anredeformen, aber sie lässt sich nicht die Zeit, diese Fragen genauer zu erwägen.

Mosese lässt sich wieder in den Sessel fallen, er kann offenbar nicht ohne Stütze stehen. Murmelt etwas und wendet sich ab. Litia kommt näher, richtet sich nur an Ateca: »Er hat sich verbrannt.«

»Verbrannt? Woran denn?«

Litia sieht den Mann auffordernd an, aber seine Blicke haften am Fernseher.

»Am Lovo.«

Litia schnaubt fast, und Ingrid ist verdutzt. Wenn Mosese etwas tausendmal gemacht hat, dann doch wohl, einen Lovo einzurichten.

»Wir hatten das Essen fertig gemacht, und er sollte nachsehen, ob die Steine heiß genug wären. Hat den Lovo zu rasch und unvorsichtig geöffnet« – Litia schüttelt den Kopf und sieht ihren Mann vorwurfsvoll an – »und ein glühendes Holzstück sprang heraus und traf sein Bein.«

»*Isa!*«

Ateca schlägt vor Mitleid die Hände zusammen.

»Tut es weh?«

Ingrid hört selbst, wie dumm diese Frage ist. Mosese wäre doch zur Arbeit erschienen, wenn er überhaupt gehen könnte.

Litia hält Atecas Blick fest, während sie sagt:

»Es will nicht heilen, und es blutet die ganze Zeit.«

»Hast du es mit *Domele* probiert?«

Litia sieht Ateca verärgert an. Als ob der Saft der zerstoßenen Basilikumblätter nicht das Erste wäre, woran sie gedacht hat. »Natürlich. Und ich habe sofort Tavola-Blätter auf die Wunde gelegt. Aber das wirkt alles nicht.«

Mosese stöhnt leise in seinem Sessel, und Ateca kniet vor ihm nieder. »Darf ich mal deine Wunde ansehen?«

Er beugt sich vor und löst den blutdurchtränkten Verband. Ingrid schaudert es. Die Brandwunde ist stark entzündet und weist gelbgrüne Krusten auf. Klare Flüssigkeit sickert unter der dünnen Haut hervor, die die Blutadern darunter nicht verbergen kann.

»Du musst …«

»Jemanden von Beqa finden, ja.«

Litias Stimme ist schroff, als sie Ingrid ins Wort fällt. »Das wissen wir. Aber es ist schwer, irgendwohin zu fahren, wenn er doch nicht gehen kann.«

Ingrid versteht gar nichts: Beqa? Diese kleine Insel vor Suva ist in fünf, sechs Stunden mit dem Boot zu erreichen – was in aller Welt sollen sie dort? Sie will fragen, aber Ateca kommt ihr zuvor:

»Eine Frau von Beqa ist mit einem Mann in einem Dorf nicht so weit von hier verheiratet. Das Problem ist, Mosese hinzuschaffen, wenn er doch nicht mal auf den Beinen stehen kann.«

»Ich kann ihn im Lastwagen fahren.«

Sie sagt es, ohne nachzudenken. »Ich geh nur schnell den Schlüssel holen.«

Ingrid geht auf die Tür zu, ignoriert den Protest, zu dem Ateca jetzt anhebt, achtet nicht auf Litias misstrauischen Blick. Sie begreift nicht, was Beqa mit der Sache zu tun hat, aber eine Tour mit dem Lastwagen kann sie ja wohl machen, um Mosese zu helfen. Sie sieht die ganze Zeit die nässende Wunde vor sich, während sie den Weg hinabläuft.

Ihr ist nicht mehr so übel, als sie vor Moseses Haus hält. Wildrid ist noch nie mit dem Lastwagen gefahren, hat das Lenkrad aber voll im Griff. Was immer hier los ist, sie ist bereit!

Moseses Söhne helfen ihm zum Auto, wo er auf der Rückbank Platz nimmt und das Bein ausstreckt, während Ingrid, Litia und Ateca sich vorn zusammenquetschen. Einer der Söhne will unbedingt mitkommen und muss auf der Ladefläche sitzen. Er zieht sich eine Jacke über den Kopf, um sich vor dem Staub zu schützen.

Ingrid sieht Ateca an, sie muss offenbar um die Erklärung bitten. »Was ist das mit Beqa? Fahren wir zu einer Heilerin?«

Sie spürt Litias Blick: Weiß diese Kaivalagi denn gar nichts? Aber das ist Ingrid egal, sie schaltet und versucht, den ärgsten Schlaglöchern auszuweichen.

»Wer direkt von Beqa kommt«, beginnt Ateca und setzt sich gerade, »hat Macht über das Feuer.«

Ingrid schaut rasch zu ihr hinüber. »Macht über das Feuer, wie das denn?«

Ateca wartet ein wenig, ehe sie antwortet, es ist deutlich, dass sie nach den richtigen Worten sucht.

»Die Menschen von Beqa, Madam Ingrid …«

»Aus Navakeisese«, wirft Litia ein. Sie starrt aus dem Fenster. »Die Sawau sind.«

»Menschen aus der Sawau-Sippe«, erklärt Ateca eilig, »können den Schmerz wegnehmen. Aus Brandwunden. Sie können verhindern, dass das Feuer den Körper verbrennt.«

Ingrid dreht den Kopf, um sie anzusehen, und Ateca zeigt eilig auf die Straße: »Madam Ingrid, aufpassen …«

In Wildrids Körper prickelt es. Macht über das Feuer. Götter und Geister und große Kräfte.

»Wie meinst du das, Ateca?«

In dem dunklen Fahrerhaus wird nun erzählt. Darüber, wie vor langer, langer Zeit ein Sawau-Krieger die Hände unter einen Stein in einem schäumenden Wasserfall schob. Dass er glaubte, einen Aal in den Händen zu halten, dann aber entdeckte, dass es sich um einen kleinen Geist handelte. Der Geist bat um Gnade und bot dem Krieger alle möglichen Geschenke für seine Freiheit an, aber dieser lehnte alles ab, bis der Geist ihm die Macht über das Feuer versprach.

Ingrid wendet ihren Blick von der Straße ab und sieht wieder zu Ateca hinüber. »Was bedeutet das?«

»Der Geist hob eine Grube aus und füllte sie mit glühend heißen Steinen«, sagt Ateca. »Dann ging er über die Steine, ohne sich zu verbrennen, und forderte den Krieger auf, ihm zu folgen. Das tat der Krieger, und auch er verbrannte sich nicht. Nicht eine einzige Brandblase unter den Füßen.«

»Und deshalb …?«

Wildrid umklammert das Lenkrad.

»Deshalb besitzen die Leute von Beqa Macht über das

Feuer. Sie können über weiß glühende Steine laufen, ohne sich zu verbrennen, und sie können Menschen helfen, die sich verbrannt haben.«

»Mosese helfen? Wie denn?«

Ateca schüttelt den Kopf. »Das wirst du sehen, wenn wir da sind.«

Die Frau öffnet die Tür, als der Lastwagen vor dem Haus hält. Sie ist offenbar an unerwarteten Besuch am späten Abend gewöhnt, denkt Ingrid. Moseses Sohn springt von der Ladefläche und grüßt höflich. »Wir kommen aus Korototoka, mein Vater braucht Hilfe.«

Die Frau nickt nur und hält die Tür auf, als sie Mosese ins Haus bringen. Ihr Mann murmelt einen leisen Gruß und verlässt den Raum. Die Frau setzt sich auf einen Hocker und nimmt Moseses Bein auf den Schoß. Ohne Fragen zu stellen, entfernt sie den Verband von der nässenden Brandwunde und fährt langsam mit der Hand darüber hin und her. Ihre Lippen bewegen sich, aber es ist unmöglich zu hören, was sie sagt. Die einzigen Geräusche sind die eines Tieres, das über das Dach läuft, und der scharfe Schrei eines Geckos in einer Ecke.

Sie sitzen lange da. Die Hand, die langsam Feuer und Schmerz aus Moseses Bein zieht, gleitet im Halbdunkel hin und her. Ateca sitzt an der Wand und scheint zu schlafen. Nur Ingrid ist hellwach. Ihr Blick folgt der Hand, die zieht und lockt, der Rauch der Petroleumlampe liegt schwer in ihrem Mund. Die Stimmen von Moseses Sohn und dem Ehemann gleiten vor dem offenen Fenster vorbei.

Nach einer Zeit, die Ingrid vorkommt wie mehrere Stunden, erhebt sich die Frau von Beqa von ihrem Hocker. Mosese liegt auf dem Rücken am Boden und hat den Arm übers Gesicht gelegt. Ingrid beugt sich vor, um sich die Wunde anzusehen. Sie ist blassrosa und überzogen von einer trockenen, ruhigen Haut.

Auf der Rückfahrt nach Korototoka ist es still im Auto. Mosese schläft auf dem ganzen Weg nach Hause.

40
Ateca

Lieber Gott!

Bitte, lass Madam Sina wieder ganz gesund werden. Sie und Madam Kat sind jetzt seit fünf Tagen fort. Jetzt soll sich Madam Sina noch ein wenig in Suva ausruhen, dann kommen sie zurück.

Danke dafür, dass die Proben, die der Doktor genommen hat, gut waren. Und danke dafür, dass die Frau von Beqa gestern Moseses Bein geholfen hat. Du kennst unsere Namen und sorgst für das, was wir brauchen.

Madam Maya geht es nicht gut, Gott. Sie ist unruhig und verängstigt, weil Madam Sina nicht da ist. Aber es hilft, wenn Maraia kommt. Heute haben sie Meer gespielt. Madam Maya hatte ein Kissen in den Armen, während sie zu dem Rhythmus eines Liedes nickte, das nur sie hören konnte. Maraia saß auf dem Boden, umgeben von den blanken rosa Muscheln, die sonst auf der Fensterbank liegen.

Die Damen im Haus sind wie eine Muschelkette: vom selben Strand, aber jede ein wenig anders als die andere. Die eine sorgt sich um die nächste in der Reihe: Madam Lisbeth um Madam Sina, Madam Sina um Madam Maya, Madam Ingrid um Madam Kat und Madam Kat um alle zusammen.

Ich sorge mich auch um alle zusammen. Wie wäre es auch

anders möglich, wenn die Luft in Vale nei Kat dick ist wie bei Gewitter? Als ob das Haus zu viel enthielte.

Wenn Madam Kat nach Hause kommt, wird es für alle leichter. Lieber Gott, halte deine Hand über die Damen, bis sie zurückkommt.

In Jesu Namen. Emeni.

41
Maya

Sie möchte wissen, wann Evy kommt. Ihre Tochter war schon lange nicht mehr da, oder? »Du musst uns besuchen, Mama«, sagt sie immer. Aber Maya traut sich die lange langweilige Bahnreise nach Trondheim nicht zu, durch die Berge, in dem überfüllten Abteil, wo die Heizung niemals richtig funktioniert. Besser, wenn Evy herkommt. Vielleicht hat sie keine Zeit? Aber jetzt war sie schon lange nicht mehr hier, oder?

Maya schiebt die Tür zu ihrem Zimmer auf und bleibt bewegungslos stehen. Etwas stimmt hier nicht, sie findet sich nicht zurecht. Liegt es an ihren Augen? Sie legt die Hände über die Augenlider, zieht sie wieder weg. Nichts hat sich verändert. Sie kämpft darum, die Wörter in ihr Gehirn zu lassen, die Wörter, die ihr erzählen sollen, was hier nicht stimmt. Sie sind da, das spürt sie, haarscharf außer Reichweite. Ohne die Wörter weiß sie nicht, wovor sie sich fürchtet, aber sie fürchtet sich. Ist erfüllt von kalter, sinnloser Angst.

Dunkel. Das ist es. Ihre Füße weigern sich, den schwarzen Abgrund zu betreten, ihr Magen zieht sich zusammen, sie will nicht fallen! Mit beiden Händen hält Maya sich am Türrahmen fest, vor ihr ist es leer, das

Schwindelgefühl wogt durch ihren Körper. Sie kann die Beine nicht bewegen, weiß nicht, was damit ist. Mit einem Schrei lässt sie los und fällt rückwärts hinaus in den Gang.

Ingrid springt vom Stuhl am Tisch unter dem Fenster auf. »Maya, was ist? Hast du dich verletzt?«

Rasch reißt sie die Decke herunter, die sie vor das Fenster gehängt hat, um die Sonne auszusperren, die vom Computerbildschirm reflektiert wurde. »Hast du dich in der Tür vertan? Ich helf dir gleich!«

*

Von: Kat@connect.com.fj
An: evyforgad@gmail.com
Betreff: Maya

Liebe Evy,

Du fragst Dich sicher, warum Deine Mutter nicht schreibt. Es tut mir leid, das sagen zu müssen, aber ich fürchte, Du kannst nicht mehr mit Briefen oder E-Mails von ihr rechnen, wenn sich die Lage nicht ändert. Und ich fürchte, das ist nicht gerade wahrscheinlich. Maya hat gute Tage und schlechte Tage, aber ich muss ehrlich sein und Dir sagen, dass sie immer mehr Zeit in ihrer eigenen Welt verbringt. Abgesehen von den wirklich schwierigen Tagen – und ich glaube, das ist dann, wenn sie für kurze Augenblicke begreift, dass die Entfernung zwischen der, die sie war, und der, die sie jetzt ist, riesig und unüberbrückbar ist –, haben wir trotzdem den Eindruck, dass es ihr gut geht, sie ist ruhig und umgänglich. Es tut mir weh, dieses Wort benutzen zu müssen, und es ist nicht herablassend gemeint; auch mit diesem in sich gekehrten Wesen, so unendlich weit entfernt von der aktiven, energischen Freundin, die ich gekannt habe, ist Maya ein Mensch, in dessen Nähe man sich wohlfühlt.

Ich habe Dir schon erzählt, dass wir ihr in medizinischer Hinsicht in unserem Dorf auf Fidschi nicht viel bieten können. Sie hat nur die Medikamente, die Du hier hinterlassen hast, und wir haben keinen Zugang zu Alzheimer-Fachleuten. Wir sehen, dass mit jedem Monat Vergessen und Träume bei Maya mehr Platz einnehmen, und womit wir dem begegnen können, ist die Liebe, die alle hier im Haus ihr entgegenbringen. Sie weiß nicht immer, wie wir heißen, aber meistens vertraut sie uns und weiß, dass wir nur ihr Bestes wollen. An den Tagen, an denen sie weint, weil sie von großen schwarzen Löchern umgeben und erfüllt ist, hält eine von uns ihre Hand, oder wir gehen mit ihr an den Strand, um dem Meer zuzuhören.

Ein kleines Mädchen namens Maraia besucht uns oft. Maya freut sich immer, sie zu sehen, und ab und zu gehen sie zusammen spazieren. Ansonsten hält Maya sich vor allem an Sina. Für mich, die ich beide seit dem Gymnasium kenne, ist es schön zu sehen, dass die alten Bindungen noch immer halten – auch wenn damals die beiden nicht so oft zusammen waren, wenn ich mich richtig entsinnen kann. Jedenfalls freue ich mich, dass meine Vorstellung von unserer Wohngemeinschaft standhält, jetzt, wo wir auf die Probe gestellt werden. Alle brauchen jemanden, und hier können wir füreinander »jemand« sein.

Ich verstehe, dass es Dich sicher traurig macht, das hier zu lesen. Ich will nicht verhehlen, dass Mayas Demenz schlimmer wird, aber ich möchte Dir auch versichern, dass wir uns um sie kümmern, so gut wir können. Ich glaube, sie erlebt den Alltag meistens als gut, und gerade das wollte ich Dir vor allem sagen. Körperlich ist sie durchaus in Form, auch wenn Dir wohl auffallen würde, dass sie einiges abgenommen hat. Nicht immer erinnert sie sich daran, dass sie essen muss, und sie hat auch nicht immer Appetit.

Du weißt, dass Du hier jederzeit herzlich willkommen bist. Maya fragt ab und zu nach Dir, aber nicht in Panik oder Verzweiflung, und diese E-Mail soll Dir keine Angst oder ein schlechtes Gewissen machen. Wenn Du willst, dass sie nach Hause kommt, können wir das verstehen, und dann finden wir eine Lösung. Aber ich möchte betonen, dass Maya keine Last für uns ist, nicht einmal in der Wirklichkeit, in der sie jetzt wohnt und die wir nicht teilen können. Und wenn ihr Weg hier in Korototoka enden soll, sind wir bereit, auch auf dem letzten Stück noch ihre Hand zu halten.

Die besten Grüße an Dich und Deine Familie

Kat

42
Sina

Sie fühlt sich noch immer elend. Die Wunde tut weh, sie geht vornübergebeugt wie ein überladener Pflaumenbaum im Herbst und bewegt die Füße in langsamen, kleinen Schritten. Die anderen scheint das nicht weiter zu interessieren. Doch, Ateca fragt jeden Tag als Erstes, wie es ihr geht, und Lisbeths ängstliche Blicke sind vielleicht auch eine Form von Fürsorge. Kat hat sie nach Hause geholt und betrachtet ihre Aufgabe damit wohl als erledigt; Ingrid hat sie, sowie sie zur Tür hereinkam, beiseitegezogen und ihr eine Geschichte über Mosese erzählt, der krank gewesen war, und sie sind mit dem Verarbeiten und Verpacken des Kakaos befasst. Und Lisbeths Tochter will wissen, wann sie die erste Schokoladenlieferung in Norwegen erwarten kann. Sina versteht das natürlich; davon wollen sie leben, und natürlich muss Kat sich wieder um die Geschäfte kümmern. Bei allem Hin und Her hat diese Krankenhausgeschichte mehr als zwei Wochen von ihrer Zeit verschlungen, denkt sie düster. Von den Kosten gar nicht erst zu reden.

»Das Wichtigste ist, dass sie nichts Schlimmes gefunden haben«, sagt Kat und würgt jegliches Gespräch über Geld ab. »Das erledigen wir später. Sie schicken die Rechnung.«

Sina weiß, dass das gelogen ist, sie hat mit eigenen Augen gesehen, wie Kat ihre Bankkarte hervorgezogen und leise mit dem Mann an der Rezeption gesprochen hat, während sie selbst die Papiere ausfüllte. Aber was soll sie machen?

Sina schleppt sich die letzten Schritte über den groben Bretterboden und lässt sich in den Korbsessel am Rand der Veranda sinken. Sie kann auch nicht mit Maya spazieren gehen, der Arzt hat ihr noch mindestens drei Wochen Ruhe verordnet.

»Wie geht es dir? Tut es weh?«

Lisbeth ist hinter ihr hergekommen und setzt sich an den Rand der obersten Treppenstufe, mit der Zigarettenpackung in der Hand. Ihre dünne, angespannte Stimme tut Sinas Ohren weh. Ihr schmaler Hintern scheint sich heben und im nächsten Moment davonstürzen zu wollen; Sina merkt, wie ihre Gereiztheit wächst.

Sie geht tief in sich: Verspürt sie Neid? Weil Lisbeth plötzlich der Star in dem neuen Geschäftsabenteuer in Vale nei Kat ist? Weil sie Kontakte und Kenntnisse hat, während Sina immer nur eine ungelernte Arbeitskraft sein wird? Oder ist es Unbehagen, weil Lisbeth sich in ihrer Nähe so offenbar unwohl fühlt?

»Krieg ich eine Zigarette.«

Keine Frage, eher eine kurze Mitteilung zwischen Eheleuten, die seit fünfzig Jahren umeinander herumgehen. Warum kann ich es nicht lassen, so sauer auf sie zu sein?

Lisbeth wirft ihr die Packung zu, so rasch und eifrig,

dass sie den Tisch verfehlt und die Zigaretten über den Boden rollen. »Entschuldige …«

Lisbeth fährt zusammen und fängt an, die Zigaretten aufzulesen. Gibt Sina eine, zieht ungeschickt das Feuerzeug hervor. Sina beugt sich vor, um es zu nehmen, und ihre Wunde versetzt ihr einen Stich: »Au.«

Lisbeth weicht zurück, und Sina merkt plötzlich, dass ihr Tränen in den Augen stehen, verdammt! Kann sie sich nicht normal verhalten, muss sie schreckhaft sein wie eine dumme Gans?

»Setz dich«, sagt sie brutal. »Nun mach doch nicht so ein Theater.«

»Ich mach kein Theater, ich wollte nur …«

»Ja, ja.«

Sie sitzen eine Weile schweigend da und rauchen. Ateca kommt mit einem Wäschekorb unter dem Arm um die Ecke, und Lisbeth springt auf: »Ich kann die für dich zusammenlegen.«

Aber Ateca schüttelt den Kopf und sagt, das schaffe sie selbst. »Ist schon gut, Madam Lisbeth. Es ist besser, wenn du Madam Sina Gesellschaft leistest.«

Lisbeths Hand zittert, als sie sich wieder setzt und die Zigarette aus dem Aschenbecher fischt. »Sie hat Angst vor mir«, denkt Sina plötzlich. Der Gedanke trifft sie wie Steinschlag: Lisbeth hat Angst, wenn ich mit ihr spreche.

Das Weinen ist da, ein dicker Kloß im Hals. Die Operation, die schmerzstillenden Medikamente. Die schmerzende Wunde. Sie ist so müde. Will nur alles los sein.

Sina zieht wütend an ihrer Zigarette und starrt Lisbeth ins Gesicht.

»Harald ist Armands Vater«, sagt sie.

Es ist, als habe sie es geträumt. Lisbeths weißes Gesicht, als sie aufstand und ging, die Treppe hinunter und die Straße entlang. Maraia, die plötzlich unterhalb der Veranda stand und sie wortlos ansah, um dann kehrtzumachen und hinter Lisbeth herzugehen, Ingrid und Kat, die ihr ins Bett halfen: »Aber liebe Sina, du musst dir Ruhe gönnen. Verstehst du nicht, dass du Ruhe brauchst, du bist doch total erschöpft.« Die Tränen, die einfach nur strömten. Um Armand und sein armseliges Leben. Um Lisbeth und sie selbst. Um alles.

Sina liegt auf dem Rücken und atmet durch den offenen Mund. Sie hat offenbar geschlafen, ahnt hinter zitternden Augenlidern, dass es im Zimmer halbdunkel ist. Sie muss pinkeln, bringt es aber nicht über sich aufzustehen.

Ateca schaut zur Tür herein. Sie hält eine Schale in der Hand: »Du musst etwas essen, Madam Sina. Hier ist ein bisschen Suppe.«

Sie lässt sich von Ateca im Bett stützen, versucht, den Druck nicht auf die volle Blase zu verlagern. Ist Lisbeth zurückgekommen? Hat sie mit den anderen gesprochen? Sie wird mit den anderen sprechen müssen. Der Verrat, ihrer, Haralds, ist zu groß für Lisbeths dünnen Leib.

»Iss ein bisschen Suppe«, wiederholt Ateca und hält ihr die Schale hin. »Du musst deine Kräfte wiederfinden, Madam Sina.«

Die Kräfte. Sie ist ganz leer. Das Blut fließt zäh und langsam durch ihre Adern, wie bei einer Entzündung. Sie schiebt die Schale beiseite. »Ich muss aufs Klo«, murmelt sie.

Ateca bleibt vor der Tür stehen, als sie sich hinsetzt. Dreht sich weg und macht sich an der Seife auf dem Waschbeckenrand zu schaffen, während Sina pinkelt, lange. Ihr Blick richtet sich auf ihren Bauch, als sie die Unterhose hochzieht. Der breite weiße Rand aus Haut, wie ein ungebackenes Stück Brot über den Oberschenkeln. Der schlaffe, senkrechte Verband. Sie kommt auf die Beine und lässt sich von Ateca zurück in ihr Zimmer helfen.

Die Tür steht offen, und drinnen sitzt Maya im Sessel, auf einem Haufen Kleider. Ateca hilft Sina ins Bett, nimmt die Suppenschale und zieht die Tür hinter sich zu. Sina lehnt sich gegen die Wand und lächelt Maya müde an. Eigentlich möchte sie schlafen. Aber Mayas Augen hängen an ihrem Gesicht, überrascht und geduldig zugleich. Ihre Finger spielen an einem langen weißen Stoffstreifen herum.

»Das Kleid«, sagt Maya. »Das habe ich genäht.«

Sina erkennt das Einfassband. »Kat«, sagt sie automatisch. »Kat hat das Kleid für Maraia genäht, das weißt du doch noch.«

»Ich habe es genäht«, wiederholt Maya mit lauterer Stimme. Sie lässt das Band los und bindet mit den Händen in der Luft eine Schleife. »Grün und rot.«

Sina sagt nichts mehr. Die Insekten draußen summen die Minuten davon. Sie lässt sich im Bett nach unten gleiten und schließt die Augen. Alles, was wir so dringend fanden, denkt sie. Alles, was zählte. Und die Farbe eines Kleides ist das Einzige, was uns noch bleibt.

Als Sina das nächste Mal die Augen aufmacht, steht die Tür halb offen, und zwei Silhouetten zeichnen sich schwarz vor dem Licht ab. Lisbeths schmale Schultern und Maraias Lockenmähne. Sina will schon den Mund aufmachen, als von unten her Kats Stimme ertönt: »Da bist du ja, Lisbeth. Und Maraia, was machst du hier so spät? Deine Mutter macht sich bestimmt Sorgen um dich!«

Die große Ruhe in der kleinen Stimme.

»Ich hab ihr nur geholfen, nach Hause zu finden.«

Alle anderen Gefühle sind jetzt zu diesem einen verschmolzen. Sina hat nicht gewusst, dass die Trauer so ist: zäher graubrauner Zahnschmerz. Der niemals nachlässt, der nur wie ein Berg aus schwerer Arbeit vor ihr aufragt. Es ist jetzt die Trauer aller geworden. Nicht nur ihre und Lisbeths, sondern auch Mayas und sogar Ingrids. Und Kats. Nichts existiert oder wird empfunden, solange es nicht durch Kat gegangen ist. Ein Filter, durch den sie alle hindurchmüssen.

»Weiß Armand das?«, ist das Einzige, was sie Sina gefragt hat.

Sina hatte den Kopf geschüttelt. »Niemand«, hatte sie gesagt. »Niemand sonst weiß es.«

»Auch Harald nicht?«

Sie hatte keine Antwort gegeben. Sie ist nicht sicher, ob Harald es weiß. Auch er kann zählen, Tage, Monate.

Aber zwischen ihnen ist nie ein Wort darüber gefallen. Und daran, dass es jetzt Høie & Sohn Bauwaren heißen müsste, hat sie nie gedacht. Wirklich nie.

Lisbeth hat nicht eine einzige Frage gestellt. Nicht ihr. In dem verschwommenen Zeitlupenfilm, in dem die Tage jetzt vergehen, ist das das Schlimmste. Sie hat es Lisbeth gesagt, und alles ist anders, aber nichts ist verändert. Sie hatte nichts sagen wollen, wusste nicht einmal, dass der ungesagte Satz noch immer irgendwo hinten in ihrem Mund lag. Wozu sollte es denn gut sein, etwas zu sagen? Das alles gehört zum *Vorher,* liegt hinter ihr am Wegesrand und ist gebraucht und bezahlt.

»Warum hast du es jetzt denn gesagt?«

Sina hat nicht einmal die Kraft, sich darüber zu ärgern, dass diese Frage von Ingrid kommt. Bringt es nicht über sich, Worte für den unerträglichsten Schmerz zu finden: dass man die Macht besitzt, einen anderen Menschen zu zerstören. Und zu wissen, dass man diese Macht nutzen kann. Zu begreifen, dass nur eines den Schmerz lindern kann, der aus der Macht entsteht: nämlich, die Waffen zu strecken.

Sie zuckt mit den Schultern und schaut hinüber zu Maya im Sessel am Tischende. In Mayas hellen blauen Augen gibt es keine Vergangenheit mehr.

43
Lisbeth

Sie kann einfach nicht denken. Lisbeth weiß sehr gut, dass sie es nie mit Maya oder auch mit Ingrid aufnehmen konnte, wenn es um Intelligenz ging. Das war ihr aber egal, sie hatte immer Dinge, um die die anderen sie beneideten. Aber jetzt zählt das alles nichts mehr, und sie weiß nicht, was sie machen soll. Ist hilflos, wenn der Spiegel blind zurückstarrt, ohne ihr zu erzählen, wie alles besser werden kann. Und ihr Kopf ist leer. Sina, Harald, Armand; sie weiß nicht, wo sie anfangen soll. Wo sie einen spitzen Fingernagel in die dicke Schale der hämmernden Kugel bohren soll, die ihr Kopf ist, um alles herunterzureißen, Stück für Stück.

Das Schlimmste ist Sina. Dass sie darauf bestanden hat, Sina Arbeit im Laden zu verschaffen. Dass sie, Lisbeth, dafür gesorgt hat, dass Sina und der Junge in all diesen Jahren ein Dach über dem Kopf und Essen auf dem Tisch hatten.

Das Schlimmste ist Harald. Ihn und Sina mit dem krummen Rücken und ohne Titten vor sich zu sehen. Sein Kommentar über Armand: »Ihren faulen Taugenichts von Sohn will ich nicht im Haus haben.«

Das Schlimmste ist Armand. Dass sie eine grüne Seidenbluse trägt, sich schön gemacht hat. Sein Zwinkern über den Tisch hinweg. Eine glühend heiße Welle, die ihr den Hals zusammenschnürt: wie sie in schwarzer Spitzenunterwäsche vor dem Spiegel stand.

Lisbeth hatte nie Verwendung für Gott. Hatte nie Verwendung für etwas anderes als das, was sich mit Schminktasche oder Geldbeutel in Ordnung bringen lässt. Hat mit herablassendem Lächeln Ingrids Versuche betrachtet, sich über alle Aspekte des Dorflebens von Korototoka zu informieren, auch die religiösen. Kirchenkaffee und das Singen von Chorälen waren nie etwas für Lisbeth Høie.

Für Lisbeth Karlsen ist jetzt vieles anders. Zu den seltsamsten Dingen, die geschehen sind, seit Sina die Bombe hochgehen ließ, gehört, dass Lisbeth fast sofort ihren Namen geändert, sich ihren Mädchennamen zurückgeholt hat. Sie muss weg von seinem Namen. Ist es möglich, die zu werden, die sie früher war?

Lisbeth Karlsen ist auch zu ihrem Abendgebet zurückgekehrt. Ob sie jemals einen Glauben gehabt hat, weiß sie nicht, und auch jetzt ist es nicht so wichtig. Aber wenn sie abends im Bett liegt, faltet sie die Hände und sagt in Gedanken die Worte, die ihre Mutter jeden Abend Lisbeth und ihrem Bruder vorgelesen hat, ein Gebet um den Schutz eines Engeleins, »dass es treulich bei mir wacht, durch die ganze lange Nacht«. Es ist ein wenig zu spät, sich nachts auf treuliche Schutzengelwacht zu verlassen. Aber vielleicht kann sie immerhin die Nacht ruhig durchschlafen. Lisbeth Karlsen kann jetzt die sein, die sie eigentlich ist, weil sie nichts mehr zu verlieren hat.

Jetzt versteht sie die Feindseligkeit. Den Unwillen in Sinas Stimme, das Auffunkeln von etwas, das wie Hohn aussah. Sie ist es, Lisbeth, die verraten worden ist; wenn hier eine das Recht hat, bitter zu sein, dann sie. Die Wut schießt bitter und grün ihre Kehle hoch: Da hatte sie wirklich die ganze Zeit Mitleid mit Sina! Ist auf Zehenspitzen um sie herumgeschlichen, um ihr das Elend nicht unter die Nase zu reiben. Ihr armseliges kleines Leben. Und dann hat Sina sich erfrecht, ihr, Lisbeth, gegenüber spöttisch zu sein! Bei allem, was sie auf dem Gewissen hat!

Aber Haralds Gesicht ist da, die ganze Zeit. Seine herablassende Stimme, wenn er über Sina redet: »Nicht gerade ein Blickfang hinter dem Tresen.« Der Klatsch auf den Hintern zu ihrem Fünfzigsten: »Muss dir wohl einen Assjob spendieren, ha, ha.« Das Kompliment, das Schönste für sie: »Du bist verdammt toll, das weißt du.«

Sie steht vor dem Spiegel. Die Augen ohne Wimperntusche sind trocken, und die Haarwurzeln am Mittelscheitel schauen sie grau und höhnisch an. Verdammt toll. Das war ihr immer genug. Und Sina hat nicht einmal das gehabt. Nur einige Gene von Harald und einen Sohn, der sie so sehr liebt wie einen leeren Geldautomaten.

Es trifft sie mit einem gewaltigen Knall, eine Blase, die in ihrem Kopf platzt: Høie Bauwaren, die Firma, die sie die ganze Zeit am Leben erhalten hat. Sie selbst, Joachim und Amanda. Sina und Armand. Harald ist die dritte Generation. Die vierte Generation, Amanda und Joachim, die das Geschäft nicht übernehmen wollen. Und Armand! Ist es das, was Sina will? Armand ins Spiel bringen, für die Zukunft des Geschäfts? Harald Høies erstgeborener Sohn! Das väterliche Erbe, geht es Sina darum? Ein wirbelndes Chaos im Kopf: DNA-Test, Erbrecht, Testament. Wenn das Unglaubliche stimmt, dann reißt es den sicheren Boden unter Amanda und Joachim weg. Sinas einer Satz stößt alles um. Hat sie es ihm erzählt? Weiß Armand, wer sein Vater ist? Sein rundes, fettes Lächeln: »Ihr lebt im Paradies, Mädels. Ganz ohne Hahn, der euch stört.«

Sie muss mit Sina sprechen. Muss sie fragen, ob ihr Plan so aussieht. Ob das, was sie und Harald vor fast fünfzig Jahren getrieben haben – sie bringt es nicht, sich das vorzustellen, bringt es nicht! –, nun die Zukunft von Lisbeths Kindern ruinieren soll.

Plötzlich hat sie Sehnsucht nach Joachim. Wie hat sie es zulassen können, dass er ihr entglitten ist? Dass Haralds Verachtung Joachim beiseitedrängt: »Wenn er keinen größeren Ehrgeiz hat, dann von mir aus!« Ihr stiller, fürsorglicher Sohn. Sie hat ihn verschwinden lassen, in ein anderes Leben mit einer Familie, die sie nicht kennt. Seine Töchter, Viva und Sara, wissen die überhaupt, wer sie ist?

Der kleine Wochenendkoffer zu ihren Füßen sieht albern aus. Silbergrau, mit einem eleganten Handgriff zum Herausziehen, da steht er und passt perfekt zu der leichten Leinenhose und den frisch lackierten Zehennägeln. Ingrid hat sie zur Bushaltestelle in Rakiraki gefahren, sie wollte unbedingt den Bus nach Denarau nehmen. In die Luxusblase, das Traumland Denarau, wo die Hotels in Reih und Glied an weißen, frisch geharkten Stränden liegen. Die künstliche Insel vor Nadi, nur eine Viertelstunde entfernt vom Flugplatz, der Ort, in den jede Woche die australischen Touristen strömen und die Hotelzimmer füllen, die bereitstehen, die Betten sind schon gemacht, mit Decken mit Masi-Muster und gelben Blüten, die dekorativ auf dem Waschbecken ruhen. Handgemähte Rasenflächen, Schwimmbecken mit blank gescheuerten Fliesen und gestreiften Handtüchern, die man ausleihen kann, Spa mit Steinmassage, Fußmassage, Kokosmilchmassage. Chiffongeschmückte Hochzeitskapelle mit Meerblick, Golfplätze, Fackeln und Kava-Zeremonie jeden Nachmittag um fünf.

Lisbeth muss einfach allein sein. Das verstehen alle, keine Frage. Als sie über eine Woche lang mit keiner der anderen gesprochen hatte, machte am Ende Kat diesen Vorschlag: »Warum nimmst du dir nicht ein paar Tage frei, Lisbeth? Fahr nach Denarau, leg dich in einen Liegestuhl. Geh in den Spa, nutz das Fitness-Studio, sieh dir von der Bar aus den Sonnenuntergang an.«

Sie hatte nur genickt. Hatte nicht einmal gefragt, was es kostet. Und jetzt steigt sie ein, setzt sich im Bus nach Nadi und Denarau auf einen Fensterplatz; vor ihr liegen drei Tage im Royal Davui Plaza. Sie wird nicht denken. Sie wird nicht weinen. Sie wird überhaupt nichts tun.

Die kalte, trockene Luft der Klimaanlage umfängt sie, als sie das Zimmer betritt. Der Koffer liegt bereits auf dem Hocker vor der Wand, sie dreht sich zu dem jungen Mann um, der die Schlüsselkarte in den Schlitz neben dem Eingang gesteckt hat: »*Vinaka vakalevu,* vielen Dank.« Er sieht sie eine halbe Sekunde lang an, scheint auf Trinkgeld zu warten – aber Kat hat doch gesagt, dass das hier nicht üblich ist? –, dann verbeugt er sich eilig und zieht die Tür hinter sich zu. Sie sinkt auf das Bett, richtet den Blick auf die Bambusjalousie vor der Balkontür. Durch das Glas hört sie den Lärm vom Becken her, ein kreischendes, wogendes Stimmengebrause vor einem Hintergrund aus Musik. Ihr Blick gleitet durch das Zimmer, zu der in Plastikfolie eingewickelten Obstschale. Der aus Holz geschnitzten Schildkröte an der Wand über der Minibar. Armand würde es hier gefallen, denkt sie plötzlich. Das leise, kühle Surren von Luxus. Die höflichen Verbeugungen von jüngeren und schöneren Männern weiter unten auf der gesellschaftlichen Rangleiter.

Armand. Sie kostet diesen Namen aus. Welchen Geschmack hat sie dabei im Mund: Ist ihr übel? Ist es peinlich? Ist sie wütend? Vage denkt sie, dass mit ihren Schaltungen etwas nicht stimmt. Sie müsste etwas empfinden, der Gedanke an Armand müsste eine Reaktion auslösen, aber sie merkt nichts. Ein diffuses Unbehagen, aber nichts, was rauscht oder sticht oder was sie erstickt. Sie geht einen Schritt weiter, testet sich selbst. Sina: Was empfindet sie für Sina?

Es ist, als habe sie alles vor der Tür zu Zimmer 206 abgelegt. Sina und Armand, den Verrat … Sie sagt es laut: »Sie hat mich VERRATEN!«, aber nichts passiert – es liegt noch dort draußen, fern wie das Geschrei der Kinder im Planschbecken. Der farblose Blick der Freundin, die Leere in ihrer Stimme, als sie es gesagt hat. Als ob die Wörter rein gar nichts bedeuteten. Lisbeth hebt die Hand vom Schoß, bewegt sie langsam nach oben und legt sie auf ihr Herz. Streicht mit dünnen Fingern über der Leinenbluse hin und her. Aber sie empfindet nichts. Nichts, was dort drinnen zerbräche. Keine wütenden Tränen, die sich den Weg hinaus freisprengen wollen.

Lisbeth steht vom Bett auf. Öffnet die vor Kälte beschlagene Weinflasche aus der Minibar und fängt an auszupacken.

Es ist überhaupt nicht schwer, allein essen zu gehen. Sie weiß, dass sie gut aussieht. Das weiße Kleid, das sie hier auf Fidschi noch nicht getragen hat, tanzt fröhlich um ihre Beine, und der große Anhänger an ihrem Hals vermittelt einen emanzipierten und künstlerischen Eindruck. Sie setzt sich an einen leeren Tisch für vier Personen und hat gerade etwas zu trinken bestellt, als sie auch schon Gesellschaft bekommt, ein Paar, etwas jünger als sie, fragt, ob hier frei sei. Alan und Donna kommen aus Sydney, erfährt sie dann. Sie sind zum dritten Mal auf Denarau, zum ersten Mal hier im Royal Davui. »Und außerhalb der Saison ist es ja soooo billig!«

Alan lächelt sie an, und in Lisbeth wird ein alter Reflex aktiviert: Saß da nicht etwas Besonderes in seinen Augenwinkeln? Ein kleines Funkeln, das seine Frau nicht sehen soll, weshalb er den Kopf ein wenig zur Seite dreht?

Aber Donna sieht ohnehin nichts. Sie hat ihre Tasche schon über die Stuhllehne gehängt und ist zum Büfett gegangen, dem langen Tisch, wo das Essen den Gästen auf zwei Ebenen entgegenquillt. Gegrillter Fisch mit knuspriger Haut, dampfende Pasta, Fleischbällchen in superscharfer roter Soße. Eine Bootsladung Krabben. Lammkoteletts mit vor Butter glänzendem Spargel. Chicken Curry, Beef Rendang, das ganze Spektrum von duftenden indischen Gerichten. Eine eigene Grillabteilung, in der Köche mit hohen Kochmützen die Scheiben abschneiden, auf die man zeigt: *Roast beef, Ma'am? Some pork?*

Die Frau in dem weißen Kleid fühlt sich wohl zusammen mit ihren neuen Freunden. Die beiden kennen sie nicht, sie kennt die beiden nicht, sie waren nie in Reitvik, haben nie bei Høie Bauwaren eingekauft. Wissen nichts darüber, wie viele Kinder Harald Høie hat. Als sie fragen, ob Lisbeth allein Urlaub macht, nickt sie nur, ohne weitere Informationen zu liefern. Und als die Dessertschüsselchen leer sind – Lisbeth begnügt sich mit einer kleinen Portion Obstsalat, Kiwi und Passionsfrucht –, erhebt sie sich lächelnd: »Am ersten Tag gehe ich die Sache lieber langsam an«, sagt sie leichthin und bedankt sich für die nette Gesellschaft. »Einen schönen Abend noch!«

Das Kleid wogt ein bisschen extra um ihre Beine, als sie zum Ausgang geht; sie spürt Alans Blick im Rücken. Geht über die Steinplatten um das Schwimmbecken und dann über den Weg zum Hotelgebäude. Hinter sich hört sie die Wellen, die geduldig gegen den Strand schlagen. Plötzlich geht ihr auf, wie wenig gefährlich das alles ist. Ich bin einfach ich, denkt Lisbeth Karlsen. Und ich selbst zu sein ist gar nicht schwer. Ich kann mit sympathischen Menschen zusammen essen, die ich im Hotel kennengelernt habe. Ich kann mich darauf freuen, allein schlafen zu gehen.

Am nächsten Morgen wird sie früh wach. Genießt die Stille im Zimmer, das bleiche Licht auf den Jalousien sagt ihr, dass die Sonne ihren Lauf schon begonnen hat. Lisbeth schiebt die Balkontür auf und tritt ans Geländer, genießt den flauschig-weichen Hotelbademantel. Unter ihr erwacht das Royal Davui Plaza zum Leben, die Arbeit derer, die sich nicht sehen lassen, wird in dieser stillen Morgenstunde vollendet. Ein Mann in beiger Hoteluniform stapelt neue Handtücher im Regal neben dem Schwimmbecken, eine ältere Frau schiebt einen Wagen mit Mopp, Besen und Eimer über den Gehweg. Gärtner setzen die Rasensprenger an immer neue Stellen, die beste Zeit zum Gießen ist der frühe Morgen. Sie tragen weiche Stoffhüte in der gleichen Farbe wie ihre Uniformen, wie kleine Arbeitsameisen bewegen sie sich da unten, schneiden hier einen unordentlichen Zweig ab, verschieben dort einige Ziersteine. Zwei von ihnen arbeiten zusammen, sie knien halb versteckt im Schatten eines großen Busches. Der eine lacht über eine Bemerkung des anderen und stupst dessen Schulter an. Lisbeth betrachtet ihn, sieht, wie sich die Muskeln unter dem Baumwollhemd bewegen. Er nimmt den Hut ab und streicht sich den Schweiß von der Stirn. Als er sich umsieht und die Sonne sein Gesicht trifft, schnappt Lisbeth nach Luft: Das ist er! Er, der sie überfallen hat, Vilivos Freund! Der junge Mann, nach dem sie solch schmerzliches Verlangen hatte, als sie damals sein Messer in der Hand hielt. Es ist Salesi mit den Rugbyschuhen, der dort unten auf den Knien liegt. In ihrem Kopf dreht sich alles, die Zigarette fällt ihr aus der Hand und landet auf dem Balkonboden. Jetzt tritt der andere Gärtner aus dem Schatten, und Salesi richtet sich auf. Die beiden sammeln ihr Werkzeug ein und gehen auf eine Seitentür des Hotels zu. Lisbeth zieht sich eilig ins Zimmer zurück, der Puls hämmert ihr im Hals. Sie schiebt die Balkontür mit einem Knall zu und ringt um Atem. Dann schlägt sie mit der Hand gegen den Türrahmen: »Verdammt!«

Ihre Stimme ist heiser und nicht zu erkennen, und sie schaut sich um, hat Angst, jemand könnte sie gehört haben. Warum flucht sie? Dass Vilivos Freund in einem Hotel auf Denarau Arbeit gefunden hat, ist doch nur gut! Ein arbeitsloser junger Mann weniger in Korototoka. Einer weniger, der seine Zeit damit verschwendet, unter einem Baum herumzulungern und darauf zu warten, dass etwas passiert.

Sie lässt den Bademantel zu Boden sinken und geht unter die Dusche.

Beim Frühstück trifft sie das Ehepaar vom vergangenen Abend wieder.

»Wir haben uns schon Stühle am Becken gesichert«, sagt Donna mit zufriedenem Lächeln. »Du weißt, wie das geht? Du musst ein anderes Handtuch hinlegen als die, die da draußen ausgeliehen werden können.«

»Ach?«

Lisbeth sieht sie überrascht an.

»Ja. Dann wissen die anderen, dass die Stühle belegt sind, verstehst du? Wir haben nur deshalb von zu Hause Handtücher mitgebracht«, sagt sie und zieht Lisbeth ans Fenster. »Siehst du?«

Und richtig, auf zwei Liegestühlen an der Längsseite des Beckens breiten sich nebeneinander ein zitronengelbes und ein dunkelrotes Handtuch aus.

Lisbeth nickt, voller Bewunderung für die Umsicht ihrer neuen Freundin.

»Lass dich doch einfach neben uns nieder … Hast du etwas, das du schnell unten ablegen kannst?«

»Tausend Dank«, sagt Lisbeth eilig. »Aber ich wollte zuerst mal den Spa ansehen. Vielleicht mache ich da für nachher einen Termin.«

Sie verlassen dennoch nach dem Frühstück gemeinsam den Speisesaal. Gehen durch die luftige, offene Rezeption mit dem wunderschönen Meerblick; durch das Geräusch des plätschernden Wassers aus einem Springbrunnensystem mit großen Tonkrügen, den Duft von Kaffee und Frangipani. Sie steigen die Treppe hinab, wo Donna rechts zum Schwimmbecken gehen will, Lisbeth dagegen nach links, zu dem Schild mit den geschnitzten Buchstaben *Heavenly Bliss Spa.* Als sie die Hand zum Abschied hebt, wird im Treppenhaus hinter ihr eine Tür geöffnet. Ein junger Mann in Hoteluniform tritt neben sie, lächelt höflich und will schon das übliche »Bula« sagen, als er mit offenem Mund zurückfährt. Salesis Augen sind so klar, seine Züge so weich und jung wie an jenem Abend. Und er weiß, wer sie ist. Die Erkenntnis zeigt sich in seinem Gesicht wie ein Vorhang, der zur Seite gezogen wird, und er stottert verwirrt: »Ma'am? Bula … Ma'am.«

Das Blut schießt in ihre Haut und legt sich wie ein warmer Fächer um ihren Hals. Lisbeth spürt Donnas Blick und weiß, dass sie atemlos und verlegen aussieht. Sie reißt ihren Blick von dem Gärtner los und sagt ein vages »Bula« vor sich hin. Donna runzelt verwirrt die Stirn – *Ihr ist klar, dass wir uns kennen!* – und lässt ihre Blicke zwischen beiden hin- und herwandern, ohne etwas zu sagen. Und ehe Lisbeth auch nur einen einzigen Satz herausbekommt, ist der Augenblick vorüber. Salesi verschwindet, ein unsicherer Blick in ihre Richtung, ehe er ihr den Rücken zukehrt und in billigen, platt getrampelten Gummisandalen den Weg hinunterläuft. Unter dem Rand seiner Hemdsärmel sind einige blaugrüne, geschwungene Linien zu sehen, wie ein Tier, das einen Ausweg sucht.

»Wir sehen uns sicher später«, sagt Lisbeth und nickt Donnas fragenden Blick weg. Sie weiß nicht, was das für ein Geschmack in ihrem Mund ist. Etwas Peinliches. Zusammen mit dem Anblick des gebeugten Rückens, der dort vorn um die Ecke verschwindet, wird er zu einer zähflüssigen Masse aus Enttäuschung und Scham.

Sie hat es gesehen, als sie hier eingetroffen ist. Das Plakat mit »Free Wi-Fi« in der Rezeption und etwas über die Öffnungszeiten des Businesscenters. Lisbeths Gedanken schwappen unter den kundigen Fingern der Masseurin langsam hin und her. Die Schläfen hoch, ruhiger und fester Kurs über den Schädel nach hinten, sie keucht auf, als der empfindliche Punkt im Nacken berührt wird. Ein kleiner Druck, und blaurote Blitze leuchten vor ihren Lidern auf. Ach!

»Tut es weh?«

Lisbeth nickt in dem Loch in der Massagebank. »Ein bisschen, aber machen Sie nur weiter.«

Sie hat sich eingeredet, dass es sie nicht verletzt, wenn Joachim so selten von sich hören lässt. Ein Teil von ihr war damals ebenso enttäuscht wie Harald, als ihr Sohn nicht die nächste Generation in Høie Bauwaren werden wollte, aber sie hatte im tiefsten Herzen gewusst, dass Joachim die für ihn richtige Entscheidung getroffen hatte. Er ist fürsorglich, ihr Sohn, das war er immer schon. Ganz anders als seine Schwester. Amanda hat nie verhehlt, dass für sie die eigenen Wünsche und Bedürfnisse an erster Stelle stehen.

Die E-Mails der beiden zeigen sie so, wie sie sind, denkt Lisbeth, als sie unter der Dusche steht und das warme Wasser die Reste des Kokosnussöls wegspülen lässt. Amanda hat in den vergangenen Monaten mehrmals angedeutet, dass sie gern auf Fidschi vorbeischauen würde. Wenn Lisbeth ein gutes Hotel finden könne; und da sie dort unten wohnt, könne sie vielleicht lokale Preise ausmachen? Amanda und ihr Freund wünschen sich »so einen Bungalow unten am Strand, mit Strohdach, du weißt schon«. Natürlich mit Klimaanlage, und das Hotel muss ein gutes Fitness-Studio aufweisen. Amanda kann sich nicht vorstellen, ihre Mutter in Korototoka zu besuchen, »das wird zu kompliziert, und wir können uns nicht länger als eine Woche freinehmen«, aber vielleicht könne Lisbeth dann nach Denarau kommen und einige Tage mit ihnen zusammen verbringen?

Joachims Mails kamen selten und waren ziemlich kurz. Keine Ausbrüche oder Anklagen, als sie abreiste, Harald wurde nicht erwähnt. Er fragte nur, ob es ihr gut gehe, ob sie etwas brauche.

Joachims Mails handeln von Lisbeth. Amandas Mails handeln von Amanda.

Während sie sich abtrocknet und anzieht, denkt sie an Joachims Töchter. Er hat sie in seinen Mails so gut wie nicht erwähnt. So fern, denkt sie und hält mit der Haarbürste in der Hand vor dem Spiegel inne. Ihre Enkelinnen. Sie weiß nicht viel mehr über sie, als wie sie heißen und wie alt sie sind. Er glaubt, das interessiert mich nicht, denkt sie. Harald hat ihn abgewiesen, und ich habe einfach allem nur den Rücken gekehrt.

Sie steckt die Bürste in die Handtasche und geht mit raschen Schritten hinaus in die Rezeption. »Kann mir jemand zeigen, wie die Computer im Businesscenter funktionieren?«

Von: lisbeth.hoie@hotmail.com
An: Joachim.hoie@telia.com
Betreff: Gruß von Fidschi

Hallo, Joachim und die ganze Familie!

Ich schreibe das hier im Royal Davui Plaza Hotel auf der Ferieninsel Denarau. Das klingt phantastisch, und Ihr könnt mir glauben, das ist es auch. Ich habe gerade eine Massage nach einem wunderbaren Frühstücksbüfett genossen, und nachher werde ich mich ans Schwimmbecken legen. Es gibt hier nicht weniger als drei von der Sorte, eins hat mehrere Rutschbahnen und eine Wellenmaschine. Jeden Abend gibt es Unterhaltung: Meke (fidschianischen Tanz) und ab und zu Lovo, dabei wird das Essen in einer Erdgrube zubereitet. Das klingt vielleicht seltsam, aber es wird in Palmenblätter gewickelt, deshalb ist es ganz sauber und sicher. Das Fleisch wird unvorstellbar saftig und köstlich.

Unterhalb des Hotels liegt ein prachtvoller Strand, und jeden Tag kommen Jungen, die Reitpferde vermieten. Vor allem sitzen kleine Kinder im Sattel, und die Pferde werden am Strand hin und her geführt, aber für erfahrene Reiter ist es sicher kein Problem, auf eigene Faust loszupreschen.

Ich weiß nicht, ob Ihr Lust habt, aber es wäre so schön, von Euch Besuch zu bekommen. Ich glaube, Viva und Sara würden sich über den Strand und das Becken und die Pferde freuen. Es wäre schön, wenn ihr mich dann auch zu Hause besuchen könntet. Ich habe in Kats Vale ein ziemlich großes Zimmer, und für einige Tage macht es vielleicht nichts, wenn es ein bisschen eng wird?

Ich weiß, dass ein Flug nach Fidschi teuer ist, aber da kann ich

Euch helfen. Ich weiß auch nicht, ob Ihr Zeit habt, aber vielleicht im nächsten Jahr? Es wäre so schön, wenn Ihr meine Freundinnen kennenlernen könntet. Ich möchte Euch so gern zeigen, wie mein Leben jetzt aussieht.

Lisbeth unterbricht sich. Löscht den letzten Satz. Schreibt ihn noch einmal. Endet mit: »Kuss, Mama.«

Dann drückt sie auf Senden.

44
Ateca

Kannst du bitte auf Maraia aufpassen, Gott? Sais Tochter ist etwas Besonderes. Sie ist so hilfsbereit und liebenswert. Kein Wunder, dass Sai sie am liebsten zu Hause behalten würde und sie noch nicht zur Schule gehen lässt.

Du weißt, dass es schwer für Sai war, Gott. Ihr Mann ist verschwunden, niemand hat ihn gesehen, seit er nach Suva gegangen ist, um Arbeit zu suchen. Sai tut, was sie kann, mit ihrem Gemüse und ihren Hühnern, aber es reicht nur für Schulbücher und Schuluniform für eine Tochter. Die ältere ist die Intelligentere, Sai sagt, sie soll Ärztin werden. Maraia ist nachdenklich und klug. Als ob sie die Geheimnisse der Meeresschildkröten kennt oder weiß, dass die Tagimoucia-Blüten von blutigen Tränen gefärbt sind.

Ich habe ein bisschen Angst davor, sie zu oft mit zu den Damen zu nehmen. Sie mögen sie alle sehr, das ist nicht das Problem – Madam Lisbeth hat ihr sogar eine goldene Kette geschenkt! Und wenn Madam Maya in ihre Dunkelheit verschwindet, nimmt Maraia ihre Hand und zeigt ihr, wo es hinausgeht.

Aber du siehst, dass sie ein bisschen frech sein kann, Gott? Wie heute, als Madam Sina und ich Roro kochen wollten und Maraia uns half, die Blätter zu putzen. Madam Kat kam in die Küche, und ihr Gesicht wurde froh, als sie die Kleine sah. Aber als sie fragte, ob ihre Mutter ihr beigebracht habe, Roro zu putzen, war Maraia unhöflich und schüttelte den Kopf. »Ich kann das einfach«, sagte sie.

Madam Kat war nicht sauer, Gott sei Dank. Sie streichelte nur ihre Wange und ließ die Hand oben auf den Locken liegen, ohne den Menschenkopf zu berühren, den reinen und heiligen. »Tulou«, *sagte sie. Entschuldige. Segne Maraia, Gott. Lass den Meerstern für alle Damen in Vale nei Kat aufleuchten.*

In Jesu Namen. Emeni.

45
Kat

Es war eine gute Idee, Lisbeth einige Tage in Denarau zu empfehlen. Seit Sina ihre Eröffnung gemacht hat, sind die Rollen verändert, das Gleichgewicht im Haus hat sich verschoben. Sina ist noch immer bleich und mitgenommen. Sie schwankt im Gehen wie ein Boot im Sturm. Und Lisbeth, Herrgott, sie war ja wirklich am Boden zerstört, sie musste hier einfach mal weg.

Wenn wir das hier überleben wollen, muss es so sein. Lisbeth muss mit der neuen Wahrheit leben, und Sina muss es ertragen, von uns allen mit anderen Augen angesehen zu werden.

Jede von uns nimmt das mit Armand auf ihre eigene Weise auf. Harald ist sein Vater! Ich habe tausend Fragen, die ich niemals stellen werde, und mir geht sicher genauso viel durch den Kopf wie allen anderen. Ingrids Reaktion war typisch Ingrid: eine Mischung aus Erstaunen und Abscheu, als ob die Entlarvung von Armands Herkunft den schlechten Eindruck, den alle von ihm haben, nun noch bekräftigt. Sie hat dann auch die Frage nach dem väterlichen Erbe aufgegriffen. Ganz ohne Einleitung hat sie die eines Tages auf den Frühstückstisch geknallt.

»Es muss also durch drei geteilt werden, Haralds Erbe, wenn es dann so weit ist.«

Lisbeth erstarrte auf ihrem Stuhl, die Hand mit der Tasse zitterte so sehr, dass der Kaffee überschwappte. Sie starrte Sina ausdruckslos an. Ich hielt den Atem an und verfluchte Ingrid in Gedanken: Verdammt, musste das denn sein? Aber Sina blieb ganz gelassen. Sie kaute einfach weiter und schluckte den Bissen hinunter, ehe sie antwortete: »Armand weiß nicht, wer sein Vater ist, und er soll es auch nie erfahren.«

Ich war eigentlich nicht überrascht. Sina trägt das seit fast fünfzig Jahren mit sich herum. Sie hatte wohl kaum einen geheimen Plan, Armand in der allerletzten Runde als eine Art Trumpfkarte aus dem Ärmel zu ziehen. Aber Ingrid fand die Antwort nicht gut genug: »Das kann doch nicht dein Ernst sein! Er soll doch wohl das bekommen, worauf er ein Anrecht hat?«

Wenn ich es unter dem Tisch geschafft hätte, hätte ich sie gegen das Schienbein getreten. Das geht Ingrid ja wohl nichts an! Sina ist arm, aber sie ist nicht gierig. Armand ist beides, aber diesmal will Sina ihm nicht die Möglichkeit geben, es zu zeigen.

Es war wie ein Kammerspiel: Sina, die ihre Hand nach einer weiteren Brotscheibe ausstreckte, Lisbeth, die langsam ihre Tasse hinstellte. Die Verwirrung in den runden grauen Augen, die Erleichterung, die sich in dem dünnen Leib ausbreitete. Ihre Schultern, die bebten, als Sina sich eine Scheibe Käse abschnitt, ohne aufzublicken: »Wir sind immer zurechtgekommen. Ich habe für mich und Armand gesorgt. Und jetzt muss er endlich für sich selbst sorgen.«

Aber Ingrid gab sich nicht geschlagen, ihr Blick jagte zwischen Sina und Lisbeth hin und her.

»Aber es geht hier doch um beträchtliche Werte! Høie Bauwaren, das ist ein Millionenbetrieb. Er hat doch ein Anrecht auf einen Teil davon!«

Lisbeth öffnete endlich den Mund. Ihre Wangen waren hellrot und ihre Stimme atemlos: »Gerechtigkeit ist nicht nur schwarzweiß. Man hat doch wohl kein Anrecht auf etwas, von dem man nie ein Teil gewesen ist!«

Ingrid verstummte und sagte nichts mehr, und mir fiel Sinas Gesicht auf. Es war groß und offen vor Verwunderung. Und noch von etwas anderem. Anerkennung.

Was Maya über die ganzen Aufregungen der letzten Wochen denkt, ist schwer zu sagen. Sie klammert sich wie bisher an Sina, aber nichts weist darauf hin, dass sie die Sache mit Sinas Sohn verstanden hat. Oder vielleicht sprechen sie auf ihren Wanderungen darüber? Es sieht aber nicht so aus, als basiere ihre Beziehung auf Gesprächen.

Und Ateca? Ich weiß nicht, ob sie das alles begriffen hat. Sie hat jedenfalls keine Fragen gestellt, als Lisbeth ihren Koffer packte, um für einige Tage zu verreisen. Aber sicher denkt sich Ateca ihr Teil, das tut sie immer. Denkt sich ihr Teil und zieht daraus ihre Schlüsse.

Ein Spaziergang am Strand ist immer beruhigend. Der Sand ist warm und einladend, ich bleibe für einen Moment stehen und hebe eine Handvoll auf. Lasse den Sand durch meine Finger rinnen, ehe ich weiter den Strand entlanggehe, der so früh am Morgen fast menschenleer ist. Jone ist allerdings schon auf, ich winke seiner kräftigen Gestalt zu, die auf dem Weg zum Boot ist.

»Bula, Madam Kat!«

»Bula, Jone. So früh schon unterwegs?«

Das Lachen perlt aus seinem Mund wie flüssiger brauner Zucker.

»Muss ich ja, wenn ich etwas fangen will.«

Ich bleibe stehen, während er seine Geräte bereit macht, nach einer Weile tauchen seine Söhne auf und helfen ihm. Sie arbeiten wortlos, die Sonne zittert schon heiß ein Stück über dem Horizont. Jone hebt die Hand zum Gruß, ehe sie das »Fahrzeug der Ehre« ins Wasser schieben und hineinspringen.

Ich sehe dem roten Boot hinterher. Der Augenblick steht um mich herum still, die Reflexe im Wasser, der Wind, der die Bäume ganz leise rascheln lässt. Das hier ist es. Alles, was wir sagen, was wir einander antun, ist eigentlich nichts. Worum es geht, ist, dass die Füße auf dem Boden stehen. Dass wir spüren, wie der Atem ein und aus geht.

Ein Geräusch neben mir, eine kleine Bewegung. Durch die Sonnenbrille schaue ich hinunter auf das Mädchen mit den Karamellhaaren. »Du bist so still, Nau«, sagt der Meerstern. Ihr ernstes Gesicht lässt mich vor Freude zusammenfahren.

Ohne mehr zu sagen, geht Maraia los, und ich folge ihr.

Ihre Füße wissen, wohin. Wir gehen vorbei an den anderen Booten, die zum Ausfahren bereitliegen, weiter zu der Stelle, wo der Palmengürtel von dem dunkleren Mangrovenwald durchbrochen wird. Zu dem kleinen Hügel, wo in jener Nacht ein größeres Boot lag. An Land gezogen, mit zerschrammtem Rumpf. Ein Boot, das einen so großen Schatten warf, dass ein Mensch darin verschwinden konnte, obwohl der Mond balologroß und klar leuchtete und es am Strand von Menschen nur so wimmelte.

Maraia steigt auf den Hügel, geht in einer Stellung in die Hocke, die meine Knie wiedererkennen. Hier war es, wo ich nicht gesessen habe. Hier war es, wo ich nicht gesehen habe, wie Niklas sich über die Kamera beugte. Hier war es, wo ich nicht gerufen habe, als er schwankte und fiel. Wo ich nicht Alarm geschlagen habe, als sein Körper im Wasser versank und liegen blieb.

In Maraias Augen glitzern sonnensatte Sandkörner. Als ich zögere, klopft sie neben sich auf den Boden, und ich setze mich. Hinter meinen offenen Augen läuft wieder der Film ab, der Mann mit der Kameratasche auf dem Rücken. Atecas sich überschlagende Stimme: *Er hätte gerufen, wenn er Hilfe brauchte, Madam Kat. Aber niemand hat etwas gehört. Du musst glauben, dass es das Herz war.*

Neben mir zeichnet Maraia mit einem Stöckchen in den Sand. Ein Herz, sie drückt das Stöckchen immer tiefer hinein. Plötzlich schaut sie mir ins Gesicht: »Niemand hat etwas gehört«, sagt sie.

Ich starre das Herz im Sand an und spüre auf dem Rücken die brennende Sonne.

Wir gehen zusammen zum Haus, eine schmale, starke Hand in meiner. Ich bin benommen im Kopf, meine Gedanken wirbeln formlos und wortlos umher. So geht es Maya vielleicht auch? Das deutliche Gefühl, dass etwas passiert; du weißt, du willst, aber du kannst es nicht festhalten. Was ich am stärksten verspüre, ist der Wunsch zu weinen. Als ob etwas zwischen mir und Maraia gleichzeitig errichtet und eingerissen worden sei. Als ob wir etwas übereinander wissen, über das wir niemals sprechen werden.

Unterhalb der Treppe bleiben wir für einen Moment stehen: »Möchtest du mit reinkommen?« Sie nickt, und wir steigen Hand in Hand die vier Stufen hinauf. Ich will sie nicht loslassen. Will, dass die kleinen, warmen Finger sich an den Druck von meinen erinnern. Von unseren. Von meinen und denen von Niklas.

Ich gehe mit ihr in die Büroecke im Wohnzimmer. In der Ecke des Schreibtisches liegt er, der Briefbeschwerer, der seine Tage festgehalten hat. Ein fünfarmiger Seestern aus blau bemaltem Holz. Die Arme sind an den Spitzen weich und rund, blank poliert von seinen Fingern. Geduldig wachend über Eingänge und Ausgänge, das, was kommt, und das, was geht. Fünf Finger an einer Hand, fünf Frauen in einem Haus.

Ich lege den Stern in Maraias Hand. »Der gehört dir«, sage ich. Ihre Finger schließen sich darum. Übernehmen und begreifen.

»Ja«, sagt sie. »Ich bin der Stern des Meeres.«

Ich finde Maya in der Küche. Auf der Anrichte vor ihr steht eine Tasse Kaffee, und Maya räumt langsam und geduldig das unterste Fach im Küchenschrank aus. Teebeutel, Zucker, Gewürze. Honig, Salz, Haferflocken. Ateca fegt mit gelassenen Bewegungen den Boden; sie behält die in ihre Tätigkeit total vertiefte Maya im Auge. Jetzt ist das Fach leer, alles steht auf der Anrichte.

Ich frage Maya, ob sie etwas sucht. »Möchtest du Zitronentee? Der ist alle, glaube ich.«

Maya sieht mich an und schüttelt den Kopf. »Nein«, sagt sie nur. Dreht sich zur Anrichte um und sieht die Dinge an, die sie aus dem Schrank genommen hat. Dann schaut sie Maraia an und lächelt: »Ich kann dir etwas zeigen«, sagt sie. »Ich bin Lehrerin. Ich kann dir etwas zeigen.«

Sie verlässt die Küche, und Maraia folgt ihr. Die kleine Hand ist fest um den blauen Stern geschlossen. Ich sehe rasch zu Ateca hinüber, aber die erwidert meinen Blick nicht. Stellt nur den Besen weg und räumt Tee und Gewürztüten wieder in den Schrank.

Ich gehe zurück in die Büroecke. Der Stapel aus Papieren, Briefen und Rechnungen hat sich über dem Tisch verteilt. Ich schiebe alles zusammen, hole unten bei der Verandatreppe einen glatten weißen Stein und lege ihn auf den Papierhaufen.

Ingrid hat einige Artikel ausgedruckt, die ich ihrer Meinung nach lesen muss. Ich falte den obersten auseinander: *Reduziert die Emboliegefahr!*, hat sie in ihrer großen deutlichen Schrift an den Rand geschrieben. Ein Artikel über die Catechine im Kakao, dass sie die Sauerstoffzufuhr zum Gehirn steigern, und dadurch wird man wacher und aufmerksamer. Ich knülle das Blatt zusammen und lasse es in den Papierkorb fallen. Lisbeth hat schon alles notiert.

Ich greife zum nächsten Artikel, lege ihn dann aber ungelesen zurück. Spüre, wie sich in mir die Unruhe ausbreitet. Wohin ist Maya mit Maraia gegangen?

Die Tür zu Mayas Zimmer steht halb offen. Die beiden sitzen dort drinnen auf dem Boden. Ein großer Atlas liegt vor Maya, ihr kräftiger, knochiger Zeigefinger folgt auf einer Karte des Stillen Ozeans den Umrissen von Viti Levu.

»Das Meer ist groß«, sagt Maraia.

Maya nickt feierlich. »Die Insel ist nur ein bisschen größer als mein Finger.«

»Und wir sind noch kleiner.«

Maya stimmt zu. »Wir sind kleiner als ein kleiner Punkt.«

»Weil das Meer so groß ist?«

Maya denkt über diese Frage nach. »Ja«, sagt sie endlich. »Wir sind so klein, weil das Meer so groß ist.«

Die schlurfenden Schritte hinter mir sagen mir, dass Sina kommt. Ich weiche eilig vom Türspalt zurück, wie um das feierliche Spiel der beiden dort drinnen zu beschützen.

Aber Sina hütet ihren Anspruch auf Maya nicht mehr so eifrig wie früher. Entlarvung, Geständnis, Eröffnung – wie immer sie das sehen mag – haben sie weniger wütend gemacht. Oder nicht wütend – weniger scharf vielleicht. Nicht so zornig und leicht verärgert wie früher. Das zeigt sich natürlich vor allem in ihrer Beziehung zu Lisbeth. Das Gleichgewicht zwischen ihnen hat sich verschoben. Aber Sina wirkt nicht wie eine reuige Sünderin, das wirklich nicht. Es sieht fast aus, als sei sie erleichtert – vielleicht passiert das, wenn alte Geheimnisse freigelassen werden? Ihre Kiefer sind weniger verspannt, die Falten auf ihrer Stirn nicht so tief wie früher.

Ich drehe mich zu Sina um, und um sie von den beiden auf dem Boden abzulenken, frage ich, ob wir uns ein bisschen nach draußen setzen wollen. »Weißt du übrigens, wo Lisbeth ist?«

Sie zuckt mit den Schultern, und in ihrer Stimme liegt kein Groll.

»Am Computer, glaube ich. Sie wollte an ihren Sohn schreiben.«

Vielleicht ist es der Gedanke an Niklas' blauen Stern in Maraias Hand. Oder vielleicht ist es, weil sich Sina in den Sessel bei der Tür setzt, wo er immer gesessen hat. Jedenfalls ist er da, so stark anwesend, wie ich es lange nicht mehr gespürt habe. Es brennt mir in der Nase. Flüssigkeit sammelt sich in meinen Augen und im Hals, und ich glaube, dass ich weinen werde, dort, gleich vor Sinas Augen. Sie beugt sich erschrocken vor:

»Kat, was ist denn? Kat?«

Ich schüttele den Kopf, kämpfe mich durch die Enge in meinem Hals. »Nichts. Ich …«

»Niklas fehlt mir«, sage ich schließlich. Das kommt mir ungefährlich vor, wie eine Bühnenreplik. Dass Niklas mir fehlt, das kann ich sagen.

Sina nickt. »Mir fehlt Armand«, sagt sie.

Ich denke, dass das nicht dasselbe ist.

»Jetzt gehört er nicht mehr nur mir.«

Für einen Moment weiß ich, was sie meint. Jetzt, da alles ans Licht gekommen ist, gehört er allen. Ich denke, dass ich etwas Tröstliches sagen muss, aber schon redet Sina weiter:

»Ich wünschte, ich hätte noch ein Kind.«

Sie streckt die Hände aus und packt meine Knie. »Und du? Hättest du gern Kinder, meine ich?«

Es ist zu unwirklich, ich kann nicht einmal schockiert sein. Das Einzige, was in meinem Kopf dröhnt, ist Maraias Stimme: *Niemand hat etwas gehört.*

Sina fährt fort, hektisch, jetzt weit über Takt und Feingefühl hinaus. Ihr Blick ist fieberhaft und weit weg zugleich. »Viele Jahre lang dachte ich, Armand reichte. Er sollte so viel werden.«

Sie zieht die Hände zurück und legt sie auf den Bauch, der sich unter dem weiten Rock vorwölbt. »Vielleicht, wenn er ein Mädchen gewesen wäre.«

»Wenn ich Kinder bekommen hätte, hätte ich am liebsten eine Tochter gehabt«, sage ich. »Ein Kind, in dem man sich wiedererkennen kann, sozusagen. Ein Widerschein meines Gesichts im Spiegel.«

Sinas Augen schauen tief in meine. »Wollte Niklas nicht?«

Fragt sie mich wirklich? Ich sehe die Hände der neuen Sina an, und meine eigenen legen sich auf die gleiche Weise zur Ruhe, ruhen über dem Muskel dort drinnen, der niemals zeigen durfte, wie er sich anspannen und dehnen kann. Wollte Niklas nicht? Es ist so viel, was an dieser Frage nicht stimmt, dass es unmöglich ist, nach einer Antwort zu suchen.

Er hat es nie gesagt, dass er keine Kinder wollte. Es stand nur nie weit genug oben auf der Liste. Stand immer unten auf der Tagesordnung, undefiniert unter »Sonstiges«. Ich habe oft gedacht, mein eigenes Ausweichen sei schuld. Das Bedürfnis, die zu sein, von der ich glaubte, dass er sie sich wünschte, die ausdauernde, mitfühlende, selbstlose Kat. Hatte ich Angst, mein Ansehen als gleichwertige Partnerin im Projekt Weltrettung zu verlieren? Hätten wir Eltern sein können, gemeinsam, wenn ich nur mutig genug gewesen wäre, es zu sagen? *Niklas, ich wünsche mir Kinder. Ich will Kinder mit dir.*

Wie kann ich Sinas Frage beantworten? »Ich weiß nicht.« Das ist die Wahrheit. Ich habe nie gefragt, weil ich Angst vor der Antwort hatte.

Wie kann ich ihr von der Gewissheit erzählen, die langsam und widerwillig heranwuchs, über ihn, auf den ich alles gesetzt hatte? Für den Dorfbewohner in Malawi und Frauenkollektive in Pakistan Reden gehalten haben, dem sie mit Tränen in den Augen hinterhersahen, als er aufbrach? Eine Antwort, die aus winzigen Beweisen heranwuchs: dem karamellgoldenen Schein im Haar, der kurzen, breiten Nase. Sai, die niemals in die Nähe unseres Hauses kam. Wann haben sich diese Stücke zu einer Gewissheit zusammengefügt? Bis die Worte mir auf der Zunge lagen, bereit, um ihm entgegengeschleudert zu werden: Maraia ist dein Kind, nicht wahr? Oder habe ich es genossen, die zu sein, die es wusste? Das könnte ich Sina erklären. Die Macht darin, die zu sein, die etwas weiß und die nichts sagt.

Aber so war es ja auch nicht. Es ging mir nicht um Rache, ich wollte ihn nicht treffen. Nicht Niklas, niemanden. Es war die Enttäuschung. Der Kummer darüber, dass er es wusste und sich nicht darum kümmerte. Der Schmerz darin, die Jämmerlichkeit des großen Mister Niklas zu sehen. Dass er nicht besser war als irgendein Harald Høie.

Hatte er kein Vertrauen zu mir, oder nicht genug? Wir hätten es schaffen können. Hätte er es mir nicht gönnen können, uns gönnen können? Die Freude über den Meerstern; wir hätten so viel Zeit und Raum dafür haben können. Warum hat er mir nicht vertraut?

»Es ist für alle besser so«, war die Antwort, die ich an dem Abend bekam, an dem ich endlich fragte. Nein, nicht fragte, ich sagte ihm einfach, dass ich es wusste. Und dass ich doch nur teilhaben wollte. Maraia teilen, wie wir alles andere geteilt hatten.

Erst sah er schockiert aus, fast ängstlich. Dann verlegen. Defensiv. Ich war entsetzt von meiner eigenen Reaktion: Merkte, dass ich sein Haar streicheln wollte, ihn aufmuntern, sagen, dass alles gut wird. Ich musste die lebenslange Helferinnen-Kat brutal zur Seite stoßen, hörte meine Stimme, schrill, fremd: »Wie konntest du darüber schweigen, Niklas? Ich hätte damit leben können, Niklas, ich hätte eine Lösung gefunden. Wir hätten … Großeltern oder Paten sein können, irgendetwas. Statt nur … Feigheit!«

Er hätte es noch immer retten können. Er hätte aufstehen können, sagen, er wolle es versuchen, werde mit Sai sprechen. Wir hätten darüber sprechen können, weiterhin das Team Kat & Niklas sein. Lösungen finden, die das Tageslicht ertrugen. Wir hätten die Situation umkehren können. Es hätte etwas werden können.

Aber er ging. Stand auf und redete einfach an mir vorbei. »Du bist hysterisch und übermüdet. Wir können nicht reden, wenn du so bist. Ich gehe schlafen.«

»Du hast Sai ihren Mann genommen!«, wollte ich rufen. »Meinst du, es war ein Zufall, dass er weggegangen ist? Du hast Maraia einen Vater genommen. Du hast mir …«

Aber er hatte schon die Tür hinter sich geschlossen. Die Tasche mit seiner Kameraausrüstung stand in der Ecke bereit. Und in der Nacht kam der Vollmond mit dem Balolo.

Ich lege wieder beide Hände auf meinen Bauch. Ein Spiegelbild von Sina, die mir gegenübersitzt, die schon lange nicht mehr auf Antwort wartet.

46
Ateca

Lieber Gott!

Ich kann heute Nacht nicht schlafen. Die Nüsse des Vonu-Baumes hinter dem Haus sind hart wie Schildkrötenpanzer, und es gibt einen Knall, wenn sie auf den Boden auftreffen. Vilivo ist heute Abend nicht nach Hause gekommen, und der Schrei der Eule macht mein Herz eng und klein vor Angst. Hilf mir, auf alles aufzupassen. Sag mir, was ich tun soll.

Sind nicht alle Wellen ein Teil desselben Meeres, Gott? Das Dorf der Damen liegt an einem anderen Meer, einem viel kälteren. Aber im Wasser mischen sich alle Geschichten und teilen ihre Geheimnisse. Also müssen die Wellen vor Madam Kats Dorf wissen, was an einem Strand auf Fidschi passiert ist. Die Dinge hängen zusammen, und das Meer lügt nicht.

In drei Tagen kommt Balolo, wenn der Mond wieder voll wird. Madam Ingrid möchte dabei sein, wenn es so weit ist, sie ist die Einzige in Vale nei Kat, die das will. Vor einem Jahr war es leichter, die Damen waren ganz neu in Korototoka, und sie wusste nicht, was Balolo ist. Aber jetzt glaubt Madam Ingrid, alles zu wissen. Ich habe ihr gesagt, dass iTaukei nicht gern Kaivalagi dabeihat, wenn Balolo kommt. Ich weiß, dass du mir diese Lüge verzeihst.

Ich habe dich so oft gefragt, Gott, ob es nur ein Traum war, den ich in jener Nacht hatte. In der Balolo-Nacht vor zwei Jahren, als das Meer unter den Booten alle Farben des Regenbogens zeigte und die Frauen mit Eimern und Gefäßen am Strand hin und her rannten. Ich habe das gemeint, was ich zu Madam Kat gesagt habe, dass niemand etwas gesehen hat. Dass niemand gehört hat, wie Mister Niklas gerufen hat, dass er sicher gestürzt ist. Aber in den Träumen sehe ich am klarsten, Gott. Was passiert ist und was ich zu tun habe. Und es steht nicht fest, dass Madam Kat mit den Ohren gehört oder mit den Augen gesehen hat. Es kommt doch vor, dass das, was wir sehen, von den Wellen weggespült wird, dass es nicht genug Erde gibt, in der sich die Wurzeln festsetzen können.

War es Wirklichkeit, Gott? Ein Geist? Nur ein Eindruck, der im Auge nicht haften blieb, weil er schon wieder verschwunden war? Eine Gestalt in kariertem Hemd und heller Hose, die im Dunkeln hinter einem Boot verschwand?

War es ein Zeichen, Gott? Soll ich Madam Kat sagen, was ich gesehen habe? Sag mir, was ich tun soll.

In Jesu Namen. Emeni.

47
Ingrid

Ingrid konnte immer schon Augen und Ohren verschließen. Sie hat sich nie am Büroklatsch beteiligt, hat ihre Angelegenheiten für sich behalten. Dass sich das Gleichgewicht in Kats Vale verschoben hat, verdrängt sie; sie macht weiter mit dem Alltagsleben, das sie sich aufgebaut hat, Arbeit im Küchengarten, Schokoladenguss im Süßhaus und Lastwagenfahren – sie ist jetzt die feste Chauffeurin des Hauses, da Vilivo nicht mehr da ist. Ateca war außer sich vor Angst an dem Morgen, nachdem Ingrid den Jungen an der Bushaltestelle in Rakiraki abgesetzt hatte – woher hätte Ingrid wissen sollen, dass er sich nicht von seiner Mutter verabschiedet hatte, ehe er sie um diese Mitfahrgelegenheit bat? Er hatte drauflosgeredet, von den Arbeitsmöglichkeiten erzählt, die es angeblich gab, im Straßen- und Brückenbau. Ingrid wäre doch nie auf die Idee gekommen, dass Ateca davon nichts wusste.

Natürlich merkt sie, dass sich das Machtverhältnis zwischen Sina und Lisbeth geändert hat; die eine ist sanfter als früher, die andere hebt den Kopf auf neue Weise, als ob die Einschätzungen und Schlussfolgerungen der übrigen Frauen hier sie nichts mehr angingen. Besser, ich lasse mir nichts anmerken, denkt Ingrid. Und lasse die Dinge so, wie sie sind.

Wildrid sieht das anders. Das Drama, die Unterströmungen aus Schock, Verrat und Scham beleben sie und lassen ihr lauter neue Gedanken durch den Kopf wirbeln. Sie behält Sina im Auge, freut sich darüber, dass deren mürrische Verstimmtheit wie weggeblasen ist. Freut sich immer wieder, wenn Lisbeth alles egal zu sein scheint. Wildrid bindet sich einen orangen Schal um den Kopf und zieht den BH unter dem T-Shirt aus, ehe sie sich abends auf die Veranda setzt. Bietet eine Flasche Wein an, die sie aus der Stadt mitgebracht hat.

»Feiern wir etwas?«, fragt Kat und hält ihr das Glas hin.

Ingrid schenkt ein und zuckt mit den Schultern. »Dass wir es schon so weit gebracht haben, vielleicht? *Kat's Chocolate.* Uns ist hier etwas gelungen. Das ist doch ein Grund zum Feiern?«

Kat hebt das Glas. »Stimmt«, sagt sie. »Das ist absolut ein Grund.«

»Auf die Schokoladendamen!«, stimmt Lisbeth ein. »Ganz einfach auf uns.«

Sie klingt so fröhlich, dass Ingrid sie noch einmal ansehen muss. Sina scheint etwas sagen zu wollen, dann macht sie den Mund jedoch wieder zu. Lisbeths Fröhlichkeit greift auf Wildrid über, und sie knallt die Flasche auf den Tisch. »Wir müssen probieren«, sagt sie eifrig. »Ein kleines Stück vom Glück jetzt, das haben wir uns ehrlich verdient.« Sie rennt über den Hofplatz und öffnet die Tür zum Süßhaus, kommt zurück mit einem Tablett voller eleganter Päckchen in blankem Zellophan und stellt es mitten auf den Tisch. »Esst, trinkt und seid froh«, sagt sie begeistert und steckt ein Stück Schokolade in den Mund. Schließt die Augen und nimmt begehrlich den süßen Genuss in sich auf, lässt ihn in ihrem Körper verströmen. Leckt sich die Lippen und atmet seufzend aus. »Dieses wunderbare Gefühl«, sagt sie. »Wieder und wieder.«

Kat sieht Ingrid liebevoll an, ehe sie ein Stück Schokolade auspackt, das Zellophan zwischen den Fingern glatt streicht und langsam, nachdenklich kaut. »Wer hätte das gedacht«, sagt sie, »dass wir es schaffen. Es schmeckt wie …«

»Erfolg!«, sagt Lisbeth. »Es schmeckt nach Erfolg.« Sie schiebt sich ein dunkel glänzendes Stück zwischen die Lippen, spitzt mit Kennermiene den Mund und schnalzt mit der Zunge. »Rund und tief«, sagt sie. »Mit einer Spur, nur einer Andeutung, von Kokosnuss. Dem Geräusch von wogenden Wellen und dem Wind in den Palmen.«

»Du kannst die Schokolade hören?« Sinas Frage klingt wie ein Scherz, aber es versteckt sich Ernst dahinter. Sie steckt ein Stück in den Mund und kaut. Etwas Mildes breitet sich in ihrem Gesicht aus, die strengen Züge werden weicher. »Das ist gut«, sagt sie. In ihrer Stimme liegt Überraschung, als habe sie in diesem Augenblick eine Entdeckung gemacht. »Das ist ja wirklich gut.«

Maya hält ein Stück Schokolade in der Hand, ihre Finger wissen nicht mehr, wie sie es auspacken soll. Wildrid nimmt es ihr weg und reißt das Zellophan herunter. »Hier, Maya! Du musst doch auch ein bisschen feiern.« Maya schließt vorsichtig den Mund um das duftende Stück

Schokolade, ihre Lippen zittern ein wenig, als sie es im Mund schmelzen lässt. Der Schokoladensaft liegt braun und glänzend in ihren Mundwinkeln, und sie lächelt. »Es schmeckt nach Glück«, sagt sie. »Nach allem, was wir uns gewünscht haben.«

Kat sieht sie an, lächelt mit ihrem großen Mund, als sie wieder ihr Glas hebt. »Ja, das tut es«, sagt sie. »Nach allem, was wir uns gewünscht haben.«

Sie lässt ihren Blick in der Runde wandern. »Und haben wir das, meine Damen? Alles, was wir uns gewünscht haben?«

Sina scheint etwas sagen zu wollen, macht den Mund dann aber wieder zu.

»Ich würde jedenfalls nicht tauschen«, sagt nun Lisbeth. Wildrid hört in ihrer Stimme eine Herausforderung und nimmt sie beim Wort:

»Mit dem großen Haus oben auf dem Hügel tauschen, meinst du?«

Lisbeth sieht sie überrascht an. »Ja …? Das meine ich. Und mit einem Arsch von Mann, der nur an sich denkt.«

Sina blickt ganz schnell auf. Wildrid sieht, dass die Wachsamkeit in ihren Augen einer Art Verwunderung gewichen ist. Die Unruhe reibt sich an den Wänden, Schultern richten sich auf, und Wildrid verspürt ein freudiges Kitzeln im Bauch. Sie wirft Maya den Ball zu:

»Und du, Maya? Würdest du tauschen? Wärst du lieber in Norwegen? Bei Evy?«

Sie weiß nicht, warum sie die letzte Frage hinzugefügt hat. Um anzudeuten, dass Maya ein Kindermädchen braucht, egal, wo sie ist? Sie würde ihre Worte gern zurücknehmen.

Maya hat ihr Glas auf dem Schoß, dreht es zwischen den Händen.

»Ich konnte gut zeichnen«, sagt sie. »Und malen. Branko malt. Evys Mann. Er ist Maler.«

Ingrid sieht Maya überrascht an. Hat Maya von anderen Dingen geträumt als von ihrem Platz vor der Klasse? Sie sieht die beiden vor sich. Steinar und Maya. Zielstrebig, mit unabweisbar festgestecktem Kurs. Solidität überall. Ist es möglich, dass auch Maya nicht alles bekommen hat, was sie sich gewünscht hatte?

Wildrid weiß es, ein kleiner Triumph hinter dem orangen Stirnband. »Farben, nicht wahr, Maya? Das fehlt uns zu Hause, Farben.«

Sie steht auf und steht mit zwei Schritten unten im Garten. Verschwindet für einen Moment und kommt mit einer gelben Blume zurück, die sie hinter Mayas Ohr steckt. »Es ist nicht zu spät, weißt du. Es ist nie zu spät.«

Sie beugt sich vor und umarmt Maya. Ingrid merkt, dass Maya zusammenfährt und sich Rotwein über den Schoß gießt, aber Wildrid setzt ihr noch weiter zu. »Hier kannst du zeichnen, Maya.«

Die Wörter kommen ganz von selbst: »Maraia kann mit dir zeichnen.«

Ihr Blick wandert zu Kat weiter, ohne dass sie es weiß oder will. Kats Zustimmung. Kats Segen. Keine Diskussion ist zu Ende, solange Kat nicht gesprochen hat.

Aber aus dem Korbsessel bei der Treppe kommt keine Reaktion. Die Stirn unter den kurzen Haaren ist gerunzelt und konzentriert, der Blick aufs Meer gerichtet. Kat ist weit weg.

»Und du, Kat? Würdest du tauschen? Würdest du etwas anders machen, wenn du den Weg noch einmal gehen könntest?«

Ingrid hört ihre Stimme, aber wer fragt, ist Wildrid. Kat und Wildrid kennen sich schon ewig. Ingrid hätte diese Frage niemals gestellt. Sie hat Kat zusammen mit Niklas gesehen, hat gesehen, was die beiden gemeinsam geschafft haben. Hat gesehen, wie sie stritten, dass die Fetzen nur so flogen, hat durch dünne Wände gehört, wie sie sich liebten. Ingrid ist sicher, dass Kat in ihrer Geschichte kein einziges Komma anders setzen würde.

Aber Wildrid bekommt eine andere Antwort. Kat ist wieder da, dreht dem Strand den Rücken zu. »Man sieht immer nur einen Schritt«, sagt sie. »Nie die ganze Reise, und plötzlich ist die zu Ende. Aber ich bin zufrieden. Sie war wunderbar.«

Sie deutet ein Lächeln an, scheint in ihre eigenen Geheimnisse vertieft zu sein.

»Es ist doch noch nicht zu Ende!«, widerspricht Wildrid. »Ich habe noch sehr viel vor.«

Kat nickt langsam, wie einverstanden, und Ingrid spürt, wie sich in ihr etwas zusammenkrampft: Ist Kat so satt und zufrieden mit ihrem farbensprühenden Leben, dass sie meint, sie könne sich jetzt einfach zurücklehnen? Die Erinnerungen an lodernde Dramen und ohrenbetäubende Siege genießen und dabei Mitleid mit Ingrid haben, die ihr Leben im Hintergrund verbracht hat, die von der Seitenlinie her applaudiert hat?

»Du hast uns nie gesehen, was?«, fragt Wildrid mit scharfer Stimme. »Nie begriffen, dass du das Maß aller Dinge warst; wie wir uns abgemüht haben, um einen Bruchteil Kat zu erreichen, einen Hauch von dem, was du warst. Siehst du es auch jetzt nicht, deinen Hofstaat, der sich um dich versammelt hat?«

Ingrid ist entsetzt. Will aufspringen und Kat in die Arme nehmen, sagen, dass sie kein Wort von dem Gesagten gemeint hat. Dass Kat für sie immer eine Inspiration war, dass sie keinen Menschen lieber hat. Will sagen, dass sie müde ist, dass sie zu viel Wein getrunken hat, sie hat es nicht so gemeint!

Aber Wildrid hält sie zurück. Wildrid hebt die Hände und dreht sich zu den anderen um. »Lisbeth! Sina! Sagt nicht, ihr könntet nicht verstehen, wovon ich hier rede!«

Sina hebt den Kopf und lässt ihren Blick von einer zur anderen wandern. »Wenn das so war, dann habe ich es nicht gewusst«, sagt sie. »Ich war dankbar.«

Sie bläst eine längliche Rauchwolke aus und dreht sich zu Lisbeth um. »Wenn ich alles noch einmal machen müsste, wäre ich viel weniger dankbar.«

Lisbeth zuckt mit den Schultern. »Ich habe es immer gewusst«, sagt sie. »Dass ich nicht so war wie du, Kat. Keine konnte so sein wie du. Aber das war mir egal. Ich hatte andere Dinge.«

Ingrid will sie alle zum Schweigen bringen, will sich selbst zum Schweigen bringen. So war das doch nicht! Es muss immer eine Anführerin geben. Eine zum Bewundern, eine, die den Rahmen steckt. Eine, deren Wünsche man erfüllen möchte. Aber das bedeutet nicht, dass sie … über die anderen herrscht.

Nicht?, fragt Wildrid in ihr. War es Kat nicht nur zu recht, dass du immer bereitstandst, um sie zu loben und zu bewundern? Ihr mit der Kamera in der Hand zu folgen, bereit, ihre und Niklas' einzigartigen Leistungen zu dokumentieren? Warum konntest du nie mitten im Bild stehen? Warum konnte niemand *dich* leuchten sehen?

Ingrid schüttelt den Kopf. Keine leuchtet in Schuhgröße 42. Mit breiten knochigen Händen und den besten Noten in allen Fächern ist man zuverlässig und steigt wohlverdient in höhere Ränge auf. Aber flink und zuversichtlich bringt keinen Glanz in die Augen. Solide und geduldig lässt das Blut nicht brausen.

Sie spürt Kats Blick. Dreht sich ihr zu und schaut ihr ins Gesicht.

»Ich habe zu wenig geliebt«, sagt sie.

Die Stimme summt in ihren Ohren, legt sich wie eine Spirale um Kat in der Mitte. Am Ende öffnet Kat den Mund.

»Es ist nicht zu spät«, sagt sie. »Das hast du ja eben erst selbst gesagt. Du kannst immer etwas finden. Du kannst nie wissen, welche Gestalt es annimmt.«

Wildrid greift nach Ingrids Hand. »Das wunderschöne Gefühl«, flüstert sie. »Wieder und wieder.«

Ingrid schließt nachts nicht die Vorhänge in ihrem Zimmer. Sie sieht gern das Schattenspiel der Zweige draußen an der rauen Mauer, und das Fenster ist so hoch angebracht, dass der Wachmann nicht hineinschauen kann.

Sie sitzt auf der Bettkante, bindet den orangen Schal ab, der locker um ihren Kopf gesessen hat. Horcht in sich hinein, ob Wildrid noch immer in ihrer Brust herumtobt, aber nein. Das Haus ist still, sogar der Gecko an der Wand über dem Lichtschalter ist im Mondlicht erstarrt. Ich habe zu wenig geliebt. Sie sieht vor sich Kats Gesicht, Sinas. Hat Sina geliebt? Hat Lisbeth? »Du kannst nie wissen, welche Gestalt es annimmt.« Maya und Steinar. Sina und ihr Sohn.

Ingrid sucht in ihrem Herzen. Mit zitternden Fingern zieht sie hervor, was es dort gibt: Simon und Petter. Kat. Zwei junge Augen hinter einem Kranz aus Lachfältchen. *Ich habe gewartet. Ich habe geglaubt, dass du kommen würdest.*

Sie legt sich auf das Bett, spürt das vertraute Quietschen im Rücken. Denkt, dass sie am nächsten Tag mit Sina in den Garten gehen wird. Sie haben jetzt mehr als genug Bohnen, außerdem Okra. Vielleicht kann Sina Blumen pflanzen? Ingwerblüten und gelbe Dschungelglocken. Paradiesvogelblumen. Anmutigen Frangipani. Ingrid weiß die richtige Stelle. In der Ecke rechts vor der Veranda, da gibt es genug Sonne und nicht zu viel Schatten. Sina kann da etwas Schönes schaffen.

Ingrid dreht sich zur Wand. Morgen wird sie an Kjell schreiben und ihn bitten, ihre Wohnung zu verkaufen.

48
Ateca

Heute Nacht habe ich von schwarzen Wolken geträumt, Gott. Sie platzten mit einem furchtbaren Knall, und das Wasser strömte über die Erde. Das Meer stieg dem Regen entgegen, und die Wellen brachen sich über dem Land. Danach lag das Meer ganz ruhig da, ohne Leben. Nur einige Zweige trieben auf dem Wasser, und ein leeres rotes Boot. Als ich aufwachte, wusste ich, dass etwas Wichtiges passieren würde.

Ich habe den Damen nichts gesagt. Kaivalagi begreifen Träume nicht so wie wir. Für sie ist ein Traum etwas, das das Herz tagsüber nicht zu denken wagt. Etwas Altes, das man nicht loswird. Für uns geht es um die Zukunft. Um eine Hoffnung, die wir zu etwas nutzen können.

Ich hatte Angst, als das nächste Zeichen kam. Ich habe den Todesstrom schon viele Jahre nicht mehr gehört, aber ich habe das Geräusch sofort erkannt: das schwere, langsame Pochen ist nicht zu verkennen. Wenn der Lali die Todestrommel schlägt, klingt sie nicht heftig und intensiv wie beim Meke oder leicht und tanzend wie zur Geburt eines Babys. Sie ist tief und düster und lässt das Echo eines Schlages verhallen, ehe der nächste erklingt.

Ich wusste, dass es die Todestrommel war, weil Akuila sie nicht gehört hatte. Er stand vor dem Haus neben mir, und während der schwere Rhythmus in meinem Kopf widerhallte, redete und lachte er wie sonst auch. Ich drehte mich weg von ihm und horchte auf das Trommeln. Aber es wurde immer leiser, und am Ende war es gar nicht mehr zu hören.

Du hast gesagt, dass wir dir vertrauen sollen, Gott. Dass du uns sicher durch den Sturm geleitest. Hilf mir, stark und mutig zu sein.

Und Vilivo, Gott. Ich weiß nicht, wo er ist, aber ich weiß, dass er zurückkommt. Pass so lange auf ihn auf. Lass ihn Arbeit finden, damit er zurechtkommen, erwachsen werden und eine Familie gründen kann.

In Jesu Namen. Emeni.

49
Maya

Sie weiß nicht, was Evy gesagt hat. Evy ist ihre Tochter. Sie hat etwas gesagt. Ich hätte es aufschreiben müssen, denkt Maya.

Die Küche um sie herum ist ihr vertraut. Das Ding, in das sie das Brot steckt und das jetzt auf der Anrichte steht; wenn die Brotscheiben herauskommen, sind sie braun und ein bisschen angebrannt. Das Quietschen, wenn sich die Tür hinter ihr öffnet, erinnert sie an Vögel. Die Frau mit den dunklen Kraushaaren, die ihr immer Tee kocht, lächelt und reicht ihr eine Tasse – wer ist sie doch noch gleich?

»Evy sagt, dass du das entscheiden musst«, sagt Kat. »Ob du weiter hier wohnen möchtest oder ob du zurückfahren willst. Sie hat gesagt, sie kann dir gern in ihrem Haus in Trondheim ein gemütliches Zimmer einrichten.«

»Trondheim«, sagt Maya. »Evy wohnt in Trondheim.«

Kat nickt. Maya nickt auch. Sie findet es schön, wenn sie zusammen nicken. Etwas auf ihrer Brust klickt. Sie schaut nach unten. Immer, wenn sie nickt, klickt dieses Seh-Ding, das sie an einer Schnur um den Hals trägt, es klickt, wenn es einen Blusenknopf trifft. Sie nickt weiter. Klick, klick, klick, klick.

»Maya«, sagt Kat und nimmt ihren Arm. Kat nickt nicht mehr. Was sagt sie jetzt? Ihr Mund ist ganz dicht vor Mayas Gesicht.

»Evy hat dich sehr lieb. Das haben wir auch. Du musst bestimmen, wo du wohnen willst.«

Du musst bestimmen. Du musst bestimmen. Es ist wichtig, dass sie hört, was der Mund sagt. Sie darf es nicht vergessen. Sie sollte es aufschreiben.

Eine sehr alte Frau starrt sie aus dem Spiegel überrascht an. Das Seltsame ist, wenn sie zwinkert, zwinkert die Frau im Spiegel auch. Maya versucht, mit nur einem Auge zu zwinkern, um sicher zu sein, dass sie richtig sieht, und die Frau tut dasselbe. Auch sie trägt so ein Seh-Ding an einer Schnur um den Hals. Maya dreht sich von der Frau im Spiegel weg; sie sieht mürrisch aus. Sie möchte gern die Frau mit den Kraushaaren finden, die immer Tee kocht. Hat sie schon zu Abend gegessen? Sie weiß es nicht mehr.

»Maraia will dich besuchen«, sagt Kat. Ein kleines Kind kommt herein und setzt sich auf den Boden. »Wir können Bücher angucken«, sagt das Kind. »Ich kann eins holen.«

Sie schauen in das große Buch mit Flaggen und Meeren. »Da sind wir«, sagt das Kind und zeigt auf einen Punkt mitten in einer großen blauen Fläche. »Ja«, sagt Maya. Sie begreift nicht, was das Kind meint, aber ihr ist klar, dass man durchaus ein Punkt sein kann. Wie ein Punkt sein kann.

»Ich habe jemanden gekannt, der Bilder gemalt hat«, sagt sie zu dem Kind. »Farbpunkte auf andere Farben. Ich weiß nicht mehr, wer das war.«

Das Kind sieht sie lange an. »Hast du Angst, wenn du dich nicht erinnerst?«

Maya weiß es nicht. Hat sie Angst? Was war es noch, wovor sie Angst haben sollte? Sie schaut das Mückennetz an, das wie eine aufgerollte weiße Wolke über dem Bett hängt. Sie sollte Angst vor Mückenstichen haben.

Sie schaut das Kleid an, das das Kind trägt. Orange mit roten und weißen Blumen. Sie öffnet den Mund. »Bulle«, sagt sie und schaut das Kind verwundert an. Sie weiß nicht, warum sie das gesagt hat. Aber die Kleine lächelt. »Bula«, sagt sie und streicht sich über das Kleid. »Bula-Kleid. Madam Kat hat es für mich genäht.«

Maya schüttelt den Kopf. Sie hat das Kleid genäht. Sie hat alle Kleider für Evy genäht. Sie haben nicht so viel Geld, sie und Steinar, es ist schön, dass sie nähen kann, was die Tochter braucht. »Ich kann dir Nähen beibringen«, sagt sie.

Aber die Kleine schüttelt den Kopf. »Jetzt verstehe ich nicht, was du meinst«, antwortet sie. Sie spricht eine andere Sprache, und Maya ist froh, weil sie die versteht. Sie will antworten, aber die Wörter entgleiten ihr, wie Schlittschuhschritte auf dem vereisten See bei Reitvik im Winter. Sie öffnet den Mund und macht ihn wieder zu. Fährt mit der Hand über die Blumen auf dem Kleid des Mädchens. Sie ist ja doch nicht Evy. »Bula«, sagt die Kleine noch einmal und lächelt.

Von: kat@connect.com.fj
An: evy@forgad.gmail.com
Betreff: Dein Besuch

Liebe Evy,

Danke für Deinen Besuch. Ich verstehe ja, dass es nicht leicht war, am Sonntag von hier aufzubrechen, und ich finde, dass Du einen mutigen und rücksichtsvollen Entschluss gefasst hast. Ich bin sicher, dass Maya bessere Tage haben wird, wenn sie hier bei uns bleiben darf. Wie viele es sein werden, wissen wir nicht, aber wir werden sie für Maya so gut machen, wie das nur möglich ist.

Maya ist noch immer gern mit uns im Süßhaus. Und ich glaube ehrlich gesagt, dass ein Stück Schokolade oder zwei pro Tag allen guttut, egal, in welchem gesundheitlichem Zustand jemand ist. Sie malt gern, oft sitzt sie hier mit den Wasserfarben auf der Veranda und malt zusammen mit der kleinen Maraia, die du kennengelernt hast. Es fällt Maya offenbar schwerer, Englisch zu sprechen, aber sie und Maraia verstehen einander trotzdem.

Wir bleiben in Kontakt.

Liebe Grüße

Kat

Sie wandert zusammen mit dem Kind einen Strand entlang. Sie halten einander an den Händen und gehen zu einem roten Boot, das am Ufer unter einigen Palmen liegt. Ein großer, kräftiger Mann breitet seine Netze über das Boot zum Trocknen aus, ein Spinnennetz aus glitzernden Meerestropfen.

»Bula, Jone«, sagt das Kind und winkt dem Mann zu.

»Bula vinaka, Maraia.«

Maya nimmt das Kopfding ab, das ihr Haar schwitzen lässt. Sie sieht das Kind an, das ihr zunickt, sie soll offenbar etwas sagen. »Bula vinaka«, wiederholt Maya.

Der Mann lacht, das Kind lacht auch. Maya steht still da und spürt das Lachen, eine runde, warme Welle, die auf sie zukommt. Sie weiß nicht mehr, was so witzig war. Aber das Lachen ist hell und angenehm, ein Lied, das durch ihren Kopf strömt. Sie schließt die Augen, um es sehen zu können. Ein roter Strom hinter ihren Augenlidern, ein Zittern. Sie spürt, wie der Wind ihre Haare vom Kopf hebt, fühlt sich leicht und leer. Es gibt etwas, woran sie sich erinnern müsste. Aber der Sand unter ihren Zehen ist kühl hier im Schatten, sie hat einen süßen Geschmack im Hals. Maya atmet ganz tief durch die Nase, hört von irgendwoher einen verwunderten Ausruf. Ein Gefühl, langsam durch die Zeit zu gleiten, Arme, die sie festhalten, während das gewaltige Lied in sie eindringt und sie erfüllt.

50
Sina

Sie geht an Mayas Zimmer vorbei. Schaut durch die halb offene Tür und sieht das Buch mit den großen Karten auf dem Boden liegen, auf dem Bett liegt ein Stapel aus frisch gebügelten Kleidern. Der Nachmittag ist zäh und heiß, und Sina überlegt, ob sie kurz im Süßhaus vorbeischauen soll. Formen müssen gesäubert werden, Pappschachteln gefaltet, Folie und Zellophan zurechtgeschnitten werden. Es ist kühl im Süßhaus und sicher auch leer. Kat ist in der Küche und Ingrid im Hintergarten. In einigen Stunden, wenn in Norwegen der Tag beginnt, wird Lisbeth sich ans Telefon setzen und mit Kunden und Geschäftspartnern reden. Maya macht einen Spaziergang, und Maraia ist bei ihr. Sina beschließt, bei der Ecke unter der Veranda vorbeizuschauen, wo Mayas Vanda-Orchideen und die Paradiesnesseln sich jetzt rasch und üppig verbreiten. Der Kompost, den Ingrid aus den Essensabfällen herstellt, sorgt dafür, dass sich vor allem die Schwertlilien wohlzufühlen scheinen.

Sie hat gerade die vier Treppenstufen hinter sich gebracht, als sie ihn sieht. Jone kommt dort unten über den Strand, er hält etwas in den Armen, etwas Schweres und Schlaffes. Ein kleiner Mensch läuft neben ihm. An ihrem

Rhythmus, den langsamen Schritten ohne Eile, erkennt Sina sofort, dass etwas zu spät ist.

Das Schlimmste sind Maraias schwarze Augen. Sie steht einfach nur da, weint nicht, sagt nichts. Es ist härter, sie anzusehen als das leblose Bündel, das Maya ist, den Hut, den Sina ihr vorsichtig abnimmt, die Schale, die ihr Körper ist. Kat versucht mit Maraia zu sprechen, sie zu fragen, es kommt aber keine Reaktion, Jone übernimmt das Reden. Erzählt, dass Maya ganz normal aussah, als sie und Maraia den Strand entlangkamen, ehe sie dann plötzlich stehen blieb und zusammenbrach.

Als der Arzt kommt, hört Sina etwas über »massiven Schlag« und »höchstwahrscheinlich hat sie nichts mehr gemerkt«. Aber sie interessiert sich nicht für das Weshalb und Wie. Es ist vorbei, es ist aus, das hat sie in der Sekunde gewusst, in der sie Jone sah, groß und schwarz im Gegenlicht.

Sina will Maya fertig machen, und sie will es allein schaffen. Sie weist Atecas Hilfsangebot ab und holt aus der Küche Waschwasser und einen Lappen. Stellt die grüne Plastikschüssel auf den Hocker, den Maya als Nachttisch benutzt hat. Gestern habe ich darin Reis gewaschen, denkt sie. Setzt sich auf die Bettkante, auf das Laken, das nach Körper riecht. Mayas eine Hand liegt mit der Handfläche nach oben, scheint nach etwas zu schnappen wie ein hungriges Tier. Die Finger sind trocken und kalt, als Sina die Hand umdreht und sie neben den Leib legt.

Sie überzeugt sich davon, dass das Wasser lauwarm ist. Streift der Toten das Kleid über den Kopf, streichelt ihr Haar. Das fühlt sich verwelkt an, wie altes Gras. Sie knöpft die Unterwäsche auf und zieht sie ihr vorsichtig aus.

Sie hat Maya noch nie nackt gesehen. Die weißen Falten, die Adern und die braunen Flecken, eine stumme Landkarte über siebenundsechzig gelebte Jahre. Der weiche Waschlappen liebkost langsam Stück für Stück, reinigt, beendet. Vorbei. Unser Augenblick auf Erden.

Als leises Hintergrundgeräusch hört sie Kat mit Evy telefonieren. Ingrid steht auf der Veranda, um die zu empfangen, die ihr Beileid aussprechen wollen. Dass eine der Damen in Vale nei Kat den letzten Atemhauch getan hat, ist schon überall in Korototoka bekannt. Bald kommen die Matten, denkt Sina.

Lisbeth öffnet die Tür einen Spaltbreit. »Kann ich dir helfen?«

Sie öffnet den Mund, um abzulehnen, hört aber ihre eigene Stimme: »Das schaff ich schon. Aber du kannst reinkommen und dich zu uns setzen.«

Evy will, dass Mayas Sarg nach Norwegen überführt wird, sie soll zu Hause in Reitvik begraben werden. Die Tochter wollte sich in die erste Maschine nach Fidschi setzen, aber Kat hat ihr klarmachen können, dass das nicht nötig ist. »Wir können die Überführung von Nadi aus arrangieren.«

Sina versteht nicht sofort, warum Ateca erleichtert aussieht, aber dann kommt die Erklärung: »Das gibt uns genug Zeit zum *Reguregu.*«

Sina hat dieses Wort noch nie gehört. »Ist das eine Art Beerdigungszeremonie?«

Ateca überlegt.

»Es ist noch mehr«, sagt sie dann schließlich. »Es bedeutet, Abschied zu nehmen.«

Sina merkt, dass sie viele Fragen hat.

»In Norwegen ist Einäscherung üblich«, sagt sie. »Das macht ihr hier nicht?«

Ateca macht dieses seltsame Rückwärtsnicken. »Nicht so oft, aber es kommt vor. Das Wichtigste ist, dass Madam Maya einen Platz bei Gott bekommt, zusammen mit den Engeln. Es ist egal, ob sie im Sarg oder als Asche kommt.«

Ihr graust. Will nicht, dass der Abschied von Maya, der einzige, an dem sie teilnehmen kann, etwas Seltsames und Fremdes ist, eine Zeremonie, die sie nicht begreift. Sinas Trauer ist zurückhaltend, fast misstrauisch, als müsse sie auch jetzt noch auf Maya aufpassen.

Es wird fremd und ein wenig seltsam, aber nicht unpassend. Nicht unheimlich. Da Maya hier keine Verwandten hat, werden Yaqona und *Tevutevu,* die Matten, vor Kat hingelegt. Akuila hat bei sich zu Hause eine große Tanoa für den Kava geholt, das kleine Gefäß bei ihnen im Regal ist eher zur Zierde da. Die Veranda füllt sich mit Menschen, ein stiller Zug zieht ins Wohnzimmer und wandert um den Esstisch herum, auf dem der Sarg steht. Ein Bilo nach dem anderen wird getrunken. Maya bekommt gute Worte und viele Gebete. Sina denkt an Evy, an die restlichen Verwandten und die Freunde zu Hause in Reitvik, das hier entgeht ihnen. Ein inniger und menschenreicher Abschied von denen, die da waren, als die Reise plötzlich ein Ende nahm.

Vater Iosefa ist für die Lieder zuständig, die im Wohnzimmer gesungen werden, und Sina geht hinaus auf die Veranda. Sie richtet ihren Blick auf die Wellen und bemerkt Ateca erst, als die ihre Hand nimmt. Sie zuckt zusammen, zieht ihre Hand aber nicht zurück. Erst, als das Lied im Haus bei der letzten Strophe angekommen ist und Ateca einstimmt:

Wenn ich auch gleich nichts fühle von deiner Macht,
du führst mich doch zum Ziele auch durch die Nacht:
so nimm denn meine Hände und führe mich …

In Sina birst etwas. Plötzlich wird sie wütend, auf Ateca, auf den albernen Choral, und sie reißt ihre Hand zurück. »Die Hände nehmen«, ruft sie wütend. »Niemand hat Mayas Hände genommen! Sie hat einen Schlaganfall erlitten! Und jetzt ist sie tot!«

Ateca hört auf zu singen, sagt aber nichts. Sitzt nur ruhig mit auf dem Schoß gefalteten Händen da, bis das Lied zu Ende ist.

»Die Trauer macht unsere Gedanken finster, Madam Sina«, sagt sie, als es still wird. »Ich weiß nicht, wie das in deinem Dorf gemacht wird. Aber hier in Korototoka vergisst niemand. Wir werden uns in vier Tagen wieder an Madam Maya erinnern. Und danach in zehn. Und dann in hundert. Auch wenn ihr Körper an einem anderen Ort ist.«

Sina nickt, ihre Wut ist so schnell verflogen, wie sie gekommen war. Sie denkt an etwas anderes, das sie einmal gehört hat. *Wenn du auf Fidschianisch über etwas sprichst, gehört es zu dir.* Vielleicht ist es auch mit der Trauer so? Dass du auf eine Weise trauern musst, die du verstehst, damit die Trauer einen Ruheplatz findet?

»Wenn Maya nach Norwegen kommt«, sagt sie langsam, »wird ihre Tochter sie in Empfang nehmen und ein Reguregu machen, wie es bei uns üblich ist, in ihrem eigenen Dorf. Das ist anders als eures, aber es wird eine Gedenkfeier, an der auch alle teilnehmen können, um sich zu verabschieden.«

»Können alle sagen, was sie wollen?«

Sagen, was sie wollen? Wie meint Ateca das?

»Ja … alle, die wollen, können Gedenkworte sprechen.«

»Können sie um Vergebung bitten und Vergebung erhalten?«

Sina begreift nicht. »Vergebung? Wenn sie mit der Toten zerstritten waren, meinst du?«

Ateca seufzt leise, und Sina wird ungeduldig. Wovon redet sie denn nur?

»Es kann keinen Frieden geben«, sagt Ateca, jedes Wort ist langsam und deutlich. »Nicht bei denen, die fortgehen, nicht bei denen, die bleiben, solange nicht böse Worte und Ungerechtigkeiten geklärt worden sind. Wenn nicht die einen um Vergebung gebeten und die anderen vergeben haben, kann die, die fortgehen soll, nicht fortgehen. Und die, die zurückbleiben, können nicht mit dem Herzen Abschied nehmen.«

Ein Schatten bewegt sich neben ihnen, und Sina und Ateca drehen sich zu dem schmalen, stillen Gesicht des Meersterns um.

»Wir sind klein«, sagt Maraia. »Wir sind klein, weil das Meer so groß ist.«

Zum ersten Mal, seit es passiert ist, hört Sina sie etwas sagen.

Im Wohnzimmer wird ein neuer Choral angestimmt, aber Sina achtet nicht darauf. Sie hört nur ein tiefes, keuchendes Schluchzen. Kat steht gleich hinter ihr und weint so heftig, dass ihr ganzer Körper bebt.

51
Ateca

Ich wollte Abschied von Madam Maya nehmen, ehe ich gegangen bin. Der Sarg war so schön, Gott. Bedeckt mit einem Tevutevu, daneben ein Masi. Die weißen Muscheln hatte Maraia dazugelegt.

Ich wollte Madam Maya zum Abschied ein Lied singen. Isa lei. Oh, welche Trauer. Niemand kann uns verlassen, solange wir nicht unsere Trauer über die Trennung gesungen haben:

Isa, isa, du allerliebster Gast
Du warst eine Weile hier, und wir haben uns gefreut
Dein Abschied macht unsere Herzen schwer.

Mein Herz zitterte, als Madam Kat auch anfing zu singen. Unsere Stimmen waren so hell wie der Wind, als wir zusammen mit Madam Maya in dem letzten weißen großen Lied standen.

Isa lei, oh, welche Trauer!
Ich bleibe verlassen zurück, und du segelst davon
Versuch daran zu denken, wie glücklich wir waren
Und in Korototoka wirst du niemals vergessen werden.

Lieber Gott, danke, dass du Madam Maya aufnimmst, wenn sie kommt. Sie reist allein, aber du wartest auf sie.

In Jesu Namen. Emeni.

52
Ingrid

Sie haben an Mayas Zimmer nichts verändert. Ingrid geht an der geschlossenen Tür vorbei, denkt, sie müsste hineingehen und das Fenster öffnen. Den Geruch von Verlust auslüften, die Farbenfreude der Papageienblumen einlassen. Aber sie bringt es nicht über sich, weiß, dass noch immer auf dem Tisch dort drinnen der Atlas liegt, aufgeschlagen bei den Träumen von Maya und Maraia.

Auf dem Küchentisch liegt Post. Ingrid hat lange gebraucht, um das Postsystem in Korototoka zu begreifen: Wenn es für jemanden im Dorf einen Brief gibt, dann landet der entweder bei Salote oder in der kleinen Bude, die sie Polizeiwache nennen. Auf irgendeine Weise gelangt die Post von dort an den Empfänger. Nach Vale nei Kat kommt sie in der Regel mit Ateca oder Akuila.

Aber dieser Brief ist an Ateca gerichtet, und er ist geöffnet. Neugierig hebt Ingrid den Umschlag auf, die Schrift darauf ist groß und bleistiftgrau. Kein Absender. Sie steckt zwei Finger in den Umschlag, lässt ihn aber blitzschnell wieder auf den Tisch fallen, als sie vor der Küchentür Atecas Schritte hört.

»Madam Ingrid«, sagt Ateca, nickt und stellt ihren Korb voller Waren ab.

Ingrid spürt, wie die Fast-auf-frischer-Tat-ertappt-Röte ihre Wangen brennen lässt, und ergreift eilig die Initiative. Hebt den Brief auf und sagt leichthin und nebensächlich: »Ich wollte deine Post gerade ins Regal legen, hier auf dem Tisch wird sie so schmutzig.«

Die Peinlichkeit setzt ihr noch mehr zu, als Ateca kein misstrauisches Gesicht macht, sondern sie anstrahlt und nach dem Umschlag greift. Sie hält ihn hoch wie eine Goldmedaille: »Madam Ingrid, das ist ein Brief von Vilivo. Von meinem Sohn. Madam Ingrid, er hat Arbeit gefunden!«

Der fehlende Eckzahn hat in ihrem Mund ein Lachgrübchen hinterlassen, und Ingrid muss das Lächeln erwidern. Das Lachen rollt tief und hallend zwischen Atecas Lippen hervor, und sie muss sich auf den Küchentisch stützen, ehe sie weiterreden kann.

»Es gibt guten Lohn, Madam Ingrid. Sie bauen eine neue Brücke über den Waimakare-Fluss. Hör nur, was er schreibt.«

Atecas Stimme ist langsam und feierlich, als lese sie aus ihrer abgegriffenen Bibel vor:

Liebe Na,

ich glaube, Du bist böse auf mich, weil ich gegangen bin, ohne etwas zu sagen. Aber ich wusste, dass Madam Ingrid Dir sagen würde, was ich ihr im Auto erzählt habe, auch wenn ich nicht erwähnt habe, wohin ich wollte. Ein Freund von Salesi hat gehört, dass bei dem Brückenbau oben in Drokadroka Leute gebraucht werden, und ich wollte deshalb hin. Im Bus von Rakiraki durch das Tal nach oben traf ich Leute, die bei der neuen Brücke über den Waimakare arbeiten. Sie sind mit mir zum Bosso der Baustelle gegangen, und ich durfte am selben Tag anfangen. Es gibt guten Lohn, Na, ich schicke in diesem Brief etwas Geld. Später kommt noch mehr. Hier arbeiten viele, aus mehreren Dörfern, aber keiner aus Korototoka. Der Bosso ist aus China, daher kommen auch noch andere.

Ich tue, was mir gesagt wird, meistens graben und Steine fahren. Ich habe dem Bosso erzählt, dass ich mich auch mit Maschinen auskenne, und heute durfte ich eine Dampfwalze fahren. Es ist gute Arbeit, Na, ich bin froh, dass ich hier bin. Es war auch schön, Madam Kat bei der Schokolade zu helfen, sie war immer gut zu mir. Aber es war keine starke Arbeit für einen Mann, und ich brauche mehr Geld. Ich will ein Haus bauen, ein liebes Mädchen heiraten und eine eigene Familie haben. Und wenn Du zu alt bist, um für Madam Kat zu arbeiten, wirst Du bei uns wohnen.

Ich komme zurück, Na, auch wenn es eine Weile dauern kann. Mein Haus soll in Korototoka stehen, das ist meine Vanua.

Sag Madam Kat, dass ich jetzt Arbeit habe. Und Gott möge Dich immer behüten, in Jesu Namen.

Dein Sohn
Vilivo Matanasigavulu

»Bist du das, Ateca?«

Ingrid weiß nicht, warum sie diese Frage so formuliert.

»Bin ich was, Madam Ingrid?«

»Böse auf Vilivo? So, wie er im Brief schreibt?«

Ateca schlägt sich erschrocken die Hand vor den Mund.

»Nicht doch, Madam Ingrid. Ich bin froh. Das wollte ich doch.«

»Dass Vilivo weggeht?«

»Ich wollte, dass er Arbeit findet. Damit er allein zurechtkommt, erwachsen werden und eine Familie gründen kann.«

Ingrid zögert ein wenig: »Hm. Er hat doch auch hier gearbeitet. Aber, was schreibt er da noch … *das war keine starke Arbeit für einen Mann*?«

Ateca nickt. »Er hat sich über die Arbeit gefreut, und über alles, was Madam Kat für ihn zu tun versuchte. Aber er schämte sich, weil niemand seine tüchtigen Hände und seinen starken Rücken brauchte.«

»Er wollte körperliche Arbeit? Es ist dem Status eines Mannes nicht angemessen, Schokolade herzustellen?«

Ingrid hört, dass Wildrids Stimme einen scharfen Unterton bekommt, und will sie zum Schweigen bringen: Ateca kann sich nicht gegen Rollen und Regeln auflehnen, die so alt sind wie die Götter, die ihre Träume bewohnen.

Aber Ateca schüttelt nur den Kopf. »Mein Herz war schwer, als er gefahren ist. Aber es musste sein. Und es wird singen, wenn er zurückkommt.«

Es dauert seine Zeit, Löcher zu füllen. Und manche soll man gar nicht zu füllen versuchen, denkt Ingrid und betrachtet Sina auf der Veranda. Sina hat sich ein Handtuch unter die Knie gelegt und hockt auf allen vieren vor dem Blumenbeet. Die gelbe Dschungelglocke hat das an der Wand ausgespannte Netz erreicht, die trichterförmigen Blüten bilden bereits üppige Dolden. Sinas Gesicht liegt im Schatten unter dem platten, verbeulten Hut; Ingrid hat niemand etwas dazu sagen hören, dass Mayas ramponierte Kopfbedeckung weiterhin jeden Tag benutzt wird. So ist es wohl, denkt sie. Wir alle nehmen das mit, was wir brauchen, um weiterzugehen.

Sie schlendert wieder ins Haus, spürt die Unruhe, die schon den ganzen Vormittag da war. Erst vor wenigen Tagen haben Kat und sie Maya auf die letzte Reise geschickt, eine stille Fahrt mit schwerem Gepäck zum Flughafen. Als alles erledigt und der Sarg eingecheckt war, aßen sie etwas im Imbiss vor der Abflughalle. Ingrid erlebt diesen Augenblick noch einmal. Ihre Hand greift an ihren Hals, sie spürt die Röte, die sich ausbreitete, die Freude, die heiß durch ihren Körper strömte, als er plötzlich mit der Kaffeetasse in der Hand vor ihrem Tisch stand. »Ingrid?« Sie sprang auf, vor Verwirrung öffnete sie die Arme, wollte ihn an sich ziehen. Sah aus den Augenwinkeln Kats lächelndes Gesicht, das Gedränge um sie herum und ließ sich wieder auf ihren Stuhl sinken. Sie weiß nicht mehr, was sie gesagt hat, Oh oder Hallo vielleicht. Sie weiß aber noch, ja, da ist sie sich ganz sicher, wie Johnnys Gesicht leuchtete, als er sie sah. Als ob er sich nach diesem Anblick gesehnt hätte. Er setzte sich zu ihnen, sagte etwas von Teilen für einen Schiffsmotor, die er abgeholt hatte. Sie erinnert sich nicht richtig daran, nur an sein Lächeln, an seine Hand, die zum Abschied winkte, als er ging. Grob und runzlig, aber stark. Und warm, hatte sie gedacht.

Sie ruft jeden Tag ihre Mails auf. Kjell schreibt nicht mehr so oft, nach einem wütenden Mail-Wechsel, als sie ihn gebeten hatte, ihre Wohnung zu verkaufen. In Wirklichkeit hatte Wildrid die Mail verfasst:

Ich habe beschlossen, in Korototoka zu bleiben. Eigentlich weiß ich das schon lange, im Grunde seit dem ersten Abend, als ich das Meer in Gold und Rot flammen sah. Ich vermisse nichts von zu Hause, es gibt nichts, was du erledigen müsstest. Ich habe mich mit der Bank in Reitvik in Verbindung gesetzt, sie kennen mich gut und werden das Geld für die Wohnung in einem Fonds anlegen. Mit moderatem Risiko, keine Angst! Hier auf Fidschi brauchen wir nur wenig, ich gehe jetzt barfuß und spare das Geld für Schuhe.

Wildrid hatte gelacht, als sie den letzten Satz schrieb. Ingrid wollte ihn schon löschen, überlegte sich die Sache dann aber anders.

Jetzt ist also keine Mail von Kjell gekommen. Auch keine von Simon oder Petter, manchmal schreiben sie ein paar Zeilen, aber nicht oft. Ganz oben über der eingelaufenen Mail steht in halbfetter Schrift der Betreff: Gruß aus Labasa

Hallo, Ingrid!

Ich habe gesagt, dass ich schreiben würde, aber Du kannst Dir ja denken, dass das nicht gerade meine Stärke ist. Ich habe auch gesagt, dass ich zurückkommen würde, aber auch das habe ich nicht getan. Jetzt, wo Kat's Chocolate so gut läuft, ist meine Aufgabe erledigt. Aber ich bin nicht sicher, dass Du und ich erledigt sind, zumal wir ja noch gar nicht richtig angefangen haben.

Ich fand es so schön, Dich beim Flughafen zu sehen, und ich glaube, Dir ging es auch so. Wir kennen einander nicht gut, und es kann durchaus sein, dass dieser Brief Dich verletzt oder Dir Angst macht. Das hoffe ich nicht. Aber ich habe es satt, mich nicht zu trauen, und ich werde keine Zeit mehr verschwenden.

Ich glaube, Du und ich, wir können einander verstehen. Wir sind nur uns selbst verantwortlich, und wir wissen, was es heißt, allein unterwegs zu sein. Das gibt Ruhe und geraden Rücken. Aber je älter ich werde, desto weniger Zeit habe ich zum Warten. Ich will die Schokolade mit beiden Händen entgegennehmen, wie wir es in der Nacht in Korototoka getan haben.

Ich möchte Dich besser kennenlernen. Fischst Du gern? Ich bin mehr auf dem Boot als zu Hause, und ich nehme gern zusätzliche Mannschaft an. Wenn Du eine Fahrt aufs tiefe Wasser hinaus wagst, verspreche ich, Dich danach wieder an Land zu bringen.

Wildrid merkt, wie die Angelrute zwischen ihren Händen zuckt. Um sie herum tanzen die Sonnenreflexe im Meer, die Sonne funkelt hoch und heiß, und das Boot springt leicht und munter von einem Wellenkamm auf den anderen. Die Hochseeangel senkt sich, sie lehnt sich zurück und kämpft mit der Winde, gibt ein wenig nach und holt dann wieder ein. Johnny steht hinter ihr und hilft, seine Arme sind fest um sie gelegt. Sein Atem ist warm an ihrem Kopf, ein Schweißtropfen fällt von seinem Kinn und trifft ihre Stirn. Wildrid spreizt die Beine und lehnt sich zurück, während sie aus aller Kraft zieht, vor Freude heulend, als die riesige Makrele zappelnd und widerstrebend über die Reling gezogen wird. »So, ja«, sagt Johnny und lacht. Nimmt die Mütze ab und wischt sich den Schweiß aus dem Gesicht. »Gib alles, was du hast, halte nichts zurück!«

Er legt große, raue Hände um ihre Oberarme. Die sind glatt und schmal.

Wenn Du mich unverschämt findest, dann antwortest Du nicht, und das ist dann in Ordnung. Ich bin zu alt, um beleidigt zu sein. Aber wenn das, was ich beim Flughafen gesehen zu haben glaube, zutrifft, dann sagst Du mir, wann Du gern in Labasa vorbeischauen würdest.

Viele Grüße von Johnny, der sich auf ein Wiedersehen freut. Wenn Du Lust hast.

Ingrid erhebt sich. Wenn sie Lust hat? Passiert das hier wirklich? Aber sie braucht es nicht noch einmal zu lesen. Natürlich passiert das hier. Sie schaut auf ihre Füße hinunter, auf ihre Zehen, die sich krümmen und ihr zuwinken. Ingrid Hagen hat zu wenig getanzt, aber daran wird sie nun etwas ändern. Wildrid hebt die Arme und lacht, tief aus dem Bauch heraus. Ein großes und mächtiges Lachen, von dem sie nicht gewusst hat, dass es in ihr steckt.

53
Ateca

Lieber Gott!

Du weißt, dass Kaivalagi oft die einfachsten Dinge nicht verstehen können. Du sagst mir schon so lange, dass ich mit Madam Kat reden muss. Aber zuerst musste ich mit Sai sprechen, deshalb bin ich gestern Abend zu ihrem Haus gegangen.

»Maraia kennt das Lied der Frauen in Namuana«, sagte ich. »Das sie für die Prinzessinnen singen, damit die Schildkröten aus dem Meer kommen.«

Sai war nicht überrascht, Gott. Sie nickte nur. »Es holt sie an die Oberfläche«, sagte sie. »Was verschwunden ist, hat nur eine andere Gestalt an einem anderen Ort.«

Ich konnte hören, dass sie noch an etwas anderes dachte, deshalb wartete ich.

»Am Ende ist alles sichtbar«, sagte sie. »Auch für die, die gar nicht sehen wollen.«

Ich begriff sofort, Gott. Sie dachte an Madam Kat, Madam Kat will nicht sehen.

Ich war total unvorbereitet, das schwöre ich. Als sie dann weitersprach, schob der Himmel die Wolken beiseite, und der Mond stand leuchtend dort wie eine entlarvte Lüge. »Mister Niklas hat es gewusst«, sagte sie. Ich kniff die Augen zu. Ich konnte sie nicht ansehen, als sie erzählte. Über ihren Mann, der die ganze Zeit gesagt habe, die Tochter sei zu blass. Über Mister Niklas, der von dem Tag an, als Maraia geboren worden war, der Wahrheit ins Auge geschaut hatte. Von Madam Kat, die mit dem Herzen weiß.

War ich zu hart, Gott? Ich wusste nicht, wie ich sonst mit Madam Kat reden könnte. »Du warst böse auf Mister Niklas, als er gestorben ist«, sagte ich zu ihr. »Deshalb saßest du im Schatten hinter dem Boot. Deshalb hast du nur zugesehen.«

Ich hatte keine Lust, ihre Antwort zu hören, Gott. Du weißt, dass ich nicht will, dass wir uns voreinander schämen. Aber Madam Kat musste das sagen, was sie zu sagen hatte.

»Er hat sie noch nicht einmal angesehen! Es war sein Kind, es war die Mutter des Kindes, aber er konnte sie nicht einmal ansehen. Was ist das denn für ein Mann, Ateca?«, fragte sie mich. »Das konnte ich nicht vergeben. Das war der Grund. Verstehst du?«

Ich verstehe, ich verstehe schon lange. Du verstehst, Gott. Und jetzt versteht auch Madam Kat. Dass sie Bulubulu machen muss. Um Vergebung bitten.

»Nicht du sollst Mister Niklas vergeben«, sagte ich zu ihr. »Du musst Mister Niklas bitten, dir zu vergeben.«

Habe ich es richtig gemacht, Gott? Madam Kat ist viel mehr als nur mein Bosso. Sie ist meine Freundin, die mich beschützt und mir hilft. Aber jetzt muss ich eben ihr helfen.

Segne Maraia und Madam Kat, Gott. Lass ihre Schatten unter dem Mond immer ruhig sein.

Und danke für Vilivo. Danke dafür, dass er Arbeit gefunden hat. Jetzt kann er allein zurechtkommen, erwachsen werden und eine Familie gründen.

In Jesu Namen. Emeni.

54
Kat

Um Vergebung bitten? Das soll ich also?

Ich habe die Flipflops ausgezogen, der Schaum der Wellen spült über meine Beine. Die Sonne ist fast untergegangen, ich muss mich beeilen, wenn ich da sein will, ehe es dunkel wird. Ich habe keinen großen und kostbaren Walzahn bei mir, habe keine Rede vorbereitet. Dort unter dem Baum, wo das Boot gelegen hat, erwarten mich keine feierlichen Männer in zeremonieller Positur.

Es hat Ateca viel gekostet, damit herauszurücken. Sie hält mit ihren Ansichten in der Regel nicht hinter dem Berg, aber es kommt doch selten vor, dass sie so direkt versucht, mich zu etwas zu veranlassen. Ich habe gefragt, ob ich es Sais wegen tun sollte.

»Ist es Sais wegen? Damit sie vergibt?«

Aber Ateca schüttelte den Kopf, und dieses eine Mal lag kein Lachen in ihrem Mund. »Sai hat nichts zu vergeben. Sie hat nichts verloren. Sie hat Maraia. Sie hat im Überfluss bekommen.«

Sie bestand darauf, dass ich es meinetwegen tun müsste. »Wer nicht um Vergebung bittet, findet keinen Frieden.«

Und sie sagte, ich müsse es für Niklas tun: »Er kann dein unruhiges Herz nicht verlassen, Madam Kat.«

Ich verstehe nicht, wie ich das schaffen soll. Jetzt trifft die Sonne auf den Horizont auf und wird mit einem riesigen Bissen vom Meer verschlungen. Ein rosa Lichtschein tanzt für einige Sekunden um die Palmen, dann liegt der Strand in ruhigem Dunkel da.

Ateca war schon lange Witwe, als wir hergekommen sind, ihren Mann habe ich nicht mehr kennengelernt. Aber oft hat sie etwas über Beziehungen und Zusammenleben zu sagen. »Die Gründe, aus denen Mann und Frau sich streiten, sind so zahlreich wie die Blätter an den Bäumen und die Fische im Meer. Aber zum Glück weht der Wind, und die Wellen wogen, und Blätter und Fische werden hinweggefegt.«

Der Wind weht, und die Wellen wogen. Ich halte am Rand des Wassers an und bleibe stehen. Lange, bis ich merke, dass mir das Wasser bis an die Wade reicht. Das Meer hat sich gedreht, die Flut kommt herein. Ich gehe weiter den Strand hoch und setze meinen Weg fort. Der Mond holt mich ein, treibt meine Schritte an und malt leuchtende, knisternde Fußspuren in den Sand.

Ich wusste nicht, wessen Boot es in jener Nacht war, und ich weiß es auch jetzt nicht. Aber es liegt dort, die Ausleger sind wie Arme zu den Seiten ausgestreckt. Komm, sagen sie. Komm, setz dich. Die Schatten liegen dort und warten, ein Dreieck aus Zuflucht zwischen Boot und Bäumen. Ich gleite in den Schutz des stummen Bootsrumpfes, in den salzigen Geruch von an der Sonne getrockneten Netzen.

Ich habe keine Opfergaben mitgebracht, und der, gegen den ich bittere Gedanken hege, ist tot. Der Appell um Vergebung soll an die Familie der Menschen gerichtet werden, denen Unrecht widerfahren ist, aber Niklas' Eltern sind schon lange tot, und ich erfülle auch die anderen Bedingungen nicht. Ich habe keinen *Tabua,* und die beleidigten Menschen sind nicht zur Stelle, um mir die Vergebung zu erweisen, die ich suche. Dennoch bin ich hier und will darum bitten. Bulubulu, um Teufelskreise zu brechen.

Soll ich laut sprechen? Flüstern? In Gedanken zu sprechen wäre nichts anderes als die endlosen Selbstgespräche, die ich in jeder Nacht, seit es geschehen ist, mit mir führe. Ich muss meine Stimme benutzen.

Die Wörter umflackern mich unsicher in der Dunkelheit. »Verstehst du, dass ich nicht richtig sehen konnte?«, beginne ich. »Es war dunkel, und es herrschte Chaos, und am Strand wimmelte es nur so von Menschen, und ich dachte, du wärst mit dem Boot losgefahren. Die Schatten in den Mangroven bewegten sich die ganze Zeit, und ich wurde von allem abgelenkt, was da passierte.«

Ich warte ein bisschen, aber Niklas antwortet nicht.

»Du weißt doch, mit wem ich beschäftigt war? Dass ich nur Augen für deine Tochter hatte? *Deine* Tochter, Niklas. Maraia und ihre Mutter. Der Meerstern leuchtete gleich vor mir in der Dunkelheit, und du kehrtest ihr den Rücken zu. War dir nicht klar, dass du damit auch mir den Rücken zukehrtest? Einer Freude, die wir hätten haben können? Einer Fortsetzung, die wir hätten teilen können?«

Ich warte, höre meine Stimme. Wie sie stottert und wütende Löcher in die Stille hackt. Nicht deshalb bin ich gekommen. Nicht zu Forderungen und Anklagen. Ich bohre beide Hände in den Sand, lasse die feuchte Asche des Meeres meine Handflächen kühlen.

»Ateca sagt, du kannst nicht dahin reisen, wo du hinmusst, wenn ich dich nicht bitte, mir zu vergeben. Mir Enttäuschung und Hass zu vergeben. Dass ich hier stand und im Mondlicht blind war. Dass ich dich nicht aufgefangen habe, als du gefallen bist.«

Der Wind lässt das Holz des Bootes einen trockenen, knirschenden Jammerlaut ausstoßen.

»Es war nicht, weil ich wollte, dass du ertrinkst. Es war, weil ich sie zu uns ins Boot holen, unsere Reise mit ihr teilen wollte.«

Ich hebe die Hand, spüre, wie Maraias Haar die dünne Haut in meiner Handfläche berührt, wo sich Glücks- und Kopflinie treffen. »Tulou«, sagte ich zu ihr. Entschuldige. Meine großen, groben Hände auf deinem Allerheiligsten. Ein Lichthauch auf meiner Lebenslinie.

»Entschuldige«, sage ich zu Niklas. »Ich muss es sagen, und ich werde versuchen, es zu meinen. Wenn nicht, werde ich den Schatten nie verlassen.«

Vergib uns unsere Schuld, damit auch wir unseren Schuldigern vergeben können.

Ingrid sitzt allein auf der Treppe, als ich zurückkomme.

»Du warst ja lange weg«, sagt sie.

Ich nicke. »Ich musste etwas abschließen.«

»Maraias Mutter war hier.«

Maraias Mutter.

»Was wollte sie?«

»Ich bin nicht sicher. Sie hat erzählt, dass Maraia nach Weihnachten in die Schule kommt. Sie hat nach dir gefragt.«

Etwas in mir fasst ganz plötzlich einen Entschluss. »Ich gehe kurz bei ihr vorbei.«

Ingrid erhebt sich ebenfalls. »Soll ich mitkommen?«

»Wenn du willst.«

»Sie ist jetzt groß«, sagt Sai, als wir vor ihrem Haus sitzen. Zu ihren Füßen steht ein Eimer mit kleinen Muscheln, sie öffnet sie mit einem Messer, während wir reden. »Wird sieben im August, wenn der Ivi-Baum blüht. Sie muss zur Schule gehen, allerlei lernen.«

Ich spüre, wie sich die Traurigkeit flach und grau in meinem Bauch niederlässt.

»Ja, das muss sie wohl«, sage ich.

Kein aufgeschlagener Atlas, keine glänzenden Muscheln, keine kleinen Schritte durch das Zimmer. »Ich helfe dir, Nau.«

Es ist Ingrid, die die Frage stellt, noch ehe mir klar wird, dass sie mir auf der Zunge liegt. »Was ist mit dem Schulgeld, Sai? Wird das … schwierig?«

Zwei braune Augen sehen mich an. »Ich glaube, es wird gehen. Viele haben Maraia gern.«

Ich verstehe sofort. Ateca war hier. Ateca hat mit Sai gesprochen und gesagt, dass sich alles finden wird. Hat erzählt, dass Madam Kat ihren Bulubulu hinter sich gebracht hat und weitergehen kann.

»Ich möchte gern dabei helfen«, höre ich mich sagen.

Ich hole Luft und presse die Wörter hinaus: »Mister Niklas hätte das so gewollt.«

Nur eine Erinnerung in Sais Blick. Keine Bitterkeit. Keine Trauer, nur eine Vergangenheit.

»Der Meerstern«, sagte sie. »Er hat das gesagt. In jener Nacht. Er hielt einen blauen Seestern in der Hand und sagte, der trage den Namen der Heiligen Jungfrau. Und deshalb habe ich sie Maraia genannt.«

Ich warte, es kommt noch mehr.

»Er hat es nicht böse gemeint«, sagt sie. »Er suchte nur.«

»Wonach denn?«

Meine Stimme ist ein Flüstern. Will ich es wissen? Aber jetzt habe ich gefragt.

Sai lässt sich Zeit mit der Antwort. Wischt sorgfältig das Messer an ihrem Sulu ab, ohne uns anzusehen.

»Eine Stelle, um das Boot hinzulegen«, sagt sie. »Einen Strand.«

Ein Koki-Vogel zwitschert hysterisch hinter dem Haus. Sai steckt die Hand in den Eimer und zieht eine neue Muschel hervor, stemmt die Schale mit dem Messer auf. Ein Lachen gluckst in ihrer Brust und kommt in perlenden Stößen heraus.

Wir nehmen den langen Weg nach Hause. Vorbei an der Schule, hoch zum Bure des Chiefs und dann weiter vorbei am Rugbyplatz, wo sich der Staub für heute gelegt hat.

Nur drei oder vier Jugendliche sitzen unter einem Baum, ihr Lachen wogt uns entgegen. Ingrid schaut zu mir herüber. »Weißt du, ich verstehe das noch immer nicht.«

»Was denn?«

»Warum sie lachen.«

»Warum sie lachen?«

»Ja – über alles Mögliche. Wo du und ich weinen oder um Entschuldigung bitten würden oder was auch immer – da lachen sie. Sie lachen brüllend und schlagen sich auf die Schenkel. Was ist das denn bloß?«

Demut, will ich sagen. Alles, von dem wir nicht wissen, wie wir es ausdrücken sollen, das, was größer und mächtiger als die Wörter ist, die wir in den Mund nehmen. Was uns peinlich ist, weil es über das hinausgeht, was wir wissen oder sehen. Statt es zu analysieren oder darüber zu diskutieren, haben sie sich auf einen Ausdruck geeinigt, der weder verletzt noch beleidigt.

Wörter, Wörter, Wörter. Keine Antwort, die ich Ingrid geben könnte. Mein Geplapper ist das Gegenteil von Atecas schallendem Lachen, dem muschelsäubernden Blubberlachen von Sai.

»Sie lachen über das, was das Leben mit sich bringt«, sage ich deshalb. »Das, was zu groß ist. Zu schön. Das, wofür die Wörter zu klein sind.«

Ingrid versteht. »Ja«, sagt sie. »Das, was wir glauben erobern zu können, wenn wir darüber sprechen. Aber es geht nicht darum zu gewinnen, oder vielleicht doch?«

Nein. Es geht nicht darum zu gewinnen.

Auf der Veranda von Vale nei Kat ist der größte Korbsessel an die Hängematte herangezogen worden, bis dahin, wo Sinas Fuß über den Rand baumelt. Lisbeth in hellblauem Sulu sitzt darin und blättert in einem Stapel aus losen Blättern, ich recke den Hals über ihre Schulter. Fische und Muscheln. Boote in knallbunten Pinselstrichen. Wellen in kühnem Sprung über den Blattrand. Lisbeth schaut auf. »Die sind von Maya. Ich dachte, wir könnten einige davon einrahmen.«

Sie reicht mir den Stapel.

»Ja, natürlich.«

Ich nehme ihn entgegen, ein wenig überrumpelt. »Ich hatte ja keine Ahnung, dass sie so viel gemalt hat.«

»Ich habe sie aufbewahrt.«

Die Stimme kommt aus dem Schatten zwischen Sessel und Hängematte. Ich zucke zusammen: »Maraia, ich hatte dich gar nicht gesehen.«

Goldene Sandkörner flimmern in braunen Augen.

Ich sehe die Bilder durch, halte bei einem inne, wo der Pinsel ein Mosaik aus grünen und braunen Tropfen hinterlassen hat. »Was ist das?«

Maraia streckt die Hand aus und zeigt darauf: »Das hat sie für mich gemalt. Wir haben Meer gespielt. Siehst du nicht, was das ist?«

Zwei dunkle Gestalten mitten auf dem Blatt, harte, glänzende Panzer. Zwei Schildkröten, die die Köpfe zum Land hinstrecken. Durchsichtiges Meer über dem flimmernden Meeresboden. Braunschwarze Mangrovenbäume auf warmem Sand. Die Gestalten am Strand sind winzig klein, sie haben lange, wogende Haare. Ihr Gesang treibt über das Meer, in Gold und lockendem Rosa. Trifft die dunklen Tiere mit überschäumendem Licht.

»Das sind die Prinzessinnen«, sage ich.

Maraia nickt. »Das große Lied holt sie hoch ins Licht.«

Sie erhebt sich und steht dicht vor mir.

»Ich komme in die Schule«, sagt sie. »Aber das dauert noch lange. Zuerst gehe ich nach Hause. Und dann komme ich zurück.«

»Ja«, antworte ich. »Dann kommst du zurück.«

Epilog

Zwischen einem Mond und einem Meer

»Madam Kat!«

Atecas Stimme ist laut und aufgeregt. »Es passiert jetzt! Bei Nunia ist es so weit! Kann Vilivo mit dem Lastwagen zum Krankenhaus fahren?«

Ich springe so schnell auf, dass es unten im Rücken knackt – diese verflixte Hüfte!

»Natürlich! Macht, dass ihr fortkommt!«

Ich rücke die Hüfte vorsichtig im Korbsessel auf der Veranda zurecht. Endlich passiert es. Atecas Großmuttertraum wird sich erfüllen. Die junge Frau, mit der ihr Sohn vor sechs Jahren aus dem Drokadroka-Tal zurückkam, ist still und freundlich. Hat Seite an Seite mit ihm gearbeitet, als sie an der freien Stelle neben dem Süßhaus das Haus gebaut haben, hat einen kleinen, aber freigebigen Acker mit Kassava und Süßkartoffeln angelegt. Und an der Querwand des Hauses ein Paradies aus Farben: zarter rosa Hibiskus, feurige Flamingoblumen, anmutige lila Orchideen und mollige, saftig-rote Prothea. Nunia und Sina brauchten, während sie vor den Beeten auf den Knien lagen, nicht viele Wörter, um sich über gelbe Skabiosen und gesprenkelte Helikonien miteinander bekannt zu machen; ihre Hände in der feuchten Erde sorgten für die Verständigung. Sina hat geraten, ermuntert und bewundert, und die Blumen aus Nunias kleinem Garten sind, laut Ateca, sogar noch in Rakiraki begehrt.

Aber Kinder haben sich nicht eingestellt. Vilivo und Nunia wohnten seit weniger als einem Jahr als Ehepaar in Korototoka, als Ateca das Problem Sina gegenüber erwähnte, die dann wiederum mich zu Rate zog: »Ateca möchte, dass ich ihre Schwiegertochter zum Frauendoktor begleite. Herrjemine, bloß, weil ich die Operation …«

Sie beendete den Satz nicht, aber die Worte hinter den Wörtern waren deutlich: »Weil ich diese Operation hatte, glauben manche, ich könnte helfen. Dass sie mich brauchen. Ich gehe gern mit Nunia zum Doktor, aber ich möchte dein Einverständnis.« – »Es ist sehr gut, wenn du sie begleiten kannst«, sagte ich damals zu Sina. »Es würde Ateca beruhigen. Und Nunia auch.«

Aber der Frauendoktor konnte nichts finden, und Nunia wartete. Wir warteten alle. Einmal flackerte die Hoffnung auf, und der Bauch wuchs, aber es ging schief. Als Nunia im vergangenen Herbst dann wieder schwanger wurde, sagte Ateca nichts. Verrichtete wie immer ihre Arbeit, betete aber sicher noch mehr als sonst, darum, dass dieses Baby überleben dürfte. Immer wieder besucht sie das kleine Mädchen, das den letzten Monat im Mutterleib nicht überlebt hat. Nach der Beerdigung hielten sie und Vilivo mehrmals Nachtwache auf dem Friedhof, niemand spricht darüber, aber alle wissen, dass schwarze

Kunst praktiziert wird. Diesmal muss es einfach gut gehen! Nunia und Vilivo würden wundervolle Eltern sein, und Ateca sehnt sich so nach diesem Enkelkind. Sie hat es verdient. Wir haben es alle verdient. Ein Baby, die Krönung des Werkes.

Wenn heute auf der Wochenstation etwas passiert, müssen wir Lisbeth heute Abend anrufen, dann ist es in Göteborg Morgen. Sie kommt erst in zwei Monaten zurück, das geteilte Dasein mit einem langen Sommer in Skandinavien und dem restlichen Jahr auf Fidschi gefällt ihr sehr gut. Sie sieht noch immer zehn Jahre jünger aus als wir anderen, aber das kommt nicht von der Schminke. Die Aufgabe als Schokoladengesandte lässt ihre Haut leuchten und ihre Schritte federn, da bin ich mir sicher. Und es kommt davon, dass sie so viel mit Joachim und seiner Familie zusammen ist.

Ich habe noch nie so eine nervöse Großmutter gesehen wie damals, als sie im Jahr nach Mayas Tod alle zu Besuch kommen wollten. Und ich habe nie ein seltsameres Empfangskomitee erlebt als das, welches auf das Auto mit den beiden weißhaarigen Zwillingsmädchen von der anderen Seite der Erde wartete: eine misstrauische Sina hinten in den Verandaschatten, eine angespannte und besorgte Ateca am Fenster. Ingrid auf der Treppe, mit strahlendem Lächeln. Und Maraia. Auf der untersten Treppenstufe mit einem großen Glas in der Hand. Ganz unten, auf Sand und Muscheln und Steinen, leuchtete ein blauer Seestern.

Amanda und ihr Freund waren ebenfalls hier. Haben

eines Nachmittags kurz in Vale nei Kat vorbeigeschaut, ehe sie mit dem Mietwagen weiter zum Hilton in Denarau gefahren sind. Maraia gehörte auch damals mit zum Empfangskomitee, trat vor, um zu grüßen, als Lisbeth ihr zuwinkte: »Maraia, das ist meine Tochter. Sie heißt Amanda. Das bedeutet, ›die Liebenswerte‹.« Die Sonne ließ die goldene Kette um Maraias Hals auffunkeln. Amandas überraschter Blick zu ihrer Mutter hinüber: »Ist das nicht …?« Lisbeths ruhige Bestätigung. »Maraia ist der Meerstern. Sie leuchtet für alle in Vale nei Kat.« Amandas verzogener Mund öffnete sich zu einem Lächeln, eine kurze Begegnung zwischen zwei Planeten.

Lisbeth und ihre Tochter haben jetzt die beste Beziehung, die ihnen möglich ist: so persönlich, dass sie sich gern treffen, so professionell, dass Respekt entsteht. Amanda ist tüchtig, ihr kommt vor allem die Ehre dafür zu, dass unsere Schokolade jetzt überall in Schweden und Norwegen verkauft wird. Ab und zu lausche ich am Türspalt, wenn Mutter und Tochter über Skype miteinander reden: sachlich und effektiv, aber es gibt auch Geplauder und ab und zu Gelächter von fidschianischen Ausmaßen. Vielleicht wurde in Amanda etwas freigesetzt, als Harald vor einigen Jahren gestorben ist? Ein Loyalitätsproblem gelöst, mit dem sie nun nicht mehr zu kämpfen hat? Lisbeth fuhr zur Beerdigung nach Hause. Die Witwe, sie waren ja nicht geschieden. Und das muss man Harald lassen, das Geld ging an sie, nicht an die Reihe von jüngeren Begleiterinnen, die sich in den Jahren, ehe Cholesterin und zu enge Adern ihren Tribut forderten, nacheinander bei ihm einfanden. Und nichts ging an Armand. Lisbeth erzählte das ein wenig nebenbei, als sie nach Hause kam, es hatte kein Testament gegeben, und alles würde nach dem üblichen Verfahren auf die bekannten Erbberechtigten verteilt werden. Sina verzog keine Miene. Armand und Harald hatten nie etwas miteinander zu tun. Der einzige Faden zwischen ihnen wurde hier unten in Vale nei Kat gesponnen, kam aber nie über die Türschwelle hinaus.

Sina ist nicht zurückgefahren. Armand war auch nie wieder hier. Aber sie haben Kontakt, und als Letztes hat Sina erzählt, dass er bei einem Cateringprojekt mitmacht. In der Küche einer Frau, mit der er zusammen ist. Sina hat ihren Namen mehrmals mit Hoffnung in der Stimme erwähnt: Stell dir vor, das ist eine, die weiß, was sie will! Eine, die den Armand gernhaben kann, den es vielleicht hinter dem Seidenlächeln gibt, und die doch auf sich selbst aufpassen kann! Eine, die das Geld im Auge behalten kann, das er nach dem Verkauf der Wohnung bekam; Sina hatte einen Makler damit beauftragt. Der Vorschuss auf das Erbe wurde amtlich registriert, und die Furchen um Sinas Mund wurden etwas flacher, als sie auch auf mein Konto einen Betrag überwiesen hatte. »Mietnachzahlung«, stand auf dem Einzahlungsbeleg.

Jetzt trägt sie den Titel Vorarbeiterin und hat die tägliche Aufsicht im Süßhaus, wo vier Frauen aus dem Dorf in grünen Overalls stehen und walzen, conchieren und gießen. Zwei von ihnen stammen aus Moseses Großfamilie. Ich finde es schön, wenn er ab und zu den Hang herunterhumpelt und eine mühsame Runde um den Trockenplatz geht, zu den Schokoladenmacherinnern hereinschaut und am Ende zum Haus hochkommt. Er bleibt noch immer auf der Treppe stehen und will nicht eintreten, und noch immer ruft mich Ateca, wenn sie ihn durch das Fenster sieht. Aber jetzt taucht in der Regel auch Vilivo auf und leistet seinem Vorgänger Gesellschaft, beantwortet dessen Fragen, nimmt sich Zeit. Der neue Aufseher hat jetzt ein »Büro«, Vilivo hat den Werkzeugschuppen um einen kleinen Anbau erweitert und einen Tisch und einen Stuhl hineingestellt, dazu eine Menge an Rohren und Umlenkrollen und Kolben und anderen Dingen, mit denen er unsere Maschinen verbessert und repariert. »Mein Sohn war in der Schule«, sagt Ateca zu jeder passenden Gelegenheit. »Deshalb hat er eine gute Stelle und kommt allein zurecht.« Und dann lacht sie, dass die Sonne in der Fensterscheibe zittert und das Loch dort, wo der Eckzahn fehlt, in dem lauten Gelächter glücklich blinzelt.

Wenn heute das Baby kommt, werden wir Ingrid bestimmt sehr bald wieder bei uns haben. Madam Ingrid, die nicht einmal in Atecas Augen einen Trauring braucht, um Mrs Mattson zu sein, ruft so ungefähr jeden Tag an, wenn sie in Labasa ist. Johnny hat auf dem Boot Satellitentelefon, und ich spüre den Wind im Gesicht, wenn Ingrid von Deck berichtet. »Drei riesige Thunfische, jeder über dreißig Kilo! Wir haben nicht genug Tiefkühltruhen an Bord, deshalb müssen wir heute Abend an Land, damit uns der Fisch nicht verdirbt.«

Das Lachen, die atemlosen, kurzen Sätze, ich sehe ihre breiten Füße sicher in den abgeschnittenen Gummistiefeln zwischen Fischabfällen und Fischschuppen stehen. Den Sulu hat sie gegen Kniehosen vertauscht, die lang gewordenen grauen Haare sind unter einem verschlissenen Waschhut zum Pferdeschwanz gebunden. Weiter hätte sie sich von der korrekten, buchführenden Ingrid nicht entfernen können. Es ist, als sei eine andere, eine innere Zwillingsschwester ans Licht gekommen und tanze auf einem Bootsdeck in Labasa ihren eigenen Meke. Als Simon und Petter voriges Jahr in den Sommerferien zu Besuch waren, war das fast rührend. Ingrid und Johnny, Großeltern, aber ohne Kuchenkrümel und Besorgtheit, fuhren sofort mit den beiden hinaus, und danach saßen wir einen ganzen Abend zusammen und sahen uns Petters Bilder an. Sonnenuntergänge, Großfang, die Nahaufnahmen einer Seeschlange, für die er sich weit über die Reling gebeugt hatte. Die Freude im Blick der Jungen aus dem Land ganz oben in der Welt, als sie über Schnüre und Haken sprachen, über Wellen und Wetter. Ingrids Gesicht, strahlend stolz wegen etwas, das sie gefunden und weitergegeben hat.

Die Balancekunst beherrscht sie perfekt, an Deck und anderswo. Das Leben mit Salz in den Haaren und rissigen Fingerspitzen wird regelmäßig für die scharfäugige Durchsicht der Bücher von *Kat's Cocoa* und *Kat's Chocolate* unterbrochen. Natürlich machen wir alles online, aber mindestens einmal im Monat zieht Ingrid in den Raum in Vale nei Kat, der immer noch ihrer ist, und Soll und

Haben werden Punkt für Punkt durchgegangen. Vilivo sitzt ihr dann gegenüber im Sessel, einen großen Schritt von der Stelle entfernt, auf der sein Vorgänger unbedingt mit gesenktem Kopf stehen wollte. Ich nehme auch teil, natürlich, aber es ist gut zu wissen, dass unser Geschäft in Bezug auf Aufsicht und Buchführung in sicheren Händen liegt. Inzwischen geht es vor allem um die Schokolade und den soliden Markennamen, den wir uns erarbeitet haben, aber einigen meiner ältesten Kunden liefern wir auch noch Bohnen. Den Rest verbrauchen wir selbst bei der Produktion von *Maya,* der Signaturschokolade von *Kat's Chocolate.* Ein kleines Stück vom Glück. Der Geschmack von Fidschi, eingepackt in blankes Zellophan mit zwei kleinen glitzernden Schildkröten.

Ab und zu habe ich das Gefühl, dass Ingrid die Freiheit übernommen hat, die ich früher hatte. Die ich hatte und die ich bis zu dem lächerlichen, unseligen Unfall für selbstverständlich hielt. Die Treppe hinunterfallen? Ich? Die auf langen, schwindelerregenden Gebirgspässen in Pakistan auf Busdächern gesessen und in winzigen Booten wilde Stromschnellen im malaysischen Regenwald befahren hat? Zu Hause die Treppe hinunterfallen! Die vier kleinen Stufen, die meine Füße doch im Schlaf kennen müssten. Bis ich vor drei Jahren eines Morgens stolperte, mit einem Fuß auf den anderen trat und das Gleichgewicht verlor. Oberschenkelhalsbruch, Wochen mit schweißnasser Bettwäsche und schlaffen Blumen auf dem Nachttisch. Operation in Suva. Wochen und Monate mit Schmerzen, Geduld und am Ende Resignation, weil es nie wieder richtig heilen wird. Klagen darf ich wohl nicht, mit sechsundsiebzig geht es vielen schlechter. Aber mit meinem Stock anfreunden werde ich mich nie, er ist ein unentbehrliches, aber dennoch alles andere als geliebtes Requisit.

In den ersten Monaten ist Ateca mir überallhin gefolgt, draußen wie drinnen, bis ich sie bitten musste, damit aufzuhören. Madam Kat hat jetzt ein Zubehör bekommen, ansonsten bin ich wie immer. Sie glaubt mir nicht ganz. Besteht darauf, mich zu begleiten, wenn ich am Strand spazieren gehe, ab und zu muss ich zu meiner scharfen Stimme greifen und sagen, dass ich sie nicht dabeihaben will. Manche Wege muss ich allein gehen. Im weichen Sand voranzukommen fällt mir schwerer als früher, es geht langsamer, aber ich habe ja Zeit. Zeit und Freude über das, was sich nicht verändert hat: die Sonne, die weicher und milder macht. Die Boote, die den Tag zusammenbinden. Die Wellen, die nicht allein existieren, sondern immer Teil des wogenden Meeres sind. Das Licht, das vergibt, wieder und wieder.

Was bedeutet es zurückzublicken? Ist es dasselbe, wie nach vorn zu sehen? Ich glaube, für mich ist es so. Denn das, was kommt, ist sie, während sie zugleich das ist, was war: Jetzt steht sie in der Tür, eine schöne junge Frau von fünfzehn. Die langen Haare wogen verträumter als das Meer, ihr Blick ist klug und geduldig. Frei wie der Wind, der sie hergetragen hat, treu wie die Erde, die sie an allen

Tagen an sich bindet. Maraia wohnt hier, wenn sie will, geht, wie sie will, kommt, wenn unsere Herzen nach ihr rufen. Ihre Spuren im Sand sind jetzt so groß wie meine. Deutliche, klare Spuren mit starken Zehen, die nach vorn weisen.

Ich werde nicht auf dem ganzen Weg bei ihr sein, ihre Zeit ist eine andere als meine. Ich werde jetzt lauschen, die Wellen unter dem Boot hören. An die Hoffnung denken, die in jener Nacht geboren wurde, zwischen einem weißen Balolo-Mond und einem Meer, das wartete und wusste.

Das Telefon, das im Haus klingelt. Die leichten Schritte auf dem Gang. Das Licht in ihren Augen, als sie zurückkommt.

»Das war Ateca. Es ist ein kleiner Junge. Sie wollen ihn Niklas nennen.«

Unsere Leseempfehlung

528 Seiten
Auch als E-Book
und Hörbuch
erhältlich

Stell dir vor, du begegnest einem wundervollen Mann und verbringst sechs Tage mit ihm. Am Ende dieser Woche bist du dir sicher: Das ist die große Liebe, und es geht ihm ganz genauso. Zweifellos. Dann muss er verreisen und verspricht dir, er meldet sich auf dem Weg zum Flughafen. Aber er ruft nicht an. Er meldet sich gar nicht mehr. Deine Freunde raten dir, ihn zu vergessen, doch du weißt, sie irren sich. Irgendetwas muss passiert sein, es muss einen Grund für sein Verschwinden geben. Und nun stell dir vor, du hast recht. Es gibt einen Grund, aber du kannst ihn nicht ändern. Denn der Grund bist du.